N'APPARTIENT PLUS
À LA BIBLIOTHÈQUE
MUNICIPALE DE GATINEAU

BIBLIOTHEQUE MUNICIPALE
DE BUCKINGHAM

D0122937

1 995·B3E·44

2

BIBLIOTHÈQUE MUNICIPALE
DE BUCKINGHAM

39.95
LF
11/3/91

« PAVILLONS »
Collection dirigée par Jean-Claude Zylberstein

DU MÊME AUTEUR

Le Club de la chance, Flammarion, 1990.
La Femme du Dieu du feu, Fixot, 1993 ; Robert Laffont, 1996.

AMY TAN

L'ATTRAPE-FANTÔMES

traduit de l'anglais (États-Unis) par Jean Colonna

ROBERT LAFFONT

Titre original : THE HUNDRED SECRET SENSES
© Amy Tan, 1995
Traduction française : Éditions Robert Laffont, S.A., 1996

ISBN 2-221-07921-3
(édition originale : 0-399-14114-6 Putnam's Sons, New York)

À Faith

Première partie

1

La fille aux yeux yin

Ma sœur Kwan prétend qu'elle a des yeux yin. Elle voit les morts qui vivent dans le monde du Yin ; les fantômes reviennent du fond de leurs limbes pour faire un tour dans sa cuisine, sur Balboa Street, à San Francisco.

– Libby-Ah, me dit-elle. Devine qui j'ai vu hier !

Je n'ai pas grand effort à faire pour deviner qu'il s'agit encore d'un mort.

En fait, Kwan est ma demi-sœur. Je ne devrais pas le dire, cela peut paraître insultant, on pourrait croire qu'elle ne mérite que la moitié de l'amour familial. Pourtant, d'un point de vue strictement génétique, nous n'avons en commun que le père. Elle a vu le jour en Chine. Mes frères, Kevin et Tommy, et moi sommes nés à San Francisco, après que mon père a émigré ici pour épouser notre mère, Louise Kenfield.

Maman prétend qu'elle ressemble à une fricassée de poulet à l'américaine : un mélange de viandes blanches et grasses vaguement revenues à la poêle. Maman est née à Moscou, dans l'Idaho. Là-bas, elle était championne au bâton de majorette ; un jour, elle a gagné un prix dans une foire agricole pour avoir fait pousser une pomme de terre qui ressemblait à Jimmy Durante de profil. Elle m'a raconté qu'à l'époque elle rêvait que la puberté la transformerait en une créature nouvelle, mince, exotique, avec un côté noble à la Louise Rainer (la fille à qui son rôle de O-Lan dans *The Good Earth* avait valu un oscar). Mais, quand elle s'est retrouvée coincée dans une agence d'intérim à San Francisco, elle a fait ce qu'il y avait de mieux : elle a épousé mon père. Maman pense que le fait d'avoir épousé un non-Anglo-Saxon est une preuve de libéralisme.

– Quand nous nous sommes mariés, avec Jack, répète-t-elle

encore de nos jours, les mariages mixtes étaient interdits. Mais nous avons enfreint la loi par amour.

Elle omet de préciser que la loi en question n'était pas en vigueur en Californie.

Personne, pas même maman, n'a vu Kwan avant l'âge de dix-huit ans. En fait, maman ignorait son existence jusqu'à peu avant la mort de papa. Quand il est mort, d'une maladie des reins, je n'avais pas quatre ans. Mais je me souviens de quelques moments passés avec lui. Je nous revois sur un toboggan. Il descendait en me portant dans ses bras. Je me revois pataugeant à la recherche des piécettes qu'il avait lancées dans le bassin. Et puis je me rappelle ce qu'il m'a dit le dernier jour, à l'hôpital, et qui m'a effrayée ensuite pendant des années.

Kevin avait cinq ans, il était présent. Tommy était encore un bébé. On l'avait laissé dans la salle d'attente en compagnie de la cousine de ma mère, Betty Dupree, qu'il fallait appeler « tatie » et qui était de l'Idaho, comme maman. J'étais assise sur une chaise en plastique qui collait aux cuisses. Je dégustais de la gelée de fraise que mon père avait prise sur son plateau-repas. Il était dressé sur son lit, sa respiration était difficile. Maman passait en une minute de la crise de larmes à l'optimisme. J'essayais de comprendre ce qui arrivait. Je me rappelle que mon père a murmuré quelque chose et que ma mère s'est penchée vers lui pour entendre. Sa bouche s'est ouverte, de plus en plus, puis, tout d'un coup, elle a tourné la tête vers moi, avec une expression d'horreur. J'étais terrifiée. Comment pouvait-il être au courant ? Comment papa pouvait-il savoir que j'avais tiré la chasse d'eau sur mes deux tortues, Lambine et Pressée, le matin même ? Au début, je voulais voir à quoi elles ressemblaient quand on leur enlevait leur manteau et, finalement, leur tête s'était arrachée.

– Comment ça « faire venir ta fille » ? avait dit maman.

Là, j'ai été convaincue que papa voulait me faire enfermer quelque part, comme il avait renvoyé notre chienne, Bouton, au chenil quand elle avait grignoté le canapé. La suite, je me la rappelle dans le désordre : brusquement mon bol de gelée de fraise s'écrase sur le sol ; maman dévore une photo des yeux ; Kevin l'attrape en riant. Ensuite, je me revois en train de contempler le cliché noir et blanc d'un bébé famélique à la chevelure mitée. À un moment, maman s'est écriée :

– Olivia, ne discute pas. Maintenant, il faut t'en aller.

J'ai répondu :

– Mais je promets que je serai sage !

Peu après maman nous a annoncé :

– Papa nous a quittés.

Elle nous a déclaré aussi qu'elle allait faire venir de Chine une autre petite fille dont il était le père. Elle allait vivre avec nous. Maman n'a pas ajouté qu'elle allait me renvoyer au chenil, mais je n'arrêtais pas de pleurer. J'avais l'impression que tout était vaguement lié : les tortues sans tête qui tournoyaient dans la cuvette des WC, mon père qui nous quittait, la deuxième petite fille qui allait arriver sous peu pour prendre ma place. Kwan me faisait peur avant même notre première rencontre.

À l'âge de dix ans, j'ai appris que mon père était mort à cause des reins. Maman disait qu'à la naissance il en avait quatre au lieu de deux, tous en mauvais état. La tante Betty avait une théorie pour expliquer ce qui s'était passé. Elle avait *toujours* une théorie, qu'elle pêchait généralement dans une documentation du style *The Weekly World News*. Selon elle, mon père était à lui tout seul une paire de siamois manquée. Pendant la période prénatale, mon père, le plus fort des deux, avait digéré l'autre, dont il avait gardé les reins comme un greffon. « Peut-être qu'il avait aussi deux cœurs et deux estomacs, qui sait ? » Cette interprétation des choses avait germé dans l'esprit de tante Betty à peu près à l'époque où le magazine *Life* avait publié un reportage à propos de siamoises russes. Je l'avais vu, moi aussi. Deux sœurs, Tasha et Sasha, étaient réunies au niveau de la hanche. Leur beauté était tellement extraordinaire qu'il était impossible de les trouver monstrueuses. Cela devait se passer au milieu des années 60, à peu près à l'époque où j'étudiais les fractions. Je me souviens que j'aurais aimé pouvoir échanger Kwan contre ces deux sœurs siamoises. Ainsi, j'aurais eu deux demi-sœurs en une. Et puis je me disais que tous les gamins du coin voudraient devenir nos amis juste pour nous voir sauter à la corde ou jouer à la marelle.

Tante Betty nous a également raconté la naissance de Kwan. Ce n'était pas émouvant, plutôt gênant. Pendant la guerre, mon père étudiait dans la ville de Guilin. Pour son dîner il achetait des grenouilles vivantes au marché, à l'étal d'une jeune femme nommée Li Chen. Il avait fini par l'épouser. Elle avait donné naissance à une fille en 1944 : ce bébé maigrichon qu'on voyait sur la photo.

Tante Betty avait également une théorie sur le mariage.

– Ton père était séduisant, pour un Chinois. Il était allé à l'école, et il parlait aussi bien l'anglais que ta mère ou moi. Alors pourquoi a-t-il épousé une petite paysanne ? Parce que c'était son devoir, voilà.

J'étais alors suffisamment grande pour comprendre la nature de ce devoir.

Quoi qu'il en soit, en 1948 la première femme de mon père s'était éteinte d'une maladie du poumon, peut-être la tuberculose. Mon père était descendu à Hong Kong pour trouver du travail. Il avait laissé l'enfant aux soins de la sœur cadette de sa femme, Li-Bin-Bin, qui vivait dans un petit village de montagne, Changmian. Bien entendu, il envoyait de l'argent pour les faire vivre. Quel père n'aurait agi ainsi ? Mais en 1949 les communistes s'étaient emparés du pouvoir en Chine, et il lui fut impossible de reprendre sa fille, alors âgée de cinq ans. Que pouvait-il faire ? Le cœur lourd, il s'était embarqué pour l'Amérique afin de commencer une nouvelle vie et d'oublier les tristesses du passé. Onze ans plus tard, pendant son agonie à l'hôpital, le fantôme de sa première femme apparut au pied de son lit et lui ordonna :

– Fais venir ta fille, ou dans l'après-vie tu le regretteras !

Voilà du moins ce qu'il a raconté juste avant de mourir, d'après le récit que la tante Betty nous livra des années plus tard.

Quand j'y repense, je m'imagine ce que ma mère devait avoir dans le cœur en entendant cela. Une autre femme. Une fille en Chine. Nous étions une famille américaine moderne, nous parlions l'anglais. Bien sûr, nous mangions chinois, mais des plats à emporter, comme tout le monde. Nous vivions dans une maison style ranch, située à Daly City. Mon père était comptable, il travaillait pour le gouvernement. Ma mère fréquentait les associations de parents d'élèves. Elle n'avait jamais entendu mon père évoquer les superstitions chinoises ; il les avait remplacées par la messe dominicale et un contrat d'assurance-vie.

Une fois qu'il fut mort, ma mère répéta à qui voulait bien l'entendre qu'il l'avait traitée « comme une impératrice de Chine ». Elle multiplia aussi les serments à Dieu en se recueillant sur sa tombe. Si l'on en croit la tante Betty, elle forma, pendant la cérémonie d'enterrement, le vœu de ne jamais se remarier. Elle fit aussi le serment de nous élever de telle sorte que nous fassions honneur au nom de Yee. Elle résolut, enfin, de retrouver la première fille de mon père, Kwan, et de la ramener aux États-Unis.

Cette dernière promesse est la seule qu'elle ait tenue.

Ma mère avait toujours été victime de son bon cœur. De temps en temps, elle connaissait une fièvre volontariste irrépressible. Un été, elle s'est proposée comme foyer d'accueil pour les yorkshires en difficulté. La maison sent encore le pipi de chien. Deux Noëls de suite elle a servi la soupe aux sans-abri dans la salle à manger de la paroisse St. Anthony. Aujourd'hui, elle file plutôt en direction de Hawaï avec son petit ami du moment. Elle a distribué des pétitions, elle s'est engagée dans des collectes, elle a exercé des responsabilités dans des clubs de médecine douce. Son enthousiasme a beau être réel, immanquablement il vient à se tarir. Elle finit toujours par s'occuper d'autre chose. J'ai l'impression qu'elle voyait en Kwan une étudiante étrangère qu'elle allait héberger pour un an. Une sorte de Cendrillon chinoise qui devait voler un jour ou l'autre de ses propres ailes et adopter avec ravissement le mode de vie américain.

Avant l'arrivée de Kwan, maman a pris la direction des opérations et nous a mobilisés, mes frères et moi, pour que nous accueillions gentiment notre grande sœur. Tommy était encore trop petit pour réagir autrement qu'en hochant la tête quand maman disait : « Alors, vous n'êtes pas contents d'avoir bientôt une autre grande sœur ? » Quant à Kevin, il se contentait de hausser les épaules et de prendre un air accablé. J'étais la seule à faire des bonds de cabri. En partie parce que j'étais contente que Kwan ne soit pas destinée à me remplacer dans la famille : elle venait *en plus*.

Malgré ma solitude, j'aurais préféré une nouvelle tortue ou même une poupée au lieu de quelqu'un qui allait me disputer l'attention maternelle déjà fort divisée – nous devions nous partager les miettes de son affection. Avec le recul, je comprends bien que ma mère m'aimait. Mais pas tant que ça, finalement. Si je fais le compte du temps qu'elle passait avec les autres, y compris les gens que nous ne connaissions pas du tout, je me vois glisser tout en bas de la liste. Je me sens éjectée, malmenée. Dans sa vie il y avait toujours de la place pour des rendez-vous avec des hommes ou pour des déjeuners sur le pouce avec ce qu'elle appelait ses copines. Mais, moi, je ne pouvais pas lui faire confiance. Elle me promettait de m'emmener au cinéma ou à la piscine mais, au premier prétexte ou à la première distraction, elle s'en dispensait. Pis, il lui arrivait de louvoyer entre ce qu'elle avait dit et ce qu'elle voulait dire :

– Je n'aime pas que tu fasses la gueule, Olivia, m'a-t-elle lancé un jour. Je n'ai jamais promis d'aller à la natation avec toi. J'ai simplement dit que ça me plairait d'y aller.

Il m'était difficile d'opposer à cette simple idée en l'air le besoin que j'avais d'elle.

J'ai dû apprendre à ne pas m'arrêter à ces choses-là. J'ai refermé le couvercle sur mes espoirs et ai placé la boîte sur l'étagère la plus haute, hors d'atteinte. J'ai fini par me persuader que la boîte était vide, de sorte que j'échappais à la souffrance causée par la déception. La douleur était passagère, à peine plus qu'une piqûre. Et pourtant j'en souffre encore. C'est curieux : pourquoi, enfant, étais-je convaincue qu'on aurait dû m'aimer davantage ? Mais peut-être avons-nous tous ressenti cela. Peut-être que le puits de l'émotion n'a jamais de fond pour personne.

Bien entendu, je ne voulais pas de Kwan comme sœur. C'est pourquoi je faisais des efforts désespérés devant maman pour paraître ravie. C'était un cas compliqué de logique à l'envers : si les vœux ne se réalisent jamais, alors il faut souhaiter très fort qu'arrive ce que l'on veut éviter.

Maman m'avait expliqué qu'une grande sœur, c'était moi en plus grand. Belle et douce comme moi, mais plus chinoise. Elle allait m'aider à faire toutes sortes de choses amusantes. Du coup, j'imaginais non pas une sœur mais une sorte de double de moi-même en plus vieux. Elle dansait, portait des vêtements moulants, sa vie était triste mais passionnante. Une version aux yeux bridés de Nathalie Wood dans *West Side Story*, que j'avais vu à l'âge de cinq ans. Je m'avise seulement à présent que ma mère et moi nous nous inspirions, dans nos rêves, d'actrices qui parlaient avec un accent d'emprunt.

Un soir, avant de me border, ma mère m'a demandé si je voulais faire une prière. Je savais que la prière consistait à proférer les paroles agréables que d'autres personnes voulaient entendre, que ma mère voulait entendre. Alors j'ai demandé à Dieu et à Jésus de m'aider à être sage. Ensuite, j'ai dit que j'espérais que ma sœur allait venir bientôt. Ma mère venait justement d'en parler. Quand j'ai murmuré *amen*, j'ai vu qu'elle versait des larmes en souriant avec fierté. C'est ainsi que, sous les yeux de ma mère, j'ai commencé à réunir des petits cadeaux pour l'arrivée de Kwan. L'écharpe que tante Betty m'avait offerte pour mon anniversaire. L'eau de Cologne à la fleur d'oranger que j'avais reçue pour Noël. La sucette qui collait et qu'on m'avait donnée à Halloween. J'ai déposé tous ces objets un peu dégoûtants dans une boîte où ma mère avait inscrit : *Pour la grande sœur d'Olivia*. Je me suis dit que j'étais devenue tellement sage que maman n'aurait bientôt plus besoin d'aller chercher une autre fille.

Plus tard, ma mère nous a raconté, à mes frères et moi, combien il avait été difficile de retrouver Kwan.

– À cette époque, on ne se contentait pas d'écrire une lettre, de mettre un timbre et de l'envoyer à Changmian. Il a fallu que j'obtienne un *monceau* de passe-droits et que je remplisse des dizaines de formulaires. Et on ne trouvait pas tellement de candidats pour aider quelqu'un à sortir d'un pays communiste. Tante Betty a vraiment cru que j'avais perdu la tête. Elle m'a dit :

– Comment peux-tu recueillir une fille pratiquement adulte

qui ne parle pas un mot d'anglais ? Elle ne saura pas démêler le vrai du faux, ni reconnaître sa gauche et sa droite.

La paperasse n'était pas la principale difficulté que Kwan aurait à surmonter – sans le savoir – pour atterrir chez nous. Deux ans après la mort de mon père, maman avait épousé Bob Laguni, que mon frère Kevin qualifie aujourd'hui de « fleuron dans le tableau des amours d'importation de maman ». Et cela parce qu'elle l'avait pris pour un Mexicain au lieu d'un Italien. Maman avait adopté le nom de Bob ; c'est ainsi que mes frères et moi avons fini par nous appeler Laguni. J'ai abandonné ce nom-là sans regret pour celui de Bishop quand j'ai épousé Simon. L'ennui, c'est que Bob n'avait pas du tout envie de laisser Kwan prendre la première place au foyer. Et pour ma mère, ce que souhaitait Bob était sacré. Après leur divorce – j'étais déjà au lycée –, maman m'a raconté comment Bob avait fait pression sur elle afin qu'elle annule les démarches pour faire venir Kwan. Je pense qu'elle n'était pas contre, mais qu'elle a oublié de les accomplir. Je me souviens de ce qu'elle m'a dit :

– Je t'ai observée en train de prier, tu avais l'air si douce et si triste, lorsque tu demandais à Dieu de t'envoyer ta grande sœur de Chine.

Quand Kwan a débarqué dans ce pays, j'avais presque six ans. Nous l'avons attendue aux douanes, à l'aéroport international de San Francisco. Tante Betty était présente. Maman était nerveuse. Elle ne tenait pas en place, elle n'arrêtait pas de parler :

– Maintenant, les enfants, écoutez-moi : elle sera probablement timide, donc laissez-la respirer, ne lui sautez pas dessus... Et puis elle sera sûrement toute maigre, je ne veux pas que vous vous moquiez d'elle. Compris ?

Quand le douanier a finalement conduit Kwan, à travers le hall, vers nous, tante Betty l'a désignée du doigt en s'exclamant :

– C'est elle ! Je vous dis que c'est elle !

Maman hochait la tête. Celle qu'on nous désignait ressemblait à une vieille dame un peu bizarre, de petite taille, replète. Elle n'avait rien de commun avec la jeune fille efflanquée dont maman nous avait parlé, ni avec l'adolescente prestigieuse sous les traits de laquelle je m'étais imaginé ma nouvelle sœur. Elle portait un pyjama vaguement gris et sa figure sombre, large, était encadrée de nattes épaisses.

Kwan n'était pas du tout timide. Elle a laissé tomber son sac, elle a agité les bras et s'est mise à glapir « Hallo, hallo » tout en progressant vers nous par petits bonds, comme le faisait notre

15

nouveau chien quand on lui ouvrait la porte du garage. Cette inconnue s'est précipitée dans les bras de maman, puis dans ceux de papa Bob. Elle a attrapé Kevin et Tommy par les épaules et les a secoués comme des pruniers. Quand elle m'a aperçue, elle s'est calmée. Elle s'est baissée pour me tendre les bras, mais j'ai attrapé la jupe de maman et j'ai demandé :

– C'est ça, ma grande sœur ?

Maman a répondu :

– Mais oui, regarde, elle a les mêmes cheveux noirs et épais que ton père.

J'ai encore la photo que tante Betty a prise ce jour-là : maman, les cheveux frisés, vêtue d'un tailleur en mohair, sourit à l'objectif d'un air contraint ; notre beau-père italo-américain, Bob, paraît effaré ; Kevin et Tommy crânent en chapeau de cow-boy ; Kwan sourit, une main posée sur mon épaule ; et moi je suis là, en petite robe bouffante, un doigt dans la bouche, en train de pleurnicher.

Je pleurais parce qu'un peu avant la photo Kwan m'avait offert un cadeau : une petite cage de paille tressée qu'elle avait tirée d'une des larges manches de sa veste et m'avait tendue avec fierté. Quand je l'avais approchée de mes yeux, pour regarder à l'intérieur, j'avais aperçu un monstre à six pattes, vert gazon, avec des mâchoires pleines de dents acérées, des yeux globuleux et des sourcils en balai-brosse. J'avais poussé un cri et jeté aussitôt la petite cage sur le sol.

À la maison, dans la chambre que nous partagions désormais, Kwan avait pendu la cage avec sa sauterelle – car c'en était une. Dans l'histoire elle avait perdu une patte. Dès que la nuit tombait, la sauterelle émettait un bruit aussi puissant que la sonnette d'une bicyclette.

Ma vie a complètement changé. Pour maman, Kwan était commode : toujours volontaire, compétente, disponible, elle jouait les baby-sitters. Avant de partir pour l'après-midi se faire faire une beauté ou dévaliser les magasins avec ses copines, maman m'ordonnait de ne pas quitter Kwan : « Sois une gentille petite sœur, explique-lui tout ce qu'elle ne comprend pas. Promis ? » Alors tous les jours, après l'école, Kwan me filait le train. Elle me surveillait partout où j'allais. Dès la sixième j'étais devenue une spécialiste des humiliations publiques. Il faut dire que Kwan posait tellement de questions stupides que les gamins du quartier la croyaient tombée de la planète Mars. « Qu'est ce que c'est un M&M ? Qu'est-ce que c'est *ching gum* ? Qui c'est marin Popeye ? Pourquoi un seul œil ? C'est bandit ? » Même Tommy et Kevin riaient.

Grâce à la présence de Kwan, ma mère pouvait vivre à son

aise sa lune de miel avec Bob. Quand un professeur lui téléphonait que j'avais de la fièvre, c'était Kwan qui venait me chercher à l'infirmerie pour me ramener à la maison. Quand je tombais en patins à roulettes, c'était Kwan qui me posait un pansement au coude. Elle tressait mes nattes. Elle préparait les sandwiches pour Kevin, Tommy et moi. Elle essayait de m'apprendre certaines berceuses chinoises. Quand je perdais une dent, elle soulageait la douleur. Et pendant que je prenais mon bain, elle me frottait le dos.

J'aurais dû lui en être reconnaissante. Je pouvais toujours compter sur elle. Elle n'aimait que ça : être avec moi. Mais en fait, la plupart du temps, je lui en voulais d'avoir pris la place de ma mère.

Je me souviens de la première fois que l'idée m'est venue de me débarrasser de Kwan. C'était un été, quelques mois après son arrivée. Kwan, Kevin, Tommy et moi étions assis sur la pelouse devant la maison. Nous attendions que quelque chose se passe. Des amis de Kevin avaient fait le tour de la maison pour aller ouvrir le robinet d'arrosage sur le côté. Mes frères et moi, nous écoutions attentivement les hoquets et le gargouillement de l'eau qui progressait dans le tuyau. Juste avant que la douzaine de jets se mettent en route, nous avons détalé. Kwan est restée là, elle s'est laissé mouiller, ahurie de voir tous ces jets d'eau sortir de terre en même temps. Kevin et ses copains hurlaient de rire. J'ai crié :

– Vous êtes vaches, quand même !

Alors l'un des copains de Kevin, un dadais qui était en cinquième et faisait soupirer toutes les petites filles, m'a lancé :

– Cette Chinetoque idiote, c'est ta sœur ? Eh ben, Olivia, ça veut dire que toi aussi t'es une Chinetoque idiote ?

J'étais tellement ébranlée que je me suis écriée :

– Ce n'est pas ma sœur, je la déteste, je voudrais qu'elle retourne en Chine !

Tommy a raconté ce que j'avais dit à papa Bob. Et papa Bob a déclaré :

– Louise, tu ferais bien de t'occuper de ta fille.

Ma mère a eu l'air triste. Elle a hoché la tête et a soupiré :

– Olivia, nous ne détestons jamais personne ici. Détester est un très vilain mot qui fait autant de mal à celle qui le prononce qu'à celle qui l'entend.

Bien entendu, après cela j'ai détesté encore plus ma sœur.

Le plus affreux, c'était de partager sa chambre. Le soir elle aimait laisser les rideaux ouverts, de sorte que l'éclairage public pénétrait chez nous. Nous étions étendues côte à côte dans des lits jumeaux. À la clarté de cette « jolie lune américaine », comme elle l'appelait, Kwan récitait des vers chinois. Elle continuait même pendant que je faisais semblant de dormir. Son babillage se poursuivait au réveil. Ainsi, je suis la seule de la famille à avoir appris le chinois. Kwan m'a contaminée. Son langage m'a gagné par osmose pendant le sommeil. Elle a instillé ses secrets chinois dans mes pensées, elle a modifié ma vision du monde. Très vite, mes cauchemars se sont déroulés en chinois.

Réciproquement, c'est de moi qu'elle apprenait son anglais. À présent que j'y pense, c'est peut-être pour cette raison que son anglais est minable. J'étais un professeur dénué d'enthousiasme. Une fois, j'avais sept ans, je lui ai joué un vilain tour. Nous étions allongées sur notre lit dans l'obscurité.

– Libby-Ah ? a commencé Kwan, puis elle a continué en chinois : La poire délicieuse que nous avons mangée ce soir s'appelle comment, en Amérique ?

– Poire Beurk, ai-je répondu en me couvrant la bouche pour étouffer mon fou rire.

Elle avait du mal à prononcer convenablement « poire Beurk, poire Beurk ».

– Ah ! quel nom affreux pour un goût si délicieux. Jamais je n'ai mangé un fruit aussi bon. Libby-Ah, tu as de la chance. Ah ! si seulement ma mère n'était pas morte.

Elle parvenait pratiquement toujours à trouver un lien entre le sujet en cours et les tragédies de sa vie antérieure, qu'elle me décrivait chaque fois dans notre chinois secret.

Un autre jour, je me rappelle qu'elle m'a surprise en train de classer des cartes de vœux répandues sur mon lit. Elle est venue en prendre une et m'a demandé :

– Ça veut dire quoi, cette forme ?

– C'est un cœur. Ça désigne l'amour. Tu vois, toutes les cartes en ont un. Je dois en offrir une à chacun des élèves de ma classe. Mais ça ne veut pas vraiment dire que je les aime tous.

Elle est retournée s'étendre sur son lit et s'est exclamée :

– Libby-Ah. Ah, si seulement mère pas morte du cœur !

J'ai poussé un soupir, mais je ne l'ai pas regardée. Encore cette histoire ! Elle est restée silencieuse un moment, puis elle a ajouté :

– Tu sais ce que c'est, une maladie de cœur ?

– Non. C'est quoi ?

– Tu te sens toute chaude quand la famille est là, et puis le toit de chaume de la maison se soulève et tu t'envoles.

– Oh !

– Tu sais, ma mère, pas morte d'une maladie du poumon, pas du tout.

Et, là, Kwan m'a raconté que notre père avait attrapé une maladie parce qu'il rêvait de choses trop belles. Il n'arrêtait pas de parler de richesse, de la belle vie. Du coup, il s'est égaré. Sa vie s'est écartée des siens, il a perdu le souvenir de sa femme et de sa fille.

– Je ne veux pas dire que père était un mauvais homme, a murmuré Kwan d'une voix éraillée. Non. Seulement sa loyauté n'a pas résisté à l'épreuve. Libby-Ah, tu vois ce que c'est, la loyauté ?

– Non. C'est quoi ?

– Si tu demandes à quelqu'un de se couper une main pour t'éviter d'être emportée, quand le toit de chaume se soulève, pour te montrer qu'il est vraiment heureux de t'aider, il se coupe les deux mains.

– Oh !

– Notre père ne l'a pas fait. Il est parti au moment où ma mère allait avoir un deuxième bébé. Je ne te mens pas, Libby-Ah, c'est la vérité. À cette époque, j'avais quatre ans. Si on compte en années chinoises. Je n'oublierai jamais. J'étais couchée contre ma mère, je caressais son ventre gonflé. Il était comme une grosse pastèque. Comme ça...

Elle a tendu les bras aussi loin qu'elle le pouvait.

– Ensuite, toute l'eau de son ventre a coulé, comme ont coulé les larmes de ses yeux.

Kwan a laissé tomber ses mains et a ajouté :

– L'enfant affamé qu'elle portait lui a mangé le cœur, il lui a fait un trou. Ils sont morts tous les deux.

Je suis sûre que Kwan parlait au figuré mais, dans mon imagination d'enfant, j'entendais ce qu'elle me racontait au sens propre. Je voyais les mains coupées qui s'envolaient au-dessus d'une maison privée de son toit de chaume. Mon père en train de flotter sur la mer de Chine. Le petit bébé dévorant le cœur de sa mère. Ces images dont devenues des fantômes. J'étais comme une gamine devant un film d'horreur. Je me protégeais les yeux à deux mains, mais je regardais tout de même avec angoisse entre mes doigts. J'étais prisonnière de Kwan, et elle me protégeait.

À la fin de ses histoires, elle ajoutait toujours :

– Tu es la seule à savoir. Ne dis rien à personne. Jamais. Promis, Libby-Ah ?

Je hochais la tête et acquiesçais, rendue docile par la conscience de mon privilège et la crainte que j'éprouvais.

Un soir, alors que mes paupières étaient déjà alourdies par le sommeil, elle a recommencé à murmurer des choses en chinois :

– Libby-Ah, il faut que je te révèle un secret, un secret interdit. C'est trop lourd à porter toute seule.

J'ai bâillé ostensiblement, en espérant qu'elle comprendrait le message, mais elle a continué :

– J'ai des yeux yin.

– Des yeux quoi ?

– Je ne mens pas. Des yeux yin. Je peux voir les gens dans le Yin.

– Ça veut dire quoi ?

– Je vais t'expliquer. Mais, avant, tu me promets de ne jamais le dire à personne. Jamais. Promis ?

– D'accord. Promis.

– Les gens du Yin, ce sont les gens qui sont déjà morts.

Mes yeux se sont écarquillés.

– Hein ? Tu vois les morts ? Les *fantômes* ?

– Ne le dis à personne. Jamais. Promis, Libby-Ah ?

J'avais le souffle coupé.

– Des fantômes... il y en a ici en ce moment ? ai-je chuchoté.

– Oh oui, plein, plein. Des amis.

J'ai plongé sous les couvertures.

– Dis-leur de s'en aller, ai-je demandé.

– N'aie pas peur, Libby-Ah. Sors de là. Ils sont tes amis aussi. Oh, regarde, ils se moquent de toi, de te voir si peureuse !

Je me suis mise à pleurer. Au bout d'un moment, Kwan a poussé un soupir et d'une voix déçue a déclaré :

– Allez, arrête de pleurer, ils sont partis.

Voilà comment a commencé cette histoire de fantômes. Quand j'ai quitté mon abri de couvertures, j'ai vu Kwan dressée sur son lit sous la clarté de la lune américaine ; elle regardait par la fenêtre, comme si elle suivait des yeux les fantômes en train de s'éloigner dans la nuit.

Le lendemain matin, je suis allée trouver ma mère et j'ai fait ce que j'avais juré de ne pas faire : je lui ai tout raconté sur Kwan et ses yeux yin.

En atteignant l'âge adulte, j'ai fini par comprendre que ce n'est pas à cause de moi qu'on a envoyé Kwan en hôpital psychiatrique. En fait, elle s'y est plus ou moins précipitée elle-même. Après tout, à cette époque-là, je n'étais qu'une petite fille. J'avais sept ans, et une peur terrible. Il fallait que j'en parle. Je pensais que ma mère allait simplement demander à ma sœur d'arrêter de raconter des sornettes. Mais, quand papa Bob a appris cette histoire de fantôme, il a failli s'étrangler. Maman a suggéré d'emmener Kwan à la paroisse Sainte-Marie pour qu'elle ait une discussion avec un prêtre. Mais papa Bob a refusé. La confession ne suffirait pas. Il a pris rendez-vous au service psychiatrie de l'hôpital Sainte-Marie à la place.

Quand je lui ai rendu visite la semaine suivante, Kwan m'a chuchoté :

– Libby-Ah, écoute, j'ai un secret. Ne le raconte à personne, hein. Elle a continué en chinois : Quand les infirmières et les médecins me posent des questions, je les traite comme s'ils étaient des fantômes américains. Je ne les vois pas, je ne les entends pas, je ne leur parle pas. Bientôt, ils s'apercevront qu'ils ne peuvent pas me changer et ils me laisseront sortir.

Je me souviens qu'elle avait l'air aussi impassible qu'une statue de cerbère à l'entrée d'un palais.

L'ennui, c'est que son stratagème du silence chinois n'a pas du tout marché. Les médecins ont cru qu'elle était entrée dans une phase catatonique. À cette époque, au début des années 60, ils ne surent déceler, dans ces histoires de fantômes chinois, qu'un grave désordre mental. Du coup, Kwan a eu droit à des traitements par électrochocs, une fois, deux fois, puis encore et encore, me raconta-t-elle en pleurant. Y penser me fait encore mal pour elle.

La deuxième fois que je l'ai vue à l'hôpital, elle m'a encore fait ses confidences.

– Toute cette électricité m'a délié la langue, du coup je n'ai pas pu rester silencieuse comme les poissons, je suis devenue un canard sauvage, je poussais des kwa-kwa-kwa, je cancanais sur le monde du Yin. Alors, quatre mauvais esprits m'ont crié : « Comment peux-tu divulguer nos secrets ? » Ils m'ont infligé un *yin-yang-tou* : ils m'ont obligée à m'arracher la moitié des cheveux. C'est pourquoi les infirmières ont été forcées de me raser. Je ne pouvais m'empêcher de m'arracher les cheveux. Jusqu'à ce que la moitié de mon crâne soit nue comme un melon, l'autre moitié velue comme une noix de coco. Les esprits voulaient montrer que j'avais deux visages, l'un loyal et l'autre trompeur. Mais je ne suis pas une traîtresse. Regarde, Libby-Ah. Mon visage est loyal, non ? Qu'est-ce que tu en penses ?

Ce que je voyais me laissait paralysée de crainte : on aurait dit qu'on lui avait coupé les cheveux à la tondeuse à gazon mécanique. C'était aussi douloureux à regarder qu'un animal écrasé. Quand on se demande à quoi il ressemblait avant. Sauf que moi je savais : avant, sa chevelure lui tombait jusqu'à la taille. Avant, je passais les doigts dans cette eau noire, satinée. Avant, je la saisissais pour lui donner des secousses comme si je tenais les rênes d'une mule et je m'écriais : « Hue, Kwan ! Allez, fais hi-han ! »

Elle m'a pris la main et l'a passée sur la partie dénudée, râpeuse, de son crâne, tout en murmurant des choses relatives à ses amis et ses ennemis de Chine. Elle a continué à chuchoter ainsi un long moment, incapable de s'arrêter, comme si les électrochocs lui avaient démis l'articulation de la mâchoire. Elle ne pouvait plus faire autrement. J'étais terrifiée à l'idée d'être moi aussi contaminée par la maladie du bavardage.

J'ignore encore pourquoi elle ne m'a jamais reproché ce qui est arrivé. Je suis sûre qu'elle savait que j'étais la seule responsable de ses ennuis. Après son retour de l'hôpital Sainte-Marie, elle m'a donné son bracelet d'identification en plastique, comme souvenir. Elle m'a parlé des enfants du patronage qui venaient à l'hôpital pour chanter *Douce Nuit*. Elle m'a dit comment ils avaient crié de surprise quand un vieil homme leur avait lancé : « Vos gueules ! » Elle m'a raconté que certains malades de l'hôpital étaient possédés par des fantômes. Des fantômes qui n'avaient rien de commun avec les gens du Yin qu'elle fréquentait et qui étaient si gentils. Quel dommage ! Jamais elle n'a ajouté : « Libby-Ah, pourquoi leur as-tu révélé mon secret ? »

J'ai beau faire, mon interprétation de cette histoire est toujours la même que dans mon souvenir. Je l'ai trahie, je l'ai rendue folle par ma trahison. Les traitements de choc, j'en étais aussi responsable, me disais-je. Ils avaient libéré ses fantômes.

Tout cela est arrivé il y a plus de trente ans, mais Kwan pleure encore la disparition de ses cheveux :

– Mes cheveux, ouh ! si beaux, comme de l'eau brillante, glissants, vifs comme l'anguille. Maintenant, regarde. Tous ces traitements de choc, j'ai l'impression d'avoir une permanente ratée. Leur belle couleur, brûlée. Leur douceur, perdue. Mes cheveux, maintenant, ce sont des fils électriques. Ils envoient des messages dans ma tête : finis les bavardages sur le Yin. Ils m'ont fait ça, ah !, mais je n'ai pas changé. Tu vois ? Je suis restée forte.

Elle avait raison. Ses cheveux en repoussant avaient pris un aspect maladif, ils étaient raides comme le poil d'un fox-terrier. Quand elle les brossait, ils se dressaient par poignées entières avec un petit crépitement d'électricité statique. Ils se tortillaient comme les filaments des ampoules grillées. Kwan disait pour expliquer ce phénomène :

– Toute cette électricité que les docteurs ont envoyée à mon cerveau, elle fait le tour de mon corps comme un cheval sur un hippodrome.

Elle prétend que c'est pour cela qu'elle ne peut pas s'approcher à moins d'un mètre d'un écran de télévision sans provoquer des perturbations magnétiques. Elle ne se sert pas du baladeur que son mari, George, lui a offert. Elle est obligée de mettre la radio en contact avec sa cuisse pour faire masse, sans quoi, quelle que soit la station choisie, elle n'entend qu'une affreuse musique, « boum-pa-pa, boum-pa-pa ». Il lui est impossible de porter le moindre bracelet-montre. Une fois, elle a gagné une montre à affichage numérique au loto, mais dès qu'elle l'a mise à son poignet, les chiffres sont devenus fous : ils se sont mis à défiler comme les cerises et les citrons dans la fenêtre des machines à sous. Deux heures après, la montre était en panne.

– J'ai le jackpot ! a hurlé Kwan. Huit, huit, huit, huit, huit. Chiffres de chance, mais montre nulle.

Bien que Kwan n'ait aucune formation technique, elle est capable de repérer en une seconde l'endroit où se produit un mauvais contact, qu'il s'agisse d'un circuit mural ou d'une visionneuse à diapos. Elle a exercé ses talents sur certains de mes appareils. Pourtant, la photographe professionnelle, c'est moi. Elle est pratiquement incapable de prendre une photo avec un Instamatic. Mais je l'ai déjà vue m'indiquer ce qui n'allait pas dans un appareil, un câble, une batterie. Quand, par la suite, j'ai renvoyé le matériel au magasin Cal Precision à Sacramento, je me suis aperçue que son diagnostic était juste. J'ai aussi été témoin du fait qu'elle est capable de réveiller un téléphone sans fil déchargé, rien qu'en appliquant les doigts sur les fils de la batterie. Elle est incapable de trouver une explication à cela. Moi non plus. Tout ce que je peux dire, c'est que je l'ai vue faire.

La plus curieuse de ses facultés, à mon sens, c'est le diagnostic physique. Rien qu'en serrant la main d'un inconnu, elle peut savoir s'il a été victime de fractures, même si la guérison remonte à plusieurs années. Elle décèle instantanément les arthrites, les tendinites, la sciatique. Elle est très bonne pour toutes les affections des muscles et du squelette. Elle les appelle tour à tour « chaleur dans les os », « bras fiévreux », « articulations qui piquent », « jambes qui flageolent ». Elle prétend qu'elles sont la conséquence d'une alimentation qui mêle le chaud et le froid, de déceptions que l'on ressasse en les comptant sur ses doigts, ou bien qu'elles sont dues au fait qu'on a trop souvent hoché la tête en signe de dépit, ou bien encore que, à force de se prendre le menton entre les mains, on y a emprisonné trop de soucis. Elle ne soigne personne sur-le-champ, elle n'est tout de même pas la grotte de Lourdes ! Mais beaucoup de personnes prétendent qu'elle possède un pouvoir de guérison. Par exemple, ses clients de chez Spencer, la pharmacie du quartier Castro où elle travaille. La plupart de ceux qui viennent la voir avec une ordonnance sont des homosexuels. Elle les appelle des « célibataires ». Et parce qu'elle a travaillé là pendant plus de vingt ans, elle a assisté au développement du sida chez nombre de ses fidèles clients. Quand ils lui rendent visite, elle leur passe la main sur les épaules en leur prodiguant des conseils médicaux du genre : « Vous buvez encore de la bière ? Vous mangez épicé ? Ensemble, en même temps ? Bah ! Que vous ai-je dit ! Tss, tss ! Comment aller mieux en faisant ça, hein ? » On dirait qu'elle s'adresse à des gamins capricieux. Certains de ces clients viennent faire un tour chaque jour dans l'officine, alors qu'ils pourraient très bien se faire livrer à domicile. Je sais pourquoi. Quand elle pose ses mains sur l'endroit qui vous fait mal, vous ressentez comme une chaleur. Comme si un millier de petits anges dansaient sur la douleur. Ensuite, vous avez l'impression que de l'eau chaude coule dans vos veines. Vous n'êtes pas guéri, mais vos soucis se sont éloignés. Vous êtes soudain calme et vous vous sentez flotter sur une mer paisible.

Une fois, Kwan m'a dit :

– Après leur mort, les célibataires du Yin reviennent me voir. Ils m'appellent *Docteur* Kwan. Pour rire, bien sûr. Elle a ajouté timidement, en anglais cette fois : Peut-être aussi par respect. Qu'est-ce que tu en penses, Libby-Ah ?

Elle me demande toujours ce que j'en pense.

Dans la famille, personne ne parle des facultés bizarres de Kwan. Autant ne pas attirer l'attention sur ce que chacun sait : que Kwan est un peu cinglée, même pour un Chinois, même pour un habitant de San Francisco. Une bonne partie de ses faits et gestes, de ses paroles se heurteraient à l'incrédulité de la plupart des gens – de ceux qui ne sont pas sous tranquillisants ou prisonniers d'une secte.

Mais je ne crois pas pour autant qu'elle soit folle. Ou bien, alors, il s'agit d'une folie inoffensive, à condition que personne ne la prenne au sérieux. Kwan ne pousse pas la chansonnette sur le trottoir à l'exemple de ce type qui harangue la foule sur Market Street en annonçant que, un jour ou l'autre, la Californie va glisser dans l'océan comme un plateau de coquillages. Elle ne fait pas non plus partie des profiteurs du New Age. Elle ne se fait pas payer cinquante dollars de l'heure pour révéler aux gens les erreurs de leur vie passée. Elle vous le dit gratuitement, même si vous ne lui demandez rien.

Le plus souvent, Kwan est pareille à n'importe qui. Elle fait la queue, elle court les soldes, elle se félicite d'avoir économisé trois sous.

– Libby-Ah, m'a-t-elle dit ce matin au téléphone, hier j'ai acheté deux chaussures pour le prix d'une, en solde, à Emporium Capwell. Devine combien j'ai économisé. Allez, devine.

Mais Kwan reste tout de même bizarre. De temps en temps ça m'amuse, parfois ça m'irrite, le plus souvent je m'énerve. Je deviens même furieuse. Pas tellement contre Kwan, mais contre le cours des choses, qui ne tourne jamais comme vous voulez. Pourquoi ai-je hérité d'une grande sœur comme elle ? Pourquoi est-elle tombée sur une petite sœur comme moi ?

Régulièrement, je me demande ce que notre relation aurait donné si seulement Kwan avait été plus normale. Mais, d'un autre côté, qui peut définir la normalité ? Peut-être que dans un autre pays Kwan serait passée inaperçue. Peut-être que dans certains coins de la Chine, de Hong Kong, de Taiwan, elle aurait été honorée ; peut-être même qu'il existe un endroit où tout le monde a une sœur capable de voir les morts.

Aujourd'hui, Kwan a près de cinquante ans, j'en ai douze de moins ; elle tient à apporter cette précision avec fierté quand quelqu'un demande poliment qui de nous deux est l'aînée. En public, elle ne déteste pas me pincer la joue pour me rappeler que ma peau devient « toute fripée » à force de fumer des cigarettes et de consommer vin et café en trop grande quantité – mauvaises habitudes dont elle est exempte. « Quand on n'est pas intoxiqué, pas besoin de s'arrêter », aime-t-elle à répéter. Kwan n'a rien de profond, aucune subtilité particulière. Elle est transparente. Personne ne croirait que nous sommes sœurs.

Un jour Kevin a déclaré en plaisantant qu'on ne nous avait peut-être pas envoyé la bonne petite fille et que les communistes avaient dû penser que des Américains ne feraient pas la différence entre deux Chinoises. Après cette réflexion, j'ai longtemps imaginé que nous allions recevoir une lettre de Chine disant : « Désolé, nous avons commis une erreur. » Kwan avait l'air parfois tellement déplacée chez nous. La photo de famille de Noël ressemblait à une de ces devinettes pour enfants ayant pour thème : « Cherchez l'intrus ». Tous les ans, au premier rang, au centre, on voyait Kwan, affublée de vêtements d'été de couleur vive, des barrettes en plastique de chaque côté du crâne, la figure éclairée d'un sourire trop large, un sourire de canard, qui lui remontait les joues. Maman lui avait trouvé un travail comme serveuse dans un restaurant sino-américain. Kwan a mis un mois à comprendre que la nourriture qu'on y servait était censée être chinoise. Avec le temps, elle n'est pas devenue plus américaine, et sa ressemblance avec papa n'est jamais apparue.

En revanche, les gens ne cessent de me répéter que je suis celle qui ressemble le plus à mon père, à la fois physiquement et moralement.

– Regardez-moi ça, Olivia peut manger énormément sans prendre un gramme ! s'écrie encore aujourd'hui tante Betty. Comme Jack !

Un jour, ma mère a dit :

– Olivia est une malade de l'analyse, elle a une mentalité de comptable, comme son père. Pas étonnant qu'elle soit devenue photographe.

Ce genre de commentaire m'oblige à me demander ce que j'ai bien pu hériter d'autre de mon père. Mes humeurs de chien ? Mon habitude de saler les fruits ? Ma phobie des microbes ?

Comparée à moi, Kwan est une petite dynamo d'un mètre soixante, un éléphant miniature dans un magasin de porcelaine chinoise. Elle est toute en lourdeur, elle heurte le regard, elle est capable de porter une veste à carreaux violets sur des pantalons turquoise. Elle vous chuchote les choses à tue-tête d'une voix rauque comme si elle souffrait de laryngite chronique, alors qu'en fait elle n'est jamais malade. Elle met les gens en garde à propos de leur santé. Elle leur conseille de se soigner par les plantes. Elle a son idée sur tout, de la réparation des tasses cassées à celle des mariages brisés. Elle saute d'un sujet à l'autre sans arrêt, et parsème son discours de tuyaux pour des soldes. Tommy m'a confié un jour que Kwan est une adepte de la liberté de parole et d'association, mais que ce qu'elle apprécie par-dessus tout, c'est la liberté de repérer les meilleures promos de la ville. La seule chose qui ait changé dans la pratique de l'anglais chez Kwan, c'est la vitesse de défilement de la bande. Elle croit pourtant qu'elle le parle très bien. Il lui arrive même de corriger son mari.

Malgré toutes nos différences, qui sont criantes, Kwan pense toujours que nous sommes comme des jumelles. Elle nous voit réunies par une sorte de cordon ombilical chinois, un lien cosmique qui nous aurait donné les mêmes caractéristiques de naissance, les mêmes aspirations dans l'existence, le même destin et les mêmes chances.

– Moi et Libby-Ah, explique-t-elle aux gens qu'elle rencontre, nous sommes pareilles là-dedans. Elle accompagne ses propos d'une tape sur ma tête. Nées toutes les deux l'année du Chat. Laquelle est la plus vieille ? Devinez ! Laquelle ?

Dans ces cas-là, elle vient appuyer sa joue contre la mienne. Kwan n'a jamais été capable de prononcer mon nom correctement. Elle persiste à m'appeler Libby-Ah. Son mari, George Lew, ses deux fils, nés d'un premier mariage, et toute la famille de ce côté-là me nomment Libby-Ah, évidemment. Le « Ah » m'énerve tout particulièrement. En chinois, c'est *Hé* ! Comme dans : « Hé ! Libby, viens par ici. »

Un jour, j'ai demandé à Kwan si elle apprécierait que je la présente à tout le monde comme « Hé ! Kwan ». Elle m'a donné une grande claque sur le bras et a éclaté de rire. Puis elle a rugi : « J'adore ! J'adore ! » Je suis donc Libby-Ah, et je n'y pourrai rien changer.

Je n'ai pas dit que je n'aimais pas Kwan. Ma propre sœur. Comment pourrais-je ne pas l'aimer ? À bien des égards, elle m'a servi de mère ; plus que la vraie. Mais je me sens souvent coupable. Je n'ai pas envie de la fréquenter de trop près. D'une certaine façon, nous sommes déjà très proches. Nous savons, l'une sur l'autre, des choses qui tiennent pour la plupart à notre histoire commune. Nous avons partagé le même placard, le même dentifrice, les mêmes céréales le matin pendant douze ans, bref toutes les habitudes familiales et les petits manèges domestiques. Je la trouve très gentille et surtout loyale, extrêmement loyale. Elle arracherait les yeux de quiconque proférerait du mal de moi en sa présence. C'est important. Seulement, je répète que ça ne me plairait pas de la fréquenter de près, comme le font certaines sœurs qui sont les meilleures amies du monde. Pour être franche, je suis moins ouverte avec elle qu'elle ne l'est avec moi. Elle me fait profiter des moindres détails de sa vie, comme, par exemple, celui qu'elle m'a confié la semaine dernière à propos de son mari :

– Libby-Ah, j'ai trouvé un grain de beauté de la taille de mon nombril sur... comment vous appelez ça, entre les jambes des hommes, la partie qui ressemble à la coquille des noix ?

– Le scrotum.

– Oui, oui, un grain de beauté sur le scrotum ! Maintenant, tous les jours, tous les jours, j'examine George. Ah, son scrotum ! Pour être sûr que ça ne grossit pas.

Pour Kwan, il n'y a pas de barrières entre les membres de la famille. Tout est prétexte à des discussions épuisantes à propos du moindre événement. Combien vous avez dépensé d'argent pour vos dernières vacances. Qu'est-ce qui ne va pas dans votre nature profonde. Les raisons pour lesquelles vous avez l'air abattu en ce moment comme un poisson rouge dans un bocal étroit. Et elle se demande encore pourquoi je ne l'admets pas à participer régulièrement à ma vie sociale ! Ça ne l'empêche pas de m'inviter à dîner une fois par semaine. Je suis conviée aussi à toutes les fêtes de famille les plus fastidieuses – par exemple, la semaine dernière, elle avait organisé quelque chose pour fêter l'obtention, par la tante de George, de la nationalité américaine après cinquante ans. Kwan pense toujours que, si je ne viens pas, c'est que je suis en pleine catastrophe. Elle me demande alors :

– Pourquoi n'es-tu pas venue ? Quelque chose ne va pas ?

– Non, tout va bien.

– Malade ?

– Non.

– Tu veux que je vienne, que je t'apporte des oranges ? J'en ai des super-bonnes, un bon prix, un dollar la demi-douzaine.

– Non, je t'assure, je vais très bien.

Elle ressemble à un chaton abandonné qui pétrirait mon cœur de ses griffes. Toute ma vie j'ai connu cela. Elle a pelé mes oranges, elle m'a acheté des sucreries, elle a examiné, ravie, mes travaux photo, elle m'a toujours répété que j'étais intelligente, qu'elle ne m'arriverait jamais à la cheville. Et pourtant je ne peux pas prétendre avoir fait beaucoup d'efforts pour me faire aimer d'elle. Quand j'étais petite, je lui ai souvent interdit de jouer avec moi. Et, tout au long de ces années, combien de fois l'ai-je rudoyée, combien de fois lui ai-je crié qu'elle me faisait honte ? Je ne peux pas dresser le compte de toutes les occasions où j'ai menti pour l'éviter.

Cependant, rien ne l'a jamais empêchée de considérer systématiquement que, si je me fâchais, c'était pour son bien, que si je me défilais c'était par délicatesse, que mes marques d'affection plutôt ternes étaient l'expression d'une loyauté sans faille. Quand je ne supporte plus ce manège, je me fâche et lui dis qu'elle est folle. Mais avant que j'aie pu retirer mes paroles blessantes, elle me tapote le bras, sourit et se met à rire. La blessure se referme instantanément. De mon côté, la culpabilité m'étreint pour toujours.

Au cours des derniers mois, Kwan a été la source de problèmes inédits. Normalement, après trois refus de ma part, elle laisse tomber. Désormais, on dirait que son esprit est bloqué en position « retour automatique ». Durant les périodes où elle cesse de m'énerver, je m'inquiète à l'idée qu'elle ne nous refasse une dépression nerveuse. Kevin dit qu'elle est en pleine ménopause. À mon avis, c'est plus grave. Kwan est sujette à des obsessions plus fréquentes que par le passé. Par exemple, elle discute davantage avec ses fantômes. Quand nous conversons, la mention de la Chine revient sans arrêt dans sa bouche. Elle me répète qu'il faudrait qu'elle y retourne avant que tout ait complètement changé, avant qu'il soit trop tard. Trop tard pour quoi ? Elle ne le sait pas.

Et mon mariage, alors, parlons-en. Elle ne veut pas admettre que ce soit fini entre Simon et moi. En fait, on peut même affirmer qu'elle s'acharne à saboter notre divorce. La semaine dernière, j'ai reçu du monde pour fêter l'anniversaire de Kevin. J'avais invité un type que je fréquente, Ben Apfelbaum. Quand il a raconté à Kwan que son métier était de prêter sa voix à des publicités radiophoniques, elle lui a dit :

– Ah ! Libby-Ah et moi grand talent pour se sortir de toutes les situations. Grand talent aussi pour toujours trouver une méthode originale. Pas vrai, Libby-Ah ? (Elle a eu un mouvement de sourcils, puis elle a ajouté :) Ton mari, Simon, serait d'accord avec moi, hein ?

– Mon futur ex-mari, tu veux dire.

Il a fallu que j'explique à Ben :

– Notre divorce sera une affaire réglée dans cinq mois, le 15 décembre.

– Il ne faut jurer de rien, a lancé Kwan.

Puis elle a éclaté de rire et m'a pincé le bras avant de se tourner vers Ben pour lui demander :

– Vous avez rencontré Simon ?

Ben a hoché la tête et a essayé d'expliquer :

– Olivia et moi, nous nous sommes rencontrés à...

Mais Kwan l'a interrompu :

– Un très bel homme.

Ensuite, les mains réunies contre l'oreille de son interlocuteur, elle a ajouté en confidence :

– Simon a l'air du frère jumeau d'Olivia. Il est à moitié chinois.

– À moitié hawaïen ! ai-je protesté. Et nous ne nous ressemblons pas du tout.

– Que font votre père et votre mère ? a demandé Kwan, les yeux fixés sur la veste en cachemire de Ben.

– Ils sont retraités et vivent dans le Missouri.

– Ah, quelle misère ! Tss ! tss ! a soupiré Kwan en me regardant. Trop triste !

Chaque fois que Kwan parle de Simon, je fais tellement d'efforts pour réprimer ma fureur que j'ai l'impression que mon crâne va voler en éclats. Elle est convaincue qu'étant responsable de la décision de divorce je suis en mesure de faire machine arrière.

– Pourquoi ne pas lui pardonner ? m'a-t-elle demandé après cette soirée – elle était en train de débarrasser un plant d'orchidées de ses fleurs mortes. Têtue et en colère en même temps, très mauvais pour toi.

Comme je ne répondais rien, elle a essayé une autre méthode :

– Je pense que tu as encore beaucoup d'affection pour lui... Mmh, oui, beaucoup. Ah ! regarde ton visage. Tout rouge. L'amour qui te remonte du cœur. J'ai pas raison ? Réponds. J'ai raison, hein ?

Et moi je continuais à trier le courrier, tout en apposant la mention : « N'habite plus à l'adresse indiquée » sur les enveloppes qui portaient le nom de Simon Bishop. Je n'ai jamais expliqué à Kwan pourquoi je l'avais quitté. Elle n'aurait pas compris. Trop complexe. Impossible de désigner un épisode précis, une dispute, et de dire voilà, c'est pour cette raison-là. Notre rupture est due à plusieurs choses à la fois. Nous avons mal commencé, ça s'est mal déroulé, nous avons fini par prendre des années de silence mutuel et d'habitudes communes pour une intimité. Après dix-sept ans passés ensemble, quand j'ai finalement compris que j'avais d'autres besoins, j'ai vu que Simon, lui, se contentait de plus en plus de sa petite vie. C'est sûr, je l'aimais, un peu trop même, et lui ne m'aimait pas assez. J'ai besoin de quelqu'un pour qui je sois la première. Je n'ai plus l'intention de me contenter des miettes.

Mais Kwan ne comprend pas. Elle ignore les blessures que peuvent vous causer les autres et qui sont parfois inguérissables. Quand les gens disent qu'ils sont désolés, elle prend cela pour argent comptant. Elle est naïve au point de croire tout ce qu'on dit dans les pubs à la télé. Il suffit de regarder sa maison : elle est bourrée de gadgets, de couteaux japonais qui coupent dix fois mieux, de robots ménagers qui font des tranches, des cubes, des jus, des frites. Dès qu'il y a un truc qui sort, elle l'achète « pour seulement dix-neuf dollars quatre-vingt-dix si vous commandez aujourd'hui avant minuit ».

– Libby-Ah, m'a-t-elle annoncé au téléphone aujourd'hui-même. J'ai quelque chose d'important à te dire ! Une nouvelle très importante. Ce matin j'ai parlé avec Lao-Lu. Nous avons décidé : toi et Simon, vous ne devez pas divorcer.

– Charmant ! Vous avez *décidé* !

J'étais en train de faire mes comptes, tout en affectant de l'écouter.

– Oui, moi et Lao-Lu. Tu vois qui c'est ?

– Le cousin de George, je sais.

Son mari semblait avoir un lien de parenté avec tous les Chinois de San Francisco.

– Non, non. Lao-Lu n'est pas cousin. Comment peux-tu oublier, je t'en ai parlé si souvent ! Un vieil homme, chauve. Ferme, bras, jambes, caractère égal. Une seule fois il a perdu son égalité de caractère. Il a perdu la tête aussi. On la lui a coupée. Lao-Lu dit que...

– Attends une minute ! Un type sans tête se mêle de me dire ce que je dois faire de mon mariage ?

– Tss ! Tête coupée il y a plus d'un siècle ! Aujourd'hui tout va bien, plus de problème. Lao-Lu dit que toi, moi, Simon, tous les trois on va en Chine, tout se passera bien. D'accord, Libby-Ah ?

J'ai poussé un soupir.

– Kwan, en ce moment, je n'ai pas le temps de parler de ça. Je suis en train de faire quelque chose.

– Lao-Lu dit que tu ne peux pas juste équilibrer tes comptes, regarde tout ce que tu perds. Tu dois équilibrer ta vie aussi.

Comment diable savait-elle que j'étais en train de faire mes comptes ?

Voilà comment ça se passait avec Kwan. Au moment où je l'envoyais paître, elle me sortait une phrase qui me faisait peur et réveillait mon intérêt. Une fois de plus, je me retrouvais sa prisonnière. Tant qu'elle serait là, je n'aurais jamais la paix. Elle m'obligerait toujours à regarder de son côté.

Pourquoi me considère-t-elle encore comme sa petite sœur chérie ? Pourquoi suis-je la personne qui compte le plus dans sa vie ? Oui, je compte plus que quiconque dans sa vie. Pourquoi me répète-t-elle sans cesse que, même si nous n'étions pas sœurs, elle ne changerait pas de regard sur moi pour autant ? « Libby-Ah, me dit-elle parfois, je ne te quitterai jamais. »

J'ai envie de lui crier que non, que je n'ai rien fait pour ça, que je ne veux plus entendre des choses pareilles. Parce qu'à chaque fois elle transforme le souvenir de toutes mes trahisons en un devoir d'amour : elle a été loyale envers moi, il faudra bien que je lui rende la pareille un jour.

Mais, même si je me coupais les deux mains, à quoi ça servirait ? Comme elle me l'a dit, elle ne me lâchera jamais. Un soir que le vent hurlera dans les arbres, je la verrai s'accrocher au bord du toit de chaume, elle sera sur le point de s'envoler pour le monde du Yin et elle murmurera, en couvrant les échos de la tempête :

– Viens, dépêche-toi ! Mais ne le répète à personne. Promis, Libby-Ah ?

2

Pêcheurs d'hommes

Le téléphone sonne. Il n'est pas encore sept heures ; Kwan est la seule qui m'appelle à une heure pareille. Je laisse le répondeur prendre la ligne.

– Libby-Ah ? Tu es là ? Ici ta grande sœur... Kwan. J'ai quelque chose d'important à te dire. Tu veux savoir ? J'ai rêvé de toi et Simon cette nuit. Rêve curieux. Tu vas à la banque vérifier ton compte épargne. Un voleur débarque dans la banque. Vite, tu caches ton sac. Le voleur prend tout, à tout le monde, mais pas ton sac. Ensuite, tu rentres à la maison, tu mets la main dans ton sac. Ah ! Où est-il ? Parti ! L'argent ? Non, ton cœur. Volé ! Comment faire pour vivre sans cœur ? Pas d'énergie, joues décolorées, pâleur, tristesse, grande fatigue. Le président de la banque où tu as ton compte épargne te dit : « Je vous prête mon cœur. Pas d'intérêt. Vous me remboursez quand vous pouvez. » Tu le regardes. Ce visage c'est... Tu sais qui c'est, Libby-Ah ? Simon ! Oui, oui, il te donne son cœur ! Tu vois, il t'aime encore. Libby-Ah, tu crois pas que c'est plus qu'un rêve ? Libby-Ah, tu m'entends ?

À cause de Kwan, j'ai développé une aptitude particulière à me souvenir de mes rêves. Même aujourd'hui, je suis capable de me rappeler huit, dix, douze de mes rêves. J'ai appris la méthode quand Kwan est rentrée de l'hôpital Sainte-Marie. Dès mon réveil elle me demandait :

– Libby-Ah, cette nuit, qui as-tu vu ? C'était comment ?

De toute la force de mon esprit encore engourdi par le sommeil, je me raccrochais à ce monde qui s'éloignait, et j'y pénétrais de nouveau. Je lui décrivais les détails de cet univers que je venais de quitter, l'éraflure sur ma chaussure, le caillou que j'arrachais du sol, le visage de ma vraie mère qui m'appelait sous la terre, et quand je m'arrêtais elle me demandait :

– Et avant, où étais-tu ?

Alors, prostrée, je me souvenais du rêve précédent, ensuite de celui qui avait précédé, et ainsi d'une douzaine de vies différentes que j'avais vécues ou de morts que j'avais connus. Ce sont des épisodes que je n'ai jamais oubliés : ces instants qui précèdent la mort.

Pendant toutes ces années de pérégrinations en songe, j'ai connu le goût de la cendre froide qui vous tombe dessus par une nuit de brouillard. J'ai vu briller une armée de lances au sommet d'une colline. J'ai tâté le grain de la pierre contre un mur où j'attendais d'être mise à mort. J'ai senti l'odeur musquée de ma propre peur lorsqu'on m'attachait la corde au cou. J'ai éprouvé ma pesanteur, j'étais en pleine chute, je volais dans l'air léger. J'ai entendu ma propre voix pousser le petit cri qui précède la mort.

– Et qu'est-ce que tu as vu après la mort ? me demandait toujours Kwan.

Je hochais la tête.

– Je ne sais pas, je fermais les yeux.

– La prochaine fois, ouvre-les.

Durant la plus grande partie de mon enfance, je pensais que les gens se souvenaient tous de leurs rêves, de leurs autres vies, de leurs autres personnalités. Pour Kwan, c'était le cas. Après son retour de l'hôpital psychiatrique, elle m'a raconté des histoires avant le coucher, à propos de tous ces gens du Yin : une femme qui s'appelait Bannière, un homme nommé Manteau, une fille voleuse qui n'avait qu'un œil, un homme moitié-moitié. À l'entendre, on aurait cru que tous ces fantômes étaient nos amis. Je n'ai rien rapporté à maman ni à papa Bob de ce qu'elle me racontait. La dernière imprudence de cette sorte, j'en avais vu le résultat.

Pendant mes années d'école, j'ai pu finalement m'extraire de ce monde de Kwan ; mais il était déjà trop tard. Elle avait fécondé mon imagination avec la sienne. Je n'ai jamais pu chasser ses fantômes de mes propres rêves.

Je l'entends encore me dire en chinois :

– Libby-Ah, je ne t'ai jamais parlé de la promesse que Mademoiselle Bannière nous a faite avant que nous mourions ?

Je me revois feignant le sommeil.

Elle a continué :

– Je ne peux pas te dire exactement il y a combien de temps, bien sûr. La notion du temps n'est pas la même entre deux vies, mais je pense que c'était pendant l'année 1864. Je ne sais pas s'il faut compter en années chinoises ou occidentales. Non, je ne le sais pas.

Je m'endormais. J'ignorais à quel moment de l'histoire j'avais perdu conscience. Ensuite, j'avais du mal à discerner ce qui appartenait à son rêve et ce qui relevait du mien. Où donc se rejoignaient-ils ? Elle me racontait ces histoires toutes les nuits. Et moi je restais là, allongée, silencieuse, accablée, attendant qu'elle se taise.

– Oui, oui, j'en suis sûre, c'était en 1864. Je m'en souviens parce que cela m'avait paru bien curieux. Libby-Ah, écoute, veux-tu ! *Yi-Ba-Liu-Si.* Mademoiselle Bannière prétendait que ça signifiait quelque chose .comme : si tu perds l'espoir, tu glisses dans la mort. Mais je lui ai répondu que non, que ça voulait dire : garde l'espoir, les morts survivent. Les mots chinois sont comme ça, ils expriment tant de nuances, le bien et le mal, ça dépend de ce que tu as dans le cœur.

» Peu importe. C'était l'année où j'ai offert du thé à Mademoiselle Bannière. Elle, elle m'a offert la boîte à musique, celle que je lui avais volée au début, pour la lui rendre après. Je me rappelle le soir où cette boîte était là entre nous, cette boîte qui contenait tous les souvenirs que nous ne voulions pas oublier. Nous étions toutes les deux seules, dans la maison du Marchand Fantôme où nous avons vécu avec des Adorateurs de Jésus pendant six ans. Nous nous tenions près du buisson sacré, celui qui produisait ces feuilles si particulières que j'utilisais toujours pour faire le thé. Hélas, le buisson venait d'être coupé. Mademoiselle Bannière répétait qu'elle regrettait de n'avoir pas pu empêcher le général Manteau de le couper. C'était un soir triste et chaud. Nos visages ruisselaient de sueur et de larmes mêlées. Les cigales poussaient leur chant de plus en plus fort, puis elles s'interrompaient. Ensuite, nous nous sommes retrouvées ensemble sous une voûte, avec une peur terrible mais en même temps une certaine joie au cœur. Ce qui nous réconfortait, c'était de savoir que notre malaise avait la même origine. C'était l'année où nos deux paradis ont brûlé en même temps.

» Six ans auparavant, c'est-à-dire quand je l'ai rencontrée pour la première fois, j'avais quatorze ans et elle vingt-six, mais en fait elle pouvait être plus vieille ou plus jeune, peu importe. Je ne peux jamais donner un âge aux étrangers. Je venais d'un petit coin de la Montagne aux Chardons, juste au sud de la ville de Changmian. Nous n'étions pas de ces Chinois punti qui prétendent que dans leurs veines le sang des Han du fleuve Jaune coule en plus grande quantité. Ils croient que pour cette raison tout leur est dû. Nous n'appartenions pas non plus aux tribus zhuang qui n'arrêtaient pas de se battre, village contre village, clan contre clan. Nous étions des Hakka, le peuple des hôtes – hmm ! –, c'est-à-dire que nous étions tolérés partout à condition de ne pas rester trop longtemps. Nous vivions dans l'une de ces maisons rondes que construisent les Hakka, dans une région pauvre des montagnes où il faut cultiver les pentes, serpenter comme une chèvre à flanc de montagne et, pour faire pousser un arpent de riz, déplacer de gros rochers.

» Les femmes travaillaient aussi dur que les hommes : pour pousser les rochers, nous ne faisions pas de différence, pour extraire le charbon non plus, et, quand il s'agissait de protéger les récoltes contre les bandits nocturnes, pas davantage. Toutes les femmes hakka étaient dures à l'ouvrage. Nous ne nous bandions pas les pieds comme les filles han, qui marchaient à pas menus sur leurs semelles noires. Nous étions obligés d'aller à travers la montagne sans chaussures, avec presque rien sur le dos. Nos pieds nus foulaient ces fleurs de chardon qui ont donné son nom à la montagne.

» Chez les Hakka, une future épouse se devait d'avoir les pieds bien calleux et une figure à pommettes fortes. D'autres familles hakka vivaient près des grandes villes du Yongan, dans les montagnes, et du Jintian, près du fleuve. Les mères des familles pauvres aimaient marier leurs fils aux filles jolies et rudes qui venaient de la Montagne aux Chardons. À l'occasion des fêtes où ces unions se nouaient, les garçons montaient vers nos villages. Les filles de chez nous chantaient des ballades montagnardes qui étaient descendues du Nord avec nos peuplades un millier d'années plus tôt. Le garçon devait répondre à la fille qu'il avait choisie par un autre chant. Il lui fallait trouver les mots en harmonie avec la complainte. S'il n'avait pas assez de voix, ou si les paroles de sa chanson étaient maladroites, dommage : le mariage n'avait pas lieu. Les Hakka ne sont pas seulement d'une grande force, ils ont aussi de belles voix et de l'esprit. Ils savent ce qu'ils veulent et savent l'obtenir.

» Nous avions un proverbe qui disait : « Quand tu épouses une fille de la Montagne aux Chardons, en une seule femme tu trouves l'équivalent de trois vaches : l'une qui met au monde, l'autre qui travaille aux champs et la troisième qui porte ta mère sur son dos quand elle est vieille. » Voilà à quoi ressemblaient les filles hakka. Elles ne se plaignaient jamais, même si un caillou venait rouler du sommet de la montagne et leur crevait un œil.

» C'est ce qui m'était arrivé à l'âge de sept ans. J'étais très fière de ma blessure. J'ai très peu pleuré. Quand ma grand-mère a cousu le trou laissé par mon œil mort, j'ai raconté que le caillou avait été délogé de là-haut par le sabot d'un cheval fantôme. Et le cavalier n'était autre que la jeune fille fantôme Nunumu, ce qui littéralement veut dire la jeune fille (*nu*) qui possède un œil-perçant comme un poignard (*numu*). On l'appelait donc la fille à l'œil-poignard. Elle aussi avait perdu un œil pendant son enfance. Elle avait été témoin d'un vol de sel par un homme punti. Avant qu'elle ait pu fuir, le voleur lui avait envoyé son poignard dans l'œil. Elle l'avait couvert de son écharpe, et son autre œil s'était mis à devenir plus grand, plus aigu, perçant comme celui d'un aigle ou d'un chat. Elle ne volait que chez les Punti. Et quand ils croisaient son œil-poignard, ils étaient pris de panique.

» Dans la Montagne aux Chardons, tous les Hakka l'admiraient, et pas seulement parce qu'elle commettait des larcins au détriment des Punti. Elle était la première fille hakka à se lancer dans la lutte pour la Grande Paix. C'était lorsque le Roi Céleste est venu à notre secours. Au printemps, elle a emmené toute une armée de jeunes filles hakka vers Guilin, où les Mandchous l'ont capturée. Ils lui ont coupé la tête, mais ses lèvres bougeaient encore. Elle a proféré des mots de malédiction, a annoncé qu'elle reviendrait accabler leurs familles pendant cent générations. C'était l'été où j'ai perdu mon œil. Quand j'ai raconté à tout le monde que j'avais vu Nunumu galoper sur son cheval fantôme, les gens en ont conclu que j'étais la messagère de Nunumu, tout comme le dieu des chrétiens avait choisi un Hakka pour devenir Roi Céleste. Ils ont commencé à m'appeler Nunumu. Parfois, le soir, tard, il m'est arrivé d'apercevoir la jeune brigande. Oh, évidemment, je la distinguais à peine, à cause de mon œil unique.

» Peu après, j'ai rencontré mon premier étranger. Dès que les étrangers sont arrivés dans notre province, tous les habitants de la campagne, de Nanning à Guilin, ne parlaient plus que d'eux. Beaucoup venaient pour faire le commerce de l'opium, qui leur infligeait des rêves fous et altérait leur vision de la Chine. Certains venaient pour vendre des armes : des canons, de la poudre et des fusils. Pas des fusils rapides, modernes. Les autres : avec une mise à feu. De vieux clous récupérés dans des batailles lointaines et perdues. Les missionnaires sont venus chez nous parce qu'ils avaient entendu dire que les Hakka honoraient Dieu. Ils voulaient que nous soyons plus nombreux à accéder à leur paradis. Ils n'avaient pas l'air de savoir qu'honorer Dieu et honorer Jésus n'était pas tout à fait la même chose. Plus tard, nous nous sommes tous aperçus que nos paradis n'étaient pas identiques.

» Mais l'étranger que j'ai rencontré alors n'était pas un missionnaire. Il s'agissait d'un général américain. Les Hakka l'appelaient le Général Manteau parce qu'il portait toujours un vaste manteau avec des gants noirs, des bottes noires, pas de chapeau, une veste courte et grise avec des boutons brillants comme des pièces de monnaie qui couraient de sa taille à son menton. Il tenait toujours une canne à la main, en rotin, avec une extrémité en argent et une poignée d'ivoire sculptée à l'effigie d'une femme nue.

» Quand il est arrivé sur la Montagne aux Chardons, les gens de tous les villages avoisinants sont descendus de chez eux pour se réunir au creux d'une vallée verdoyante. Il est apparu à cheval, à la tête de cinquante soldats de Canton, d'anciens marins et des mendiants qui, désormais, montaient à cheval, vêtus d'uniformes pimpants. Nous avons appris par la suite qu'il ne s'agissait pas de Chinois ou de Mandchous mais de guerriers issus des campagnes françaises en Afrique. Les guerriers nous criaient : Adorateurs de Dieu ! Nous sommes des Adorateurs de Dieu nous aussi ! »

» Certains des nôtres ont pris le Général Manteau pour Jésus ou, comme c'avait été le cas pour le Roi Céleste, pour l'un de ses frères cadets. Il était très grand, avec une grosse moustache, une barbe courte, des cheveux noirs et ondulés qui lui tombaient sur les épaules. Les hommes hakka, eux aussi, portaient les cheveux comme cela : ils avaient renoncé aux nattes parce que le Roi Céleste avait déclaré que notre peuple devait cesser de se plier à la règle des Mandchous. Je n'avais jamais vu d'étrangers auparavant, ce qui me rendait incapable de donner un âge à celui-ci. Mais il me paraissait vieux. Sa peau était couleur navet, ses yeux sombres comme l'eau profonde. Son visage était creusé, anguleux, comme s'il était atteint d'une maladie grave. Il souriait très peu, mais il riait souvent. Il avait un parler guttural un peu comme un âne qui brait. Il était toujours accompagné d'un autre homme, qui lui servait de médiateur et traduisait ses propos d'une voix raffinée.

» La première fois que j'ai vu l'interprète, j'ai trouvé qu'il avait l'air chinois. Un instant plus tard, je lui trouvai plutôt l'air étranger, ensuite ni l'un ni l'autre. Il ressemblait à ces lézards qui prennent la couleur des feuilles et des troncs dans la nature. Plus tard, j'ai entendu dire que cet homme avait du sang chinois du côté de sa mère, et que son père était un homme d'affaires américain. D'un côté comme de l'autre, il n'était pas gâté. Le Général Manteau l'appelait *yiban ren* : moitié d'homme.

» Yiban nous raconta que Manteau arrivait de Canton, où il s'était lié d'amitié avec le Roi Céleste, celui de la Grande Révolution Pacifique. Nous étions tous très surpris, le Roi Céleste était un saint homme qui était né hakka, Dieu l'avait choisi pour qu'il devienne son fils cadet chéri, un petit frère de Jésus. Nous étions très attentifs à son récit.

» Manteau, nous dit Yiban, était un chef militaire américain, un général d'état-major, du rang le plus élevé. Les gens accueillirent la nouvelle par des murmures. Il était venu par la mer pour aider les adorateurs de Dieu, ceux qui croyaient à la Grande Paix. Les gens s'écrièrent alors : « Très bien, très bien ! » Manteau était un adorateur de Dieu lui-même et il admirait notre peuple, ses lois contre l'opium, contre le vol, contre l'abus des charmes secrets de la femme. Les gens ont hoché la tête et moi, de mon œil unique, je regardais la femme nue sur la poignée de sa canne. Il ajouta qu'il était venu pour nous aider à remporter la victoire contre les Mand- chous ; telle était la volonté de Dieu, comme cela avait été écrit, voilà plus de mille ans, dans la Bible qu'il brandissait en nous parlant. Les villageois se sont bousculés pour le voir de plus près. Nous connaissions déjà une histoire semblable : le Roi Céleste nous avait déjà expliqué que le peuple hakka devait hériter de la terre et qu'il ferait un jour la loi au royaume de Chine. Manteau nous révéla que les soldats de la Grande Paix avaient déjà soumis de nombreuses villes, qu'ils avaient ramassé beaucoup d'argent, de terres. À présent, la bataille était sur le point d'être livrée au Nord, si toutefois les Adorateurs de Dieu qui vivaient sur la Montagne aux Chardons voulaient bien s'enrôler sous ses ordres. Ceux qui accep- teraient d'aller combattre, continua-t-il, auraient droit au butin, à des vêtements chauds, de la nourriture en abondance, des armes, et, plus tard, ils auraient des terres bien à eux. Ils auraient aussi des grades et privilèges, des maisons, des écoles, hommes et femmes séparés. Le Roi Céleste enverrait de quoi nourrir leur famille pendant la campagne. Alors tous les gens se sont mis à crier : « Oui à la Grande Paix, la Grande Paix ! »

» Le Général Manteau a donné un coup de canne par terre, et soudain tout est redevenu calme. Il a fait un signe à Yiban, afin qu'il nous montre les présents qu'il nous apportait au nom du Roi Céleste. Des tonneaux entiers de poudre à canon ! Des monceaux de fusils ! Des paniers emplis d'uniformes français des campagnes d'Afrique, certains en mauvais état et déjà tachés de sang. Mais tout le monde a trouvé cela très bien. Chacun se félicitait en clamant : « Regarde ces boutons, regarde ce tissu ! » Ce jour-là, il y eut énormément de recrues, hommes et femmes, pour grossir l'armée du Roi Céleste. Moi, je n'ai pas pu. J'étais trop petite, j'avais sept ans. Secrètement, j'en étais mortifiée. Mais ensuite les soldats de Canton ont distribué les uniformes, aux hommes seulement, les femmes n'y ont pas eu droit, et quand j'ai vu cela mon désespoir s'est allégé.

» Les hommes ont enfilé leurs nouvelles défroques. Les femmes ont admiré les nouveaux fusils, les amorces qu'il fallait allumer. Ensuite le Général Manteau a donné encore un coup de canne et a demandé à Yiban de nous apporter le cadeau qu'il nous destinait. Nous nous sommes rapprochés, impatients de voir quelle autre surprise il nous réservait. Yiban a apporté une cage de bois qui renfermait un couple de colombes. Dans son chinois bizarre, le Général Manteau nous a expliqué qu'il avait demandé à Dieu un signe pour témoigner que notre armée serait vouée à la victoire à jamais. Dieu lui avait envoyé ces colombes. Elles signifiaient, prétendit le Général Manteau, que nous autres, les pauvres Hakka, allions pouvoir goûter les bénéfices de cette Grande Paix à laquelle nous aspirions depuis mille ans. Il ouvrit la cage pour en tirer les oiseaux et les jeta en l'air. Ce geste fut accueilli par une grande rumeur de la foule. On se poussait, on se pressait pour attraper ces oiseaux avant qu'ils ne montent vers le ciel. Un homme est tombé par terre sur une pierre, sa tête s'est ouverte et sa cervelle s'est répandue, mais les gens ont sauté sur son corps pour essayer d'attraper les précieux oiseaux. On parvint à en saisir un, l'autre s'envola. Ce soir-là, il y eut au moins quelqu'un qui mangea à sa faim.

» Mon père et ma mère s'enrôlèrent. Mes oncles, mes tantes, mes grands frères, presque tous les habitants de la Montagne aux Chardons qui avaient dépassé treize ans s'engagèrent aussi, et les gens des cités de la plaine également. Cinquante ou soixante mille personnes. Des paysans, des propriétaires terriens, des marchands de soupe ambulants, des professeurs, des bandits et des mendiants. Il n'y eut pas seulement des Hakka, mais aussi des Yao et des Miao, des membres des tribus zhuang et même les Punti qui vivaient dans la pauvreté. Pour le peuple chinois, rassemblé ainsi, c'était un grand moment.

» Moi, on m'a laissée dans la Montagne aux Chardons. J'ai vécu avec ma grand-mère. Nous formions une communauté pitoyable de laissés-pour-compte : les bébés, les enfants, les malades et les vieux, les lâches et les idiots de village. Et pourtant nous aimions notre sort, parce que, comme promis, le Roi Céleste nous faisait apporter de la nourriture par ses soldats, de la nourriture plus variée que nous n'eussions pu l'imaginer pendant tout un siècle. Et ils nous apportaient autre chose : des récits de grandes victoires. Par exemple, comment le Roi Céleste avait établi un nouveau royaume à Nankin ; comment, là-bas, les pièces d'argent coulaient tels les grains de riz ; comment tous vivaient dans de belles maisons, les hommes d'un côté, les femmes de l'autre. Quelle vie paisible ! L'église le dimanche, pas de travail, du repos et du bonheur. Et, nous, nous étions contents d'apprendre que l'ère de la Grande Paix était arrivée.

» L'année suivante, les soldats revinrent chargés de riz et de poisson dans la saumure. L'année d'après, il n'y eut plus que du riz. Quelques années passèrent encore, puis, un jour, un homme qui avait vécu autrefois au village est arrivé de Nankin. Il raconta à quel point il en avait par-dessus la tête de la Grande Paix. Au moins, quand nous souffrons tous en même temps, nous sommes tous égaux dans la lutte. Mais avec la paix l'égalité disparaît, expliqua-t-il. Les riches ne partagent plus, les moins riches s'adonnent à l'envie puis au vol. À Nankin, nous dit-il, tout le monde était absorbé par la recherche du luxe et des plaisirs, et par les charmes secrets des femmes. Il nous a rapporté que le Roi Céleste vivait désormais dans un palais magnifique et qu'il était entouré de concubines. Il avait délégué le pouvoir de gouverner à un homme qui était inspiré par l'Esprit-Saint. Et le Général Manteau, l'homme qui avait conduit les Hakka au combat, s'était finalement rallié aux Mandchous. Il était devenu un traître, il avait épousé la fille d'un banquier chinois. Trop de bonheur, a conclu l'homme qui revenait de là-bas, finit toujours par un torrent de larmes.

» De toutes nos entrailles nous sentions quel poids de vérité contenaient ses paroles. Nous étions affamés. Le Roi Céleste nous avait oubliés. Nos amis occidentaux nous avaient trahis. La nourriture n'arrivait plus, les récits de victoires non plus. Nous étions pauvres, nous n'avions ni pères ni mères, plus de jeune filles chantantes, plus de garçons. L'hiver nous sentions la morsure du froid.

» Le lendemain matin, j'ai quitté mon village pour descendre dans la plaine. J'avais quatorze ans, un âge suffisant pour gagner ma vie toute seule. Ma grand-mère était morte l'année précédente, mais son esprit ne m'a pas retenue dans ma décision. C'était le neuvième jour du neuvième mois, je m'en souviens, un jour où, chez les Chinois, on est censé monter sur les montagnes et non en descendre. Un jour voué au culte des ancêtres, un jour que les Adorateurs de Dieu ne voulaient pas connaître. Obsédés par leur calendrier de cinquante-deux dimanches, ils avaient abandonné l'almanach chinois et ses fêtes sacrées. Donc, je suis descendue de la montagne. J'ai cheminé dans les vallées, et je ne savais trop désormais ce qu'il fallait penser, ni qui il fallait écouter. J'ai résolu d'attendre qu'un signe se manifeste. Je voulais voir ce qui allait se passer.

» Je suis arrivée dans cette ville qui se trouve près du fleuve et qu'on appelle Jintian. Dès que je croisais un Hakka, je me présentais comme étant Nunumu. Mais ils ignoraient l'existence de la jeune brigande, sa renommée n'était pas parvenue jusqu'à Jintian. Les Hakka que j'ai rencontrés ne m'admiraient pas du tout d'avoir perdu un œil à cause d'un cheval fantôme. Ils avaient plutôt pitié de mon sort. Ils me donnaient des boulettes de riz avariées et me prenaient pour une mendiante borgne. Mais j'ai refusé de devenir ce qu'ils voulaient faire de moi.

» J'ai recommencé à parcourir la ville, et j'ai réfléchi à ce que je pouvais faire pour gagner mon pain. J'ai vu des Cantonais qui coupaient les ongles des pieds, des Yao qui gagnaient leur vie comme arracheurs de dents, des Punti qui pratiquaient l'acupuncture sur les jambes enflées. Moi, je ne possédais aucun savoir qui pût me permettre de gagner de l'argent en soignant la pourriture corporelle. J'ai continué mon chemin jusqu'à me trouver sur les quais d'un grand fleuve. Là, j'ai vu des pêcheurs hakka qui, de leurs petits bateaux, jetaient des filets. Mais ne j'avais ni filet ni barque. Et mes pensées ne nageaient pas aussi aisément que les poissons.

» Avant même que j'aie pris un parti, j'ai entendu des cris sur les quais : « Les étrangers sont arrivés ! » J'ai couru vers l'embarcadère. Il y avait là deux marins chinois, de ceux qu'on appelait *kuli* : l'un était jeune et l'autre non. Ils marchaient sur une planche étroite en portant des cartons, des caisses, des coffres qui provenaient d'un gros bateau. Ensuite, j'ai vu les étrangers en personne. Ils étaient sur le pont, trois, quatre, cinq. Ils étaient tous vêtus de noir, sinistres, sauf le plus petit dont les vêtements et les cheveux étaient d'une teinte brune, lumineuse comme la carapace des scarabées. C'était Mademoiselle Bannière. Bien sûr, à ce moment-là, je n'en avais aucune idée. De mon œil unique, je passais de l'un à l'autre des arrivants. Leurs cinq paires d'yeux étrangers suivaient le vieil homme et le jeune en train d'évoluer le long de la planche étroite. Ils portaient deux perches entre leurs épaules. De ces deux perches un coffre pendait, attaché par des cordes. Soudain, l'étrangère au costume brillant est descendue sur la planche. Qui sait pourquoi ? Peut-être pour mettre en garde les deux porteurs, pour leur ordonner d'aller plus doucement. Elle a imprimé à la planche un balancement, une ondulation, les deux hommes ont vacillé, et les autres à bord ont crié. Ça balançait dans tous les sens, d'avant en arrière et de haut en bas. Nos regards suivaient le mouvement, les deux hommes luttant de tous leurs muscles tandis que l'étrangère lumineuse battait des bras comme un oisillon. Soudain, le plus vieux des porteurs, qui se trouvait le plus bas sur la planche, poussa un cri bref. J'entendis un craquement, je vis l'os de son épaule qui saillait soudain. Puis on vit tomber à l'eau deux kuli, un coffre et une étrangère en costume brillant, dans un grand éclaboussement.

» J'ai accouru au bord. Le jeune kuli avait déjà nagé jusqu'au rivage. Deux pêcheurs étaient en train de recueillir le contenu du coffre qui flottait, des vêtements lumineux qui se gonflaient comme des voiles, des chapeaux à plumes qui flottaient comme des canards, de longs gants qui griffaient la surface de l'eau comme des mains de fantôme. Mais personne ne portait secours ni au marin blessé ni à l'étrangère en costume brillant. Les autres étrangers ne faisaient rien : ils avaient peur de s'engager sur la planche. Les Punti sur le rivage demeuraient aussi les bras ballants : s'ils intervenaient pour modifier le destin, ils croyaient qu'ils seraient tenus pour responsables de ces deux vies sauvées de la noyade.

» Moi, je n'étais pas comme ça. J'étais une Hakka, et les Hakka adoraient Dieu. Et ceux qui adoraient Dieu étaient des pêcheurs d'hommes. J'ai attrapé l'une des perches en bambou qui étaient tombées dans l'eau. Je me suis mise à courir le long de la berge, en laissant flotter les cordes au fil du courant. Le kuli et l'étrangère ont aussitôt attrapé les cordes et, de toutes mes forces, je les ai tirés à moi.

» Peu après, les Punti m'ont écartée. Ils avaient laissé le marin blessé par terre. Il gémissait et avait du mal à retrouver son souffle. C'était Lao-Lu, qui plus tard devint le portier, parce que son épaule brisée lui interdisait désormais de travailler comme kuli. Quant à Mademoiselle Bannière, les Punti l'ont hissée sur le rivage un peu plus haut. Elle a vomi, puis elle s'est mise à pleurer. Quand finalement les étrangers ont quitté le bateau, les Punti se sont rassemblés autour d'eux pour leur demander de l'argent. L'un des étrangers a lancé quelques pièces par terre et les Punti se sont précipités comme des moineaux avant de se disperser.

» Les étrangers ont placé Mademoiselle Bannière sur un chariot et sur un autre le marin à l'épaule cassée. Avec leurs caisses, leurs cartons, leurs coffres, ils ont chargé trois autres chariots. Et tandis qu'ils progressaient vers la mission de Changmian, moi je suivais derrière. C'est ainsi que nous avons fini, tous les trois, par vivre dans la même maison. Nos trois destins étaient passés par le flot de la rivière. Ils se sont entremêlés comme la chevelure d'une noyée.

» C'était ainsi : si Mademoiselle Bannière n'avait pas fait ployer la planche, Lao-Lu ne se serait pas cassé l'épaule. Si l'épaule n'avait pas cédé, Mademoiselle Bannière n'aurait pas failli se noyer. Si je n'avais pas sauvé Mademoiselle Bannière de la noyade, elle n'aurait jamais conçu de remords d'avoir causé la fracture de

Lao-Lu. Si je n'avais pas sauvé Lao-Lu, il n'aurait pas pu raconter à Mademoiselle Bannière ce que j'avais fait. Si Mademoiselle Bannière ne l'avait pas appris, elle ne m'aurait jamais demandé de l'accompagner. Et si je n'étais pas devenue pour elle une compagne, elle n'aurait pas perdu l'homme qu'elle aimait.

La maison du Marchand Fantôme se trouvait à Changmian, et Changmian était situé sur la Montagne aux Chardons, mais au nord de mon village. De Jintian, il y avait une demi-journée de voyage. Mais avec tous ces bagages et les passagers gémissant au fond des chariots, nous avons mis le double. Plus tard, j'ai appris que le nom Changmian signifiait « chansons qui ne finissent jamais ». Derrière le village, plus haut dans la montagne, on trouvait des grottes par centaines. Quand le vent soufflait, les entrées de ces grottes étaient comme des bouches qui mugissaient *wu ! wu !* – l'on eût dit les lamentations des femmes qui ont perdu un fils.

Voilà où j'ai vécu pendant les six dernières années de ma vie – dans cette maison. J'y ai vécu avec Mademoiselle Bannière, Lao-Lu et les missionnaires, deux femmes, deux hommes, des Adorateurs de Jésus qui venaient d'Angleterre. À cette époque-là, je l'ignorais encore. Mademoiselle Bannière me l'a dit plusieurs mois après, quand nous avons pu enfin partager la même langue. Elle m'a raconté que les missionnaires avaient débarqué à Macao. Ils y avaient fait de l'apostolat un moment, puis ils s'étaient dirigés vers Canton où ils avaient encore prêché pendant quelque temps. C'est là aussi qu'ils avaient fait connaissance de Mademoiselle Bannière. Comme on venait de signer un nouveau traité qui stipulait que les étrangers avaient le droit de vivre en Chine partout où ils voulaient, les missionnaires sont remontés vers Jintian, par voie fluviale. Mademoiselle Bannière les accompagnait.

La mission était un grand ensemble architectural, avec une cour centrale et quatre autres plus petites, un bâtiment central élégant et trois autres plus modestes. Divers passages couverts reliaient ces éléments architecturaux, et l'ensemble était ceint d'un grand mur qui le séparait du monde extérieur. Personne n'avait vécu dans ces lieux pendant plus d'un siècle. Il n'y avait que des étrangers pour oser habiter une maison maudite. Ils prétendaient ne pas croire à l'existence des fantômes chinois.

Les gens de l'endroit avaient dit à Lao-Lu :

– Il ne faut pas rester là, le bâtiment est hanté par des esprits-renards.

Mais Lao-Lu avait répondu que rien ne l'effrayait. Il était kuli de Canton et il descendait de dix générations de kuli. Il était assez fort pour savoir se présenter devant la mort, assez malin pour trouver la réponse aux questions qu'il se posait. Par exemple, si vous lui demandiez combien de vêtements possédaient les femmes étrangères, il essayait de deviner, il vous répondait deux douzaines chacune. Il allait dans leurs chambres pendant qu'elles étaient en train de déjeuner, et là il les comptait, sans jamais rien voler, naturellement. Il me confia que Mademoiselle Bannière possédait deux paires de souliers, six paires de gants, cinq chapeaux, trois ensembles longs, deux paires de bas noirs, deux paires de bas blancs, deux paires de dessous blancs, un parapluie et plusieurs autres accessoires qui semblaient être des vêtements aussi. Mais il était incapable de dire à quelle partie du corps on les destinait.

Par l'intermédiaire de Lao-Lu, j'en suis venue rapidement à apprendre un tas de choses à propos de ces étrangers. Il m'a confié bien plus tard la raison pour laquelle les gens pensaient que la maison était maudite. Plusieurs années auparavant, elle servait de maison d'été. Elle appartenait à un marchand qui était mort d'une façon bien cruelle et mystérieuse. Ensuite, ses femmes étaient mortes à leur tour, l'une après l'autre, elles aussi de façon cruelle et mystérieuse, en commençant par la plus jeune, et cela n'avait pas duré plus d'une lune.

Comme Lao-Lu, je n'étais pas du genre impressionnable. Mais il faut que je te raconte, Libby-Ah, ce qui s'est produit ensuite pendant cinq ans, et qui m'a convaincue que le Marchand Fantôme était bel et bien revenu.

3

Le chien et le boa

Depuis notre séparation, Simon et moi nous nous partageons la garde de Bubba, *mon* chien. Simon a exigé un droit de visite, des promenades pendant le week-end, et je ne veux pas lui refuser le privilège de voir le chien remuer la queue de temps en temps. Je déteste sa désinvolture avec les chiens. Simon aime bien promener Bubba sans laisse. Il le laisse gambader sur les rails du boulevard Presidio, sur la piste de sable de Crissy Field, où les dents d'un pitbull, d'un rottweiler ou même d'un cocker fou peuvent facilement vous couper un yorkshire nain en deux. Je viens de passer la soirée chez Simon, dans son appartement. Nous avons classé une année de notes de frais, parce que nous possédons une affaire en commun. Pour des raisons fiscales, nous avons décidé que la communauté d'intérêts devait encore s'appliquer.

– Bubba est un chien, disait Simon, il a tout de même le droit de courir librement de temps en temps.

– Oui, et d'y perdre la vie. Tu te souviens de ce qui est arrivé à Sarge ?

Simon a levé les yeux au ciel comme pour me dire : « Ah non, ne reviens pas là-dessus, je t'en prie ! » Sarge était le chien de Kwan, un pékinois maltais qui se mesurait à tous les chiens mâles de la rue. Il y a cinq ans à peu près, Simon l'avait emmené en promenade – sans laisse. Sarge a ouvert le nez d'un autre chien, un boxer, d'un coup de dents. Le propriétaire de l'animal blessé a présenté la note du vétérinaire à Kwan : huit cents dollars ! J'ai insisté pour que Simon paie. Mais il a prétendu que c'était au propriétaire du boxer de le faire, dans la mesure où son chien était à l'origine de l'incident. Quant à Kwan, elle a marchandé tous les éléments de la note avec la clinique vétérinaire.

– Que se passerait-il si Bubba tombait sur un chien comme Sarge ? ai-je demandé.

– C'est le boxer qui avait commencé, a répondu Simon avec lassitude.

– Sarge était un animal vicieux ! Tu l'as laissé courir sans laisse et c'est Kwan qui a fini par payer la note du véto.

– Qu'est-ce que tu racontes ? Le propriétaire du boxer a payé.

– Mais non ! Kwan t'a raconté ça pour ne pas te faire de peine. Il me semble te l'avoir déjà dit.

Simon a eu un rictus, une grimace qui, chez lui, précède toujours l'expression d'un doute.

– Je ne me souviens pas.

– Bien entendu. Tu ne te souviens que de ce qui t'arrange.

Simon a ricané.

– Pour toi, bien entendu, ce n'est pas le cas !

Avant que j'aie pu placer un mot, il m'a arrêtée de sa main ouverte et m'a lancé :

– Je sais, je sais ! Tu as une mémoire d'éléphant, tu n'oublies jamais rien... Mais je vais te dire : ta façon d'épingler les détails n'a rien à voir avec le souvenir. C'est du ressentiment, voilà tout.

Toute la soirée j'ai remâché ses propos. Étais-je vraiment le genre de personne à ressasser indéfiniment ses griefs ? Non, Simon prétendait cela pour se défendre. Il envoyait des piques, c'est tout. Et puis était-ce ma faute si j'étais née avec cette capacité à me rappeler un tas de choses ?

Tante Betty était la première personne à m'avoir parlé de ma mémoire photographique – c'est d'ailleurs son opinion à mon sujet qui m'a convaincue que j'allais devenir photographe. Elle m'en avait fait la remarque un jour que j'avais corrigé son récit, en public, après une séance de cinéma qui nous avait tous réunis. Voilà quinze ans que je passe ma vie derrière l'objectif. Je ne sais toujours pas ce que les gens entendent par mémoire photographique. Ma façon de me souvenir n'a rien à voir avec le fait de fouiller dans une boîte pleine de photos. Elle est plus sélective.

Si quelqu'un me demandait à quelle adresse j'habitais à l'âge de sept ans, je n'aurais pas la vision instantanée du numéro de la rue. Il faut que je me rappelle un instant précis. La chaleur de l'après-midi, la senteur du gazon coupé, le claquement des tongs sur mes talons. Je me revois gravissant les deux marches de ciment à l'entrée. Je dépasse la boîte aux lettres noire, le cœur battant, les doigts crispés – où est cette lettre stupide que m'a envoyée Art Linkletter, cette lettre par laquelle il m'invite à son spectacle ? Je ne vais pas renoncer, tout de même. Je me dis : « Peut-être me suis-je trompée d'adresse ? » Mais non. Voilà le numéro, 3-6-2-4 ; je revois les salissures sur les chiffres et la rouille autour des vis.

En fait, ce dont je me souviens le mieux, ce ne sont pas les adresses, mais la souffrance que j'éprouvais. Et la certitude, qui me noue la gorge, que le monde entier me désigne comme victime de la désinvolture d'autrui. Peut-on appeler ça du ressentiment ? Par exemple, je rêvais de faire partie des invités de l'émission « La vérité sort de la bouche des enfants ». Pour un gosse, c'était la clé de la célébrité. Une fois de plus mon but était de prouver à ma mère que j'étais formidable, malgré l'apparition de Kwan. Je voulais épater les autres gamins du quartier, je voulais qu'ils me jalousent d'avoir connu un bonheur plus grand qu'ils n'en pourraient jamais goûter. Tout en faisant dix fois le tour du pâté de maisons à vélo, je polissais les réponses que j'allais donner si j'étais invitée à l'émission. Je raconterais des choses sur Kwan à M. Linkletter. Mais seulement des choses amusantes, comme ce jour où elle a déclaré qu'elle adorait le film *Southern Pacific*. Il me demanderait alors, en haussant les sourcils et en arrondissant la bouche : « Olivia, es-tu sûre qu'il ne s'agit pas plutôt de *South Pacific* ? » Les gens dans le public se taperaient les cuisses, ils se mettraient à rire comme des fous, et moi je prendrais un air de naïveté puérile et une expression mignonne comme tout.

Ce vieux Art ! Il croyait toujours que les gamins étaient tellement gentils et naïfs qu'ils ne se doutaient pas le moins du monde qu'ils mettaient les pieds dans le plat. Mais tous les enfants qui passaient à l'émission savaient très bien ce qu'ils faisaient. Sans cela on se demande pourquoi ils ne révélaient pas leurs *vrais* secrets : comment ils jouaient au docteur, comment ils volaient des chewing-gums, de la poudre à fusil, des magazines de musculation au magasin du Mexicain du coin. J'en connaissais, des gamins, qui faisaient ça : c'étaient les mêmes qui, un jour, m'avaient immobilisée par terre pour me faire pipi dessus en riant et en criant : « La sœur d'Olivia est une retardée ! » Ils s'étaient assis sur moi jusqu'à ce que je me mette à pleurer, par haine de ma sœur et de moi-même.

Pour me consoler, Kwan m'avait emmenée à la confiserie voisine, où nous avons sucé des cornets de glace assises devant la porte. Captain, le dernier cabot que ma mère avait arraché au chenil, et qui devait son nom à Kwan, était couché à nos pieds. Il attendait de pouvoir lécher les gouttes.

– Libby-Ah, a demandé Kwan, ça veut dire quoi, letardée ?

– *Re*tardée, ai-je corrigé en insistant sur la syllabe.

J'étais encore furieuse contre elle et contre les gosses du coin.

J'ai donné un coup de langue supplémentaire à ma glace en songeant à ce que Kwan avait pu commettre qui la classait comme retardée.

– Retardée, ça veut dire *fantou*, tu comprends ? Une personne stupide qui ne comprend rien.

Elle a hoché la tête et j'ai ajouté :

– Et qui dit ce qu'il ne faut pas quand il ne faut pas.

Elle a de nouveau hoché la tête.

– Quand les enfants se moquent de toi et que tu ne sais pas pourquoi.

Kwan est restée interminablement silencieuse. Je commençais à me sentir mal à l'aise. Enfin, elle m'a demandé en chinois :

– Libby-Ah, tu penses que ce mot, retardée, c'est moi ? Dis-moi la vérité.

J'ai continué à lécher les gouttes de crème glacée le long du cornet et j'ai évité son regard. J'ai remarqué que Captain lui non plus ne me quittait pas des yeux. Mon malaise s'est accentué, puis j'ai poussé un grand soupir et ai marmonné :

– Non, pas vraiment.

Kwan a souri, elle m'a tapoté le bras, et ça m'a rendue furieuse.

– Captain, vilain chien, ai-je crié, arrête de mendier !

Le chien s'est aplati sur le sol.

– Oh, il ne mendie pas ! a protesté Kwan d'une voix gaie. Il est plein d'espoir.

Elle lui a caressé l'arrière-train, puis lui a présenté sa glace en disant :

– Maintenant, parle anglais !

Captain a haleté un peu, puis il a poussé un *wouf*. Alors elle lui a laissé donner un coup de langue à sa glace.

– *Jang Zongwen !* Parle chinois !

Le chien a poussé deux petits gémissements aigus. Kwan lui a laissé lécher sa glace encore une fois, et puis une fois encore, en lui parlant doucement en chinois. J'étais ennuyée d'assister à cela, de voir combien ces petits riens suffisaient à la rendre heureuse. Comme le chien.

Plus tard, le soir de cette journée, Kwan m'a interrogée encore à propos de ce qu'avaient crié les enfants. Elle m'a tellement cassé les pieds que j'ai pensé qu'elle était vraiment retardée.

– Libby-Ah, tu dors ? Désolée, désolée, continue, ça n'a pas d'importance... Je voulais seulement te poser encore une question, à propos de ce mot, *retardée*. Ah ! mais tu dors. Demain, peut-être, quand tu rentreras de l'école...

48

» C'est bizarre. J'étais en train de penser que moi aussi, une fois, j'avais pensé cela de Mademoiselle Bannière. Qu'elle était retardée. Elle ne comprenait jamais rien... Libby-Ah, tu sais que c'est moi qui lui ai appris à parler ? Libby-Ah ? Oh ! désolée, désolée, dors, maintenant.

» Et pourtant c'est bien moi qui lui ai appris. La première fois que je l'ai vue, elle parlait comme un bébé. De temps en temps, je riais malgré moi. Mais elle s'en moquait. Ensemble, nous nous amusions à raconter n'importe quoi, des bêtises. Nous étions comme deux actrices sur des tréteaux de village : nous utilisions nos mains, nos sourcils, nos pieds, sur lesquels nous virevoltions, pour nous faire comprendre. C'est ainsi qu'elle m'a raconté sa vie d'avant le voyage en Chine. D'après ce que j'ai compris, ça donnait à peu près ce qui suit.

» Elle était née dans une famille qui vivait dans un village très très loin à l'ouest de la Montagne aux Chardons, au-delà d'une mer furieuse. Après le pays où vivent des hommes tout noirs. Après le pays des soldats anglais et des marins portugais. Le village de sa famille était plus grand à lui seul que tous ces pays réunis. Son père possédait une flotte de navires qui traversaient les mers déchaînées vers d'autres contrées où il ramassait de l'argent à la pelle, et cet argent dégageait un parfum qui rendait beaucoup de gens heureux.

» Mademoiselle Bannière avait cinq ans, quand ses deux petits frères poursuivirent un poulet jusqu'à un puits sombre, dans lequel ils tombèrent. Ils arrivèrent de l'autre côté de la terre. Bien entendu, leur mère essaya de les retrouver. Bien avant l'aurore et bien après le crépuscule, elle appelait ses fils en gonflant le cou comme un dindon. Après bien des années, la mère finit par trouver le même puits. Elle y tomba elle aussi, et atterrit de l'autre côté de la terre.

» Alors le père dit à Mademoiselle Bannière : " Il faut que nous allions à la recherche des membres manquants de notre famille. " Et ils partirent voguer sur la mer furieuse. Leur première étape fut une île bruyante. Son père conduisit Mademoiselle Bannière dans un grand palais peuplé de gens minuscules qui ressemblaient à Jésus. Pendant que son père était parti cueillir de l'argent-fleur, elle était restée avec les petits Jésus. Ils lui avaient jeté des cailloux et lui avaient coupé les cheveux. Deux ans plus tard, quand son père revint, ils entreprirent un nouveau voyage vers une autre île, peuplée cette fois de chiens méchants. Il installa de nouveau sa fille dans un grand palais et s'en fut cueillir de l'argent-fleur. Pendant son absence, les chiens l'avaient chassée de l'endroit et avaient déchiré sa robe. Elle se mit à parcourir l'île à la recherche de son père, mais n'y trouva qu'un oncle. Avec lui, elle vogua vers la Chine et débarqua dans un endroit où vivaient déjà beaucoup d'étrangers. Aucune trace de sa famille. Un jour, tandis qu'ils étaient tous deux couchés, l'oncle devint soudain chaud et froid en même temps. Il s'éleva dans les airs, et il disparut dans la mer. Heureusement, Mademoiselle Bannière rencontra un autre oncle, un homme qui possédait beaucoup de fusils. Il l'emmena à Canton, une ville où il y avait aussi plein d'étrangers. Tous les soirs, il plaçait ses fusils sur son lit et avant de dormir il fallait qu'elle les nettoie. Un jour, cet homme coupa un morceau de la Chine où se trouvaient de nombreux temples. Il rentra chez lui sur cette île flottante, donna les temples à sa femme et l'île flottante à son roi. Mademoiselle Bannière fit ensuite la connaissance d'un troisième oncle, un Yankee, qui vivait lui aussi entouré de fusils. Celui-là lui peignait les cheveux. Il lui donnait des pêches. Elle l'aimait beaucoup. Un soir, une troupe de Hakka entra dans leur chambre pour emmener son oncle. Mademoiselle Bannière courut aussitôt chez les adorateurs de Jésus pour leur demander de l'aide.

» – Agenouille-toi, lui répondirent-ils.

» Elle s'agenouilla.

» – Prie !

» Elle pria. Ensuite, ils la conduisirent à l'intérieur des terres, à Jintian, où elle tomba à l'eau et pria une fois de plus pour son salut. C'est là que je l'ai sauvée.

» Plus tard, quand elle a pu parler un peu mieux le chinois, Mademoiselle Bannière me raconta de nouveau sa vie, mais ce n'étaient plus les mêmes mots. Du coup, je ne me suis plus forgé les mêmes images. Elle était née en Amérique, un pays qui se trouve après l'Afrique, après l'Angleterre et le Portugal. Le village où vivait sa famille se trouvait près d'une grande ville appelée *Nu Ye*, ce qui pour un Chinois ressemble à Vache-Lune. Il s'agissait peut-être de New York. Les navires de son père appartenaient en fait à une compagnie appelée Russia ou Russo ; il était employé de cette compagnie qui achetait de l'opium en Inde (de là l'argent-fleur). Elle vendait l'opium en Chine et propageait ainsi chez les Chinois une maladie qui les rendait rêveurs.

» Les petits frères de Mademoiselle Bannière n'étaient pas tombés dans un puits qui plongeait jusqu'aux antipodes. Ils étaient morts de la varicelle et on les avait enterrés dans là cour derrière la maison. Quant à la mère, elle ne gonflait pas le cou comme un dindon, elle était affligée d'un goitre et en était morte. On l'avait enterrée avec ses fils. Après cette tragédie, le père de Mademoiselle Bannière l'avait emmenée en Inde, qui n'était pas peuplée de petits Jésus. En fait, elle avait fréquenté une école de chrétiens venus

50

d'Angleterre. Ils étaient tout sauf saints : ils étaient méchants et brutaux. Plus tard, son père l'avait emmenée à Malacca, où la vie n'était pas gouvernée par des chiens : elle faisait allusion à une autre école qu'elle avait fréquentée et où les enfants anglais étaient encore plus désobéissants que ceux qu'elle avait connus en Inde. Son père était reparti vers l'Inde pour acheter une nouvelle cargaison d'opium. Il n'était jamais revenu, elle n'avait jamais su pourquoi, et du coup son cœur était devenu un nid de tristesses. Il ne lui restait ni père, ni argent, ni maison. Elle était encore une très jeune fille quand elle avait rencontré quelqu'un qui l'avait emmenée à Macao, où il y avait beaucoup de moustiques. Il était mort de la malaria. On avait jeté son cadavre à la mer. Ensuite, elle avait vécu avec un autre homme, un capitaine anglais. Il avait pris le parti des Mandchous contre les Adorateurs de Dieu et, chaque fois qu'il obtenait la capitulation d'une ville, il empochait beaucoup d'argent. Il avait fini par repartir chez lui, rapportant à sa femme et à l'Angleterre des monceaux de trésors pillés dans les temples. Mademoiselle Bannière avait vécu alors avec un autre soldat, américain. Celui-là, racontait-elle, aidait les Adorateurs de Dieu contre les Mandchous, et il gagnait de l'argent à force de pillages dans les villes qu'il rasait pour le compte des partisans de Dieu. Mademoiselle Bannière m'a précisé que ces trois hommes n'étaient pas réellement ses oncles.

» Je lui ai déclaré :

» – Ah ! Mademoiselle Bannière, que voilà des bonnes nouvelles, parce que dormir dans le même lit que vos oncles, ce n'était pas gentil pour vos tantes.

» Elle s'est mise à rire. Tu vois, en ce temps-là, nous étions capables de rire ensemble parce que nous nous comprenions très bien. À cette époque, je n'avais plus de corne aux pieds parce que je portais une vieille paire de souliers de cuir ayant appartenu à Mademoiselle Bannière. Mais avant cela, il avait fallu lui apprendre à parler.

» D'abord, je lui avais dit que je m'appelais Nunumu. Elle m'appelait Mademoiselle Moo. Nous nous asseyions dans le jardin toutes les deux et je lui enseignais le nom des choses, comme je l'aurais fait avec un petit enfant. Et comme un enfant, elle apprenait avidement, rapidement, son esprit n'était pas fermé à la nouveauté. Elle ne ressemblait pas aux Adorateurs de Dieu dont les langues grinçaient comme de vieilles roues prisonnières des mêmes rails. Sa mémoire était exceptionnelle, vraiment excellente. Quoi que je dise, on le retrouvait dans sa bouche.

» Je lui ai appris à désigner et à nommer les cinq éléments qui formaient chez nous le monde physique : le métal, le bois, l'eau, le feu, la terre.

» Je lui ai appris ce qui faisait du monde un lieu vivant : le lever et le coucher du soleil, la chaleur et le froid, la poussière et la chaleur, la poussière et le vent, la poussière et la pluie.

» Je lui ai appris ce qui méritait d'être écouté dans ce monde : le vent, le tonnerre, les chevaux galopant dans la poussière, les cailloux jetés dans l'eau. Je lui ai appris aussi les sons dont on a peur : des pas qui se hâtent à la nuit tombée, le déchirement d'un tissu léger, des aboiements de chiens, le silence soudain des grillons.

» Je lui ai appris comment le mélange de deux choses pouvait en donner une troisième : l'eau et la terre donnent la boue, la chaleur et l'eau donnent le thé, les étrangers et l'opium apportent des ennuis.

» Je lui ai appris les cinq sens par lesquels nous gardons le souvenir de la vie : la douceur, l'acidité, l'amertume, le piquant et le salé.

» Un jour, Mademoiselle Bannière s'est appliqué la main sur la poitrine et m'a demandé comment ça s'appelait en chinois. Je le lui ai nommé ; ensuite, elle m'a expliqué en chinois : « Mademoiselle Moo, je voudrais avoir un vocabulaire très riche pour parler de mon sein ! » Là, j'ai compris qu'elle voulait me parler de ce qu'elle ressentait profondément dans son cœur. Le lendemain, je l'ai emmenée se promener en ville. Nous avons assisté à une dispute. « La colère », ai-je dit. Nous avons vu une femme qui disposait de la nourriture sur un autel. « Le respect », ai-je dit. Nous avons vu un voleur au pilori. « La honte », ai-je dit. Nous avons vu, assise au bord de la rivière, une jeune fille qui jetait dans un trou d'eau un vieux filet plein d'accrocs. « L'espoir », ai-je dit.

» Plus tard, Mademoiselle Bannière m'a désigné un homme qui essayait de faire entrer un tonneau dans une maison par une porte trop étroite : « Espoir », a-t-elle dit. Pour moi, il ne s'agissait pas d'espoir mais de sottise ; il avait un grain de riz à la place du cerveau. Je me suis demandé comment elle s'était figuré les sentiments que je venais de lui nommer. Je me suis demandé si les étrangers n'avaient pas des sentiments entièrement différents de ceux des Chinois. Pensaient-ils, par exemple, que tous nos espoirs étaient stupides ?

» J'ai quand même fini par arriver à apprendre à Mademoiselle Bannière à voir le monde exactement comme une Chinoise. Par exemple, elle disait des sauterelles qu'elles ressemblaient à des feuilles mortes qui tremblaient, qu'au toucher elles étaient comme du papier froissé, qu'elles produisaient le son d'un feu qui crépite et avaient le goût du diable frit dans l'huile. Elle les détestait, elle prétendait qu'elles ne servaient à rien dans la nature. Tu vois, elle avait cinq sens comparables à ceux d'une Chinoise, mais il y avait ce sixième sens – celui de son importance –, un sens américain, qui a fini par causer quelques problèmes entre nous. Il la conduisait à avoir des opinions, lesquelles la menaient à des conclusions qui étaient parfois différentes des miennes.

Pendant la plus grande partie de mon enfance, il m'a fallu lutter pour *ne pas* voir le monde comme Kwan me le décrivait. C'était comme ses histoires de fantômes. Je me souviens qu'après les traitements de choc je lui ai ordonné de prétendre qu'elle ne voyait pas vraiment les fantômes, sans quoi les médecins ne la laisseraient jamais quitter l'hôpital.

– Ah, garder le secret, murmura-t-elle en hochant la tête. Toi et moi, seules à savoir !

Quand elle est revenue à la maison, j'ai dû admettre que les fantômes existaient : cela faisait partie de ce marché secret dont l'autre versant était de faire croire qu'ils n'existaient pas. J'ai essayé de concilier ces deux interprétations inconciliables. J'ai tellement lutté que j'ai rapidement vu ce qu'il ne fallait pas que je voie. Impossible de faire autrement. La plupart des gamins, même sans être affligés d'une sœur comme Kwan, imaginent des fantômes en train de rôder sous leur lit, essayant de leur attraper les pieds. Les fantômes de Kwan, eux, étaient carrément assis sur son lit ou appuyés à son chevet. Je les voyais.

Je ne parle pas de ces ectoplasmes blanchâtres qui, dans les films, hurlaient « Ooooh ». Ses fantômes à elle n'étaient pas transparents comme ceux qui, dans une série télévisée, *Topper*, déplaçaient des stylos et des tasses à café. Ils avaient l'air bien vivants, ils discutaient du bon vieux temps, ils se faisaient du souci, ils se plaignaient. J'en ai même vu un qui caressait le cou du chien. Captain a trépigné en remuant la queue. À l'exception de Kwan, personne n'a jamais su ce que je voyais. Je craignais qu'on ne m'envoie moi aussi à l'hôpital pour un traitement de choc. Ce que je voyais semblait tellement vrai, rien de commun avec un rêve. C'était comme si les sentiments de quelqu'un d'autre étaient en suspens dans l'air, comme si mes yeux étaient devenus un projecteur qui leur donnait vie.

Je me souviens d'un jour en particulier, je devais avoir huit ans. J'étais assise sur mon lit, toute seule, en train d'habiller ma poupée Barbie de ses plus beaux vêtements. Soudain, j'ai entendu une voix de petite fille qui disait : « *Gei wo kan.* » J'ai regardé : sur le lit de Kwan, une petite fille chinoise à l'air triste exigeait de voir ma poupée. Je n'avais pas peur. Il y avait ça, aussi : devant les fantômes, je me suis toujours sentie d'un calme olympien, comme si tout mon corps sortait d'une solution de tranquillisant léger. J'ai poliment demandé à la petite fille qui elle était. Elle m'a répondu : « *Lili-lili, lili-lili* », avec une voix très aiguë.

Quand j'ai jeté ma poupée Barbie sur le lit de Kwan, la petite fille qui faisait « *Lili-lili, lili-lili* » s'en est aussitôt saisie. Elle a enlevé le boa de plumes roses que portait Barbie, elle a regardé sous la robe de satin assortie. Quand elle a tordu avec force les bras et les jambes de la poupée, je lui ai ordonné : « Ne la casse pas ! » Pendant toute la scène je percevais sa curiosité, son étonnement, sa crainte de constater que la poupée était morte. Je ne me suis jamais demandé pourquoi j'ai ressenti cette communauté de sentiments avec elle. Sur le moment j'étais bien trop inquiète : je craignais qu'elle n'emporte ma poupée. Je lui ai lancé : « Bon, maintenant ça suffit, rends-la-moi ! » La petite fille feignait de ne pas m'entendre, alors je suis allée vers elle pour lui arracher la poupée des mains, puis je suis retournée sur mon lit.

J'ai tout de suite remarqué qu'il manquait le boa de plumes roses. J'ai crié : « Rends-le-moi ! » Mais la fillette était partie. Là, j'ai commencé à avoir peur ; j'avais recouvré l'usage normal de mes sens et je me suis avisée, alors seulement, que j'avais eu affaire à un fantôme. J'ai cherché le boa de plumes roses partout, sous les couvertures, entre le matelas et le mur, sous les lits jumeaux. Je n'arrivais pas à me faire à l'idée qu'un fantôme puisse se saisir d'un objet réel pour le faire disparaître. J'ai cherché ce boa rose toute la semaine. J'ai passé tous les tiroirs au peigne fin, toutes les poches, tous les recoins. En vain. J'ai fini par conclure que la petite fille fantôme me l'avait vraiment volé.

Aujourd'hui, des explications plus logiques me viennent à l'esprit. Peut-être le chien Captain l'avait-il ramassé pour l'enterrer dans le jardin. Ou bien maman l'avait-elle avalé avec l'aspirateur. C'est probablement une explication de ce genre qui est la bonne. Mais quand j'étais enfant, je n'avais pas une notion très claire des limites entre le rêve et la réalité. Kwan voyait ce qu'elle croyait. Moi, je voyais ce que je ne voulais pas croire.

Dès que j'ai un peu grandi, les fantômes de Kwan ont connu le même sort que les croyances infantiles – le père Noël, la petite souris qui vient chercher les dents de lait, les cloches de Pâques. Mais je ne l'ai pas avoué à Kwan. Je voulais éviter tout débordement. J'ai préféré remplacer secrètement les fantômes par des saints brevetés par le Vatican, et le monde du Yin par une notion de l'au-delà qui reposait sur le principe « à chacun selon ses mérites ». J'étais ravie de participer à la course aux bons points, de collecter les vignettes comme on en voit au dos des paquets de chocolat en poudre et que l'on colle sur des feuilles pour profiter des offres spéciales sur l'achat d'un grille-pain. La seule différence, c'est qu'au lieu de gagner un appareil électrique on gagnait un aller simple pour le paradis, l'enfer ou le purgatoire – tout dépendait du nombre de bonnes ou de mauvaises actions que vous aviez commises et du jugement que les gens portaient sur vous. Cependant, une fois qu'on était arrivé au paradis, il n'était pas question de revenir comme fantôme sur la terre, à moins d'être classé parmi les saints. Dans mon cas, c'était peu probable.

Un jour, j'ai demandé à ma mère à quoi ressemblait le paradis. Elle m'a répondu que c'était un peu comme un lieu de vacances permanentes. Tous les humains s'y retrouvaient égaux, les rois et les reines, les mendiants, les professeurs et les enfants. J'ai demandé : « Les vedettes de cinéma aussi ? » Elle m'a répondu qu'on y trouvait toutes sortes de gens, le seul critère c'est qu'ils aient été suffisamment bons pour arriver jusque-là. Le soir, pendant que Kwan allait retrouver ses fantômes chinois, moi je comptais sur mes doigts les gens que j'aimerais rencontrer au paradis, en essayant de les classer par ordre de préférence. Il y avait Dieu, Jésus et Marie – ceux-là, je savais qu'il convenait de les citer en premier –, et puis mon père et tous les membres de ma proche famille qui auraient fait le grand saut, à l'exception de papa Bob ; celui-là, non, j'attendrais au moins un siècle avant de réveiller son souvenir. Toutes ces retrouvailles me prendraient une bonne semaine ; la première. Il me faudrait en passer par là même si ce n'était pas forcément drôle. Ensuite, je commencerais à m'amuser. J'irais rencontrer les gens célèbres à condition qu'ils soient morts : les Beatles, Hayley Mills, Shirley Temple, Dwayne Hickman, et peut-être même Art Linkletter. Ce crétin comprendrait enfin pourquoi il avait eu tort de ne pas m'inviter à son émission idiote.

Au lycée, ma vision de l'après-vie est devenue plus morose. Je me suis imaginé un endroit où la connaissance était sans limites, où le pourquoi de toutes choses serait connu, un peu comme la bibliothèque municipale mais en plus grand. Et partout on entendrait les échos de voix pieuses qui débiteraient la litanie de ce qu'il faut et ne faut pas faire, à travers de grands haut-parleurs. Si vous étiez méchant mais pas irrécupérable, vous n'iriez pas en enfer, mais vous seriez mis très lourdement à l'amende. Si vous aviez fait quelque chose de vraiment vilain, vous vous retrouveriez dans un endroit comparable à une de ces boîtes à bac, où atterrissent tous les mauvais éléments. Ceux qui fument, qui fuguent, qui volent dans les magasins ou qui ont des bébés sans se marier. Mais si vous aviez suivi les règles et n'aviez pas été un fardeau pour la société, vous pourriez aller tout droit au paradis. Et là on connaissait enfin la réponse à toutes ces questions qu'on vous posait au catéchisme, comme, par exemple : « Que devons-nous apprendre, nous les êtres humains ? Pourquoi devons-nous aider les plus malheureux ? Comment pouvons-nous éviter les guerres ? »

Je me disais aussi que, là-haut, j'allais finir par savoir ce qu'étaient devenus certains objets que j'avais perdus, comme le boa de plumes roses de ma Barbie, et plus récemment le collier en brillants que je soupçonnais Tommy de m'avoir piqué, même s'il s'en défendait en disant : « Juré sur ma tête, c'est pas moi ! » De plus, je voulais résoudre certains mystères restés inexpliqués, entre autres : La petite Lizzie Borden a-t-elle vraiment tué son père et sa mère ? Qui était le Masque de fer ? Qu'est devenue Amelia Earhart ? Parmi tous ceux qui avaient subi la peine de mort, qui était coupable et qui était innocent ? Tant qu'on y était, je voulais savoir ce qui était le plus dur, d'être pendu, gazé ou électrocuté. Et je trouverais le moyen d'en avoir le cœur net à propos de la mère de Kwan : c'était bien mon père qui avait dit la vérité à propos de sa mort et non Kwan.

Une fois à l'université, je n'ai plus cru ni au paradis ni à l'enfer, ces métaphores de la punition et de la récompense fondées sur des notions tranchées du bien et du mal. À l'époque j'avais déjà rencontré Simon. Lui et moi, nous nous défoncions avec nos copains et parlions de l'après-vie :

– C'est absurde, mec ! Tu vis moins de cent ans, tu fais tes petites affaires et après t'en as pour des milliards d'années, soit sur un lit de roses, soit en train de griller comme une merguez.

Nous n'étions pas franchement convaincus que Jésus soit la seule réponse. Ça aurait signifié que les bouddhistes, les hindouistes, les juifs, les Africains, qui n'avaient jamais entendu parler du Christ Tout-Puissant, avaient tiré la mauvaise carte et finissaient en enfer, alors que les types du Ku Klux Klan étaient tranquilles. Entre deux bouffées de nos joints, nous discutions en retenant la fumée :

– Hé, qu'est-ce que c'est, cette justice, hein ? En quoi ça fait progresser l'univers, hein ?

Beaucoup de nos amis ne croyaient pas en une après-vie. La lumière s'éteignait, c'est tout ; il n'y avait pas de douleur, ni de récompense, ni de châtiment. Un type, Dave, prétendait que l'immortalité durait autant que le souvenir que les gens gardaient de vous. Platon, Confucius, Bouddha, Jésus, ceux-là étaient immor-

56

tels. Il nous avait dit ça, je me souviens, après que Simon et moi nous avons participé à une cérémonie funéraire pour un copain, Eric, qui avait tiré le mauvais numéro et était tombé au Vietnam.

Simon a demandé :

– Même si, en fait, ils n'étaient pas tels que les gens s'en souviennent ?

Dave a marqué un silence, et il a répondu :

– Oui.

– Et dans le cas d'Eric ? Si les gens se souviennent d'Hitler plus longtemps que d'Eric, Hitler est immortel mais Eric non ?

Dave a observé un nouveau silence mais, avant qu'il ait ouvert la bouche, Simon a dit d'une voix ferme :

– Eric était un type super. Personne ne pourra l'oublier. Et si le paradis existe, c'est là qu'il se trouve.

Je me rappelle que j'ai ressenti une bouffée d'amour pour Simon quand il a dit ça. J'étais de son avis.

Comment se fait-il que mes sentiments pour Simon se soient évanouis ? Ont-ils profité d'un moment d'inattention de ma part pour disparaître comme le boa de plumes roses de ma Barbie ? Peut-être aurais-je dû les chercher davantage ?

Je ne me rappelle pas que les bricoles sans importance. Je me souviens de cette petite fille sur mon lit, je me souviens d'Eric, je me souviens de la puissance de l'amour qui balaie tout. Dans ma mémoire il y a encore de la place pour ces fantômes-là.

4

La maison du Marchand Fantôme

Ma mère a un nouveau petit ami qui s'appelle Jaime Jofré. Avant même de l'avoir vu, je peux dire qu'il a du charme, les cheveux noirs et une carte de séjour. Il parle avec un accent, et ma mère m'a demandé un jour : « Tu ne trouves pas qu'il a une nature passionnée ? » Elle se figure que, lorsqu'un homme a du mal à trouver ses mots, lorsqu'il doit faire un effort pour s'exprimer, cela témoigne d'un surplus d'ardeur. Pour elle, il y a plus de chaleur dans « amor » que dans amour.

Ma mère a beau être une grande romantique, elle ne perd néanmoins pas le nord. Elle exige des preuves d'amour : donnez et vous recevrez. Quoi ? Un bouquet, un cycle de leçons de danse, une promesse de fidélité éternelle – à l'homme de décider. Conséquemment, Louise doit aussi sacrifier à l'amour : pour lui, elle arrête de fumer et passe une semaine en cure de thalasso. Elle aime bien aller aux bains de boue de Calistoga. Ou bien à l'hôtel Sonoma Mission. Pour elle, les seuls hommes capables de comprendre ce genre de troc psychologique sont issus des nations en voie de développement (jamais elle ne dira « le tiers-monde »). Par exemple, un pays colonisé par une dictature étrangère – excellent ! Quand elle n'a pas de pays en voie de développement sous la main, elle se rabat sur l'Irlande, l'Inde, l'Iran. Elle croit sincèrement que les hommes qui ont souffert de l'oppression dans un pays livré au marché noir sont plus attentionnés avec les femmes parce qu'ils ont davantage à gagner. C'est un marché, en somme. Maman, à ce compte-là, aura rencontré autant de grands amours que d'occasions d'arrêter de fumer.

Oui, je le confesse, j'en veux beaucoup à ma mère. Ce matin, elle m'a demandé si elle pouvait passer chez moi pour me remonter le moral. Résultat, nous avons consacré deux heures à comparer l'échec de mon mariage à celui qu'elle a connu avec Bob. Une démobilisation permanente, une sorte de répugnance à l'idée du moindre sacrifice, une habitude de tout prendre et de ne rien donner. Voilà les défauts qu'avaient en commun Bob et Simon, à l'entendre. De notre côté, nous, les femmes, avions l'habitude de nous « dévouer, dévouer sans arrêt, du fond du cœur ». Là-dessus, elle m'a piqué une cigarette puis une allumette, et elle a dit :

— Je m'y attendais.

Elle a inhalé la fumée profondément avant de poursuivre :

— J'ai vu venir les choses il y a dix ans. Tu te souviens, quand Simon a pris l'avion pour Hawaï en te laissant à la maison avec la grippe ?

— Mais c'est moi qui lui avais demandé d'y aller. Nous avions deux tickets non remboursables, il n'avait pas pu revendre les deux, il en restait un.

Pourquoi étais-je en train de le défendre comme ça ?

— Tu étais malade. Il aurait dû te donner du bouillon dans ton lit plutôt que d'aller se vautrer sur les plages.

— Il se vautrait avec sa grand-mère. Elle relevait d'une attaque.

Je commençais à miauler mes arguments comme une gamine. Elle m'a souri avec pitié.

— Mon petit, inutile de me raconter des bobards, je sais très bien ce que tu ressens, je suis ta mère, après tout.

Elle a écrasé sa cigarette avant de me faire le coup de la complicité, style assistante sociale.

— Simon ne t'aimait pas assez, parce qu'il manquait de fond. Contrairement à toi. Toi, tu étais adorable, vraiment tu n'as rien à te reprocher.

J'ai hoché la tête, non sans raideur.

— Maman... j'ai du travail, là.

— Oui, je te laisse. Je vais juste reprendre un peu de café.

Elle a jeté un coup d'œil sur ma montre avant de m'expliquer :

— Les types sont venus passer de l'insecticide dans mon appartement ce matin à dix heures. Par précaution, j'aimerais bien rester une heure de plus.

Et me voilà assise à mon bureau, incapable de travailler, complètement vannée. Que peut-elle connaître de mon aptitude à aimer ? Se doute-t-elle seulement du nombre de fois où elle m'a blessée sans s'en apercevoir ? Elle se plaint souvent d'avoir perdu son temps quand elle était avec Bob. Et moi ? Si on parlait du temps qu'elle n'a jamais passé avec moi ? Ce n'est pas du temps perdu, ça, peut-être ? Et pourquoi m'épuiser encore à penser à tout cela ? Me voilà réduite, une fois de plus, à l'état de petite fille en train de pleurnicher. J'ai douze ans, le visage aplati sur la couverture de mon lit, je mords un coin de l'oreiller pour que Kwan n'entende pas mes sanglots.

– Libby-Ah, murmure-t-elle. Quelque chose ne va pas ? Malade ? Mangé trop de gâteau ? La prochaine fois, je ferai moins sucré... Libby-Ah, tu aimes mon cadeau ? Tu n'aimes pas, tu me le dis. Je t'en tricote un autre. Tu me dis la couleur. Il me faut seulement une semaine, je refais le paquet et voilà, c'est une nouvelle surprise... Libby-Ah ? Tu sais, je crois que maman et papa reviennent de Yosemite Park et te rapportent un très beau cadeau. Des photos aussi. De la jolie neige sur la montagne. Non, non ! Ne pleure pas. Tu ne dis pas ça. Comment peux-tu *détester* ta propre mère... Oh ! Et papa Bob aussi ? *Ah, Zemma Zaogao...*

– Libby-Ah ? Libby-Ah ? Je peux allumer ? Je veux te montrer quelque chose. D'accord, ne te fâche pas ! Je suis désolée. J'éteins. Tu vois ? Il fait noir. Rendors-toi. Je voulais te montrer le stylo qui est tombé de la poche de pantalon de papa Bob. Tu le regardes d'un côté, tu vois une femme en robe bleue. Tu le regardes de l'autre, oh ! la robe tombe. Je te dis la vérité. Tu n'as qu'à voir toi-même. J'allume la lumière. Tu es prête ? Oh ! Libby-Ah ! Tu as les yeux enflés ! Il faut remettre une compresse mouillée, demain ils te piqueront moins... Le stylo ? Je l'ai vu dépasser de sa poche dimanche, à la messe. Il ne l'a pas remarqué parce qu'il faisait semblant de prier. Je sais qu'il faisait semblant parce que, hum, hum, sa tête faisait comme ça : booomp ! Et il ronflait. C'est vrai ! Je lui ai donné un petit coup de coude. Il ne s'est pas réveillé, mais son nez a arrêté de faire ces bruits. Ah, tu trouves ça drôle ? Alors, pourquoi tu ris ?

» J'ai regardé les bouquets de Noël, les bougies, les vitraux. J'ai regardé le curé qui agitait sa lanterne à fumée et, là, j'ai vu Jésus qui s'avançait dans la fumée ! Oui, Jésus ! J'ai pensé qu'il était venu pour souffler ses bougies d'anniversaire. Je me suis dit : « Ah, enfin je le vois ! Maintenant, je suis catholique. » Oh ! j'étais tellement contente. C'est comme ça que j'ai réveillé papa Bob.

» Je souriais toujours à Jésus, mais, à un moment, je me suis rendu compte – ah ! – que cet homme n'était pas Jésus. C'était mon vieil ami Lao-Lu ! Il me montrait du doigt en riant. « Je t'ai bien eue ! Je ne suis pas Jésus ! Allons, avait-il le crâne chauve comme moi ? » Lao-Lu s'est avancé vers moi. Il a agité la main comme ça, juste devant papa Bob. Il ne s'est rien passé. Du doigt il a touché le front de papa Bob légèrement, comme une mouche. Papa Bob a porté la main à son front. Alors Lao-Lu a doucement tiré le stylo

60

coquin de la poche de papa Bob et il l'a glissé dans un pli de ma jupe.

— Pourquoi vas-tu encore à l'église des étrangers ? Tu crois vraiment que c'est en usant ton cul sur ces bancs que tu verras mieux Jésus ?

— Ne ris pas, Libby-Ah. Ce que disait Lao-Lu n'était pas du tout poli. Je crois qu'il se souvenait de la vie que nous avions menée ensemble. Parce que lui et moi, tous les dimanches, nous étions obligés de nous asseoir pendant deux heures sur un banc d'église très dur. Tous les dimanches ! Et Mademoiselle Bannière aussi. Nous sommes allées à l'église pendant tellement d'années ! Nous n'avons jamais vu ni Dieu, ni Jésus, ni Marie, même si pour elle ce n'était pas tellement important. À cette époque-là, elle était la mère de Jésus, mais seulement la concubine de Joseph. Aujourd'hui, c'est Marie ceci, Marie cela : sainte Marie, Marie du Bon Secours, mère de Dieu, pardonne tous mes péchés. Je suis contente pour elle qu'elle ait obtenu une promotion. Mais comme je te le disais, à l'époque, les Adorateurs de Jésus n'en parlaient pas tellement. Alors mon problème, c'était d'apercevoir Dieu et Jésus. Tous les dimanches, les Adorateurs de Jésus me demandaient : « Es-tu croyante ? » J'étais obligée de répondre que non, pas encore. J'aurais aimé dire oui, par politesse. mais ç'aurait été un mensonge. Après ma mort on me l'aurait reproché, et j'aurais eu à payer une double amende chez le diable des étrangers : une pour ne pas avoir cru, l'autre pour avoir prétendu le contraire. Je pensais que je ne pouvais pas voir Jésus à cause de mes yeux de Chinoise. Plus tard, j'ai découvert que Mademoiselle Bannière ne voyait ni Dieu ni Jésus. Elle m'a confié qu'elle n'était pas d'une nature religieuse. Je lui ai demandé : « Pourquoi, Mademoiselle Bannière ? » Et elle m'a répondu : « J'ai prié Dieu qu'il épargne la vie de mes frères, qu'il sauve ma mère. Je l'ai conjuré de faire revenir mon père. La religion t'explique toujours que l'espoir est donné à ceux qui croient. Mais, moi, je n'ai plus d'espoir. Alors pourquoi croire encore ? – Aïe ! c'est trop triste ! Vous n'avez plus d'espoir ? – Il m'en reste très peu. Et aucun qui mérite une prière. – Et votre amoureux ? »

» Elle a soupiré : « J'ai décidé qu'il ne méritait pas de prière lui non plus. Il me néglige, tu sais. J'ai écrit des lettres à un officier de la marine américaine qui se trouve à Shanghai. Mon amoureux était installé là-bas. Et à Canton, aussi. Et même à Guilin. Il sait où je me trouve, alors pourquoi ne vient-il pas me voir ? »

» J'étais triste d'entendre cela. En ce temps-là, j'ignorais que son amoureux était le Général Manteau. « Moi, j'ai encore l'espoir de retrouver ma famille, ai-je dit. Peut-être devrais-je devenir une

Adoratrice de Jésus. – Pour devenir une vraie Adoratrice de Jésus, il faut lui consacrer ton corps tout entier. – Et vous, combien lui consacrez-vous ? »

» Elle a tendu le pouce. J'étais étonnée, parce que c'est elle qui nous faisait le sermon du dimanche. Je pensais que cela valait au moins deux jambes. Bien sûr, elle n'avait pas le choix pour le sermon. Personne ne comprenait les autres étrangers et eux non plus ne nous comprenaient pas. Leur chinois était tellement mauvais qu'on aurait dit qu'ils parlaient l'anglais. Mademoiselle Bannière avait dû servir d'interprète au Pasteur Amen. Il n'avait même pas demandé. Il avait dit : « Tu feras cela, sans quoi tu devras quitter la Maison du Marchand Fantôme. »

» Alors, tous les dimanches matin, le Pasteur et elle se tenaient debout à la porte de l'église. Il criait aux gens en anglais : « Bienvenue, bienvenue ». Et elle traduisait en chinois : « Allez, dépêchez-vous d'entrer dans la Maison de Dieu. Vous mangerez du riz après la cérémonie. » Cette Maison de Dieu était en fait le temple privé de la famille du Marchand Fantôme. Il appartenait à ses ancêtres disparus et à leurs divinités. Lao-Lu trouvait les étrangers très grossiers d'avoir choisi ce lieu pour en faire la Maison de Dieu. Il disait que c'était « comme une gifle ». Il ajoutait : « Le dieu de la Guerre va leur balancer du fumier de cheval du plus haut des cieux, vous allez voir. » Lao-Lu était comme ça. Quand on le rendait furieux, il se vengeait.

» Les missionnaires entraient toujours les premiers. Mademoiselle Bannière venait après, ensuite Lao-Lu et moi, et puis les autres employés chinois de la Maison du Marchand Fantôme, le cuisinier, les deux servantes, le palefrenier, le charpentier. D'autres aussi, mais j'ai oublié qui. Les visiteurs étaient les derniers à entrer dans la Maison de Dieu. Des mendiants, quelques adorateurs de Dieu d'origine hakka, et aussi une vieille femme qui gardait les mains jointes et se courbait trois fois devant l'autel. On lui avait dit d'arrêter, mais elle continuait. Les nouveaux venus s'asseyaient sur les bancs du fond. J'imagine que c'est pour le cas où le Marchand Fantôme ferait son apparition – ainsi, ils pourraient se sauver plus facilement. Lao-Lu et moi nous devions être assis devant avec les missionnaires et répondre « Amen » dès que le pasteur dressait les sourcils. C'est pour cela que nous l'appelions le Pasteur Amen – et aussi parce que son vrai nom ressemblait à Amen. Il s'appelait Hammond, ou Haliman, quelque chose comme ça.

» Dès que nous posions les fesses sur ces bancs, il nous était interdit de bouger. Madame Amen faisait parfois des bonds, mais c'était pour menacer du doigt ceux qui faisaient trop de bruit. C'est ainsi que nous avons appris ce qui n'était pas permis. Pas question de se gratter la tête quand on avait des poux. Pas question de se moucher dans sa main. Pas question de dire « merde » quand un vol de moustiques vous pénétrait dans l'oreille – Lao-Lu avait l'habitude de le crier dès que quelque chose l'empêchait de dormir. Voici encore une autre règle à l'église : interdit de dormir, sauf quand le Pasteur Amen lançait vers Dieu des prières interminables, ennuyeuses, qui ravissaient Lao-Lu – quand les chrétiens fermaient les yeux pour prier, Lao-Lu les imitait, mais pour faire la sieste. Moi je gardais les yeux ouverts. J'observais le Pasteur Amen pour voir si Dieu ou Jésus descendaient du ciel. J'avais vu cela arriver à un Adorateur de Dieu dans une fête religieuse. Dieu était entré dans le corps d'un homme ordinaire et l'avait jeté à terre. Quand l'homme s'était relevé, il jouissait de pouvoirs extraordinaires. On pouvait lui piquer une épée dans l'estomac, elle ne rentrait pas. Elle se pliait en deux. Mais rien de tel n'était arrivé au Pasteur Amen. Un jour, alors que le Pasteur était en pleine prière, j'ai vu un mendiant debout à la porte. Je me suis rappelé que parfois les dieux chinois se présentaient ainsi : ils venaient voir les humains, déguisés en mendiants, afin de repérer les personnes loyales et pleines de respect pour les dieux. Le mendiant était-il un dieu, furieux de voir des étrangers installés sur son autel ? Peu après, j'ai lancé un coup d'œil vers la porte, mais il avait disparu. Au fond, qui peut savoir si cet épisode ne fut pas la cause des désastres qui eurent lieu cinq ans plus tard ?

» Après la prière il y avait le sermon. Le premier dimanche, le Pasteur Amen a parlé cinq minutes – bla-bla, bla-bla – et seuls les autres missionnaires le comprenaient. Ensuite Mademoiselle Bannière a traduit pendant cinq minutes. Des mises en garde contre le diable. Amen ! Des recommandations pour aller au ciel. Amen ! Amenez vos amis avec vous. Amen ! Ils ont continué, l'un après l'autre, comme s'ils se disputaient. Quel ennui ! Pendant deux heures nous avons dû rester immobiles. Nos cerveaux et nos fesses s'engourdissaient.

» À la fin du sermon, l'assistance avait droit à un petit concert qui sortait de la boîte à musique de Mademoiselle Bannière. Tout le monde adorait ce moment. Ce n'était pas tellement les chants, mais quand la musique commençait nous savions que l'épreuve tirait sur sa fin. Le Pasteur Amen levait les mains et nous disait de nous lever. Madame Amen allait se mettre devant, accompagnée d'une missionnaire agitée qui se nommait Lasher – cela ressemblait à *Laoshu*, « souris », c'est pourquoi nous l'appelions Mademoiselle Souris. Il y avait également un docteur étranger nommé Swan ; ça sonnait comme *suan-le*, qui veut dire « trop tard » – on comprend pourquoi les malades avaient peur d'aller le voir. Le Docteur Trop Tard était chargé de l'ouverture de la boîte à musique de Mademoiselle Bannière. Il remontait le mécanisme avec une clé. Quand la musique commençait, ils se mettaient à chanter tous les trois. Madame Amen avait les larmes aux yeux. Certains des vieux paysans demandaient à voix haute si la boîte contenait des étrangers miniatures.

» Mademoiselle Bannière m'a raconté une fois que cette boîte à musique était un cadeau de son père et le seul souvenir de sa famille. La boîte contenait un petit cahier où elle consignait ses pensées. Elle m'a appris que la musique était allemande. Il s'agissait d'une chanson à boire qui parlait de bière, de danse, de baisers et de jolies filles. Mais Madame Amen avait écrit d'autres paroles que j'avais entendues cent fois – des sons dénués de sens pour moi : « Nous marchons sur le chemin du Christ, d'un pas ferme et joyeux, et quand viendra l'heure de mourir nous le suivrons dans les cieux. » Quelque chose comme ça.

» Tu vois, je me souviens de cette chanson, mais à présent les mots ont un sens nouveau. Enfin, c'était la chanson que nous entendions chaque semaine et qui nous disait d'aller dehors nous servir un bol de riz, au nom du Christ. Beaucoup de nos mendiants étaient convaincus que Jésus était un gros propriétaire terrien qui possédait plein de rizières.

» Le deuxième dimanche, le Pasteur Amen a parlé cinq minutes, Mademoiselle Bannière trois. Le Pasteur a repris la parole pendant cinq minutes, et Mademoiselle pendant une minute. Côté chinois, les choses allaient de plus en plus vite et, ce dimanche-là, les mouches ne burent notre sueur que pendant une heure et demie. Plus tard, le Pasteur Amen a eu une longue conversation avec Mademoiselle Bannière. La semaine suivante, chacun eut droit à cinq minutes. Cinq pour lui, cinq pour Mademoiselle. Mais elle n'a pas parlé des manières de monter au ciel. Elle a raconté : « Il était une fois, dans un royaume lointain, un géant et la fille d'un pauvre charpentier, un homme qui était en fait un roi, mais qui... » À la fin de ses cinq minutes elle nous laissait en suspens à un moment passionnant de l'histoire et nous disait : « Je dois laisser le Pasteur parler cinq minutes. Pendant que vous attendez, je vous suggère de réfléchir à ce qui va se passer : la petite princesse va-t-elle périr ou va-t-elle sauver le géant ? » Après la fin du sermon et la chute de l'histoire, elle demandait aux gens de crier amen s'ils se sentaient prêts à manger un bol de riz. Ah, quel vacarme !

» Ces sermons dominicaux ont fini par avoir un grand succès.

De nombreux mendiants venaient écouter Mademoiselle Bannière raconter les histoires de son enfance. Les Adorateurs de Jésus étaient ravis. Les mangeurs de riz étaient ravis. Mademoiselle Bannière était ravie. Moi seule n'étais pas tranquille. Que se passerait-il si le Pasteur Amen venait à découvrir la supercherie ? Battrait-il Mademoiselle Bannière ? Et moi, me couvrirait-il de charbon incandescent pour me punir d'avoir appris à une étrangère à mentir en chinois ? Le Pasteur, ayant perdu la face, se sentirait-il obligé d'aller se pendre ? Et tous ces gens qui venaient le dimanche pour s'entendre raconter une histoire et se voir offrir un bol de riz, mais pas pour Jésus, finiraient-ils dans l'enfer des étrangers ?

» Quand j'ai expliqué mes inquiétudes à Mademoiselle Bannière, elle s'est mise à rire et m'a dit que rien de tout cela n'arriverait. Je lui ai demandé comment elle le savait, elle m'a répondu : « Si tout le monde est heureux, que veux-tu qu'il arrive de mal ? » Et je me suis souvenue de ce que disait l'homme qui était revenu vers la Montagne aux Chardons : « Trop de bonheur finit toujours par un torrent de larmes. »

– Nous avons connu cinq années de bonheur. Mademoiselle Bannière et moi nous sommes devenues de grandes amies, loyales. Les autres missionnaires sont restés des étrangers à mes yeux. Mais à force d'observation j'ai fini par connaître très bien leurs secrets. Lao-Lu me racontait les vilaines choses qu'il surprenait en regardant par leurs fenêtres, et aussi les choses, bien curieuses, qu'il voyait quand il était dans leurs chambres. Mademoiselle Souris, par exemple, versait des larmes sur un médaillon qui contenait les cheveux d'une personne morte. Le Docteur Trop Tard prenait des pilules d'opium pour soigner ses maux d'estomac. Madame Amen cachait des morceaux du pain de la communion dans un tiroir, pas pour les manger, mais pour faire des provisions en attendant la fin du monde. Le Pasteur Amen avait écrit aux États-Unis qu'il avait obtenu une centaine de conversions alors qu'en vérité il n'en avait obtenu qu'une seule.

» En échange, j'ai raconté à Lao-Lu quelques-uns des secrets que j'avais surpris moi-même. Que Mademoiselle Souris n'était pas insensible au charme du Docteur Trop Tard, mais que lui ne s'était aperçu de rien. Que le Docteur Trop Tard avait un sérieux penchant pour Mademoiselle Bannière, mais qu'elle feignait de n'avoir rien remarqué. Mais je ne lui ai pas raconté que Mademoiselle avait encore beaucoup de sentiment pour son troisième amoureux, un nommé Wa-ren ; j'étais seule à le savoir.

» Pendant cinq ans, il ne s'est rien passé, sauf des péripéties de ce genre. Notre vie d'alors tenait à ces petits espoirs, à ces épisodes minuscules, à ces secrets bien modestes.

» Moi aussi, j'avais des secrets. Le premier était qu'une nuit j'avais vu Jésus en rêve, un étranger avec une longue chevelure, une longue barbe, suivi d'une foule. Je l'ai dit à Mademoiselle Bannière, en omettant seulement de mentionner qu'il s'agissait d'un rêve. Elle l'a raconté au Pasteur Amen, qui a jugé que mon cas valait bien une centaine de conversions – c'est pour cela que je sais qu'il n'y en eut qu'une seule. Je n'ai pas dit à Mademoiselle Bannière de lui faire la leçon. Je craignais qu'il ne soit encore plus honteux de ce que, finalement, sa centaine de convertis ne soit même pas réductible à un seul.

» Mon deuxième secret était bien pire. L'événement s'était produit peu après que Mademoiselle Bannière m'eut confié avoir perdu sa famille et ses espoirs. Je lui ai répondu que de l'espoir j'en avais pour deux, et que j'utiliserais le restant du mien à former des vœux pour que son amoureux change d'avis et revienne. Elle a été très touchée. C'est ce que j'ai fait, j'ai prié au moins pendant cent jours.

» Un soir, j'étais assise sur un tabouret dans la chambre de Mademoiselle Bannière et nous parlions sans arrêt. Des bavardages à n'en plus finir. Quand nous nous sommes retrouvées à court de prétextes pour gémir, j'ai demandé si je pouvais me servir de la boîte à musique. « Oui, oui », m'a-t-elle répondu. J'ai ouvert. La clé manquait. « Elle est dans le tiroir », m'a-t-elle dit. J'ai cherché. Ah ! Qu'est-ce que c'est ? J'ai saisi une figurine en ivoire et je l'ai observée de près. C'était une femme nue. Très curieuse. Il me semblait en avoir vu une identique. J'ai interrogé Mademoiselle Bannière pour savoir d'où elle provenait. « Elle appartenait à mon amoureux. C'était le pommeau de sa canne. Quand il s'est cassé, il m'a donné la figurine en souvenir. »

» Aïe ! Voilà, je venais d'apprendre que l'amoureux de Mademoiselle Bannière était le traître, le Général Manteau ! Et je n'avais pas cessé de prier pour son retour ! Rien que d'y penser, j'en avais les cheveux dressés.

» Mon deuxième secret, le voilà : je savais qui il était. Et le troisième : désormais, je priais pour qu'il ne revienne jamais.

» Ah ! Libby-Ah, si tu savais. Jamais je ne m'étais doutée qu'elle pouvait aimer à ce point. L'amour parfait ne dure guère, et il était difficile de le trouver. Mais l'amour imparfait ! On ne manquait pas d'occasions de le croiser. Elle s'y est habituée et, dès que l'occasion s'est présentée, elle s'en est contentée.

5

Jour de lessive

Invariablement, le téléphone sonne à huit heures depuis trois jours. Juste au moment où je suis en train de beurrer mes tartines, Kwan m'appelle au téléphone. Avant que j'aie eu le temps de lui dire bonjour, elle balbutie :

– Libby-Ah, demande à Simon, le nom de ce magasin, pour réparer les stéréos, c'était quoi ?

– Qu'est-ce qu'elle a, ta stéréo ?

– Ce qu'elle a ? Ah ! Trop de bruit. Oui, oui, quand je mets la radio, ça fait chhhsss.

– Tu es sûre que tu es sur la fréquence ?

– Oui, oui. Je la règle souvent.

– Et si tu te reculais ? Peut-être que tu es pleine d'électricité statique aujourd'hui, on annonce de la pluie.

– D'accord, je vais vérifier. Mais, quand même, appelle Simon pour le nom du magasin.

Comme je suis de bonne humeur, ça m'amuse de voir jusqu'où elle va pousser son stratagème.

– Je sais le nom, lui dis-je en essayant de trouver quelque chose qui ait l'air vrai. Ça s'appelle Bogus Boomboxes, sur Market Street.

Là, j'ai l'impression d'entendre les rouages dans la cervelle de Kwan, qui finit par rire.

– Hé, vilaine ! Un mensonge. Un nom pareil, ça n'existe pas.

– C'est comme ton problème de stéréo. Il n'existe pas.

– D'accord, d'accord. Tu appelles Simon, tu lui souhaites un bon anniversaire de ma part.

– En fait, j'allais le faire, tu vois.

– Oh, tu es méchante ! Pourquoi tu me tortures, tu me fais honte ?

Elle part d'un petit rire, se reprend, ajoute :

– Oh, Libby-Ah, après Simon, tu appelles maman.

– Elle a des problèmes de stéréo, elle aussi ?

– Ne plaisante pas. Son cœur va mal.

Du coup, je m'inquiète.

– Comment ça ? C'est grave ?

– Mmmh, c'est triste. Tu te souviens de son nouveau petit ami, Jamais Chaud-froid ?

– Jaime Jofré, dis-je en prononçant distinctement. Jaime Jofré.

– Je me souviens toujours Jamais Chaud-froid. Il est marié. Une Chilienne. Elle est venue, l'a attrapé par l'oreille et l'a ramené chez elle.

– Oh non !

Une onde de satisfaction sournoise m'envahit, mais je me reprends en me giflant moralement.

– Oui, oui. Maman est furieuse. La semaine dernière elle a acheté deux tickets pour une croisière lune de miel. Chaud-froid lui a dit : « Sers-toi de ta Visa, je te rembourserai ». Fini le remboursement, finie la croisière, adieu les sous. Ah ! pauvre maman. Elle tombe toujours sur des types moches. Hé ! Peut-être que je m'occupe de lui trouver quelqu'un. Je me débrouillerai mieux. Si je fais le bon choix, ça me portera chance.

– Et si tu te trompes ?

– J'essaierai de réparer, de trouver mieux. C'est mon devoir.

Après avoir raccroché, je réfléchis à cette perception du devoir. Pas étonnant qu'elle considère mon divorce imminent comme un échec personnel et professionnel. Elle persiste à coire qu'elle avait pour mission cosmique de nous réunir, Simon et moi, d'être notre *mei-po*, notre entremetteuse spirituelle. J'ai du mal à lui faire comprendre qu'il n'en est rien. Parce que c'est bien elle qui est allée expliquer à Simon, à ma demande, que nous étions faits pour vivre ensemble et que nos destinées étaient liées depuis toujours.

Ma première rencontre avec Simon remonte à plus de dix-sept ans. À cette époque, nous avions résolu de faire reposer tous nos espoirs sur des choses grotesques comme les pyramides bénéfiques, les envoûtements *figa* du Brésil, et même les oracles des fantômes de Kwan. Nous étions vraiment très amoureux, moi de Simon, lui d'une autre femme. Cette autre femme était morte avant notre rencontre, je ne l'ai appris que trois mois plus tard.

J'avais déniché Simon dans un cycle de linguistique à Berkeley, au printemps 1976. Je l'avais remarqué tout de suite parce que, pas plus que le mien, son nom ne correspondait à ses traits asiatiques. Les étudiants eurasiens n'étaient pas aussi nombreux qu'aujourd'hui, et j'étais fascinée par ce gars en qui je voyais une sorte de double masculin de moi-même. Je m'interrogeais sur les mystères de la génétique, qui faisaient que, dans une même famille, certaines caractéristiques raciales dominaient chez un individu et pas chez l'autre. Une fois j'ai rencontré une fille qui s'appelait Chan. Elle avait les cheveux blonds et les yeux bleus ; elle m'a vite détrompée : non, elle n'était pas une enfant adoptée, son père était chinois. Je me suis dit que ses ancêtres avaient sans doute fauté avec les Anglais ou les Portugais de Hong Kong. Comme elle, je devais toujours fournir des explications à propos de mon patronyme – il fallait me justifier de ne pas ressembler à une Laguni. Mes frères, eux, ont l'air presque aussi italiens que leur nom. Leurs visages sont plus anguleux. Leurs cheveux sont vaguement ondulés, et d'une nuance châtain.

Simon ne présentait aucun trait racial bien déterminé. C'était un mélange parfaitement équilibré d'Hawaïen-Chinois et d'Anglo-Saxon, un mélange et non pas une dilution des gènes. Lorsque, pour notre cycle de linguistique, nous avons dû former des groupes de travail, Simon et moi avons instinctivement choisi le même. Nous n'avons jamais parlé de ce qui nous réunissait si visiblement.

Je me souviens de la première fois qu'il a fait mention de sa petite amie, parce que j'ai été déçue – j'espérais qu'il n'en avait pas. Nous étions cinq, en train de bachoter comme des fous pour un partiel. J'étais en train d'énumérer les caractéristiques des Étrusques. Langue morte, sans rapport avec les autres langues... Soudain, au milieu de mon résumé, Simon a balbutié : « Ma copine Elza a fait un voyage en Italie et elle a vu ces tombes étrusques. Il paraît que c'était incroyable... »

Nous l'avons regardé d'un air de dire : qu'est-ce qui te prend ? Et, là, Simon n'a pas précisé le moins du monde : « Ma copine, qui, par parenthèse, est aussi morte que la langue étrusque. » Non, il nous parlait d'elle comme si elle était bien vivante quelque part, avec son forfait ferroviaire européen et ses cartes postales de Toscane. Après quelques secondes de silence affreux, il a pris un air vague et s'est mis à marmonner, comme ces gens qui s'adressent de grands discours en marchant dans la rue. « Pauvre garçon », me suis-je dit, et là, sur la harpe de mon cœur, j'ai entendu comme un *ting*.

Après le cours, Simon et moi nous nous payions des cafés à tour de rôle, à la Taverne de l'Ours. Là, nous ajoutions une conversation déterminante, une révélation bouleversante de plus à la longue liste que nous avions déjà en commun. La notion de primitif, par exemple, nous semblait un concept erroné de l'Occident. Nous étions convaincus que le métissage général restait la seule réponse à long terme contre le racisme. Pour nous, l'ironie, la satire et la parodie représentaient la vérité à son niveau le plus profond. Il me racontait qu'il voulait créer sa propre philosophie. Elle l'aiderait dans la conduite de son travail et lui permettrait d'apporter au monde des changements substantiels.

Ce soir-là j'ai regardé le mot « substantiel » dans le dictionnaire et je me suis dit que je voulais mener une vie substantielle moi aussi. Quand j'étais avec Simon, je sentais qu'une part de moi-même jusqu'alors secrète, la meilleure, venait enfin de se révéler. Des rendez-vous sentimentaux, j'en avais eu d'autres, avec des hommes qui m'attiraient, mais nos relations allaient rarement au-delà d'une soirée formidable, d'une conversation passionnante. Parfois nous faisions l'amour, mais cela tournait rapidement à l'aigre, comme l'haleine du matin. Avec Simon, je hurlais de rire, je réfléchissais plus profondément, j'éprouvais davantage de passion pour la vie, je dépassais mon petit univers. Nous nous envoyions des idées comme des balles de tennis, en une joute mentale permanente. Nous pratiquions une psychanalyse mutuelle et fouillions le passé de l'autre avec délice.

C'était fou tout ce que nous avions en commun ; c'était même inquiétant. Nous avions tous les deux perdu un parent avant l'âge de cinq ans. Lui sa mère, moi mon père. Nous avions tous les deux élevé des tortues domestiques. Les siennes avaient péri parce qu'il les avait plongées accidentellement dans une piscine chlorée. Nous avions tous deux été des enfants solitaires, abandonnés aux soins de bonnes âmes : lui avait été confié à deux de ses sœurs célibataires, moi à Kwan.

– Ma mère m'a laissée entre les mains de quelqu'un qui parlait aux fantômes, lui ai-je dit un jour.

– Incroyable que tu ne sois pas deux fois plus folle ! m'a-t-il répondu.

Nous avons ri tous les deux. C'était grisant de se moquer ainsi de ce qui nous avait fait tant souffrir.

– Pauvre maman, ai-je ajouté. Elle est le type même de l'assistante sociale : elle ne pense qu'à aider les autres et laisse tomber les siens. Elle préférera ne pas décommander son rendez-vous chez la manucure plutôt que de lever le petit doigt pour aider ses enfants. Tu parles d'une mère ! Chez elle, ce n'était pas vraiment pathologique, mais tu comprends...

Simon est intervenu :

– Oui, même une négligence bénigne peut blesser un enfant pendant toute sa vie.

70

C'était exactement ce que je ressentais, mais que je n'arrivais pas à formuler. Il savait trouver les mots qui touchent :

– Peut-être que c'est justement son indifférence qui t'a rendue si forte aujourd'hui.

Je hochais la tête ; comme je l'approuvais !

Alors il a continué :

– Je pensais à ça, parce que Elza – tu sais, ma petite amie – a perdu ses parents alors qu'elle était encore bébé. Et comme caractère déterminé, il faut voir !

C'est ainsi que nous étions l'un avec l'autre : nous vivions une vraie intimité dans tous les domaines, jusqu'à un certain point. Je ressentais très bien la force de cette attraction mutuelle. Pour moi, il s'agissait d'une attirance puissamment sexuelle. De son point de vue, c'était plutôt quelque chose qui relevait de l'électricité statique. Il arrivait très bien à s'en défaire. Il me disait en me saisissant fermement par l'épaule : « Hé, Laguni, il faut que j'y aille, je suis débordé, mais si tu veux qu'on révise ensemble ce week-end, tu m'appelles. » Après avoir été congédiée comme ça, il ne me restait qu'à traîner les pieds jusqu'à mon appartement. Que faire un vendredi soir ? Rien, surtout que j'avais annulé un rendez-vous en pensant que Simon m'aurait invitée. À cette époque, j'étais follement amoureuse de Simon : je lui faisais des yeux de chatte, je riais bêtement, j'étais rêveuse, obsédée par moi-même – l'horreur. Bien des fois je me suis retrouvée seule dans mon lit, terrassée par le dégoût de moi-même parce que je désirais ce garçon. Je pensais : « Je suis folle ou quoi ? Je ne suis quand même pas la seule de nous deux à éprouver quelque chose ? Bon, il a une copine, d'accord. Et alors ? Tout le monde sait qu'à la fac on change d'avis sur tout dix fois par jour ; une copine peut devenir une ancienne copine en vingt-quatre heures. »

Mais Simon n'avait pas l'air de s'apercevoir que je faisais la chatte avec lui.

– Tu sais ce que j'aime bien en toi ? me demandait-il. Tu me traites comme si j'étais un pote. On peut parler de tout, sans que le reste s'en mêle.

– Quoi le reste ?

– Je veux dire, nous sommes de deux sexes opposés et...

– Ah oui ? m'exclamais-je avec un étonnement bouffon. Tu veux dire que je serais une fille et toi non ? Première nouvelle.

On pouffait de bon cœur.

Mais, le soir, je pleurais de rage. Je me disais que j'étais complètement folle. J'ai même souhaité bien des fois faire mon deuil de tout lien sentimental avec Simon. Comme s'il était possible de décider du jour au lendemain de cesser d'être amoureuse. Au moins, j'arrivais à faire bonne figure. Je continuais à jouer le rôle du meilleur pote toujours de bonne humeur. Je l'écoutais avec un sourire jusque-là, alors que mon cœur saignait. Je m'attendais au pire. C'était sûr, un jour ou l'autre il allait me ramener Elza comme s'il s'était rendu compte qu'elle m'obsédait moi aussi.

Après trois mois de ce masochisme attentif, j'avais fini par connaître tous les détails de l'existence de l'autre : elle vivait à Salt Lake City, où Simon avait lui aussi grandi. Depuis l'école primaire ils comparaient leurs notes. Elle portait une grande cicatrice à l'arrière du genou gauche, de la forme et de la couleur d'un ver de terre. Un souvenir mystérieux de ses toutes premières années. Elle faisait du sport : du kayak, de la randonnée, du ski de fond, activité où elle excellait particulièrement. Elle était douée pour la musique. Elle commençait à composer. Elle avait pris des leçons avec Arthur Balsam dans une université d'été célèbre qui se tenait à Blue Hill, dans le Maine. Elle avait même ajouté des variations thématiques de son cru aux *Variations Goldberg*. « Ah oui ? répondais-je à chaque énoncé de ses ineffables mérites. C'est formidable. »

Le plus curieux est qu'il continuait à parler de cette fille au présent. Bien entendu, je la croyais vivante. Un jour, Simon m'a fait observer que mon rouge à lèvres avait débordé sur mes dents. Comme je me dépêchais de l'enlever, il a ajouté : « Elza ne se maquille pas, pas même du rouge à lèvres. Elle n'y croit pas. » Là, j'ai failli hurler. « Qu'est-ce qu'il y a donc à croire ? ! On en porte ou non, voilà tout. » J'avais vraiment envie de moucher cette fille bien sous tous rapports. En fait, ce devait être la pire créature qui ait arpenté la planète. D'ailleurs, même si elle avait été douce et gentille, au point où j'en étais, je l'aurais détestée quand même. Pour moi elle ne *méritait* pas Simon. Pourquoi se l'accrocherait-elle comme une médaille supplémentaire ? Je la voyais plutôt obtenir la médaille d'or du lancer du disque catégorie Amazones. Le Nobel de la paix pour son action en faveur des bébés baleines handicapés. Ou la direction de l'orgue dans un chœur de mormons.

Simon, en revanche, méritait une fille telle que moi, quelqu'un qui sache l'aider à découvrir les replis de son âme, les passages secrets qu'Elza avait condamnés à force de critiques et de remontrances. Si je faisais à Simon un compliment, par exemple en lui affirmant qu'il venait de dire une chose profonde, il me répondait :

– Ah, tu crois ? Elza prétend que mon défaut est de me porter systématiquement vers ce qui ne demande pas d'effort ; d'après elle, je n'analyse pas suffisamment.

– Tu ne vas pas croire tout ce qu'elle raconte !

– Oui, elle me dit ça aussi. Elle déteste que je prenne le premier truc venu pour argent comptant. Elle pense qu'il faut avant tout se fier à son intuition, tu sais, un peu comme ce gars qui a écrit *Walden*, je ne me souviens plus de son nom... ah si, Thoreau. Elle trouve que nos disputes sont importantes, comme ça nous dégageons mieux l'essentiel de nos opinions, leur raison d'être.

– Moi, je déteste les disputes.

– Non, je ne veux pas dire qu'il faut se battre, mais plutôt qu'il faut débattre, comme on le fait tout le temps, tous les deux.

J'ai horreur qu'on me compare à autrui quand je ne suis pas la meilleure. J'ai essayé de prendre un ton badin pour ajouter :

– Alors, de quoi parlez-vous, tous les deux ?

– Des gens célèbres, par exemple. Ont-ils une responsabilité en tant que symboles ou bien sont-ils de ce point de vue là comme les autres humains ? Tu te souviens quand Mohammed Ali a refusé d'être enrôlé ?

– Oui.

Mais je mentais.

– Elza et moi, on a trouvé que c'était une super-attitude, de prendre position comme ça contre la guerre. Mais après il a gagné le Championnat du monde poids lourds et le président Ford l'a invité à la Maison-Blanche. Elza m'a dit : « Tu ne trouves pas ça incroyable ? » J'ai répondu : « Ben, il me semble que, si j'étais invité, j'irais à la Maison-Blanche moi aussi. » Alors elle s'est exclamée : « Par un président *républicain* ? L'année de l'élection ? » Et elle lui a écrit une lettre.

– À qui, au président ?

– Non, à Mohammed Ali.

– Ah oui. Bien sûr.

– Pour Elza, on ne peut pas se contenter de parler politique ou de regarder ce qui se passe à la télé. Il faut faire quelque chose, ou bien on est complice.

– De quoi ?

– De l'hypocrisie. C'est la même chose que la corruption.

J'imaginais Elza sous les traits de Patty Hearst, en treillis, le béret sur la tête, une mitraillette sur la hanche.

– Elle pense que tout le monde, dans la vie, devrait prendre position moralement. Sans ça, dans trente ans, peut-être moins, c'est la fin du monde. Pas mal de nos amis la trouvent pessimiste. Mais elle considère, au contraire, qu'elle fait preuve d'un optimisme véritable, parce qu'elle est déterminée à changer le monde dans le bon sens. Quand on y réfléchit, c'est elle qui a raison.

Pendant que Simon se perdait en explications sur les opinions grotesques de son Elza, moi je contemplais rêveusement les traits de son visage, mouvant comme tout. Il passait de l'hawaïen à l'aztèque, du persan au sioux, du bengali au balinais.

– Ça vient d'où, le nom de Bishop ? lui ai-je demandé un jour.

– Du côté de mon père, c'étaient des missionnaires un peu frappés. Je descends des vrais Bishop, une famille hyper-connue sur Oahu Island. Ils sont allés à Hawaï au xixe siècle pour convertir les lépreux et les païens, ça a fini par un mariage avec une princesse locale et ils sont devenus propriétaires de la moitié de l'île.

– Sans blague !

– L'ennui, c'est que je descends du côté de la famille qui n'a hérité de rien, pas la moindre plantation d'ananas, pas le moindre terrain de golf. Du côté de ma mère, nous sommes hawaïens chinois. Il y a une princesse ou deux dans la marmite génétique de la famille. Mais, là encore, aucun accès direct aux belles propriétés du littoral.

Il s'est mis à rire.

– Un jour, Elza m'a expliqué que j'avais hérité des missionnaires de ma famille mon côté paresseux béni-oui-oui, et du côté royal-hawaïen ma tendance à me reposer sur les autres quand j'ai besoin de quelque chose plutôt que d'aller le chercher moi-même.

– Je ne crois pas à ces caractères hérités, comme si on était prédestiné à devenir un certain type de personne, sans avoir le choix. Ton Elza, elle connaît le mot *déterminisme*, j'imagine ?

Simon a eu l'air ahuri, soudain. Il a dit « Hmmm » et a paru réfléchir. Pendant un instant, j'ai éprouvé la satisfaction d'avoir cloué au sol mon adversaire en exécutant une prise adroite et subtile. Mais il est revenu à la charge avec une observation :

– Est-ce que la doctrine déterministe n'affirme pas que tous les événements d'une vie et même les choix humains obéissent à des lois naturelles ? En somme, ça ne contredit pas du tout ce que racontait Elza ?

– Non, ce que je veux dire c'est que... (et là je me suis mise à balbutier parce que j'essayais de rassembler à la hâte mes souvenirs de la classe de philo), non, en fait, ce qu'il faudrait, c'est définir d'abord ce qu'on entend par naturel. Qui peut déterminer ce qui est naturel et ce qui ne l'est pas ?

Je me débattais, essayant lamentablement de garder la tête hors de l'eau.

– Au fait, elle est de quelle origine, Elza ?

– Elle a grandi chez les mormons, mais ils l'ont adoptée quand elle avait un an. Ils l'ont appelée Elsie, Elsie Marie Vandervort. Elle ne sait pas qui étaient ses parents biologiques. Mais avant l'âge de six ans, et avant qu'elle sache lire la musique, elle était capable, après avoir entendu une chanson une seule fois, de la rejouer exactement, sans oublier une seule note. Elle adorait particulièrement Chopin, Paderewski, Mendelssohn, Gershwin, Copland, j'ai oublié les autres. Plus tard elle s'est rendu compte que tous ces gens sans exception étaient soit juifs, soit polonais. C'est dingue, non ? Du coup, elle était convaincue qu'elle était probablement juive polonaise. Elle a changé son nom d'Elsie pour Elza.

J'ai ricané.

– J'aime Bach, Beethoven et Schumann, mais ça ne fait pas de moi une Allemande pour autant.

– Non, il n'y avait pas que ça. Quand elle avait dix ans, il lui est arrivé un truc qui va te paraître bizarre, mais je te jure que c'est vrai, j'en ai été en partie témoin. Elle était dans la bibliothèque de son école, elle feuilletait une encyclopédie, et soudain elle a vu la photo d'un gamin qui pleurait et que des soldats poussaient devant eux avec sa famille. La légende disait qu'il s'agissait d'une famille juive qu'on emmenait à Auschwitz. Elle ignorait où était Auschwitz et ne savait pas que c'était un camp de concentration. Mais elle a littéralement senti que c'était une chose horrible. Elle était au bord de la crise de nerfs. Finalement elle est tombée à genoux et s'est mise à chanter : « *Osh-vee-en-shim, osh-vee-en-shim* », quelque chose comme ça. La bibliothécaire l'a secouée, mais elle ne s'arrêtait pas. Alors la bibliothécaire l'a conduite auprès de l'infirmière de l'école, Mme Schneebaum, une Polonaise. En entendant Elza chanter « *osh-vee-en-shim* », elle a failli s'évanouir, pensant qu'elle se moquait d'elle. Accroche-toi, tu sais ce que veut dire « *osh-vee-en-shim* » en polonais ? Oświęcim, c'est-à-dire Auschwitz. Quand Elza est revenue à elle, il ne faisait aucun doute pour elle que ses parents étaient des Juifs polonais qui avaient survécu à Auschwitz.

– Comment ça, aucun doute ?

– Elle le savait, c'est tout. Comme le faucon sait quel courant ascendant emprunter dans les airs, comme les lapins dans les champs savent qu'il ne faut plus faire un geste. C'est du domaine de la connaissance immanente, ça ne s'apprend pas. Elle disait que les souvenirs de sa mère lui avaient été infligés à la naissance, et qu'ils étaient désormais imprimés de façon indélébile sur les parois de son crâne.

– Allez, ai-je lancé d'un ton sceptique, on dirait une histoire de ma sœur Kwan !

– Comment ça ?

– Ma sœur s'arrange pour plaquer n'importe quelle explication théorique sur ses croyances. Tout de même, l'instinct biologique et la mémoire émotionnelle n'ont rien à voir. Peut-être qu'Elza avait lu ou entendu des choses à propos d'Auschwitz et qu'elle ne s'en souvenait pas. Tu sais, comme quand on consulte de vieilles photos ou des films et qu'on finit par être convaincu qu'il s'agit de souvenirs personnels. Ou bien comme les histoires de réminiscence : soudain une connexion cérébrale douteuse s'établit, qui transforme une perception immédiate en un souvenir ancien. Elza ressemble-t-elle physiquement à une juive ou à une Polonaise ?

J'avais à peine prononcé ces mots qu'une pensée dangereuse m'a effleurée.

– Tu n'as pas une photo d'elle, par hasard ?

J'ai posé la question l'air de rien, autant qu'il m'était possible.

Tandis que Simon sortait son portefeuille, j'ai senti mon cœur s'emballer comme le moteur d'une voiture de course avant le départ. J'ai imaginé qu'allait surgir une beauté fatale – un mélange d'Ingrid Bergman illuminée par les lumières d'un aéroport et de Lauren Bacall dans l'atmosphère d'un bar enfumé.

La photo était prise en extérieur, avec un éclairage arrière crépusculaire. Les cheveux d'Elza formaient un halo autour de son visage triste. Elle avait le nez long, le menton minuscule et puéril. Elle était en train de parler et sa lèvre inférieure pendait ; on aurait dit un bouledogue. Elle se tenait debout près d'une tente, les mains sur les hanches – des hanches épaisses. Son jean lacéré lui collait aux cuisses, il était tout plissé à l'entrejambe. Elle portait aussi un T-shirt ridicule, avec l'inscription : « Le pouvoir, pour quoi faire ? » et les lettres étaient distendues par sa grosse poitrine.

J'ai alors pensé : « Mais qu'est-ce que ça signifie ? Elle n'est pas belle du tout. Elle n'est même pas mignonne. Elle ressemble à une saucisse polonaise sans moutarde. » J'ai essayé de réprimer un sourire, mais j'étais tellement heureuse que j'aurais pu danser la polka sur-le-champ. Je savais bien que me comparer physiquement à elle était superficiel et pas très malin, mais je ne pouvais me défendre d'un sentiment de supériorité satisfaite. J'étais plus jolie, plus grande, plus mince ; bref, j'avais plus de classe. Pas besoin d'être une spécialiste de Chopin ou de Paderewski pour se douter qu'Elza descendait de paysans slaves. Plus je la regardais, plus j'étais ravie. Mon manque de confiance en moi, un démon familier, ne me faisait plus peur ; il était aussi peu redoutable que les genoux rondouillards de cette fille.

Vraiment, que Simon pouvait-il bien lui trouver ? J'essayais de regarder le problème de façon objective, d'examiner la question avec des yeux masculins. Certes, elle était athlétique. On lui devinait de l'intelligence, mais ce genre d'intelligence qui intimide – pénible, quoi. Sa poitrine était bien plus grosse que la mienne, et cela pouvait jouer en sa faveur – à supposer que Simon soit assez idiot pour s'intéresser à des protubérances qui pendraient, un jour ou l'autre, jusqu'au nombril. On pouvait lui trouver un regard intéressant : elle avait des yeux bridés, des yeux de chat. Mais à les examiner de plus près, ils vous mettaient mal à l'aise, avec leurs cernes sombres. Elle fixait l'appareil bien en face, et son regard paraissait à la fois perçant et vide. On aurait dit qu'elle détenait les secrets du passé et du futur et qu'il n'y avait pas de quoi se réjouir.

J'en ai conclu que Simon devait confondre amour et loyauté. Après tout, il la connaissait depuis l'enfance. En un sens, il était admirable. Je lui ai rendu la photo, essayant de ne pas prendre un air trop satisfait.

– Elle a l'air terriblement sérieuse. Est-ce qu'on attrape ça en naissant juif polonais ?

Simon a examiné la photo.

– Elle sait être drôle quand elle veut, elle fait des imitations, elle prend les gestes, les tics, les accents étrangers. Elle est très amusante. Elle peut l'être. Enfin, ça lui arrive.

Il a marqué une pause, on sentait que la suite lui coûtait.

– Bon, d'accord. Elle est constamment préoccupée par ce qu'on pourrait faire pour améliorer les choses, elle te raconte sans cesse ce qu'il faudrait changer et puis soudain elle reste prostrée. Elle a toujours été ainsi. Évidemment, on pourrait prendre son sérieux, son humeur sombre pour de la dépression. Parfois, il lui arrive d'abandonner toute raison, tu vois, et...

Soudain, il était emporté par son discours, visiblement troublé, comme s'il voyait Elza sous un jour nouveau et que ses traits de caractère lui soient devenus d'un seul coup moins sympathiques.

Moi, j'emmagasinais tout cela avec l'idée de m'en servir contre elle à l'avenir. Contrairement à Elza, j'allais me présenter comme une optimiste, j'allais devenir hyperactive et, par contraste avec son côté morose, joviale.

Au lieu de jouer les redresseuses de torts, j'allais montrer à Simon à quel point je l'admirais. Moi aussi j'allais manifester mes opinions politiques, mais je resterais capable d'éclater de rire. Je témoignerais que la vie avec l'âme sœur n'est pas forcément une sorte de damnation quotidienne où l'on se fait la gueule. Bref, j'étais prête à faire tout ce qu'il fallait pour éjecter Elza de la vie et du cœur de Simon.

Après l'examen de cette photo, j'ai pensé que la tâche ne serait pas tellement compliquée. Je ne me doutais pas que j'allais devoir arracher Simon à l'emprise d'un fantôme. Mais ce jour-là, au moins, je me sentais tellement heureuse que j'ai même accepté une invitation à dîner chez Kwan. J'ai pris mon linge sale et, histoire d'être gentille avec elle, je suis allée lui demander conseil.

– Libby-Ah, laisse-moi faire. Tu ne sais pas te servir de ma machine à laver. Pas trop de lessive, pas de températures élevées, toujours sortir les poches des pantalons.

» Libby-Ah, ah ! pourquoi as-tu autant de vêtements noirs ? Tu devrais te mettre des couleurs ! Des petites fleurs, des pois. Le violet est une bonne couleur pour toi. Le blanc, je n'aime pas. Pas par superstition. Certains croient que le blanc, c'est la mort, mais non. Dans le monde du Yin, il y a plein de couleurs que tu ne connais pas parce que tu ne les vois pas avec tes yeux. Il faut utiliser les sens secrets. Il faut les imaginer à la lumière des sentiments et des souvenirs, tristes ou gais. La tristesse et la gaieté naissent souvent des mêmes choses, tu n'as pas remarqué ?

» En tout cas, je n'aime pas le blanc parce qu'il est trop salissant. C'est dur à laver. Pas pratique. Je le sais parce que, dans ma dernière vie, j'ai lavé plein de linge blanc, plein, plein. C'était une façon de payer mon loyer dans la Maison du Marchand Fantôme.

» Je lavais le premier jour de la semaine. Le deuxième, je repassais. Le troisième, je faisais les souliers et le raccommodage. Le quatrième, je nettoyais la cour et les différentes allées. Le cinquième, je savonnais le parquet et je passais le chiffon sur les meubles dans la Maison de Dieu. Le sixième jour était réservé aux choses importantes.

» C'est le jour que je préférais. Avec Mademoiselle Bannière, je faisais le tour du village en proposant des livrets intitulés « La bonne nouvelle ». Ils avaient beau contenir une traduction chinoise de l'anglais, j'étais incapable de les lire. Et comme je ne savais pas lire, je ne pouvais pas apprendre à lire à Mademoiselle Bannière. Dans les coins pauvres du village où nous passions, on ne savait pas lire non plus. Mais les gens prenaient nos livrets de bon cœur. Ils s'en servaient pour doubler leurs vêtements d'hiver, pour protéger leurs bols de riz contre les mouches, pour boucher les fissures de leurs murs. Le sixième jour de la semaine, nous avions donc beaucoup à faire. Mais ce que nous ne savions pas, c'est que nous allions causer bien des ennuis à tous ces gens.

» Quand nous entrions à la Maison du Marchand Fantôme, les mains vides et le cœur léger, Lao-Lu nous donnait un petit spectacle. Il grimpait sur une colonne, il longeait le bord d'un toit d'un pas rapide, et nous criions en bas : « Ne tombe pas ! » Il se retournait vers nous, il prenait une brique, la posait sur sa tête, puis il empilait dessus une tasse, un bol, une assiette, toutes sortes d'objets, de formes et de poids divers. Ensuite il se remettait à marcher sur le bord du toit et nous le saluions de nos cris et de nos rires. Je pense qu'il cherchait sans cesse à réparer la honte d'être tombé dans l'eau le premier jour avec Mademoiselle Bannière et le coffre.

» Le septième jour était naturellement réservé à la Maison de Dieu. L'après-midi, nous nous reposions, nous bavardions dans la cour, nous regardions le soleil se coucher, les étoiles, ou bien un orage, dont les éclairs fusaient au loin. De temps en temps, j'arrachais une feuille à un buisson de la cour. Lao-Lu tenait toujours à préciser : « Ce n'est pas un buisson, c'est un arbre sacré, regarde. » Et il se tenait les bras raides comme un fantôme marchant dans la nuit. Il disait que l'esprit de la nature passait des branches de l'arbre à ses propres membres. « Mange ses feuilles, déclarait-il, tu trouveras la paix et l'équilibre personnels, et les autres, tu leur pisses dessus. » Par la suite, je prenais tous les dimanches des feuilles de cet arbre pour préparer le thé, et c'était une façon de remercier Lao-Lu pour le spectacle qu'il nous avait offert. Mademoiselle Bannière buvait un peu de ce breuvage elle aussi. Chaque semaine, je disais à Lao-Lu : « Tu avais raison, le thé que l'on fabrique avec les feuilles de ce buisson est une source de sérénité. » Il répondait invariablement : « Ce n'est pas un buisson ordinaire pour les chiens qui lèvent la patte. Je te répète qu'il s'agit d'un arbre sacré. » Il fallait croire que ces feuilles n'avaient pas le pouvoir de le calmer, lui.

» Après le septième jour revenait le premier. Je vais en dire un mot. Comme je l'ai déjà signalé, c'était mon jour de lessive.

» Je lavais le linge dans un vaste passage, juste après la cuisine. Le parquet était carrelé, l'endroit était à ciel ouvert mais se trouvait dans l'ombre d'un grand arbre. Toute la matinée, je faisais bouillir deux grandes bassines d'eau citronnée – deux parce que les missionnaires ne voulaient pas que je mélange les affaires des hommes et celles des femmes. Je mettais du camphre d'un côté, et de l'autre de l'écorce de cassier, qui ressemble à la cannelle. Deux essences bonnes pour chasser les mites. Dans l'eau camphrée, je faisais bouillir les chemises blanches et le linge intime du Pasteur Amen et du Docteur Trop Tard. Je faisais bouillir leurs draps aussi, et les mouchoirs pour leur nez et leur front. Dans la bassine à l'écorce de cassier, je faisais bouillir les chemisiers, les sous-vêtements des femmes, leurs draps, les mouchoirs qu'elles utilisaient pour essuyer leurs nez féminins. J'étendais ensuite le linge mouillé sur la roue d'un vieux moulin de pierre, et je tournais la roue pour l'essorer. Le linge essoré allait dans deux paniers – toujours pour séparer les hommes et les femmes. Je me servais de l'eau de cassier qui me restait pour le sol de la cuisine, et de l'eau camphrée pour le sol du passage. Puis j'emportais les deux paniers dehors, derrière la maison, où deux abris étaient ménagés le long du mur, l'un pour la mule, l'autre pour la vache. Entre ces deux abris on avait tendu une corde très droite sur laquelle j'accrochais le linge à sécher.

» À gauche il y avait un autre mur, et une porte qui menait à un grand jardin d'agrément clos de hauts murs de pierre. Un merveilleux endroit qui naguère avait mobilisé de nombreux jardiniers mais qui désormais se trouvait à l'abandon. Les murs de pierre et les rochers d'ornement étaient toujours là, mais les bassins étaient vides – plus de poissons, rien que des mauvaises herbes. C'était inextricable : les buissons en fleur se mêlaient aux branches des arbres, aux plantes grimpantes et aux herbes folles. Les chemins couverts des feuilles laissées par vingt automnes formaient un tapis doux et frais sous mes pieds. Leur tracé chaotique montait et descendait, parfois j'avais l'impression que je revenais dans ma Montagne aux Chardons. Le sommet de l'une de ces buttes était assez large pour pour qu'on y eût construit un petit pavillon. On trouvait à l'intérieur de ce pavillon des bancs de pierre tapissés de mousse. Au milieu du sol carrelé, on voyait une trace de brûlé. Du pavillon j'apercevais le village par-dessus les murs de pierre, les rochers calcaires dressés, le défilé qui menait à la vallée suivante. Toutes les semaines, après ma lessive, je plongeais des œufs de canard dans le jus de citron vert qui me restait et je les enterrais dans le jardin pour qu'ils vieillissent. Quand j'avais fini, j'allais dans le pavillon, et je rêvais que le monde qui se trouvait après le mur représentait mon univers. Cela a duré des années. Un jour Lao-Lu m'a vu prostrée là et m'a dit : " Nunumu, il vaudrait mieux que tu arrêtes de venir ici, parce que c'est ici qu'est mort le marchand Punti, dans le pavillon. "

» Lao-Lu me raconta qu'un soir le marchand se tenait dans le pavillon. Ses quatre femmes se trouvaient en bas. Il observait le ciel et aperçut un nuage d'oiseaux noirs. Il a voulu les chasser mais à l'instant il s'est mis à brûler. Les flammes l'ont dévoré, ses graisses ont grésillé en se répandant sur le sol. En bas, ses femmes, terrifiées, se sont mises à glapir. Elles sentaient l'odeur pimentée et aillée qui descendait de là-haut.

» Brutalement, le feu s'est éteint. La fumée qui s'en dégageait a pris la forme du marchand avant de se dissiper. Quand les femmes sont arrivées dans le pavillon, elles n'ont pas trouvé de cendres. Il n'y avait plus que les pieds du marchand dans leurs chaussures ; rien d'autre. Et, bien sûr, cette odeur, si affreuse et si délicieuse en même temps.

» J'ai repensé à cette odeur chaque fois que j'allais étendre le linge et enterrer mes œufs. En fait, ça ne sentait que le camphre, le cassier, les feuilles mortes et les buisson en fleur. Mais un certain jour, j'ai cru sentir le Marchand Fantôme, sa peur de la mort, très forte, avec un relent de piment et d'ail, et peut-être une touche de vinaigre. Un jour d'été très chaud. Les cigales venaient de sortir après avoir passé quatre ans dans la terre. Elles chantaient, les mâles rivalisant de zèle pour se faire entendre des femelles. Je regardais, de mon œil unique la porte, là-bas, et je me disais que le Marchand Fantôme était peut-être en train de chercher ses pieds. Soudain j'ai entendu un bruit. Des feuilles mortes froissées, des brindilles qui craquaient. Des oiseaux noirs ont quitté les buissons et se sont envolés vers le ciel. Les cigales se sont tues.

» Je tremblais de tous mes membres. J'avais envie de fuir. Mais j'ai entendu la voix du Fantôme de la Jeune Brigande qui murmurait : " Comment peux-tu avoir peur d'un marchand Punti qui n'a même plus de pieds ? Allez, entre et va voir. " Du coup, j'étais à la fois terrifiée et honteuse d'avoir si peur. Je suis allée jusqu'à la porte et j'ai jeté un œil. Quand les cigales se sont remises à chanter, j'ai couru dans le jardin en écrasant les feuilles mortes, j'ai passé le pont de pierre qui enjambait le bassin à sec, j'ai parcouru les buttes successives. Quand le chant des cigales s'est espacé, je me suis arrêtée – je savais qu'elles allaient se taire. Ensuite, j'ai profité de chaque reprise de leur chant pour courir, avant de me retrouver finalement au pied de la colline du pavillon. J'ai fait le tour de la butte – plus de cigales. J'ai vu un homme assis sur un banc ; il mangeait une petite banane. Je n'aurais jamais cru qu'un fantôme puisse manger une banane. Bien sûr, depuis cette époque, d'autres fantômes m'ont raconté que, parfois, il leur prenait fantaisie de manger des bananes, mais jamais de telles bananes, je veux dire noircies, comme celle que mangeait cet homme-là.

» En me voyant, il s'est levé d'un bond. Il avait un visage curieux mais élégant, ni chinois ni étranger. Il portait des vêtements raffinés. Je l'avais déjà vu, cet homme, j'en étais sûre. J'ai alors entendu des bruits provenant de l'autre versant de la butte – comme des paquets d'eau qui venaient heurter le rocher, un halètement, quelqu'un qui courait sur un lit de feuilles mortes vieux de vingt automnes. L'éclair d'un pommeau de canne en argent m'est apparu, puis la figure creusée de son propriétaire. Il avait les mains occupées, il était en train de fermer son pantalon aux multiples boutons. Le Général Manteau ! L'homme élégant à la banane était le métis nommé Yiban.

» Incroyable ! Voilà donc celui pour le retour duquel j'avais prié. J'avais également prié pour qu'il ne revienne pas, mais ma prière n'avait sans doute pas été assez répétée.

» Manteau a aboyé un ordre à Yiban qui s'est tourné vers moi pour me dire : « Petite Mademoiselle, ce monsieur est un général américain célèbre. Sommes-nous bien dans la maison des étrangers Adorateurs de Dieu ? »

» Je n'ai pas répondu. Je me rappelais ce que nous avait raconté l'homme qui était revenu dans la Montagne aux Chardons : le Général Manteau était un traître, il avait trompé les Hakka. Le Général Manteau regarda mes chaussures. Il a prononcé quelques mots que Yiban a traduits aussitôt : « La dame qui t'a donné ces chaussures est une grande amie du Général. Elle est impatiente de le retrouver. »

» C'est ainsi que mes chaussures – avec mes deux pieds dedans – ont guidé ces hommes vers Mademoiselle Bannière. Yiban avait raison : elle était impatiente de le retrouver. Elle lui a passé les bras autour du cou, elle s'est laissé soulever par lui, devant le Pasteur Amen et sa femme, lesquels, en dépit de leur mariage, ne se touchaient jamais, pas même en privé dans leur chambre, d'après ce que m'avait raconté Lao-Lu. Tard le soir, quand tout le monde était censé dormir mais en fait ne dormait pas, Mademoiselle Bannière ouvrait sa porte au Général Manteau qui passait en un éclair d'une chambre à l'autre. Tout le monde l'entendait bien, nous n'avions pas de vitres, seulement des panneaux de bois.

» Je savais que Mademoiselle Bannière ne manquerait pas de recevoir le Général dans sa chambre. C'est pourquoi, un soir, je lui avais confié la traîtrise dont il s'était rendu coupable envers le peuple hakka, en lui affirmant qu'il la trahirait aussi. Elle s'est fâchée très fort contre moi, comme si je disais ces choses-là exprès pour lui faire du mal. Elle m'a répondu que le Général Manteau était un héros et qu'il l'avait abandonnée à Canton parce qu'il fallait qu'il aille aider les Adorateurs de Dieu. C'est là que je lui ai révélé ce qu'avait raconté l'homme qui était revenu dans la Montagne aux Chardons : que le Général Manteau avait épousé la fille d'un banquier chinois pour son argent. Elle m'a répondu que mon cœur était pourri et que mes mots étaient des vers blancs gavés de ragots. Elle m'a prévenue que, si je croyais ces choses que l'on disait du Général, alors je ne pourrais pas rester pour elle une amie fidèle.

» Je lui ai dit : « Quand vous vous êtes déjà formé une conviction, comment voulez-vous la supprimer ? Quand vous êtes une amie fidèle, comment pouvez-vous cesser de l'être ? » Je n'obtins pas de réponse.

» Tard la nuit, j'ai entendu la boîte à musique, celle que son père lui avait offerte quand elle était enfant. J'ai écouté cette musique qui arrachait des larmes à Madame Amen, et qui, à présent, servait de fond sonore à des baisers. J'ai entendu les soupirs de Mademoiselle Bannière, encore et encore. Elle soupirait, et son bonheur était tel qu'il vous éclaboussait. Il finissait par pénétrer dans ma chambre où il se transformait en larmes de chagrin.

J'ai recommencé à aller chez Kwan pour faire ma lessive. Autrefois, Simon s'occupait du linge – c'était l'un des grands avantages de notre mariage. J'adorais que la maison soit nette, j'aimais faire claquer les draps propres avant de les tirer au carré sur le matelas. Depuis son départ, c'est à moi qu'il incombe de laver mon linge. La laverie automatique est au sous-sol de mon immeuble. L'odeur et la lumière diffuse me donnent le cafard. L'atmosphère pèse sur mon imaginaire. Mais Kwan aussi, après tout.

J'attends toujours de n'avoir plus de sous-vêtements propres à porter. Alors, je fourre trois sacs de linge sale dans ma voiture, et en route pour Balboa Street. En ce moment, tandis que j'enfourne mon linge mouillé dans la machine à sécher de Kwan, je repense à cette histoire qu'elle m'a racontée le jour où j'exprimais mon bonheur d'être amoureuse. Quand elle était arrivée au moment où la joie se transforme en chagrin, je lui avais dit :

– Kwan, tu es gentille, je ne veux plus entendre cette histoire, compris ?

– Ah ? Pourquoi ?

– Elle me déprime. Et j'ai envie de rester de bonne humeur.

– Je te raconte la suite, et tu n'es pas déprimée. Tu vois l'erreur de Mademoiselle Bannière.

– Kwan, je veux que tu me fiches la paix une bonne fois avec Mademoiselle Bannière.

Quel pouvoir j'avais acquis sur elle et quel soulagement soudain ! J'étais tout étonnée de voir à quel point Simon m'avait rendue forte. Je pouvais enfin résister à Kwan. J'étais en mesure de décider qui je voulais écouter et pourquoi. Je trouvais enfin à me reposer sur quelqu'un comme Simon, un type ayant les pieds sur terre, logique et sain d'esprit.

Je n'imaginais pas que lui aussi finirait pas m'infliger ses fantômes.

Deuxième partie

6

Vers luisants

Le soir où Simon m'a embrassée pour la première fois, j'ai enfin appris la vérité sur Elza. Le troisième trimestre était déjà terminé et nous marchions dans les collines derrière le campus de Berkeley en fumant un joint. C'était une nuit de juin, nous sommes arrivés à un endroit où l'on voyait des petites lumières blanches dans les chênes, on se serait crus à Noël.

– Je rêve ? ai-je demandé.

– Ce sont des vers luisants. C'est curieux, non ?

– Tu es sûr ? Je ne crois pas qu'il y en ait en Californie, je n'en ai jamais vu.

– Peut-être qu'un étudiant les a élevés pour des expériences avant de les lâcher.

Nous nous sommes assis sur le tronc d'un vieil arbre tombé. Deux de ces insectes clignotants zigzaguaient l'un vers l'autre, comme si leur attirance mutuelle, si maladroite, obéissait pourtant à un plan précis du destin. Ils clignotaient comme des avions alignés au-dessus de la même piste d'atterrissage. Ils se rapprochaient sans cesse l'un de l'autre, avant de briller soudain du même éclat unique. Et puis ils se sont éteints pour se perdre dans le noir.

– C'est un signe, ai-je dit. L'amour est sur toi.

Simon a souri, il m'a regardée droit dans les yeux, m'a entouré la taille d'un bras maladroit. Après dix secondes, vingt secondes, il n'avait toujours pas fait un geste. Je commençais à avoir des bouf-fées de chaleur, de la tachycardie. Je finissais par me rendre compte que nous passions les dernières bornes de l'amitié, que nous allions sauter le pas et plonger dans la grande inconnue. Et nos deux bouches, comme ces deux vers luisants, se cherchaient pour de bon... Quand ses lèvres ont rencontré les miennes, j'ai fermé les yeux. Nous étions tous les deux tremblants, hésitants. J'ai changé de position, me rapprochant de lui pour lui permettre de me tenir plus fermement dans ses bras, mais il m'a lâchée. Il m'a même pratiquement repoussée. Aussitôt, il est parti dans un discours d'autojustification :

– Mon Dieu, je suis sincèrement désolé, Olivia. Je t'aime vraiment beaucoup, beaucoup, mais c'est compliqué à cause de... enfin, tu comprends.

J'ai donné une pichenette à un insecte qui est tombé du tronc, et je l'ai regardé stupidement tournoyer sur sa carapace.

– La dernière fois que nous nous sommes vus, nous nous sommes disputés. Elle était furieuse contre moi et depuis je ne l'ai pas revue. C'était il y a six mois. Ce qui m'ennuie, c'est que je l'aime encore mais...

– Simon, inutile de m'expliquer.

Je me suis levée, les jambes tremblantes.

– Oublions tout ça, d'accord ?

– Olivia, rassieds-toi, je t'en prie. Il faut que je t'en parle, au contraire. Je veux que tu comprennes, c'est important.

– Laisse-moi. Je préfère que nous laissions tomber, d'accord ? Tu n'as qu'à te dire qu'il ne s'est rien passé, voilà.

– Attends. Reviens. Assieds-toi, je t'en prie. Assieds-toi, Olivia, ce que j'ai à te dire c'est...

– À quoi ça sert ?

– J'ai l'impression que je t'aime aussi.

J'ai retenu mon souffle. Bien entendu, j'aurais préféré qu'il n'atténue pas la portée de sa déclaration en ajoutant « j'ai l'impression » et « aussi », mais j'étais tellement folle de lui que le verbe *aimer* agissait comme un baume et un appât. Je me suis rassise.

– Si tu écoutes ce qui s'est passé, peut-être que tu comprendras pourquoi j'ai tant traîné à te parler d'amour.

Mon cœur battait encore très fort, je me sentais emplie d'un mélange de colère et d'espoir. Nous sommes restés silencieux pendant quelques minutes. Quand je me suis sentie prête, je lui ai dit d'une voix ferme :

– Vas-y.

Il a toussoté.

– Cette dispute avec Elza a eu lieu en décembre, pendant les vacances de Noël. J'étais rentré dans l'Utah, nous avions formé le projet d'aller faire du ski de fond dans le canyon de Little Cottonwood. La semaine précédente, j'avais prié le ciel pour qu'il nous envoie de la neige fraîche qui, finalement, était tombée en abondance, au moins soixante centimètres de poudreuse.

– Alors elle t'a fait faux bond, ai-je dit en essayant de hâter le rythme de son récit.

– Non. Nous sommes allés au canyon en voiture. Je me souviens que nous parlions du groupe terroriste SLA, et que nous nous demandions si le fait de donner aux pauvres était une excuse pour dérober aux riches et piller les banques. Soudain, Elza est tombée de son nuage. Elle m'a demandé : « Que penses-tu de l'avortement ? »

» J'ai cru avoir mal entendu mais elle m'a détrompé ; elle parlait bien d'avortement. Alors j'ai répondu : « Il me semble que nous en avons parlé l'autre jour à propos de ce jugement, Roe contre Wade. Nous le trouvions trop timoré, tu te souviens ? » Elle m'a interrompu : « Ça ne m'apprend pas ce que, toi, tu en penses vraiment. – Qu'est-ce que tu veux dire ? – Je veux dire ce que je dis. » Elle a ajouté, en martelant ses syllabes : « C'est simple, comment le ressens-tu ? – Je le ressens comme légitime. » Là, elle a explosé : « Tu n'as pas réfléchi un seul instant ! Je ne te parle pas de météo, je te parle de vies humaines ! De la vie d'une femme mise en balance avec celle qu'elle porte, et... »

– Visiblement le thème la rendait hystérique, ai-je déclaré en soulignant le côté soupe au lait, imprévisible, d'Elza.

Simon a acquiescé d'un signe de la tête.

– Une fois que nous sommes arrivés, elle a bondi de la voiture. Hors d'elle-même, elle a balancé ses skis et m'a crié : « Tu ne vois pas que je suis enceinte, imbécile ! Et il n'est pas question que je laisse ce bébé foutre ma vie en l'air ! Mais l'avortement me répugne et toi, qu'est-ce que tu fais ? Tu restes assis là avec ton sourire idiot en m'expliquant que tu le ressens comme légitime. »

– Mon Dieu, Simon, comment pouvais-tu le deviner ?

C'était donc ça, ai-je pensé ! Elza voulait se marier, mais l'idée n'avait pas enchanté Simon. Bonne réaction.

– J'étais sonné, continua Simon. Je ne savais quoi lui répondre, nous étions toujours très prudents pour la contraception.

– Tu crois qu'elle l'a fait exprès ?

Il a froncé les sourcils :

– Ce n'est pas son genre.

Il semblait quand même sur la défensive.

– Alors ? Qu'est-ce que tu as fait ?

– J'ai chaussé mes skis et je l'ai suivie. Je lui hurlais d'attendre, mais elle est passée derrière une crête, et je l'ai perdue de vue. Mon Dieu, je me rappelle très bien ce jour-là, il faisait un temps superbe, tout était calme. C'est marrant, quand il fait beau, on a tendance à ne pas croire qu'une tuile puisse arriver.

Il s'est mis à rire avec amertume.

J'ai cru qu'il avait fini, que depuis ce jour-là Elza et Simon ne s'étaient pas revus – fin de l'histoire, et j'apparaissais pour prendre le relais.

– C'est sûr, ai-je murmuré en essayant de prendre un air compatissant, elle aurait au moins pu en discuter avec toi au lieu de t'agresser.

Simon s'est pris le visage dans les mains.

– Mon Dieu, a-t-il soupiré d'une voix pleine de détresse.

– Simon, je comprends. Mais ce n'est pas ta faute, c'est fini, maintenant.

– Non, attends un peu, a-t-il ajouté d'une voix rauque, laisse-moi terminer, je t'en prie.

Il regardait ses genoux. Il a pris son souffle, profondément, à plusieurs reprises, puis il a continué :

– Je suis allé jusqu'à un chemin coupe-feu pentu, signalé par un panneau. Je l'ai trouvée juste derrière, assise sur un talus. Elle serrait les bras sur sa poitrine et elle pleurait. Quand je l'ai appelée, elle a levé la tête. Elle paraissait complètement perdue. Elle s'est laissée glisser dans une espèce de cuvette très encaissée. Je revois encore la scène : la neige était vierge, on ne voyait pas où ça s'arrêtait, c'était incroyable. Elle est partie au fil de la pente, mais au milieu de sa trajectoire elle a rencontré de la neige plus dure, ses skis l'ont freinée, elle s'est arrêtée.

Là, j'ai vu le regard de Simon. Il fixait quelque chose dans un lointain perdu, et j'ai commencé à avoir peur.

– J'ai crié son nom aussi fort que j'ai pu. Elle tapait avec ses bâtons dans la neige pour essayer de dégager ses spatules. J'ai crié encore « Bon sang, Elza » et puis j'ai entendu quelque chose comme un coup de feu étouffé, suivi par un épais silence. Elle s'est tournée, son regard a vacillé, elle a dû être éblouie par le soleil. Je pense qu'elle n'a rien vu. La pente au-dessus d'elle, sur deux cents mètres, se détachait doucement, comme une grande fermeture Éclair en train de s'ouvrir, mais sans aucun bruit. La fente est devenue une brèche avec une ombre bleue. Elle a serpenté rapidement sur toute la largeur de la pente, il y a eu un glissement et dessous c'était énorme, ça brillait comme une patinoire. Il y a eu un grondement. Le sol, mes pieds, ma poitrine et ma tête, tout s'est mis trembler. Elza, cette fois, s'était aperçue de ce qui se passait parce qu'elle essayait d'enlever ses skis.

Moi aussi je savais ce qui se allait se passer. J'étais comme Elza.

– Simon, je ne crois pas que j'aie envie d'entendre l'histoire jusqu'au bout.

– Elle est arrivée à enlever ses skis et son sac à dos. Elle s'est retrouvée plantée dans la poudreuse jusqu'aux hanches et j'ai crié : « Va sur le côté ! » mais la montagne tout entière a commencé à dégringoler. Je n'ai plus entendu que ce grondement de train qui passe, les arbres craquaient au passage par rangées entières, on aurait dit une poignée de cure-dents.

– Mon Dieu !

– Elle nageait dans la poudreuse. C'est ce qu'il faut faire : nager sans s'arrêter. À un moment, elle a disparu. Elle a été aspirée. Tout a cessé dans un grincement. Le silence est tombé. Pas un mouvement, rien. On sentait juste l'odeur de la résine des sapins broyés. Mon esprit fonctionnait à une vitesse vertigineuse. Je me disais : « Pas de panique, si tu craques, c'est fini. » J'ai skié jusque là-bas, sur le côté de la scène, en empruntant les passages où la neige était restée intacte. Je n'arrêtais pas de me répéter : « Souviens-toi de l'endroit où elle a disparu. Il faut repérer les skis qui dépassent, il faut te servir d'un de tes skis pour marquer l'endroit. Ensuite creuser avec le bâton, et puis élargir le cercle. »

» Mais quand je suis arrivé en bas, rien ne ressemblait à ce que j'avais vu d'en haut. Le point que j'avais repéré dans ma tête, impossible de le retrouver. Il n'y avait plus que ce tas de neige chaotique devant moi, compact comme du ciment humide. Je faisais le tour, j'étais comme au milieu de ces cauchemars où tes jambes ne répondent plus, tu sais...

– Simon, tu n'es pas obligé de...

Mais il continuait :

– Soudain j'ai été pris d'un accès de calme bizarre – l'œil du cyclone, tu vois. D'où je me trouvais, j'apercevais Elza. Nous étions si proches qu'elle me guidait par la pensée. J'ai commencé à creuser vers l'endroit où je devinais qu'elle se trouvait, j'utilisais l'un de mes skis, je lui répétais que j'allais la sortir de là. Soudain, j'ai entendu un hélico. J'ai remercié le ciel en faisant des gestes comme un fou. Deux types des équipes de secours ont sauté de l'appareil avec un chien et des piques. J'étais tellement hors de moi que j'ai commencé à expliquer à ces gars-là combien Elza était sportive, je leur ai indiqué son rythme cardiaque, le nombre de kilomètres qu'elle parcourait chaque matin. Je leur ai même montré où il fallait creuser. Mais les sauveteurs et le chien ont descendu la pente en zigzag. J'ai continué à creuser à l'endroit où j'étais sûr qu'elle se trouvait. Rapidement le chien a poussé un aboiement, et les gars d'en bas m'ont crié qu'ils l'avaient découverte. J'ai été surpris qu'elle ne soit pas où j'avais cru. Quand je les ai rejoints, j'ai vu qu'ils l'avaient dégagée à moitié. Je nageais dans la poudreuse, j'étais en sueur, haletant, je les remerciais. « Bravo, je leur disais, elle est sauvée. Elle était là, devant moi. En fait, elle était restée à cinquante centimètres de la surface. J'étais tellement content qu'elle soit en vie.

– Oh, je suis contente, moi aussi, ai-je murmuré, parce que tu sais, Simon, avant que tu ne dises ça, j'étais persuadée que...

– Elle avait déjà rouvert les yeux mais elle était immobile, recroquevillée sur le côté, ses mains protégeant sa bouche comme je le lui avais appris, histoire de ménager une poche d'air pour respirer plus longtemps. Je riais, je lui murmurais : « Elza, c'est dingue que tu aies gardé assez de présence d'esprit pour penser au truc des mains devant la bouche, je n'en reviens pas. » Les sauveteurs m'ont repoussé. « Désolé, mon gars, mais c'est fini pour elle. » J'ai répondu : « Ça va pas ? Je la vois, là, allez, dégagez-la. » L'un des types m'a posé la main sur l'épaule et m'a dit : « Mon vieux, ça fait une heure qu'on est dessus et l'avalanche avait été signalée depuis une heure, elle n'avait déjà aucune chance après vingt, vingt-cinq minutes. – Mais ça fait seulement dix minutes ! »

» J'étais tellement dingue que tu sais ce que j'ai pensé d'abord ? Qu'Elza leur avait demandé de dire ça pour me faire les pieds, parce qu'elle était encore furieuse contre moi. J'étais sur le point de lui déclarer que je savais désormais intimement, charnellement, le prix de la vie, et qu'elle était précieuse, la mienne comme celle des autres.

J'ai mis ma main sur l'épaule de Simon. Il haletait comme un asthmatique.

– Quand je suis arrivé à son niveau, j'ai enlevé la neige de sa bouche, et alors, et, et... je me suis aperçu qu'elle ne respirait plus. Même dans le petit espace que je lui avais appris à ménager autour de la bouche, elle ne respirait plus. J'ai vu que son visage était tout bleu, les larmes avaient gelé au coin de ses yeux. Alors je lui ai dit : « Elza, allez, ne fais pas ça, n'aie pas peur. » J'ai saisi ses mains. Elles étaient tellement froides, tu ne peux pas savoir. Mais elle était toujours comme ça, elle ne...

– Je sais, ai-je dit dans un souffle.

Il a secoué la tête.

– Elle priait, tu comprends, les mains jointes, comme je lui avais dit. Et même si, finalement, je savais que c'était fini, même si je savais qu'elle ne disait rien, je pouvais l'entendre qui répétait : « Mon Dieu, je vous en supplie, ne me laissez pas mourir. »

Je me suis détournée. Ma gorge émettait des sons bizarres,

j'essayais de ne pas pleurer. Je ne savais que lui dire, ni comment le consoler. Il aurait fallu que je sois accablée d'une affreuse tristesse et inondée de sympathie pour Simon. Je l'étais, mais, pour être honnête, mon sentiment dominant sur le moment était une peur dévorante. J'avais haï Elza, j'avais souhaité sa mort, et, désormais, c'était comme si je l'avais tuée. Il me faudrait répondre de cela. Tout allait retomber sur mes épaules, j'allais subir le cycle karmique de plein fouet, comme pour Kwan et l'hôpital psychiatrique. J'ai regardé Simon, qui contemplait d'un œil pensif les silhouettes des chênes et les petites étincelles des lucioles.

— Tu vois, a-t-il ajouté avec un calme inquiétant, la plupart du temps je me rends bien compte qu'elle n'est plus de ce monde, mais parfois, quand je pense à elle, notre chanson préférée passe justement à la radio. J'ai du mal à croire qu'il s'agit d'une coïncidence. Ou bien c'est une amie à elle qui m'appelle de l'Utah à cet instant précis. Je la sens. Elle est là. Parce que, tu vois, un lien véritable existait entre nous, quelque chose de vraiment fort, sur tous les plans. Ce n'était pas seulement une histoire physique, ça, c'était l'aspect le plus banal, non, c'était comme si... Est-ce que je peux te lire un texte d'elle ?

J'ai vaguement hoché la tête. Il a sorti de son portefeuille un papier dont les pliures avaient été scotchées.

— Elle me l'a écrit un mois environ avant l'accident, ça faisait partie de mon cadeau d'anniversaire.

J'ai prêté l'oreille, le cœur défait.

— « L'amour est une chose délicate, lut-il d'une voix mal assurée. Il n'est jamais commun ni routinier. On ne s'y habitue jamais vraiment. Il faut marcher à son pas. Ensuite, c'est lui qui marche au tien. Tu ne peux pas t'en défendre, c'est comme la marée qui t'emporte vers le large et te ramène sur la plage. Les efforts douloureux que nous accomplissons aujourd'hui sont le début d'une courbe qui passe par les cieux. Tu peux faire un pas de côté, mais tu ne peux pas t'y soustraire. Et nous sommes tous concernés. »

Simon a replié la lettre.

— Je suis encore convaincu qu'elle a raison.

— Je m'interrogeais en vain sur la signification de ce texte. Mon esprit mélangeait tout ce que je venais d'entendre et le transformait en charabia. Je me demandais si Simon m'avait lu cette lettre pour que je me conforme à ce qu'Elza écrivait.

— C'est beau, ai-je déclaré, honteuse de ne trouver rien d'autre.

— Tu ne peux pas imaginer comme ça me soulage, tu comprends, de pouvoir parler d'elle avec toi.

Ses yeux brillaient, ils étaient vifs, il parlait avec hâte.

– Tu comprends, Elza est la seule personne dont je puisse dire qu'elle me connaisse vraiment. C'est une vérité qui s'impose tout le temps à moi. Je sais bien qu'il faudrait que je laisse Elza tranquille, mais c'est comme ça... Je marche à travers la fac et je me dis : « Ce n'est pas possible qu'elle ne soit plus là. » Alors je l'aperçois, je vois la même chevelure ondulée, mais soudain elle se tourne vers moi et le visage n'est pas le sien. Peu importe combien de fois je me trompe. Je ne peux pas m'empêcher de la chercher partout. C'est une drogue, je suis un drogué de la pire espèce, je la retrouve partout, chez tout le monde.

Il fixait sur moi des yeux de fou.

– C'est comme pour ta voix, par exemple : la première fois que je t'ai rencontrée, j'ai pensé que tu parlais vraiment comme elle.

J'ai dû tressaillir parce qu'il a ajouté aussitôt :

– Il faut que tu comprennes, j'étais dans un état lamentable. C'était trois mois après son... accident et j'avais besoin de la savoir encore vivante en Utah, de me dire qu'elle était furieuse contre moi et que c'était la seule raison pour laquelle nous ne nous étions pas vus depuis un moment. Maintenant que j'y pense, vos deux voix sont vraiment différentes.

Il caressa du doigt mes phalanges.

– Je n'avais pas l'intention d'aimer quelqu'un d'autre, je pensais que ce que j'avais vécu avec Elza me suffisait. J'ai l'impression que la plupart des gens n'ont jamais connu un tel amour dans toute leur vie, tu comprends ?

– Oui, tu as eu de la chance.

Il continuait à me caresser les doigts.

– Alors je me suis souvenu de ce qu'elle m'écrivait à propos de l'amour auquel on ne pouvait pas se dérober.

Il a levé un œil vers moi.

– C'est pour ça qu'il fallait que je te raconte tout. À présent, je peux tout te dire sans arrière-pensée, tu comprends ? Tu garderas cette idée présente à l'esprit : que j'éprouve d'autres sentiments, parallèles à ceux que j'ai conçus pour toi, et que si parfois j'ai l'air distrait, c'est...

J'avais vraiment du mal à respirer. J'ai répondu, de la voix la plus suave possible :

– Je comprends. Vraiment, je t'assure.

Nous nous sommes levés sans échanger le moindre mot supplémentaire, nous sommes redescendus des collines pour aller chez moi.

Du coup, la nuit la plus romantique de ma vie a tourné au

cauchemar. Pendant nos ébats amoureux j'avais l'impression qu'Elza nous surveillait. Je me sentais comme en train de faire l'amour dans une chambre mortuaire, j'avais peur de faire le moindre bruit. Simon, lui, ne semblait pas s'inquiéter outre mesure. Personne n'aurait pu soupçonner qu'il venait de me raconter une histoire d'une tristesse confondante. Il avait le comportement de tout amant la première fois, c'est-à-dire qu'il voulait me montrer combien il était habile, combien il se souciait de me satisfaire et à quel point il était prêt à recommencer.

Après, je suis restée là, éveillée, allongée sur le lit. Je songeais à la musique de Chopin et de Gershwin en essayant de leur trouver des points communs. Je m'imaginais les genoux d'Elza avec leur tête de poupon. L'un d'eux arborait un sourire béat. Je me demandais ce qui avait pu infliger à un nourrisson une cicatrice de la forme et de la couleur d'un ver de terre. Je songeais à ses yeux ; je me demandais quels souvenirs de violence, de souffrance, il y avait derrière ces yeux-là. Elle parlait de marée à propos de l'amour. Je la voyais nager sur la vague de neige, en pleine avalanche.

Quand le jour s'est levé, j'étais parvenue à poser sur Elza le même regard que Simon. Sa figure était entourée d'un halo lumineux, sa peau était douce comme le duvet des anges et ses yeux bleu glacier pénétraient les secrets du passé et de l'avenir. Elle serait à jamais d'une beauté fatale, aussi immaculée, aussi fascinante qu'une pente de neige fraîche dont on ne voit pas la fin.

Quand j'y repense, je me rends compte que j'ai été bien bête de poursuivre mes relations avec Simon. Mais j'étais jeune, amoureuse, et j'ai pris cette situation pathologique pour le comble du romantisme. J'avais pour mission d'arracher Simon à son chagrin. J'ai toujours été un aimant à culpabilité. Mon père, Kwan, Elza... la série continuait. Je me suis sentie coupable de toutes les mauvaises pensés que j'avais nourries à l'encontre d'Elza. En guise de pénitence, je me suis mise à rechercher son approbation. Je suis entrée dans le jeu, j'ai contribué à la ressusciter.

Je me rappelle, par exemple, cette fois où j'ai proposé à Simon d'aller faire de la randonnée dans le parc Yosemite.

– Tu m'as raconté qu'Elza adorait la nature. J'ai pensé que, si nous allions là-bas, elle nous y suivrait sûrement.

Simon a eu l'air content que je comprenne, et moi ça me suffisait que notre amour soit fondé sur de telles bases. Il me fallait patienter un peu, voilà tout. À l'époque où nous sommes allés camper dans un endroit appelé Rancheria Falls, je voyais encore les choses ainsi. La nuit était remplie d'étoiles, immense, pleine de vie, comme l'espoir que j'éprouvais. J'ai hésité longtemps avant de révéler à Simon ce que m'inspirait ce spectacle. C'est sorti sous la forme d'une platitude :

– Simon, sais-tu à quoi je pense ? Ce sont les mêmes étoiles qu'a contemplées le premier couple d'amants sur la terre.

Simon a inspiré, puis expiré profondément. Je me rendais bien compte que ce n'était pas de l'admiration, mais de l'accablement. Je me suis tue, je le comprenais – j'avais promis de le faire. Je savais qu'il pensait encore à son Elza. Peut-être songeait-il que c'était elle qui, naguère, avait contemplé les mêmes étoiles. Peut-être lui avait-elle confié un jour une pensée semblable à la mienne, mais exprimée avec plus d'élégance. Peut-être que pour lui, dans le noir, ma voix devenait la sienne, avec ce ton trop pénétré dont j'usais pour exprimer des idées banales et qu'elle employait, de son côté, pour essayer de sauver le monde.

Je me suis sentie rapetisser bien qu'en même temps ma densité ait augmenté. J'avais l'impression que le poids de mon propre cœur allait m'écraser. Les lois de la gravité et de l'équilibre avaient changé subrepticement. Désormais, je les enfreignais. J'ai regardé toutes ces étoiles encore une fois, ces étoiles qui scintillaient comme des lucioles. Mais, maintenant, je les voyais plutôt se noyer dans un halo. Le ciel tout entier finissait par basculer dans un grand tourbillon comme si, décidément, il devenait trop lourd pour tenir debout.

7

Les cent sens cachés

Si on en jugeait d'après la façon dont j'avais épousé le passé d'Elza, on aurait pu croire qu'elle avait été ma meilleure et plus fidèle amie. Un jour qu'avec Simon je cherchais une recette de cuisine pour le repas de Thanksgiving, c'est la terrine d'huîtres aux marrons d'Elza qui a pris le pas sur mes saucisses chinoises au riz. Nous buvions notre café du matin dans deux tasses en céramique à anse double qu'Elza avait réalisées dans l'atelier-poterie d'un camp d'été pour enfants musiciens. Le soir, le week-end, nous écoutions les cassettes préférés d'Elza : des chansons du groupe Blues Project, de Randy Newman, de Carole King, et une symphonie d'un genre plutôt sirupeux qu'Elza elle-même avait composée et que l'orchestre de l'école avait enregistrée, en guise d'hommage, après sa mort. J'ai dit à Simon que cette musique témoignait de ses idées de façon très vivante. Mais, dans le secret de mon cœur, je trouvais qu'elle ressemblait aux hurlements d'une troupe de chats de gouttière au passage du camion d'ordures. Le final de percussions ressemblait tout à fait à des poubelles renversées après le vol plané d'une chaussure vengeresse en direction des matous trop bruyants.

Le mois de décembre est arrivé. Simon m'a demandé ce qui me ferait plaisir à Noël. La radio diffusait des chansons qui parlaient des vacances. Je me suis efforcé d'imaginer ce qui aurait fait plaisir à Elza. Une contribution financière à son nom dans un club de randonnée ? Une série de disques de Gershwin ? Soudain, j'ai entendu Yogi Yorgesson chanter *Vive le vent d'hiver*. La dernière fois que j'avais entendu cette chanson j'avais douze ans, et je tenais la dérision pour le comble du chic. Cette année-là, j'avais offert à Kwan une planche de Ouija pour Noël. Elle regardait ces lettres et ces chiffres imprimés à l'ancienne d'un air déconcerté. Je lui ai expliqué qu'elle pouvait utiliser ce Ouija pour demander à des fantômes américains comment épeler certains mots anglais. Elle a tapoté mon cadeau et elle m'a dit : « Magnifique. Très utile, merci. »

Là, mon beau-père a piqué une crise.

– Pourquoi te crois-tu obligée d'être méchante avec elle ? m'a-t-il demandé d'un ton sévère.

Du coup Kwan a observé son cadeau avec une expression encore plus déconcertée.

– C'était pour rire !

– C'est une plaisanterie malveillante et, pour se la permettre, il faut avoir de la méchanceté dans le cœur.

Il m'a attrapé la main, m'a relevée d'un coup et m'a déclaré :

– Ma petite fille, cette soirée de Noël est terminée pour toi. File dans ta chambre.

Une fois dans ma chambre, toute seule, j'ai allumé la radio et j'ai entendu *Vive le vent*. Cette chanson était une blague, comme le cadeau de Kwan. Je me suis mise à pleurer avec amertume en pensant : « Comment ai-je pu me montrer méchante avec Kwan alors qu'elle ne s'est même pas rendu compte de ma méchanceté ? » Et puis, s'il s'agissait de méchanceté (mais ce n'en était pas), elle l'aurait méritée, elle était si bizarre. Elle attirait les plaisanteries. En plus, je ne voyais pas ce qu'il y avait de mal à s'amuser un peu pour Noël – après tout c'était la fête qui devait racheter les gens méchants. D'ailleurs, tant qu'à être méchante, autant l'être vraiment, me dis-je enfin en poussant la radio à fond. J'ai tourné le bouton comme si j'avais affaire au gros nez de mon Italien de beau-père. Tellement fort qu'il s'est cassé. Du coup Yogi Yorgesson chantait « vive le vent d'hiver et bonne année grand-mère » en s'époumonant comme un fou pendant que mon beau-père en faisait autant de l'autre côté de la porte : « Olivia, arrête cette saloperie de radio ! » Ce n'était pas très chrétien comme vocabulaire, surtout le soir de Noël. Avec un geste vengeur, j'ai arraché la prise. Après, Kwan est venue dans ma chambre pour me dire qu'elle « adorait beaucoup » mon aide-mémoire orthographique.

– Arrête de te comporter comme une débile, ai-je grommelé.

J'ai donné à mon visage une expression de méchanceté maximum, mais j'ai pris peur en mesurant combien je la blessais.

Toujours est-il que Simon voulait savoir ce qui me ferait plaisir pour Noël. J'étais justement en train d'écouter *Vive le vent* à la radio. J'avais envie de crier que, finalement, ça ne servait à rien de vouloir comprendre les gens. Je savais très bien ce qui me ferait plaisir pour Noël : arracher la prise. En finir avec Elza.

Mais, après six mois d'une patience angélique et indulgente, comment pouvais-je dire à Simon que désormais j'avais envie de virer son Elza hors de notre lit, définitivement ? Je me voyais en train de fourrer tout son fatras, ses photos, ses disques, ses affaires horribles dans un grand carton et d'expliquer à Simon que c'était pour leur éviter de s'abîmer, que ça faisait partie de mon ménage de printemps. J'imaginais que plus tard, la nuit, je flanquais le carton dans le coffre de la voiture et roulais jusqu'au lac Temescal où je balancais le colis dans l'eau, lesté de bouteilles pleines de sable. Je regarderais les bulles remonter des profondeurs, et cette folie se terminerait là, dans l'eau noire.

Ensuite, quelle explication fournirais-je à Simon ?

– Mon Dieu, c'est affreux, on a volé la boîte avec toutes les affaires d'Elza ! Moi non plus je n'arrivais pas à le croire... les voleurs ont dû penser qu'elle contenait des choses de valeur, enfin pour quelqu'un d'autre que toi et moi, je veux dire. Oui, je sais qu'en ce cas ils auraient dû emporter aussi la stéréo, mais...

Il allait remarquer mon regard fuyant, les coins de ma bouche esquissant un sourire. Il me faudrait lui avouer ce que j'avais commis. Je devrais lui révéler la nature exacte de mes sentiments envers Elza et ce que m'inspiraient ses tasses à café à double anse. Il serait effondré. Ce serait la fin de notre histoire. Tant pis, qu'il aille au diable ! Mais, après avoir épuisé mon imagination en variations sur le thème de cette victoire à la Pyrrhus, je me sentais un peu perdue. Il m'était impossible d'en finir avec Simon. Pas plus que je ne pouvais me détacher d'Elza.

C'est dans ces dispositions d'esprit assassines que j'ai eu l'idée de me trouver une complice pour faire le sale boulot. Et j'ai appelé Kwan.

Discrètement, j'ai mis ma sœur au courant de la situation. Je n'ai pas dit que j'étais amoureuse de Simon. Comment aurais-je pu avouer une chose pareille à Kwan ? Il aurait fallu supporter sa sollicitude permanente et ses conseils idiots. Je lui ai dit que Simon était juste un ami.

– Ah, ton petit **ami** ! a-t-elle répondu, tout excitée.

– Non, un ami.

– Proche.

– *Seulement* un ami.

– D'accord, d'accord, maintenant je comprends.

Je lui ai expliqué qu'une des amies de Simon était morte dans un accident, que Simon était tout triste, qu'il ne parvenait pas à se détacher de la disparue, que son obsession était malsaine. J'ai dit que ça l'aiderait peut-être qu'on lui parle d'elle comme d'une habitante du Yin. Je savais combien Kwan était influençable et quelle impatience de me venir en aide elle manifestait toujours. Aussi ai-je été claire sur ce que j'attendais d'elle.

– L'amie morte pourrait peut-être conseiller à Simon de prendre un nouveau départ, de l'oublier, de cesser d'invoquer son nom.

– Ah ! C'était sa petite amie.

– Juste une amie.

– Ah, comme toi, juste une amie.

Elle a souri et m'a demandé :

– Chinoise aussi ?

– Polonaise, ou peut-être juive, je ne sais pas.

Kwan a hoché la tête.

– Tsss, tsss ! Juive polonaise, très difficile à trouver, trop de morts juifs polonais. Beaucoup de Chinois aussi, mais chez eux j'ai des relations – cette personne du Yin connaît cette personne du Yin –, plus facile pour moi chez les Chinois. Mais les Juifs polonais... Ah ! Elle n'est peut-être pas dans le Yin, elle est peut-être allée ailleurs.

– L'autre monde aussi pratique la ségrégation ? Si je comprends bien, on ne peut pas aller dans le Yin si on n'est pas chinois.

– Si, si. Mademoiselle Bannière, elle n'est pas chinoise, elle est dans le monde yin. Ça dépend de ce que tu aimes, de ce que tu crois. Tu aimes Jésus, tu vas chez Jésus. Tu aimes Allah, tu vas chez Allah. Tu aimes dormir, tu dors.

– Et si tu ne crois à rien de précis avant de mourir ?

– Tu vas dans un lieu énorme, genre Disneyland. Tu essaies différents endroits. Ils te plaisent, tu décides. Bien sûr, on ne paye rien.

Pendant que Kwan me décrivait cela, je m'imaginais un parc de loisirs rempli d'anciens agents d'assurances déguisés en anges tutélaires, avec tout un attirail d'éclairs en papier d'aluminium, et qui invitaient les passants à aller faire un tour dans les limbes, au purgatoire, dans le monde des nourrissons morts avant le baptême, cependant que des foules d'anciens Moonies et de financiers attendaient pour visiter des manèges du style Pandémonium, le Bassin de lave, la Chambre des tortures éternelles, etc.

– Alors qui se retrouve dans le monde du Yin ?

– Un tas de gens. Pas seulement des Chinois... Des gens pleins de remords, des gens qui croient qu'ils n'ont pas eu de chance, des gens qui voudraient bien retrouver leur femme, leur mari, leurs enfants, leur sœur.

Kwan s'arrêta et me sourit.

– D'autres aussi qui regrettent la nourriture chinoise. Ils vont dans le monde du Yin et ils attendent de renaître comme une autre personne.

– Ah, tu veux dire que les gens du Yin sont ceux qui croient en la réincarnation ?

– Qu'est-ce que ça veut dire, recarnation ?

– Réincarnation. Tu sais bien, après ta mort, ton esprit ou ton âme se retrouve dans un autre être humain.

– Oui, peut-être la même chose, quelque chose comme ça. Tu n'es pas trop difficile, tu reviens vite, environ quatre-vingt-dix jours. Tu as un souhait particulier – renaître dans cette personne, te marier avec cette personne –, tu dois parfois attendre longtemps. Comme un grand aéroport : beaucoup, beaucoup de destinations. Tu veux voyager en première avec un siège près du hublot, sans escale, à prix spécial, l'attente peut être longue. Au moins une centaine d'années. Je vais te révéler un secret – tu ne le répètes à personne, hein ? Beaucoup de gens du Yin, dans leur vie suivante, ils veulent être, devine quoi. Devine !

– Président des États-Unis.

– Non.

– Les Who.

– Les Who ?

– Laisse tomber. Alors qui ?

– Chinois ! Je te jure. Pas français, pas japonais, pas suédois. Pourquoi ? Parce que la nourriture est meilleure en Chine, elle est plus fraîche, elle est meilleur marché, avec beaucoup, beaucoup de saveurs, on peut en changer tous les jours. Aussi parce qu'en Chine les familles sont très unies et les amitiés très loyales. Tu as une famille chinoise ou un ami chinois pendant une de tes vies, tu les gardes pendant dix mille vies. C'est avantageux. C'est pourquoi il y a beaucoup de Chinois dans le monde. Même chose chez les Indiens. Beaucoup de monde chez eux aussi. Les Indiens croient en la multiplicité des vies, eux aussi. J'ai entendu dire que leur cuisine n'était pas mauvaise. Plein de plats épicés chez eux, et du curry aussi. Naturellement, le curry chinois est meilleur. Qu'en penses-tu, Libby-Ah ? Tu aimes mon curry ? Tu l'aimes, je t'en fais un pour ce soir, d'accord ?

J'ai ramené Kwan sur le sujet d'Elza.

– Comment procéder pour retrouver cette amie de Simon ? Normalement, où les Juifs polonais se retrouvent-ils ?

Kwan a commencé à marmonner :

– Juifs polonais, Juifs polonais... Tellement d'endroits. Certains ne croient à rien après leur mort. Certains vont dans un entre-deux, comme la salle d'attente du docteur. Certains vont vers Zion, drôle d'endroit pour se retrouver. Personne ne se plaint jamais, pas de pourboire, service excellent.

Elle a secoué la tête et m'a demandé :

– Elle est morte comment, cette personne ?

– Accident de ski dans l'Utah. Une avalanche. C'est comme une noyade.

– Ah ! très mauvais le ski nautique après le déjeuner. L'estomac plein, pas étonnant qu'on se noie.

– Je n'ai pas dit après le déjeuner...

– Pas de déjeuner ? Alors pourquoi s'est-elle noyée ? Elle ne savait pas nager ?

– Elle ne s'est pas noyée, elle a été ensevelie sous la neige.

– La neige ! Mais pourquoi me dis-tu qu'elle s'est noyée ?

J'ai soupiré, ma raison commençait à vaciller.

– Très jeune ?

– Vingt et un ans.

– Tst ! Trop triste. Quand ?

– Un an environ.

Kwan a claqué des mains.

– Mais oui ! Comment ai-je pu oublier ! Mon ami célibataire ! Toby Lipski. Lipski, comme ski. Juif aussi. Oh ! Un homme du Yin très drôle. Il est mort l'année dernière, cancer du foie. Il m'a dit : « Tu as raison, Kwan. J'ai trop bu dans les discos, ça ne m'a rien valu de bon, c'était très mauvais pour moi. Quand je reviendrai sur la terre, fini, je ne boirai plus. J'aurai une longue vie, un grand amour et un grand pénis par-dessus le marché. » La dernière mention, c'était une plaisanterie.

Kwan m'a regardée pour s'assurer que le message était passé à propos des dangers de l'alcool.

– Toby Lipski m'a dit : « Kwan, tu as besoin des secours d'un habitant du Yin, tu me demandes. » Bon. Je vais demander à Toby Lipski de nous retrouver cette fille. Son nom ?

– Elza.

– Oui, oui. Elza. Il faut que j'envoie d'abord un message à Toby, comme écrire une lettre en esprit.

Elle a fermé les yeux et elle s'est frappé le côté du crâne.

Puis ses yeux se sont rouverts.

– Envoyé vers le monde du Yin. J'ai mélangé l'esprit et le cœur, j'ai fait appel aux cent sens cachés.

– Comment ça, les sens cachés ?

– Ah ! Je t'en ai déjà parlé ! Tu n'écoutes pas ? Les sens cachés, pas vraiment cachés. Nous les appelons cachés parce que tout le monde les a, mais les a oubliés. Le même genre de sens que les fourmis avec leurs pattes, les éléphants avec leur trompe, les chiens avec leur truffe, les chats avec leurs moustaches, les baleines avec leurs tympans, les chauves-souris avec leurs ailes, les serpents avec leur langue, les fleurs avec leur duvet. Beaucoup de choses mélangées.

– Tu veux dire l'instinct. Une sorte de connaissance innée, comme, par exemple, tiens, quand Bubba creuse dans le jardin.

– Oui ! Pourquoi laisses-tu le chien faire ça ? Ridicule, il t'abîme tous les pots de fleurs.

– C'était un exemple. Bon, laisse tomber. Continue, parle-moi des sens cachés.

– Comment expliquer ? La mémoire, la vue, l'ouïe, le toucher tout se conjugue et, dans ton cœur, tu connais la vérité. Comme ce sens, je ne sais pas comment l'appeler, le hérissement. Tu sais ça : le hérissement dans les os, c'est la pluie qui arrive, ou bien un coup de fraîcheur au moral. Le hérissement sur la peau de tes bras, c'est quelque chose qui te fait peur, tu as la chair de poule. Le hérissement sur la peau du crâne, oh ! oh ! tu sais la vérité dans le fond de ton cœur, mais tu refuses de la croire. Tu peux aussi sentir le hérissement des poils du nez, ou sous les bras. Et puis là, à l'arrière de la tête – celui-là, il faut y faire attention... sans ça, catastrophe, mm, hmm. Tu utilises tes sens cachés, tu peux recevoir ou envoyer un message très vite, à un vivant ou à un mort, pas d'importance.

– Écoute, quelle que soit ta façon de procéder, essaie de le faire vite.

– Oh ! Tu crois que je travaille pour le bureau de poste – ouvert tard, du courrier le premier de l'an, des paquets à Noël, toujours urgent, urgent, urgent ? Pas ces méthodes ici ni de l'autre côté. De toute façon, dans le monde du Yin, pas besoin de gagner du temps. Tout est déjà trop tard ! Tu veux atteindre une personne par la pensée, tu te glisses dans ses émotions et elle se glisse dans les tiennes. Alors – ping ! –, comme une heureuse rencontre, les deux personnes se retrouvent nez à nez.

– Je veux bien te croire, mais vérifie quand même que ton type, là, Toby, a bien compris le nom de la fille : Elza Vandervort. C'est son nom d'adoption. Elle ne connaît pas ses vrais parents. Elle croit savoir qu'ils étaient juifs polonais et internés à Auschwitz. Et elle est susceptible de penser à des trucs sur la musique, Chopin, entre autres.

– Ah ! Tu parles trop vite.

– Attends, je te l'écris.

Ce n'est qu'après coup que le ridicule de la situation m'a

frappée : je flattais Kwan dans ses lubies pour que Simon puisse être délivré des siennes.

Deux semaines après, Kwan m'annonçait que Toby avait tiré le jackpot. Il avait pris rendez-vous avec Elza à la prochaine pleine lune. Kwan m'a expliqué que les gens du Yin étaient toujours imprécis dans leurs rendez-vous, parce que personne n'avait plus recours à la montre ou au calendrier. La meilleure méthode était de se régler sur les phases de la lune. C'est pourquoi les nuits de pleine lune il se passait tant de choses bizarres. Kwan décrivait la chose en ces termes : « Comme une lumière sous le porche, elle crie : venez, venez, entrez ! »

Je me sens encore coupable, parce qu'il a été très facile d'abuser Simon. Qu'on en juge : j'ai commencé par lui annoncer que Kwan nous invitait à dîner. Il a accepté. Dès qu'il est entré, Kwan lui a lancé : « Oh, oh, oh ! si élégant ! » Et il a répondu, comme si on lui avait fait la leçon : « Ce n'est pas possible, j'ai du mal à croire que vous ayez douze ans de plus qu'Olivia ! » Kwan s'est inclinée. « Oh, oh, des bonnes manières en plus ! »

Le curry n'était pas mauvais. La conversation, pas trop pénible. Le mari de Kwan et ses beaux-fils ont passé un moment à évoquer une bagarre à coups de poing dont ils avaient été témoins sur le parking d'un supermarché. Pendant tout le dîner, Kwan a évité les sorties bizarres. Sauf quand elle a demandé à Simon des choses indiscrètes sur ses parents.

– Lequel chinois ? La mère. Mais pas vraiment chinoise ? Ah, Hawaï. Ah ! Je sais. Chinois déjà mélangés. Elle fait la danse du ventre ?... Oh, morte ? Si jeune ! Très triste ! J'ai vu la danse du ventre une fois à la télé. Les hanches comme un tambour de machine à laver et les mains qui volent comme des oiseaux.

Quand Simon s'est éclipsé vers les toilettes, elle m'a envoyé un clin d'œil en murmurant à tue-tête :

– Hé ! Pourquoi m'as-tu dit seulement amis ? Ton visage, le sien, ah ! pas seulement amis ! J'ai raison ?

Elle a éclaté d'un petit rire qui sonnait comme une volée de cloches.

Après le dîner, comme sur un signal donné, George et les garçons sont allés regarder *Star Trek* à la télé de la salle de jeux. Kwan nous a invités à passer au salon parce qu'elle avait quelque chose d'important à nous annoncer. Nous nous sommes assis sur le canapé, Kwan a pris un fauteuil devant nous. Elle a désigné la fausse cheminée où chauffait un brûleur à gaz.

– Trop froid ?

Nous avons secoué la tête. Alors elle a replié ses mains sur ses genoux et a demandé à Simon, en souriant comme un lutin :

– Simon, dites-moi, vous aimez bien ma petite sœur, hein ?

– Kwan ! ai-je crié, mais Simon lui répondait déjà.

– Oui, je l'aime beaucoup.

– Hmm...

Elle avait l'air d'un chat qui vient de se lécher les babines.

– Même si vous ne me le dites pas, je le vois. Mmm, mm... Vous savez pourquoi ?

– Parce que ça doit être apparent, je suppose, a répondu Simon avec un petit sourire.

– Non, non, parents ne me le disent pas, je le sais là-dedans, a-t-elle poursuivi en se frappant le front. J'ai des yeux yin, mm, mm, des yeux yin.

Simon m'a cherchée du regard, comme pour me réclamer mon aide. Olivia, que se passe-t-il ici ? semblait-il me demander. Je me suis contentée de hausser les épaules.

– Regardez là, a ordonné Kwan en désignant la cheminée du doigt. Que voyez-vous, Simon ?

Il s'est penché en avant, sans doute persuadé qu'il s'agissait d'un jeu chinois. Il a demandé :

– Vous voulez dire, ces bougies rouges ?

– Non, non, vous voyez la cheminée. J'ai raison ?

– Ah oui ! Là, la cheminée.

– Vous voyez la cheminée, je vois autre chose. Je vois une personne du Yin, quelqu'un déjà mort.

Simon s'est mis à rire.

– Un mort ? Vous voulez dire un fantôme ?

– Mmh. Elle me dit son nom : Elsie.

Parfaite, cette Kwan, elle se trompait sur le nom, mais juste ce qu'il fallait.

– Simon, peut-être que vous la connaissez ? Elle dit qu'elle vous connaît, oui, oui.

Simon ne souriait plus, il était dressé sur son siège.

– Elza ?

– Oh ! elle est tellement contente que vous vous souveniez d'elle.

Kwan prêtait l'oreille à ce que lui racontait cette Elza imaginaire. Elle écoutait attentivement.

– Ah ? Ah. D'accord, d'accord.

Elle s'est retournée vers nous.

– Elle dit que vous aurez du mal à le croire, mais elle a rencontré plein de musiciens célèbres, tous morts.

Elle a de nouveau tendu l'oreille vers la cheminée.

– Oh ? Oh... Oh !... Ah, ah. Non, non, arrêtez, Elsie, trop de noms ! Je ne peux pas les répéter tous. D'accord. Un... Showman ? Non ? Je ne prononce pas bien ?

– Chopin ? ai-je suggéré.

– Oui, oui, lui aussi. Mais celui-là, son nom ressemble à Showman. Ah ! Schumann !

Simon était captivé. J'étais impressionnée. J'ignorais que Kwan eût la moindre connaissance en musique classique. Normalement son genre, c'étaient des chansons country qui parlaient de femmes abandonnées.

– Elle dit aussi qu'elle est contente de connaître son père, sa mère et son frère aîné. Sa vraie famille, pas la famille adoptive. Son vrai nom est Wawaski, Wakowski, j'ai l'impression que c'est japonais... Ah non ? Pas japonais ?... Mmm. Elle dit polonais. Juif polonais. Quoi ? Elle dit que sa famille est morte il y a longtemps, à cause d'une... auto ?

– À Auschwitz, ai-je proposé.

– Non, non. Une auto dans un ravin, oui, oui. Elle capote et puis boum !

Kwan a porté sa main droite à son oreille et a expliqué :

– Trop longtemps, ça devient très difficile d'entendre ce que raconte la personne du Yin. Trop excitée, parle trop vite. Ah ?...

Elle a hoché légèrement la tête.

– Maintenant, elle dit que ses grands-parents sont morts dans cet endroit, Auschwitz, la guerre en Pologne.

Kwan m'a adressé un clin d'œil et soudain elle s'est tournée vivement vers la cheminée avec une expression de surprise et d'inquiétude.

– Ah ! Tss, tss ! Elsie, vous souffrez trop. Très triste, oh !

Kwan s'est touché le genou.

– Elle dit, dans l'accident d'auto elle a eu une cicatrice sur sa jambe de bébé.

Je ne pensais pas lui avoir fourni ce détail, avoir mentionné la cicatrice, mais je me trompais sans doute. C'était une chance qu'elle le connaisse, cela ajoutait de l'authenticité à son histoire.

Simon a balbutié une question :

– Et le bébé, Elza. Le bébé que tu attendais ? Est-il avec toi ?

Kwan a regardé la cheminée d'un air désemparé. Je retenais mon souffle. Merde, j'avais oublié de lui parler du bébé ! Kwan se concentrait toujours sur la cheminée. À la fin elle s'est exclamée :

– D'accord. J'ai compris.

106

Elle s'est tournée vers nous et elle a balayé l'air d'un geste vague.

– Elsie dit, pas de problème, il ne faut pas s'inquiéter. Elle a rencontré cette personne, très gentille, son bébé. Il n'était pas encore né, donc il n'est pas mort. Il n'a pas attendu longtemps. À présent il est né sous les traits de quelqu'un d'autre.

J'ai soupiré, soulagée. Mais Kwan regardait toujours la cheminée avec un air inquiet. Elle fronçait les sourcils et hochait la tête. Au même moment, j'ai senti un hérissement au sommet de mon crâne et soudain j'ai vu un bouquet d'étincelles autour du feu.

– Ah oui, a ajouté Kwan d'un ton tranquille mais avec hésitation. Elsie vous dit, Simon, vous ne devez plus penser à elle... Ah ? Mm, mm. C'est mal, oui, oui – vous perdez votre vie à trop penser à elle... Ah ? Il faut l'oublier, oui, l'oublier – ne plus jamais prononcer son nom. Elle mène une nouvelle vie, Chopin, Schumann, son père et sa mère. Vous avez une nouvelle vie aussi...

Alors Kwan a déclaré à Simon qu'il fallait qu'il me retienne avant qu'il ne soit trop tard, que j'étais la femme de sa vie désormais et que, s'il ratait cette occasion unique dans la succession de ses différentes existences, il le regretterait à jamais. Elle n'a pas tari d'éloges sur mon honnêteté et ma franchise – j'étais aimable, loyale, intelligente, etc. « Ah, évidemment elle n'est peut-être pas terrible comme cuisinière, mais attendez un peu et vous verrez, je lui apprendrai. »

Simon hochait la tête ; il avalait tout, avec une expression de tristesse et de gratitude mêlées. J'aurais dû être très contente. Mais, au contraire, j'avais la nausée. Parce que j'avais vu Elza, moi aussi. Je l'avais entendue.

Elle ne ressemblait en rien aux fantômes de mon enfance. Elle était comme un feu d'artifice d'un million d'étincelles, chacune représentant une émotion ou une pensée qu'elle avait nourrie. Comme un cyclone d'électricité statique qui tournoyait dans la pièce et qui conjurait Simon de l'écouter. Je l'ai perçue grâce à mes cent sens cachés. À l'aide de la langue du serpent, je percevais la chaleur de son désir d'être vue. Avec l'aile de la chauve-souris, je l'ai sentie se déplacer, hésiter devant Simon, m'éviter au passage. De tout le hérissement de ma peau, j'ai perçu chaque larme qu'elle versait comme si c'était un éclair qui se frayait un chemin vers mon cœur. Avec le duvet qui couvre les fleurs, je la sentais frissonner, espérer être entendue de Simon. Sauf que c'était moi qui l'entendais, pas de mes oreilles, mais à l'aide de cette partie de mon crâne si prompte au hérissement, et qui réagit ainsi quand je sais que quelque chose est vrai, sans me résoudre pour autant à le croire.

Et ses sentiments n'avaient rien à voir avec ce que prétendait Kwan, qui a le cœur bon. Elza suppliait, elle pleurait, elle répétait sans cesse : « Simon, ne m'oublie pas, attends-moi, je reviens vers toi. »

Je n'ai jamais avoué à Kwan ce que j'avais vu et entendu. Au début, je ne voulais pas croire qu'il ne s'agissait pas, tout simplement, d'une hallucination. Pourtant, après les dix-sept années qui viennent de s'écouler, j'ai fini par comprendre que le cœur possède sa volonté propre, il se moque de ce que vous voulez vraiment, il ne tient aucun compte de vos efforts pour vous dégager des racines de la peur. C'est comme un lierre qui revient toujours, qui grimpe, qui compromet l'équilibre de l'âme, qui passe ensuite à travers les veines et les pores de la peau. Il y eut d'innombrables nuits où je me suis réveillée en sueur, l'esprit torturé, le cœur broyé par la peur de la vérité. Kwan avait-elle entendu la même chose que moi ? Avait-elle menti pour me ménager ? Si Simon avait découvert que nous avions triché, quelle aurait été sa réaction ? Aurait-il pris conscience du fait qu'il ne m'aimait pas ?

Je n'arrêtais pas de ressasser ces questions. Je les laissais s'accumuler. En sorte que, finalement, j'ai acquis la certitude que notre mariage était maudit. Elza ne nous laisserait pas en paix. C'était comme une avalanche qui nous menaçait et qui tenait en équilibre sur cette fragile question : pourquoi étions-nous ensemble ?

Puis le soleil progressait sur le rebord de la fenêtre. La lumière du matin m'attirait l'œil. Je regardais l'heure. Je me levais, je progressais à tâtons jusqu'aux robinets de la douche, je réglais le mélange chaud-froid et mon esprit se dégageait des brumes sous le jet nourri de l'eau contre ma peau. Je me sentais heureuse de revenir au train-train, de retrouver mes sens normaux, rien qu'eux.

8

L'attrape-fantômes

Je dois aux services fiscaux d'avoir été poussée au mariage.

Nous avions vécu sous le même toit pendant trois ans, dont deux après avoir quitté l'université. Pour rester fidèles à notre exigence de « différence substantielle » par rapport à ce qui nous entourait, nous travaillions dans le secteur social. Simon était conseiller dans une association nommée *Clean Break*, qui s'occupait de la réinsertion des jeunes délinquants. Moi, je collaborais à un programme de soutien aux femmes enceintes dépendantes de la drogue qui s'appelait *Another Chance*. Nous gagnions peu d'argent, mais, quand nous avons vu combien les impôts nous prenaient, nous avons calculé l'économie que représenterait une déclaration unique : trois cent quarante-six dollars par an !

Cette somme avait de quoi tenter les pauvres que nous étions, aussi le débat allait-il bon train entre nous sur la politique de favoritisme à l'égard des couples mariés. Nous étions d'accord pour juger que le gouvernement s'arrogeait là un moyen de pression insidieux. D'un autre côté, pourquoi donner à ce même gouvernement trois cent quarante-six dollars de plus par an ? Pour qu'il achète des armes ? Autant nous offrir nous-mêmes de nouvelles enceintes pour la chaîne hi-fi. C'est Simon qui a eu l'idée du mariage. Je m'en souviens très bien. « Qu'en penses-tu ? On contracte une union fiscale ? »

Le mariage a eu lieu près du Jardin des Rhododendrons, au sein du Golden Gate Park, un lieu gratuit avec une touche de romantisme parfaite pour l'occasion. Mais en ce jour du mois de juin un vent froid chargé de brume du large nous hérissait les cheveux et soulevait nos vêtements, si bien que sur les photos du mariage nous avons tous l'air d'avoir essuyé un coup de grisou. Au moment où le prêtre de l'Église de la Vie Universelle s'apprêtait à bénir notre union, un type du parc est arrivé pour nous annoncer : « Désolé, messieurs-dames, mais il faut une autorisation pour ce genre de manifestation. » Du coup l'échange des consentements s'est fait à toute allure, nous avons dû ramasser en hâte les paniers du pique-nique et les cadeaux et nous replier vers notre minuscule appartement de Stanyan Street.

La cerise sur ce gâteau déjà piétiné, c'est que les cadeaux de mariage ne comportaient rien de ce dont nous avions besoin pour compléter notre assortiment disparate de draps, de serviettes et d'ustensiles de cuisine. La plupart de nos amis s'étaient fendus de cadeaux-gags du genre trousse de premier secours pour mari défaillant. Mon ancien beau-père, Bob, nous a offert un vase de cristal, les parents de Simon nous ont apporté un plateau d'argent gravé.

Le reste de ma famille s'était creusé pour trouver le truc original dont nos futurs petits-enfants allaient hériter un jour. Ma mère avait acheté une sculpture – un homme et une femme en train de s'embrasser – signée Bharat Singh, son petit ami du moment. Mon frère Tommy, lui, avait eu l'idée d'un aide-mémoire pour les millésimes, qu'il manipulait chaque fois qu'il venait chez nous. Kevin nous a fait cadeau d'une caisse de vin rouge, que nous aurions dû laisser vieillir cinquante ans. Mais après quelques week-ends passés en joyeuse compagnie il ne resta bientôt plus que des bouteilles vides dans notre cave.

Le cadeau de Kwan était beau et surprenant. Il s'agissait d'une boîte chinoise en bois de rose à couvercle sculpté. Quand j'ai soulevé le couvercle, la boîte a entonné *Les violons de mon cœur*, sur un rythme mécanique qui manquait un peu de poésie. Dans la partie qui normalement devait contenir des bijoux, il y avait un sachet de thé. « Grâce à lui, les sentiments durent longtemps », m'a murmuré Kwan avec un regard entendu.

Pendant les sept premières années de notre mariage, Simon et moi nous avons fait l'effort de nous entendre à peu près sur tout. Les sept années suivantes, il semble que nous ayons fait l'effort contraire. Nous n'avons jamais discuté de questions importantes, comme il avait coutume de le faire avec Elza. Nous n'avons jamais évoqué l'utilité des manifestations, des méthodes de contestation active, de la réforme des systèmes d'assistance sociale. Nous nous sommes disputés sur des bricoles : par exemple le fait de savoir si la cuisine était meilleure quand on chauffait la poêle avant de la passer à l'huile d'olive. Simon trouvait que oui. Moi, non. Nous ne sommes jamais allés jusqu'à la vraie engueulade, mais c'étaient des escarmouches incessantes, comme si le pli était pris. Du coup, nous n'avions plus de rapports normaux. Entre nous, c'était une névrose commune, pas de l'amour.

Sur nos espoirs, nos rêves, nos désirs secrets, nous n'échangions rien. C'étaient des sujets trop vagues, trop inquiétants, trop importants. Alors ils ne quittaient pas notre cœur, où ils se développaient comme un cancer, comme un corps qui se nourrissait de lui-même.

Quand j'y repense, je suis étonnée que notre mariage ait tenu le coup aussi longtemps. Je me demande si le mariage des autres, de nos amis, dure à cause de l'habitude, d'une sorte de léthargie, ou d'une étrange combinaison de peur et d'espoir, la peur se nourrissant de l'espoir et l'espoir décuplant la peur. Je n'ai jamais pensé que notre mariage était pire que le leur – en fait, à bien des égards je trouve que le nôtre était plus réussi. Dans les dîners nous passions pour un couple délicieux. Nous gardions la forme physique. Notre vie sexuelle était satisfaisante. Et nous avions au moins une chose importante en commun : notre affaire de relations publiques spécialisée dans les contrats avec les organisations à but non lucratif et les associations médicales.

Au fil des années, nous avons constitué une clientèle solide, la Fondation nationale du rein, la Fondation pour la recherche sur les tumeurs cérébrales, quelques hôpitaux, et un client qui payait mieux que les autres, une clinique minable de chirurgie esthétique qui abusait des publicités du genre avant-après où l'on voyait des arrière-trains féminins liposucés. Notre bureau occupait une pièce de l'appartement. J'officiais comme photographe, conceptrice, maquettiste, spécialiste des retouches. Simon, lui, était le rédacteur, le responsable-clientèle ; c'est lui qui discutait avec l'imprimeur et qui s'occupait de la comptabilité. Dès qu'il s'agissait d'art, nous nous traitions avec beaucoup de respect et de ménagement. Nous nous entendions sur la présentation des brochures, les caractères utilisés, les titres. Nous étions super-professionnels. Nos amis trouvaient que nous avions de la chance. Et pendant des années je me suis efforcée de croire que nous avions autant de chance qu'on nous l'accordait. Je me suis dit que nos frictions étaient mineures – comme des échardes sous la peau, des éraflures sur la carrosserie de la voiture : on pouvait y porter remède à condition de le vouloir.

Voilà désormais près de trois ans, Dudley, mon parrain, un comptable retraité que je n'avais pas vu depuis l'âge des couches-culottes, est mort en me léguant des actions d'une petite société spécialisée dans le génie génétique. Elles ne valaient pas grand-chose à l'époque où il est mort, mais, quand l'exécuteur testamentaire m'a rendue propriétaire du portefeuille, la société était passée sur le second marché. Les actions ont été multipliées par deux ou trois, et c'est ainsi que, grâce au boom commercial qui entourait les découvertes sur l'ADN, Simon et moi nous nous sommes retrouvés à la tête d'un capital, avec lequel nous aurions pu acheter une maison pas trop mal dans un quartier superbe, malgré les prix élevés de San Francisco. Mais ma mère a décidé que je devais partager avec mes frères et Kwan. Après tout, a-t-elle remarqué fort justement, ce Dudley était un ami de notre père et je ne l'avais guère connu. Elle avait raison. J'espérais que Kevin, Tommy et Kwan allaient s'écrier : « Merci, tu peux garder cet argent, mais c'est gentil d'avoir pensé à nous. » Je me trompais complètement ! Celle qui m'a le plus surprise a été Kwan. À l'annonce de la nouvelle elle s'est mise à bondir et à glapir comme une candidate de « La roue de la fortune ». Après le partage du gâteau, après paiement des différents impôts, il nous restait assez, à Simon et à moi, pour une maison modeste dans un quartier médiocre.

Nous avons passé un an à la chercher. Simon avait proposé une baraque à terrasse de style années 50 dans le Sunset District, connu pour subir l'assaut des brumes de l'océan. Il disait qu'on pourrait la revendre en quelques années le double du prix payé. Je rêvais plutôt d'une maison victorienne en mauvais état dans le quartier escarpé de Bernal Heights – un endroit que nous réaménagerions dans le genre *home sweet home* et pas un investissement immobilier. « Tu imagines le boulot ? » m'avait dit Simon après avoir visité l'une d'elles.

Nous n'étions pas très sûrs de ce que nous appelions le « potentiel d'avenir ». Le potentiel, en fait, dépendait de nous. Nous étions conscients que le fait de vivre dans un taudis minuscule réclamait un amour exubérant, spontané, où rien n'avait d'importance sauf se réchauffer l'un l'autre dans le même lit étroit. Simon et moi avions depuis longtemps adopté le lit à deux places tout confort avec couverture électrique à double commande.

Un dimanche brumeux, nous avons repéré un panneau appartement à vendre sur un immeuble à six étages situé à la limite de Pacific Heights. Quand je dis à la limite, je veux dire que le pâté d'immeubles était relié au quartier chic en question par un lien très fragile. L'arrière de l'immeuble était situé dans ce qu'on appelle la partie Ouest, où les fenêtres et les portes étaient protégées par des grilles. L'appartement était à trois pâtés de maisons de plus et, sur les feuilles d'impôts, à deux zéros de moins, du *bon* Pacific Heights – là où vivaient les gens qui payaient pour faire promener leur chien, qui avaient des jeunes filles au pair et deux maisons de campagne.

Dans le hall, Simon a ramassé un tract descriptif bourré de

mots composés : « Un appartement de catégorie demi-luxe, double niveau, dans le bas de Pacific Heights (il lisait à haute voix) qui fait partie d'une construction victorienne monumentalo-prestigieuse au passé glorieux, construite en 1893 par le fameux architecte Archibald Meyhew. » Curieusement, le papier faisait mention de dix pièces et d'un parking, le tout pour un prix de départ à peine supérieur à ce que nous pouvions mettre. Jusqu'alors les bâtiments à un prix décent que nous avions visités ne comportaient pas plus de cinq pièces, six en cas d'absence de garage.

J'ai sonné à l'appartement numéro cinq.

— Pour le quartier, ce n'est pas cher, ai-je dit.

— Ce n'est même pas une copropriété, a ajouté Simon. Avec ces appartements communautaires il paraît qu'il faut se conformer à des règlements pas possibles, même pour changer la puissance des lampes électriques.

— Tu as vu la rampe d'escalier ? Je me demande si elle est d'époque. Ce serait superbe, non ?

— C'est une imitation, on le voit aux volutes les plus petites : elles sont trop régulières.

Simon semblait vouloir refroidir mon enthousiasme à l'égard de cet endroit. J'allais suggérer qu'on s'en aille lorsque nous avons entendu quelqu'un qui se hâtait dans l'escalier et une voix d'homme qui criait : « J'arrive dans une seconde. » Simon m'a agrippé la main. La dernière fois qu'il avait eu ce geste remontait à si loin que je ne m'en souvenais pas. Malgré sa grogne, il devait en pincer pour ce lieu, assez en tout cas pour faire le coup du couple idyllique au compte en banque solide, assez stable pour durer le temps que l'affaire soit réglée.

L'agent immobilier était l'auteur du descriptif. C'était un jeune homme au crâne dégarni, habillé très mode, qui se nommait Lester Roland ou Roland Lester. Son habitude de s'éclaircir la gorge en permanence était agaçante. On avait l'impression qu'il était en plein mensonge, ou sur le point de livrer des confidences embarrassantes.

Il nous a tendu une carte de visite.

— Vous avez déjà acheté de l'immobilier dans ce quartier ? Monsieur et madame, euh...

— Bishop. Simon et Olivia, a répondu Simon. En ce moment nous habitons du côté de la Marina.

— Alors vous êtes au courant qu'il s'agit d'un des plus beaux quartiers résidentiels de la ville.

Simon prit un air blasé.

— Vous voulez parler de Pacific Heights, j'imagine, pas de la partie Ouest.

– Bon, apparemment la question vous est familière. Vous voulez jeter un coup d'œil au sous-sol d'abord, je pense.

– Allons-y, comme ça ce sera fait.

Lester, consciencieux, nous a montré les compteurs séparés, les cumulus d'eau chaude, la chaudière avec ses tuyaux de cuivre ; de notre côté, nous avons salué avec réserve ce qu'il nous présentait, histoire de ne pas passer pour des néophytes.

– Comme vous pouvez le voir, les fondations sont encore en brique d'origine.

– Pas mal.

Simon a hoché la tête en signe d'approbation. Lester a froncé les sourcils avant de marquer un profond silence.

– Je vous précise cela parce que... (il toussota), comme vous le savez peut-être déjà, la plupart des banques refusent de prêter de l'argent pour un immeuble à fondations de brique. Par crainte des tremblements de terre, vous comprenez. Mais le propriétaire est prêt à remplacer les banques, au taux du marché, si votre dossier est retenu, naturellement.

« Ah ! voilà la raison pour laquelle le prix de l'endroit est si raisonnable », ai-je pensé.

– Y a-t-il eu un problème particulier dans cet immeuble ?

– Non, pas le moins du monde, hormis les ennuis habituels : enduits fissurés et ce genre de chose. Tous les bâtiments anciens accusent plus ou moins leur âge par des rides, c'est normal. Personnellement, je voudrais bien être aussi en forme que ça dans ma centième année, pas vous ? Il faut aussi tenir compte de ce que cette vieille dame maquillée a déjà résisté au tremblement de terre de 89, sans parler des suivants. Les immeubles les plus récents ne peuvent pas en dire autant !

Ce Lester avait l'air trop piqué au jeu, je commençais à subodorer une embrouille. Dans certains coins sombres, j'aperçus des tas de valises défoncées au cuir mangé par les souris et aux poignées de plastique couvertes de poussière. Ailleurs étaient entassées des pièces de métal rouillées – débris de mécanique automobile, haltères, une boîte à outils en fer – qui désignaient le précédent locataire comme un solide gaillard. Simon m'a lâché la main.

– L'appartement est doté d'un garage, un seul, mais par chance l'homme qui vit dans l'appartement d'à côté est aveugle et vous pourrez lui louer son garage pour une deuxième voiture.

– Combien ? demanda Simon, au moment où j'annonçais : « Nous n'avons pas de deuxième voiture. »

Lester nous a fixés tous les deux d'un tranquille regard félin, puis il m'a répondu :

114

– C'est bien mieux de n'en avoir qu'une, on divise ses ennuis par deux.

Nous avons gravi une étroite cage d'escalier.

– Je vous montre l'entrée arrière, ce qu'on appelait autrefois l'escalier de service. Elle mène à l'appartement qui nous intéresse. À propos, je ne vous ai pas dit, un peu plus bas, à deux rues d'ici, à pied, c'est vraiment à côté, vous avez une école superbe, très prisée. En classe de quatrième ces gamins, des petits monstres, sont déjà capables de vous transformer un ordinateur personnel 386 en un 486. C'est incroyable ce qu'on leur apprend de nos jours, hein ?

Cette fois Simon et moi avons répondu à l'unisson : « Nous n'avons pas d'enfants. » Nous nous sommes jeté un coup d'œil surpris devant un tel ensemble. Lester a souri. « Ah oui, parfois c'est plus sage. »

Dans les premières années de notre mariage, avoir des enfants était notre grand rêve. Simon et moi étions convaincus que notre union serait très prolifique. Il voulait avoir une fille qui me ressemble, moi un garçon qui soit son portrait. Après six années passées en vain à surveiller ma température quotidiennement, à me garder de l'alcool entre mes règles, à programmer nos rapports sexuels un œil sur la pendule, nous avons atterri chez un spécialiste, le Dr Brady, qui nous a révélé que Simon était stérile.

– Vous voulez dire qu'Olivia ne peut pas avoir d'enfant, a corrigé Simon.

– Non, le test indique que c'est vous qui ne le pouvez pas, a affirmé le Dr Brady. Votre rapport médical précise d'ailleurs que vos testicules ne sont pas descendus avant l'âge de trois ans.

– Mais je n'ai aucun souvenir de ça ! En outre, maintenant, ils sont bien en place, non ? Quel est le rapport, d'ailleurs ?

Ce jour-là, nous avons appris un tas de choses à propos de la fragilité du sperme et de la nécessité qu'il y avait à le conserver à une température plus fraîche que celle du corps lui-même. En quelque sorte, les testicules, à l'extérieur, sont soumis à un air conditionné naturel. Le Dr Brady nous a expliqué que la stérilité de Simon n'était pas simplement une question de faible nombre de spermatozoïdes ou de mobilité spermatique déficiente, en fait il était probablement stérile depuis l'adolescence, dès son premier rapport.

– Mais c'est impossible, a balbutié Simon, je sais que je peux... Enfin, c'est ridicule, ce test est nul.

Le Dr Brady a répondu, d'une voix éprouvée par des milliers

de consultations du même genre, où il avait dû consoler des hommes incrédules :

– Je vous assure que la stérilité n'a rien à voir avec la virilité, le comportement sexuel, l'érection, l'éjaculation ou votre capacité à satisfaire votre partenaire.

J'ai remarqué que le médecin avait dit partenaire et non épouse, comme s'il voulait tenir compte de tous les cas de figure, passés, présents, futurs. Il nous a fait un petit cours sur l'éjaculation, la physique de l'érection, toutes choses qui n'avaient aucun rapport avec les minuscules bottes de caoutchouc que j'avais conservées depuis mon enfance, avec les livres de Beatrix Potter que ma mère avait déjà réunis pour moi en prévision d'une naissance, et avec le souvenir d'une Elza enceinte en train de hurler sur la crête de l'avalanche.

Je savais bien que Simon avait Elza en tête à ce moment-là. Il se demandait si elle s'était trompée quant à sa grossesse. Si c'était le cas, sa disparition n'en était que plus tragique – une accumulation d'erreurs. Je me rendais compte que Simon pouvait également suspecter Elza d'avoir menti, d'avoir prétendu qu'elle était enceinte exprès. Mais pourquoi ? Et si elle était vraiment enceinte, qui était le père ? Pourquoi avait-elle lancé la nouvelle à Simon ? Aucune des réponses ne paraissait satisfaisante.

Depuis notre petite consultation chez Kwan, voilà plusieurs années, j'avais évité de mentionner le nom d'Elza. À présent, nous étions doublement voués au silence – impossible d'évoquer la stérilité de Simon, les doutes que cela faisait planer sur Elza, la fécondation in vitro ou l'adoption. Plus les années passaient et plus nous évitions de parler de bébés, réels, imaginaires, ou espérés ; et, finalement, nous nous retrouvions plantés devant ce Lester, sur le palier du deuxième étage, en train de lui dire : « Non, pas d'enfants », comme si la décision remontait à des lustres et comme si depuis le début elle était définitive.

Lester cherchait la bonne clé parmi des dizaines d'autres réunies par un fil de fer.

– Elle ne doit pas être bien loin, marmonnait-il. Évidemment, ça va être la dernière ! Je l'aurais parié, voilà.

Il a ouvert la porte puis il a tâtonné sur le mur à la recherche de l'interrupteur. L'appartement m'était familier, comme si j'y avais déjà pénétré un millier de fois, comme s'il avait donné refuge à mes rêves. Je revoyais ces portes de bois à double battant et à panneaux de verre ancien et grossier, le grand vestibule avec ses boiseries de chêne, le vasistas jetant un rayon de lumière peuplé de grains de poussière. C'était comme si je retrouvais un domicile d'autrefois, et je ne parvenais pas à savoir si cette réminiscence était pour moi une source de bonheur ou d'oppression. Puis Lester a annoncé que nous allions commencer la visite par le salon de réception et, du coup, cette impression a disparu.

« L'architecture est du genre néogothique, comme on dit », a commencé Lester avant de nous raconter que cet appartement avait servi de lieu de rencontre entre certains VRP et des veuves de guerre dans les années 20. Dans les années 40, le « style néo-gothique » avait fait place au « style bricolé » puisque l'immeuble avait été transformé en un ensemble de vingt-quatre studios qui convenaient aux budgets modestes des années de guerre. Dans les années 60, les étudiants occupèrent les studios, puis, avec le boom de l'immobilier des années 80, l'immeuble avait trouvé une énième jeunesse, cette fois sous la forme d'un ensemble communautaire de six appartements « demi-luxe ».

Je me suis dit que ce « demi-luxe » devait faire allusion au lustre bon marché qui trônait au plafond du vestibule. J'étais d'avis qu'on pouvait aussi bien remplacer « demi-luxe » par « à moitié moche » tant cet appartement était composé d'un mélangé hétéro-clite de reliques du passé. La cuisine, avec ses carreaux rouges à l'espagnole et ses éléments en contreplaqué, avait trahi ses origines victoriennes, alors que les autres pièces étaient encore largement décorées de moulures pâtissières et de stucs au coin des plafonds. Les tuyaux de chauffage n'étaient plus reliés à aucun radiateur. Les cheminées de brique avaient perdu leurs briques. On avait pratiqué des placards au petit bonheur. Et à travers le discours pompeux d'agent immobilier du nommé Lester, il fallait comprendre que les espaces négligés par le style victorien avaient été reconvertis de manière ingénieuse. Un ancien palier d'escalier qui prenait le jour d'un panneau de verre couleur ambre devenait, dans sa bouche, une « salle de musique » – idéale pour un quatuor à cordes de lilliputiens. Ce qui avait dû servir de chambre de bonne à la minable lingère de la maison devenait dans la bouche de Lester la « biblio-thèque des enfants », malgré l'absence manifeste de bibliothèque des parents. Et il désignait sous le nom de « cabinet de travail » un vaste vestiaire qui comportait un grand placard en bois de cèdre qui avait dû être agréable, mais dont la moitié appartenait désor-mais à l'appartement voisin. Nous avons écouté Lester balancer des grands mots qui glissaient hors de sa bouche comme autant de personnages de dessin animé qui, dérapant sur un sol trop bien ciré, n'allaient nulle part en gesticulant frénétiquement.

Sans doute avait-il perçu, cependant, que notre intérêt faiblissait parce qu'il a soudain changé de ton et de méthode : il a mis un bémol et a davantage insisté sur l'excellent résultat que devait produire le mélange de cette esthétique classique avec un brin d'ingéniosité personnelle.

Nous avons continué la visite. Les autres pièces formaient un dédale de cages à lapin auxquelles il attribuait sans désemparer des noms toujours aussi pompeux : la nursery, la salle à manger du petit déjeuner, le cabinet de toilette (là, il s'agissait carrément d'un placard où tenaient à peine une cuvette et son hôte, à condition qu'il ramène les genoux pour fermer la porte). Dans un appartement moderne, la surface au sol aurait permis de ménager quatre pièces de taille moyenne, dans le meilleur des cas.

Restait une seule pièce à visiter, à l'étage supérieur. Lester nous a invités à le suivre en haut de l'escalier étroit vers ce qui était autrefois le grenier et qu'il appelait désormais le « grand boudoir ». Notre sourire goguenard s'est un peu figé. Nous étions là, le regard incertain, comme deux convertis après une apparition. Devant nous s'étendait une très grande pièce dont les plafonds voûtés prolongeaient les murs. La surface au sol était l'équivalent des neuf clapiers d'en bas réunis. Comparé à l'atmosphère sombre et moisie qui régnait à l'étage inférieur, ce grenier était spacieux et frais. Ses murs étaient peints de blanc. Il prenait le jour par huit lucarnes qui ouvraient sur un ciel semé de petits nuages. À nos pieds, le plancher à grandes lattes brillait comme une patinoire. Simon a pris ma main et l'a serrée ; j'ai serré aussi.

Il y avait de quoi faire. Je me suis dit que Simon et moi, ensemble, nous saurions combler ce vide.

Le jour de l'emménagement, j'ai commencé à arracher ce qui couvrait les murs de l'ancienne nursery, censée devenir « ma pièce à moi ». Lester avait prétendu que les murs d'origine étaient couverts de marqueterie d'acajou. J'étais impatiente de découvrir ces trésors. Avec l'aide d'un décapant chimique qui me faisait tourner la tête, je me prenais à rêver que j'étais une archéologue en train d'exhumer les différentes strates correspondant aux occupants précédents, dont je pouvais reconstituer l'existence d'après les papiers peints. La première couche était une espèce de revêtement caoutchouté couleur vin blanc – visiblement, on avait essayé de donner à cet endroit la couleur des murs d'un monastère florentin. Derrière s'entassaient des fragments qui remontaient aux décennies précédentes : le vert dollar des années 80, l'orange psychédélique des années 70, le noir hippie des années 60, les pastels layette de 1950. Sous ces fragments roulés, chamarrés comme des ailes de papillon, se trouvaient des angelots qui portaient des paniers de roses, la faune et la flore qui peuplaient les nuits sans sommeil des générations disparues, quand le petit dernier avait la colique, le numéro deux la fièvre ou la vieille tante la tuberculose.

Une semaine plus tard, les doigts à vif, j'ai fini par atteindre la dernière couche de plâtre, puis le bois, qui n'était pas de l'acajou, comme l'avait prétendu Lester, mais un vulgaire sapin. Quand il n'était pas carrément carbonisé, il était tout noirci par l'humidité, sans doute pour avoir été arrosé par une lance à incendie au début du siècle. Normalement, je ne suis pas du genre violent. Mais là, j'ai donné un coup si rageur dans le mur qu'un des panneaux a cédé, révélant des touffes de cheveux gris. J'ai poussé un cri, genre horreur série B. Simon s'est précipité dans la pièce une truelle à la main, comme si c'était là une arme de nature à repousser un tueur fou. J'ai désigné d'un doigt accusateur la chevelure prisonnière, à peu près persuadée qu'il s'agissait des restes d'une victime dont la disparition était demeurée inexpliquée. Au bout d'une heure, Simon et moi avions réussi à arracher la majeure partie du bois pourri, et tout autour de nous le sol était couvert de paquets de cheveux. Ils ressemblaient à des nids de rat géants. Il a fallu qu'un spécialiste arrive afin de nous poser une nouvelle cloison pour que nous comprenions qu'il s'agissait en fait de crin de cheval. À la fin du siècle dernier on s'en servait comme isolant, non seulement thermique mais phonique. Nous avons appris que les gens comme il faut de l'époque victorienne construisaient leurs maisons de manière que personne ne puisse entendre des échos aussi inconvenants que ceux d'une extase sexuelle ou d'une digestion difficile.

Si j'en parle ici, c'est que Simon et moi n'avons pas pris les mêmes précautions : nous avons enlevé le crin de cheval, ce qui explique pourquoi, au début, j'ai cru que les bruits bizarres de la maison étaient dus à ce défaut d'isolation. L'espace qui séparait notre cloison de l'appartement voisin était un vide d'une trentaine de centimètres, et j'ai pensé tout d'abord que ce vide fonctionnait un peu comme une chambre d'écho, un tympan capable de faire résonner les bruits dans tout le bâtiment en les convertissant au passage en échos de pas, en sifflements. Parfois même on aurait dit que quelqu'un en bas apprenait la lambada, et que le bruit de ses pas remontait jusqu'à notre chambre.

Chaque fois qu'il nous fallait expliquer ces phénomènes sonores, je ne voyais rien de mieux que de les imiter, ce qui donnait à peu près : *tink, tink, tink, whumpa, whumpa, whumpa, chh, chh- shhh.* Simon, lui, essayait d'identifier la source : un piano défoncé, un envol de colombes, de la glace qui craquait. Nous percevions le monde de manière si différente – c'est pour cela que nous avions évolué de façon divergente.

L'autre aspect curieux de cette histoire est que Simon n'était apparemment jamais présent à la maison quand les bruits les plus effrayants se faisaient entendre, comme par exemple le jour où j'étais sous la douche et où j'ai entendu le thème de l'émission « *Jeopardy* », une mélodie qui s'est imposée à ma mémoire pendant le reste de la journée, et dont je n'arrivais pas à me défaire, au point que j'avais l'impression d'être traquée.

Un spécialiste du bâtiment est venu. Il a avancé une explication selon laquelle tout ce raffut pouvait provenir des tuyaux de radiateur hors d'usage. Un autre spécialiste – des tremblements de terre, celui-là – m'a confié que le problème tenait peut-être tout simplement à la structure générale du bâtiment, qui faisait appel au bois. Avec un peu d'imagination, m'a-t-il expliqué, tous ces craquements et ces grincements deviennent n'importe quoi, des portes qui claquent, des gens qui parcourent les escaliers en tous sens – toutefois, il a ajouté qu'il n'avait jamais eu affaire à des interprétations telles que bris de verre et éclats de rire. Ma mère, elle, prétendait qu'il s'agissait de rats, et peut-être même de ratons laveurs. Elle avait déjà connu cela. Un ramoneur, lui, a pensé à un nid de pigeons logé dans le conduit abandonné. Kevin a rappelé que les plombages dentaires étaient parfois capables de recevoir des ondes radio. Il a dit qu'il fallait que j'aille voir mon autre frère, Tommy, qui était mon dentiste habituel. Rien de tout cela n'a réglé le problème.

Curieusement, aucun de nos voisins ne se plaignait des mêmes phénomènes. L'aveugle du dessous a pris soin de mentionner avec aigreur que la seule chose qu'il entendait, c'était notre stéréo qui jouait trop fort, surtout le matin, ce qui tombait mal parce que c'était l'heure de sa méditation zen.

Quand ma sœur a entendu les bruits de pas et les sifflements, elle a proposé son interprétation personnelle :

– Le problème, ce n'est pas quelque chose, mais quelqu'un. Oui, oui.

J'étais en train d'extraire des livres d'un carton. Kwan a fait le tour de mon bureau, le nez en l'air, reniflant comme un chien à la recherche de son buisson préféré.

Parfois, les fantômes se perdent, a-t-elle ajouté. Tu veux : j'essaie de l'attraper pour toi.

Elle a tendu la main comme un magnétiseur.

J'ai pensé à Elza. Voilà longtemps que plus personne n'en parlait. Mais elle était toujours là, planquée quelque part dans ma cervelle, enkystée dans le temps, telle une locataire impossible à

120

virer. À présent que Kwan me parlait de fantômes, Elza revenait au premier plan.

– Ce ne sont pas des fantômes, ai-je déclaré. Nous avons enlevé l'isolation du mur ; la pièce est devenue sonore à cause de ça.

Kwan a repoussé mon explication en reniflant d'un air autoritaire. Elle a tendu la main au-dessus d'un point du parquet. Ensuite elle s'est promenée un peu partout dans la pièce, la main tremblante, en suivant une piste, comme un limier. Elle a poussé des « Hmmm » de plus en plus concluants, « HHhhmm ! HhhmmMM ! », avant de s'immobiliser au seuil de la pièce.

– Très curieux. Quelqu'un ici, je le sens. Mais pas un fantôme. Une personne vivante, pleine d'électricité. Elle est dans les murs et aussi dans le sol.

– Nous voilà bien ! me suis-je exclamée en riant. Il faudrait peut-être lui demander un loyer.

– Les gens vivants, toujours une source de soucis plus importants que les fantômes. Les vivants, ils sont en colère, ils embêtent le monde. Les fantômes, ils créent des ennuis parce qu'ils sont tristes, perdus, troublés.

J'ai pensé à Elza, qui conjurait Simon de l'entendre.

– Les fantômes, je sais comment m'y prendre, a ajouté Kwan, ma troisième tante m'a montré. J'appelle le fantôme, je lui dis : « Écoute, Fantôme, je te parle à cœur ouvert. »

Elle regardait le plafond et n'avait pas l'air de plaisanter.

– Si j'ai affaire à une dame âgée, je lui montre ses vieilles pantoufles, très confortables, bien faites pour le pied. Si c'est une petite fille, je lui montre un peigne de sa mère. Les petites filles adorent s'approprier la chevelure de leur mère. Je place ces objets aimés par les fantômes dans de grandes jarres d'huile. Quand ils viennent les chercher – vite ! – je referme le couvercle. À ce moment-là, ils m'écoutent. Je leur dis : « Fantômes ! Fantômes ! il est temps d'aller retrouver le monde du Yin. »

Kwan a regardé mon visage renfrogné.

– Je sais ! Je sais ! En Amérique pas de grandes jarres à huile, on ne sait peut-être même pas ce que c'est. Pour les fantômes américains, on se sert d'autre chose – un grand Tupperware, une valise, genre Samsonite. Ou bien une boîte d'une boutique chic, pas d'un supermarché. Oui, oui, c'est la meilleure idée. Libby-Ah, quel est le nom de cette boutique, où chacun sait que tout coûte dix fois plus cher qu'ailleurs ? L'année dernière, Simon t'avait acheté un stylo à cent dollars.

– Tiffany.

– Oui, oui, Tiffany. Ils vous donnent des boîtes bleues, même couleur que le ciel. Les fantômes américains adorent le ciel, les jolis nuages... Oh, je sais ! Où est la boîte à musique que je t'ai offerte pour ton mariage ? Les fantômes adorent la musique. Ils croient que quelqu'un joue dans la boîte. Ils vont voir dedans. Dans ma dernière vie, Mademoiselle Bannière avait une boîte comme celle-là.

    – Kwan, j'ai du travail et...

    – Je sais, je sais. De toute façon, tu n'as pas un fantôme, tu as une personne bien vivante qui rôde dans la maison. Peut-être qu'elle a fait quelque chose de mal, elle se cache, elle ne veut pas être prise. Dommage, je ne sais pas comment attraper les personnes perdues. Vaut mieux appeler le FBI. Ah, je sais ! Appelle cet homme, de l'émission, « America Most Wanted [1] ». Appelle-le. Je peux te dire, chaque semaine il retrouve quelqu'un.

    Voilà à quoi se résumaient les suggestions de Kwan.

    Puis il s'est produit un fait nouveau, que je me suis efforcée de prendre pour une coïncidence. Elza est revenue faire un tour du côté de notre existence de la façon la plus spectaculaire. L'une de ses condisciples à l'université, devenue productrice de disques de musique New Age, a exhumé quelques morceaux composés par Elza et intitulés *États de conscience supérieurs*. Cette musique a servi de bande sonore au générique d'une série télé sur les anges – ironie du sort, a souligné Simon, puisque Elza n'aimait guère la mythologie du christianisme. En quelques jours, on eut l'impression que tout le monde dans le pays n'avait que cela en tête : les anges. La série télé connut une audience record, le CD qu'on tira de la musique fit un succès d'estime, et Simon commença à se rengorger un peu à cause de la petite notoriété posthume d'Elza. Jamais je n'aurais cru que je pourrais haïr autant les anges. Simon, qui jusqu'alors ne supportait pas la musique New Age, se mit à passer le disque d'Elza quand nous recevions des amis à la maison. L'air de rien, il racontait que le compositeur lui avait dédié ce morceau personnellement. On lui demandait pourquoi, il répondait qu'ils étaient amants à l'époque, enfin les meilleurs amis du monde. Ce qui, bien entendu, me valait généralement des sourires compatissants qui me rendaient furieuse. C'était alors mon tour de parler, et d'expliquer qu'en fait Elza était morte avant notre rencontre. Je me faisais l'impression de confesser je ne sais quoi. On aurait dit que je l'avais tuée de mes mains. Le silence tombait lourdement sur nos bavardages.

---

1. Sorte d'équivalent de « Témoin numéro 1 ». *(N.d.T.)*

Non seulement il me fallait tolérer sans broncher les bruits de la maison, mais en plus je m'efforçais d'écouter la musique d'Elza sans perdre patience. J'essayais de ne pas mesurer le fossé qui s'élargissait entre Simon et moi. Je me répétais qu'en matière conjugale, comme pour les tremblements de terre, le cancer, les dommages de guerre, j'étais immunisée : ça n'arrivait qu'aux autres. Mais, pour parvenir à me convaincre que tout allait bien, il fallait d'abord que je sache ce qui n'allait pas.

9

Les cinquante ans de Kwan

Simon et moi, nous n'avons pas trouvé de successeur au lustre bon marché. Quand nous sommes arrivés, nous le trouvions affreux – une véritable offense au bon goût – puis, finalement, son remplacement est devenu un sujet de plaisanterie entre nous et le lustre est resté là comme simple source de lumière. Nous n'y avons plus pensé, nous n'y prêtions plus attention, sauf quand une ampoule claquait, et encore. Nous avons même essayé de l'oublier définitivement en faisant provision d'ampoules de rechange auprès d'une association d'anciens combattants aveugles – soixante watts par ampoule, cinquante mille heures de lumière garantie ; nous étions pourvus à vie. Mais dès la première année nous avons grillé six ampoules, et nous n'avons pas été fichus de dresser une échelle pour aller les changer parce que avec sa seule ampoule restante, le lustre était pratiquement invisible. Un soir, il y a environ six mois, la dernière ampoule a rendu l'âme en émettant un léger « pop ». Nous nous sommes retrouvés dans l'obscurité. Simon et moi, nous nous apprêtions à aller au restaurant voisin pour un dîner rapide en rentrant du bureau.

– Demain, j'achèterai des ampoules dignes de ce nom, a déclaré Simon.

– Et si on s'offrait un nouveau lustre ?

– Pour quoi faire ? Celui-là n'est pas mal, finalement. Allez, viens, j'ai faim.

En approchant du restaurant, je retournais dans ma tête ce que Simon venait de me dire, ou plutôt la façon dont il l'avait dit. J'avais l'impression que notre vie commune ne l'intéressait plus. Les objets minables, nous nous en contenterions désormais, voilà ce qu'il avait l'air de sous-entendre.

Le restaurant était à moitié vide. Une musique douce et léni-

124

fiante était diffusée, un bruit sans couleur, que personne n'écoute vraiment. En jetant un coup d'œil inutile sur le menu que je connaissais par cœur, j'ai remarqué la présence d'un couple de quinquagénaires assis à la table d'en face. La femme avait l'air mécontente et le type s'ennuyait. Je les ai observés un bon moment. Ils mastiquaient, ils se faisaient des tartines de beurre, ils buvaient une gorgée d'eau sans jamais échanger un regard ou un mot. Ils n'avaient pas l'air de s'être disputés, ils étaient juste au comble de la résignation, le bonheur ou le malheur n'avaient plus de sens pour eux. Simon était en train d'étudier la liste des vins, comme si nous avions jamais commandé autre chose que le pichet de blanc du patron.

– Et si on se payait une bouteille de rouge, pour une fois ? ai-je proposé.

Il n'a pas levé les yeux de sa carte.

– Le rouge, avec tous ces tanins, tu comprends, je n'ai pas envie de me réveiller à deux heures du matin.

– Alors quelque chose d'inhabituel, un blanc fumé, par exemple.

Il m'a tendu la carte des vins.

– Je vais prendre le chablis de la maison, mais toi, choisis ce que tu veux.

En parcourant la carte des yeux, j'ai commencé à me sentir paniquée. Soudain, notre vie semblait devenue si prévisible, si dépourvue de sens. Comme un puzzle de mille pièces qui vous demande un effort terrible, et puis, à la fin, vous vous rendez compte que l'image révélée n'est qu'une minable reproduction. Un grand effort et une immense déception. Bien sûr, dans un certain nombre de domaines nous nous entendions bien – sexuellement, intellectuellement, professionnellement –, mais il n'y avait là rien d'exceptionnel. Nous ne ressemblions pas à ces gens qui sont véritablement complémentaires dans l'existence ; nous étions partenaires et non complémentaires. Nous étions ici-bas pour partager le même menu et la même vie. La somme n'était pas plus grande que l'addition des parties, notre amour n'était pas marqué par le destin, il était simplement le produit d'un accident tragique et d'une apparition fantomatique à la noix. Son absence de passion pour moi s'expliquait ainsi. C'est pour cela qu'un lustre minable nous suffisait.

En rentrant à la maison, Simon a sauté sur le lit.

– Je t'ai trouvée bien peu bavarde. Quelque chose ne va pas ?

– Non, non. Enfin, je ne sais pas trop.

Je me suis assise sur le lit de mon côté et j'ai commencé à feuilleter un catalogue dans l'espoir d'avoir piqué sa curiosité.

Simon était en train de s'acharner sur la télécommande de la télé, et changeait de chaîne toutes les cinq secondes. Un flash spécial à propos d'un enlèvement d'enfant, un feuilleton en espagnol, un joufflu en train de vanter les mérites d'un appareil de musculation. Des fragments de vie découpés par la télé volaient vers moi dans la pièce, et moi j'essayais de coudre mes émotions avec un semblant de logique afin que Simon comprenne ce que je voulais lui signifier. L'ennui, c'est que tout se mélangeait pour former une boule dans ma gorge. Par exemple, il y avait le fait qu'il ne soit jamais question entre nous de sa stérilité. Pourtant je n'étais pas particulièrement hantée par le désir d'avoir un enfant. Et puis il y avait ces bruits bizarres dans la maison, que chacun s'évertuait à trouver normaux. Et cette Elza, dont personne ne prononçait jamais le nom et qui pourtant était partout. Je me souvenais des mensonges que nous avions alignés lors de la séance avec Kwan. Elle était là aussi, dans cette fichue musique que Simon passait tout le temps. Si je ne faisais rien, j'allais perdre pied. Et pendant ce temps, Simon n'arrêtait pas de zapper.

— Te rends-tu compte de ce que ça peut avoir d'énervant ? ai-je lancé d'un ton coupant.

Il a éteint la télé, a roulé sur le lit, a lancé un bras vers moi et m'a demandé :

— Qu'as-tu ?

Il avait l'air tendrement inquiet. J'ai ressenti comme un nœud à l'estomac.

— Je me disais seulement : alors il n'y a rien d'autre que ça, on va rester comme ça pendant vingt ou trente ans ?

— Comment ça, rien d'autre ?

— Eh bien, vivre dans cette maison déglinguée, s'habituer à tout, les bruits, le lustre minable. Tout sent le renfermé, ici. On va toujours au même restaurant, on dit toujours les mêmes trucs, j'en ai marre que tout soit tout le temps pareil.

Il avait l'air troublé par ma sortie.

— Je veux que nous apprécions vraiment notre vie de couple, je veux que nous soyons présents l'un à l'autre.

— Je te signale que nous vivons ensemble vingt-quatre heures sur vingt-quatre.

— Je ne te parle pas du boulot.

Je me sentais soudain comme une gamine de deux ans, affamée, étouffée de chaleur, accablée de démangeaisons et de fatigue, et furieuse de ne pas pouvoir exprimer mes besoins.

— Je te parle de nous, de ce qu'il y a d'important dans notre couple. J'ai l'impression que nous faisons du surplace. Nous nous laissons enfoncer.

126

– Moi, je n'ai pas du tout cette impression-là.

– Admets tout de même que notre vie commune n'est pas partie pour s'améliorer l'année prochaine, au contraire. Regarde-nous, que partageons-nous dans la vie en dehors du même travail, des mêmes films et du même lit ?

– Allons, tu nous fais un peu de dépression.

– De la dépression ! Évidemment ! Parce que je vois exactement où nous nous précipitons. Je ne veux pas ressembler un jour à ces gens que j'ai vus au restaurant ce soir, l'œil perdu dans leur assiette de pâtes, rien à raconter sauf de temps en temps un truc du genre : « Ta sauce, elle est comment ? » En fait, nous ne parlons jamais vraiment, nous non plus.

– Ce soir, nous avons parlé, non ?

– Ah oui ! Du nouveau client qui a l'air d'un néo-nazi. Du compte épargne qu'il faudrait alimenter de temps en temps. Du bureau de copropriété qui veut augmenter les charges. Parler, ce n'est pas ça. Vivre non plus. En tout cas, pour moi, l'important n'est pas là, dans la vie.

Il me caressait le genou.

– Tu ne vas pas nous faire une crise de la quarantaine ? C'est un truc des années 70. De nos jours, on prend un coup de Prozac, et hop !

J'ai repoussé sa main.

– Cesse de me prendre pour une gamine !

Il a remis sa main.

– Je plaisantais.

– J'aimerais comprendre pourquoi tu t'arranges toujours pour plaisanter des trucs les plus importants.

– Hé, mais tu n'es pas la seule à... Figure-toi que moi aussi je me pose des questions sur ma vie, je me demande parfois combien de temps je vais attendre pour faire ce dont j'ai vraiment envie.

– Ah oui ? Comme quoi ?

Il a marqué une pause pendant laquelle j'imaginais déjà la suite : le boulot, la maison, l'argent qu'il voulait gagner pour vivre en retraité le plus tôt possible.

– Sérieux, dis-moi.

– Écrire.

– Mais tu le fais déjà.

– Pas ce que je fais déjà. Tu penses vraiment que ça m'enchante de pondre des brochures sur le cholestérol et la lipo-succion ? Allez, laisse tomber, va.

– Qu'est-ce que tu veux écrire ?

– Des histoires.

Il m'a lancé un regard, attendant visiblement ma réaction.

– Quel genre d'histoires ?

– À propos de la vie, des gens, d'ici ou d'ailleurs. Madagascar, Micronésie, une de ces îles d'Indonésie où les touristes n'ont jamais mis les pieds.

– Du journalisme ?

– Non, des essais, de la fiction, tout ce qui me permettra d'exposer ma vision du monde, histoire de savoir où je me place. J'aimerais aborder les questions qui... enfin, c'est difficile à exprimer.

Il a commencé à retirer le catalogue de mes mains. Je l'ai repris.

– Non, laisse ça.

Nous étions de nouveau sur la défensive.

– D'accord, je te laisse mariner dans ton jus ! a-t-il crié. Alors, comme ça, nous n'avons pas atteint la perfection ? Nous nous fourvoyons ? Nous ne parlons pas assez ? Est-ce que ça suffit pour autant à faire de nous des ratés ? Je te rappelle tout de même que nous ne sommes ni à la rue, ni malades, ni employés à un boulot de merde.

– Je devrais bondir de joie en me disant : « C'est super, il y en a d'autres qui ont un boulot de merde » ? Tu me prends pour qui ?

– Mais que te faut-il, nom d'un chien ? Que te manque-t-il pour être heureuse ?

Je me suis sentie prisonnière de mes désirs. J'étais comme au fond d'un puits d'où j'avais du mal à hurler ce que je voulais, parce que je ne savais pas le nommer. La seule chose dont j'étais sûre, c'était ce dont je ne voulais pas.

Simon, lui, était confortablement appuyé sur l'oreiller, les mains croisées sur la poitrine.

– La vie est toujours un détestable compromis.

J'avais l'impression qu'un étranger me parlait.

– On n'a pas toujours ce qu'on veut, ça ne dépend pas uniquement de nos capacités, du travail que nous fournissons, de nos mérites. Ce sont des idées toutes faites. On se débrouille tous comme on peut, voilà tout.

Il est parti d'un rire cynique. Soudain, j'ai osé lui envoyer ce qui avait du mal à sortir :

– En plus, j'en ai assez d'être la pâle doublure d'Elza, tu comprends ?

Simon s'est dressé.

– Qu'est-ce qu'Elza vient faire là-dedans ?

– Rien.

J'avais beau me comporter de manière stupide, puérile, rien

n'y faisait, j'étais lancée. Quelques minutes de tension se sont écoulées, puis je suis remontée à la charge :

– Pourquoi passes-tu ton temps à écouter ce foutu CD et à raconter à tout le monde qu'elle était ta petite amie ?

Il a regardé le plafond et a poussé un bref soupir, ce qui, généralement, signifiait qu'il abandonnait le combat.

– Mais qu'y a-t-il ? Que se passe-t-il ?

– Je veux simplement que nous vivions mieux tous les deux, ai-je balbutié. Ensemble.

Impossible de croiser son regard.

– Je veux... compter pour toi, je veux que tu comptes pour moi, je veux que nous partagions les mêmes rêves.

– Ah oui ? Lesquels ? a-t-il demandé d'une voix hésitante.

– Justement, ce qui m'ennuie, c'est que je ne sais pas. Je voudrais que nous en parlions, ça fait un bon moment que nous ne partageons plus de rêves. Nous ne savons même plus quel sens ça a.

Nous nous sommes arrêtés à un point d'équilibre. J'ai fait semblant de lire mon catalogue, il est allé à la salle de bains. Quand il est revenu s'asseoir sur le lit, quand il m'a prise dans ses bras, je m'en suis voulu de pleurer, mais je n'ai pas pu m'en empêcher.

– Je ne sais pas, je ne sais plus, ai-je hoqueté entre deux sanglots.

Il m'a appliqué un mouchoir au coin des yeux, il m'a mouchée, et puis il m'a allongée doucement en murmurant :

– Tout va bien, tu verras, demain, tu n'y penseras plus.

Cette gentillesse accentuait mon désespoir. Il m'a enveloppée de ses bras, j'ai essayé d'apaiser mes sanglots. Je faisais semblant de retrouver mon calme parce que je ne savais quoi faire d'autre. Simon a fait ce qu'il faisait toujours quand il ne savait pas comment se comporter : l'amour. Je lui ai attrapé les cheveux, histoire de montrer que je n'étais pas contre. Mais je pensais : « Il n'éprouve donc aucune inquiétude sur le sort de notre mariage ? Pourquoi ? Peut-être n'est-ce qu'une question de temps. »

Le lendemain, il m'a surprise. Il m'a apporté le café au lit et m'a annoncé triomphalement :

– J'ai réfléchi à ce que tu m'as dit hier, à propos du rêve à partager. J'ai pensé à quelque chose.

Son idée consistait à dresser une liste de nos rêves : des trucs que nous pourrions faire ensemble et qui nous permettraient de cerner ce qu'il appelait « les éléments créatifs dans notre vie ». Nous en avons discuté sans arrière-pensée, très excités. Nous sommes tombés d'accord sur le rêve idéal : il devait être dangereux, drôle quand même, comporter des voyages exotiques, de la bonne bouffe, et, par-dessus tout, il devait nous permette de créer quelque chose d'émotionnellement satisfaisant. Nous ne sommes pas allés jusqu'à parler d'amour.

– Bon, a conclu Simon, la question du rêve est réglée. Maintenant ce qu'il faut voir, c'est comment nous allons nous arranger pour le réaliser.

Après trois heures de discussion, nous avions défini un projet que nous allions soumettre à une douzaine de magazines de voyage et de gastronomie. Nous allions proposer un article et un reportage photo sur la cuisine d'un petit village de Chine – un moyen de s'envoler là-bas aux frais de la princesse, d'amorcer la pompe pour une série de futurs articles ethno-culinaires, qui déboucheraient sur un livre, peut-être, une tournée de conférences, et même, qui sait ? une série télé documentaire sur une chaîne câblée. Cela faisait des années que Simon et moi n'avions pas eu une discussion aussi plaisante. Aujourd'hui encore j'ai le sentiment qu'il ne comprenait pas tout à fait mes craintes, mon désespoir, mais il avait eu la meilleure réaction possible. Je voulais un rêve ; il a conçu un projet. N'était-ce pas assez pour nous rendre espoir ?

Je me suis dit que nous avions une chance sur un milliard d'obtenir le début d'une réponse, mais, une fois que nous avons envoyé les lettres, je me suis sentie mieux, comme si je m'en remettais à la providence pour changer de vie. De toute façon, le changement ne s'annonçait que pour le meilleur.

Quelques jours après ce tête-à-tête avec Simon, ma mère m'a téléphoné pour me rappeler d'apporter mon appareil photo chez Kwan le soir même. J'ai jeté un coup d'œil sur le calendrier. Merde, j'avais complètement oublié que nous avions promis de passer chez Kwan pour son anniversaire ! J'ai grimpé à l'étage, où Simon regardait le résumé de la journée de coupe de base-ball à la télé, son corps mince étendu sur le tapis devant le poste. Bubba, couché près de lui, mâchait un jouet pour chien qui poussait un petit cri de temps en temps.

– Il faut que nous passions chez Kwan dans une heure, c'est son anniversaire.

Il a grogné, le chien s'est assis, a étiré ses pattes de devant et a cherché sa laisse, mais j'ai ordonné :

– Non, Bubba ! Toi, tu restes ici.

Il s'est recouché, la tête sur les pattes, le regard pitoyable.

– Nous allons y rester le temps de faire acte de présence, puis nous nous éclipserons.

130

– Tu parles ! a lancé Simon sans quitter l'écran des yeux. Tu sais comment est Kwan, jamais elle ne nous laissera partir avant les autres.

– Nous devons y aller. C'est ses cinquante ans !

J'ai fouillé les étagères à la recherche de quelque chose qui puisse passer pour un cadeau. Un livre d'art ? Non, ça ne lui plairait pas – Kwan n'avait aucun sens esthétique. J'ai ouvert ma boîte à bijoux. Et ce collier d'argent et de turquoise que je ne porte presque jamais ? Non : ma belle-sœur me l'avait offert, et elle serait présente... Je suis descendue jusqu'à mon bureau, et là j'ai trouvé : une boîte en imitation d'écaille de tortue, à peine plus grande qu'un paquet de cartes à jouer. Elle conviendrait parfaitement au goût de Kwan pour les objets kitsch. Je l'avais achetée deux mois plus tôt en faisant mes courses de Noël. À ce moment-là, je m'étais dit que c'était le cadeau qui convenait à tout le monde, un truc facile à transporter dans mon sac, qui me permettrait de ne pas être prise au dépourvu si quelque client m'offrait une babiole avec ses vœux. En fait, cette année, personne ne l'avait fait.

Je suis allée dans le bureau de Simon chercher du papier cadeau et un ruban. Dans le fond d'un des tiroirs de gauche j'ai trouvé une disquette non rangée. J'allais la replacer dans la boîte à disquettes quand j'ai lu l'étiquette : « Roman, commencé le 20 février 90 ».

Il écrivait bel et bien quelque chose d'important ! Et il y avait longtemps travaillé ! Je me suis sentie blessée qu'il ne m'en ait jamais fait part.

J'aurais dû respecter l'intimité de son travail et remettre la disquette où je l'avais découverte, mais il m'était difficile de ne pas y jeter un coup d'œil. C'était son âme, son cœur, que j'allais y trouver, quelque chose qui le faisait vraiment vibrer. J'ai allumé l'ordinateur en tremblant un peu, j'ai inséré la disquette et ouvert le document « Chap. 1 ». Une page écran est apparue, et au sommet du texte cette première phrase :

Dès l'âge de six ans, Elise était capable de jouer de mémoire une chanson qu'elle n'avait entendue qu'une seule fois. Elle tenait cela de ses grands-parents disparus.

J'ai regardé la page deux, puis la suivante. C'est n'importe quoi, quelle idiotie ! me répétais-je. J'ai lu ainsi une page après l'autre, m'instillant ce poison goutte après goutte. Et j'imaginais Elza en train de contempler derrière mon épaule le portrait que Simon brossait d'elle. Je voyais son reflet sur l'écran, et son sourire goguenard me disait : « Eh oui, je suis encore là. C'est pour cette raison que tu n'as jamais été vraiment heureuse. J'ai toujours été derrière vous. »

J'ai rompu avec les calendriers. L'anniversaire de Kwan date de six mois – une éternité. En rentrant de dîner, ce soir-là, Simon et moi nous nous sommes disputés sournoisement et pendant un mois encore. Ce calvaire semblait ne jamais devoir prendre fin, et puis, soudain, l'amour s'est dissous en un instant. Simon a occupé un moment son bureau, et puis il est parti à la fin février. J'ai l'impression que c'est si loin que je n'arrive même pas à me rappeler ce que j'ai fait les premières semaines.

Mais je m'habitue. Plus de train-train, plus de conformisme, plus d'obligations routinières ; pour moi la norme, désormais, c'est qu'il n'y a plus de norme. J'adore ça. Comme me l'a dit Kevin la semaine dernière (on fêtait son anniversaire aussi) :

– Tu as l'air en forme, Olivia, vraiment, je t'assure.

– C'est une renaissance, ai-je répondu du tac au tac. J'ai changé de crème de jour, j'en utilise une aux acides de fruits.

Tout le monde a eu l'air surpris de me voir tenir le coup aussi bien : non seulement j'ai résisté au choc, mais j'ai également réussi à changer de vie. Kwan est la seule qui ne soit pas d'accord.

Hier soir elle m'a appelée au téléphone pour me dire à peu près cela :

– Tu avais l'air crevée l'autre jour, ta voix et tout ça. Fatigant, de vivre seule. Pour Simon aussi. Ce soir, tous les deux, venez dîner chez moi, comme autrefois – juste amis.

– Kwan, je n'ai pas le temps.

– Ah ! Tellement occupée ! Bon, pas ce soir. Demain, occupée aussi ? Alors, viens demain.

– Si Simon vient, pas question.

– D'accord, d'accord. Toi seulement, ce soir. Je te fais le gratin que tu aimes. Je te donne aussi du *wonton*, tu l'emportes à la maison, pour le congélateur.

– À condition que nous ne parlions pas de Simon, d'accord ?

– D'accord. Juste pour manger. Promis.

C'est la deuxième fois qu'elle me sert du gratin. J'attends toujours qu'elle risque une allusion à mon mariage. Avec son mari George, elle évoque avec passion le cas de Virginia, une cousine de l'ex-femme de George, installée à Vancouver, dont le neveu chinois essaie d'émigrer au Canada.

George a la bouche pleine.

– Sa petite amie voulait partir au Canada elle aussi. Elle l'a contraint au mariage, alors, du coup, il a fallu que ma cousine refasse toutes les démarches. Elle était sur le point d'aboutir et, hop ! dix-huit mois d'attente supplémentaire !

– Deux cents dollars, d'autres papiers, ajoute Kwan qui essaie d'attraper un haricot vert avec ses baguettes. Beaucoup, beaucoup de temps perdu. Aller à ce bureau et à ce bureau... Et puis, quoi ? Surprise ! Une naissance, un bébé !

George hoche la tête et enchaîne :

– Alors ma cousine lui a dit : « Tu ne pouvais pas attendre ? Maintenant, il faut refaire les papiers une deuxième fois. » Et le neveu a répondu : « Tu n'as qu'à cacher la naissance aux officiels, nous émigrons d'abord, nous nous inscrivons à l'université, nous trouvons un bon boulot, nous achetons une maison et une auto. Ensuite, dans un an ou deux, nous nous arrangeons pour faire venir le bébé. »

Kwan pose son bol de riz sur la table.

– Laisser le bébé ! Quelles façons !

Elle me regarde comme si j'étais celle qui nourrissait ce projet d'abandon.

– L'université, l'argent, la maison, le travail – ils ne vont pas trouver ça sous les sabots d'un cheval ! Et qui paye pour l'université ? Beaucoup d'argent.

Je hoche la tête. George maugrée, Kwan a l'air accablée.

– Ces haricots trop durs, trop vieux, pas de goût, dit-elle.

– Finalement, viennent-ils avec le bébé ?

– Non, dit Kwan en reposant ses baguettes. Pas de bébé, pas de neveu, pas de femme. La cousine Virginia déménage à San Francisco. Aux États-Unis, pas d'immigration pour le neveu. Virginia ne peut pas se porter garante. Maintenant la mère du neveu, la sœur de Virginia, en Chine, elle nous reproche de ne pas offrir la chance à son fils.

J'attends la suite. Kwan brandit ses baguettes.

– Pfft ! Pourquoi ton fils est si important ? Tu es la sœur, tu n'imagines pas les ennuis. Un enfant gâté pourri. Oui, je le sens d'ici. *Hwai dan*, un œuf pourri.

– Tu lui as dit ça ?

– Je ne l'ai jamais vue.

– Alors pourquoi t'en veut-elle ?

– Elle écrit une lettre parce que Virginia lui dit que nous l'invitons à habiter chez nous.

– C'est vrai ?

– Au début, non. Mais, quand nous lisons la lettre, nous l'invitons. Autrement elle aurait perdu la face. Elle arrive dans une semaine.

Même après une fréquentation assidue de Kwan, j'ai l'impression que je ne pourrais jamais comprendre le fonctionnement d'une famille chinoise. Il y a une foule de liens souterrains entre les êtres, de relations, de responsabilité, de culpabilité, avec, en plus, ces sornettes à propos de la face qu'il ne faut jamais perdre. Je suis contente que ma vie soit plus simple.

À la fin de la soirée, Kwan me donne une cassette vidéo, tournée le soir de son anniversaire, le jour où Simon et moi nous avons eu notre dispute la plus grave, celle qui a tout compromis.

Je me souviens avoir couru au grenier pendant qu'il était en train de s'habiller. J'ai ouvert la porte vitrée et j'ai brandi la disquette en criant :

– Tiens, ta disquette ! J'ai trouvé finalement ce qui compte à tes yeux !

Et je la lui ai lancée. Nous nous sommes engueulés une bonne heure. À la fin j'ai dit, sur un ton calme et détaché, pire que les outrances de la colère : « Je vais demander le divorce. » J'ai été très choquée quand il a répondu simplement : « Bon », avant de descendre l'escalier, de claquer la porte et de disparaître. Moins de cinq minutes après, coup de téléphone. Je me suis composé une indifférence de façade, me répétant : « Surtout pas de douleur, pas de colère, pas de pardon. Je le laisse pleurnicher. »

J'ai décroché à la cinquième sonnerie. C'était Kwan.

– Libby-Ah ? (Elle parlait d'un ton timide, comme une fillette.) Maman t'a prévenue ? Tu viens, hein ? Tout le monde est ici. Les petits plats dans les grands.

J'ai balbutié des excuses. Elle a répondu :

– Simon malade ? Juste maintenant ?... Oh, empoisonné ? D'accord, soigne-le bien. Non, non. Il est plus important que mon anniversaire.

Quand j'ai entendu cela, j'ai décidé que Simon cesserait sur-le-champ d'être plus important que quoi que ce soit dans ma vie, même Kwan. Je suis allée à son anniversaire toute seule.

– Très drôle, cette vidéo, me dit Kwan tandis que je franchis la porte. Peut-être pas le moment de la regarder. Prends-la.

Et c'est ainsi que la soirée s'achève sans aucune mention de Simon.

Une fois rentrée, je me sens abandonnée. J'essaie de regarder la télé, j'essaie de lire. Je jette un coup d'œil à l'horloge. Trop tard pour appeler qui que ce soit. Pour la première fois depuis six mois, je perçois comme un trou dans ma vie. Je me sens terriblement

134

seule. Je regarde la cassette vidéo de Kwan posée sur le meuble devant moi. Pourquoi pas ? Et me voilà en train de visionner l'anniversaire.

J'ai toujours trouvé les vidéos familiales ennuyeuses parce que personne ne songe jamais à les monter. On revoit des moments de sa vie qu'on aurait dû couper. On visionne le passé comme s'il était du présent brut, alors qu'on sait très bien ce qui va arriver.

Le film s'ouvre sur des lumières clignotantes. Ensuite le champs s'élargit, on est sur le seuil de la maison de Kwan et George sur Balboa Street, une entrée de style méditerranéen. On passe le seuil. L'image s'agite, devient floue. On beau être à la fin janvier, Kwan garde les décorations de Noël jusqu'à la période qui suit son anniversaire. La vidéo ne nous épargne rien : les guirlandes qui couronnent les fenêtres à montants d'aluminium, la moquette tous usages à motifs bleu et vert, les fausses boiseries, le bric-à-brac d'un mobilier glané les jours de soldes dans les discounts de toute la région.

On aperçoit ensuite, de dos, Kwan et sa permanente. Elle crie de sa voix tonitruante : « Maman ! M. Shirazi est là. Bienvenue, bienvenue, venez par ici... »

Ensuite ma mère et son jules du moment entrent dans le champ. Elle porte un chemisier léopard, des pantalons serrés et une veste de velours noir à galons d'or. Ses lunettes à double foyer sont légèrement teintées de violet. Depuis qu'elle s'est fait tirer la peau, ma mère s'est mise à porter des tenues de plus en plus scandaleuses. Elle a rencontré ce Sharam Shirazi dans un cours de danse (section salsa). Elle m'a avoué qu'elle le préférait de beaucoup à son ancien chevalier servant, un type des îles Samoa. Lui au moins sait tenir la main des dames, « pas comme un morceau de bois ». À en croire ma mère, ce monsieur Shirazi serait un amant très doué. Une fois, elle m'a confié : « Il fait des trucs que peut-être même vous, les jeunes, vous ne pourriez pas imaginer. » Je n'ai pas demandé de précisions.

Kwan jette un coup d'œil en arrière vers l'objectif pour s'assurer que son mari George a bien filmé l'arrivée de notre mère. D'autres gens font leur apparition. La caméra fonce sur eux : les deux beaux-fils de Kwan, mes frères, leurs femmes, les enfants des deux couples, quatre en tout. Kwan salue son monde et glapit le nom de chacun des gamins – Melissa, Patty, Eric et Jean –, puis elle prescrit à son mari de bien les prendre sur le film tous ensemble.

Me voilà. « Oh, tu arrives tard ! » me lance Kwan, enjouée. Elle m'attrape par le bras et me conduit vers le cameraman. Nos visages finissent en gros plan, j'ai l'air crevée, gênée, j'ai les yeux rouges. On comprend vite que j'ai envie de m'enfuir.

135

– Ma petite sœur, Libby-Ah, dit Kwan à l'opérateur. Ma petite sœur préférée. Laquelle de nous deux est la plus vieille, hein ? Essayez de deviner, essayez !

Dans les quelques scènes qui suivent, Kwan se comporte comme si elle était dopée aux amphétamines. Elle rebondit littéralement d'un mur à l'autre. La voici devant le sapin de Noël artificiel, désignant les boules, multipliant les gestes gracieux, comme ces filles qui enlèvent les panneaux dans les jeux télévisés.

La voici qui se penche sur ses cadeaux, exagérant leur poids, les secouant, les retournant, les reniflant, avant de lire l'étiquette et de s'exclamer, avec une grimace d'étonnement artificielle : « Quoi ? Pour moi ? » Elle pousse un rire maladroit, et elle montre ses dix doigts en ouvrant et fermant plusieurs fois les mains : « Cinquante ans ! Vous pouvez le croire ? Non ? Alors, quarante ? » Elle s'approche de l'objectif en hochant la tête et dit : « Quarante, d'accord, d'accord. »

La caméra bascule d'une scène à l'autre en un dixième de seconde. Voilà ma mère assise sur les genoux de M. Shirazi. Quelqu'un leur crie : « Embrassez-vous ! » et ils s'exécutent sans se faire prier. Ensuite on voit mes frères dans la chambre voisine en train de regarder un match à la télé. Ils saluent la caméra en brandissant leur canette de bière dégoulinante. À présent, voici mes belles-sœurs, Tabby et Barbara, qui aident Kwan à la cuisine. Kwan tend une côte de porc taillée au carré et dit : « Goûte, si, goûte, je t'en prie. » Dans une chambre voisine les gamins sont agglutinés autour d'un jeu vidéo et poussent des cris chaque fois qu'un monstre est abattu. Puis on me voit avec les autres devant le buffet. La table de la salle à manger a été prolongée par une table de mah-jong d'un côté et une table de bridge de l'autre.

Gros plan sur moi. Je fais un signe de la main, je porte un toast à ma sœur, je pique dans mon assiette à l'aide d'une fourchette en plastique – la scène classique. La caméra est d'une neutralité implacable. Tout le monde peut lire sur mon visage : j'ai l'air abattue, je parle d'une voix blanche. Il est évident que je n'ai pas le moral, que la vie m'accable. Ma belle-sœur Tabby m'adresse la parole, mais je fixe mon assiette d'un regard absent. Le gâteau d'anniversaire fait son apparition. Tout le monde se met à chanter *Happy birthday*. La caméra balaye la scène et s'arrête sur moi, qui suis assise sur le canapé en train de jouer avec un mobile énervant, des boules d'acier qui font clac-clac. J'ai l'air d'un zombie.

Kwan ouvre ses cadeaux. Le groupe de porcelaine représentant des enfants en train de patiner vient de ses collègues de la pharmacie. « Oh ! mignon, mignon ! » s'exclame-t-elle en minaudant.

136

Elle place l'objet dans sa collection. La machine à café est un cadeau de ma mère. « Ah ! Maman ! comment sais-tu que la mienne est cassée ? » Le chemisier de soie de sa couleur préférée, le rouge, est offert par son beau-fils, le plus jeune, Teddy. « Trop beau pour être porté », gémit-elle d'un air jovial. Les bougeoirs en plaqué argent ont été choisis par l'autre beau-fils, Timmy. Kwan les garnit et les pose sur la table, que Timmy l'a d'ailleurs aidée à rénover l'an passé. « Comme la première dame du pays à la Maison-Blanche ! » déclare-t-elle en riant. La terre cuite informe représentant vaguement une licorne en train de dormir est l'œuvre de notre nièce Patty. Kwan la pose précautionneusement sur la cheminée en promettant : « Je ne la vends jamais, même quand Patty est célèbre et que la statue vaut un million de dollars ! » Le peignoir à marguerites est un cadeau de son mari. « Ohhh ! Giorgio Laurentis ! Trop cher ! Pourquoi te ruines-tu ? » Elle agite l'index vers son mari qui sourit d'un air de timide fierté.

En face de Kwan, il y a d'autres boîtes empilées. J'accélère sur le déballage des sets de table, sur la planche à repasser à vapeur, sur le petit sac orné d'un monogramme. Finalement arrive le tour de mon cadeau. J'appuie sur le Stop de la télécommande, puis sur Play.

– Toujours garder le meilleur pour la fin ! proclame Kwan. Ce doit être très particulier, parce que ma sœur Libby-Ah est ma sœur préférée.

Le papier s'envole. Elle esquisse une moue d'admiration en dégageant la petite boîte en simili-tortue. Elle retourne lentement l'objet entre ses doigts, soulève le couvercle, regarde à l'intérieur. Elle porte une main à sa joue et dit : « Que c'est beau ! Utile aussi. » Elle montre la boîte à la caméra, pour l'histoire : « On la voit ? demande-t-elle en souriant. Une boîte à savon pour le voyage ! »

À l'arrière-plan, on entend ma voix qui rectifie d'un ton mal à l'aise :

– Heu, en fait ce n'est pas pour le savon, mais plutôt pour les bijoux, enfin, ce genre-là.

Kwan observe de nouveau l'objet.

– Pas pour le savon ? Pour les bijoux ? Ooh !

Elle réexamine la boîte comme si son respect s'en trouvait décuplé. La voilà toute réjouie.

– George, tu entends ? Ma sœur Libby-Ah veut dire que je mérite un beau bijou. Achète-moi un diamant, un gros diamant pour la boîte à savon !

George ronchonne, la caméra s'agite. Il dit :

– Bon, maintenant, les deux sœurs devant la cheminée.

Je proteste, je réponds qu'il est tard et qu'il faut que je rentre, que j'ai du travail, mais Kwan me tire de mon canapé, riant et m'exhortant à la suivre :

– Allez, paresseuse ! Jamais trop de travail pour l'anniversaire de sa grande sœur.

La caméra se met à ronronner, le visage de Kwan se fige sur un sourire, comme si elle attendait l'éclair d'un flash. Elle me tient fort, m'obligeant à me rapprocher d'elle. Elle murmure d'une voix pleine de ferveur :

– Libby-Ah, ma sœur, tellement spéciale, tellement gentille avec moi.

Me voilà au bord des larmes. À la fois dans le film et parce que je visionne cet épisode de ma vie. Je ne peux pas me mentir à moi-même plus longtemps. Cette fois mon cœur va déborder d'une seconde à l'autre.

Troisième partie

10

La cuisine de Kwan

Kwan me dit de venir à six heures et demie. Elle me prie toujours d'arriver à cette heure-là, alors que nous ne commençons jamais à dîner avant huit heures. Je lui demande si le dîner sera *vraiment* prêt à six heures et demie ; si ce n'est pas le cas, je viendrai plus tard, parce que je suis *vraiment* débordée en ce moment. Elle m'affirme que oui, à six heures et demie ce sera prêt.

À six heures et demie, George vient m'ouvrir, l'œil vague. Il n'a pas ses lunettes, son toupet de cheveux dressé fait penser aux publicités pour les produits antistatiques. Il vient d'être nommé directeur dans un discount alimentaire de East Bay dont Kwan est incapable de se rappeler le nom – elle persiste à l'appeler Moins que rien.

Je la trouve à la cuisine en train de nettoyer des champignons noirs. Le riz n'a même pas encore été lavé, les crevettes ne sont pas préparées – nous ne dînerons pas avant deux heures. Je balance mon sac à main sur la table, mais Kwan ne s'avise pas de mon irritation. Elle me désigne une chaise.

– Libby-Ah, assieds-toi. Il faut que je te raconte quelque chose.

Elle coupe des tranches de champignon pendant une demi-minute avant de lâcher le morceau :

– Je parlais avec une personne du Yin.

Elle continue en chinois. Je pousse un profond soupir, histoire de lui faire comprendre que je n'ai pas envie de ce genre de conversation en ce moment.

– Lao-Lu, que tu connais aussi, mais dans une autre existence, dit que tu dois rester avec Simon. C'est ton *yinyuan*, ton destin amoureux.

Je lui demande, d'un ton mauvais :

– Et pourquoi est-ce mon destin amoureux ?

– Parce que, pendant la dernière vie que vous avez passée ensemble, tu aimais quelqu'un d'autre avant lui. Par la suite, Simon était convaincu, de tout son cœur, que tu l'aimais lui aussi.

J'ai failli tomber de ma chaise. Je n'ai jamais avoué à Kwan ni à quiconque la raison pour laquelle Simon et moi divorcions. J'avais simplement déclaré que nos préoccupations divergeaient. Et Kwan y faisait allusion comme si le monde entier, celui des morts et celui des vivants, connaissait notre histoire !

– Libby-Ah, crois-moi, ajoute-t-elle, en anglais cette fois. Cet ami du Yin, il dit que Simon n'a pas triché. Toi, tu crois qu'il t'aime moins, qu'il préfère l'autre – non ! Pourquoi tu compares toujours ? L'amour pas comme l'argent...

Je suis livide de l'entendre défendre Simon.

– Arrête ! Te rends-tu compte de ce que tout cela peut avoir de grotesque, de stupide ? Si quelqu'un t'entendait en ce moment, il te traiterait de folle. Si tes fantômes existent, dis-moi pourquoi je n'en vois jamais un seul ? Hein ?

Elle prépare les crevettes dont elle ôte le filet noir, l'intestin, tout en leur laissant leur carapace.

– À une époque tu les voyais. Quand tu étais une petite fille.

– Je faisais semblant. Les fantômes viennent de l'imagination, pas du monde du Yin.

– Ne dis pas *fantômes*. Pour eux, c'est un mot raciste. Il n'y a que les méchants habitants du Yin qu'on appelle fantômes.

– D'accord, j'avais oublié. Même les morts sont devenus politiquement corrects. Bon, raconte à quoi ressemblent les gens du Yin. Dis-moi. Combien y en a-t-il ce soir, par exemple ? Y en a-t-il un dans ce fauteuil ? Qui ? Le président Mao ? Chou En-lai ? Et pourquoi pas l'impératrice douairière ?

– Non, ils ne sont pas là.

– Eh bien, fais-les venir ! Demande-leur de nous rendre visite. Moi, j'ai envie de les voir. J'aimerais leur demander quelle est leur formation pour le soutien psychologique aux couples en détresse.

Kwan étend quelque journaux par terre pour recueillir la graisse du four, elle glisse les crevettes dans une poêle. Soudain, le vacarme de la friture emplit la pièce.

– Les gens du Yin veulent venir, alors ils viennent, répond-elle en haussant le ton pour couvrir le bruit. Ils ne préviennent jamais, ils me traitent comme un membre de leur famille – pas besoin d'invitation. « Surprise ! Nous voici ! » Mais la plupart du temps ils arrivent pour le dîner, quand peut-être un ou deux plats ne sont pas cuits comme il faut. Ils disent : « Ah ! ce poisson, trop ferme, la

142

chair ne se détache pas assez, tu l'as peut-être cuit une minute de trop. Ces petits navets, pas assez croquants, ils doivent faire le même bruit qu'un pas dans la neige fraîche, croui-croui, alors seulement ils sont prêts à être mangés. Et cette sauce ! Tss ! Trop sucrée, bonne pour les étrangers ! »

Le bla-bla habituel. Ridicule ! Elle me décrit en détail ce que font George et les membres de sa famille. Quel ennui ! Et quand j'écoute ses récits de l'au-delà qui ont l'air de sortir tout droit d'une revue de gastronomie, j'ai envie de rire et de hurler en même temps.

Kwan dépose les crevettes luisantes dans un bol.

– La plupart des gens du Yin, très affairés, travaillent dur. Ils ont besoin de repos, ils viennent chez moi pour bavarder. Et puis aussi parce qu'ils disent que je suis une excellente cuisinière.

Elle arbore un air satisfait. J'essaie de la piéger à son propre jeu, de lui renvoyer sa logique absurde à la figure.

– Si tu es une excellente cuisinière, pourquoi éprouvent-ils si souvent le besoin de venir critiquer ce que tu fais ?

Kwan fronce les sourcils, tend un peu la lèvre inférieure d'un air qui veut dire que ma question est vraiment stupide et me répond :

– Pas des vraies critiques. Ils viennent simplement me dire les choses franchement, comme on fait avec ses amis. Et ils ne mangent pas, bien sûr. Comment faire ? Ils sont morts ! Ils font semblant. Mais la plupart du temps ils apprécient ce que je fais, oui, ils disent qu'ils n'ont jamais eu la chance de manger des choses pareilles. Aïe, aïe ! Si seulement ils avaient trouvé le moyen de goûter mon gâteau à l'oignon, ils seraient morts heureux ! Mais – trop tard – ils sont morts.

Je grommelle :

– Tu devrais faire des plats à emporter.

Elle marque un silence puis murmure :

– Très drôle. Ah, ah, ah ! Tu fais une blague !

Elle fait mine de me taper le bras.

– Vilaine, va. Les gens du Yin aiment me rendre visite, parler de la vie passée, comme un banquet avec beaucoup, beaucoup de saveurs. Ils me disent : « Ah ! je me souviens. Ça, j'adorais, ça un peu moins. Ça, je l'ai toujours dégusté trop vite. Pourquoi n'ai-je pas goûté de ça ? À présent, c'est fini, quel gâchis ! »

Kwan gobe une crevette, puis elle la fait passer d'une joue à l'autre jusqu'à extraire la carapace parfaitement nettoyée. Je suis toujours admirative de la voir faire : on dirait un tour de magie. Elle fait claquer ses lèvres d'un air satisfait.

– Libby-Ah, me dit-elle en me tendant une assiette couverte

de petites bouchées dorées, tu aimes les coquilles Saint-Jacques séchées ?

Je fais oui de la tête ; elle continue :

– La cousine de George, Virgie, nous en a envoyé de Vancouver. Soixante dollars la livre ! Certains disent que c'est trop bon pour tous les jours, il faut l'économiser pour plus tard...

Elle les verse dans une poêle avec du céleri haché.

– Pour moi, le mieux, c'est maintenant. Tu attends, tout change. Les gens du Yin le savent. Ils me demandent toujours : « Kwan, où sont parties toutes mes belles années ? Pourquoi m'ont-elles filé entre les doigts comme des petits poissons ? Pourquoi ai-je économisé pour l'avenir, quand l'avenir c'était hier ? » Tiens, Libby-Ah, goûte. Trop de sel ou pas assez ? Dis-moi ?

– Non, ça va.

Elle poursuit :

– « Kwan, ils me disent, tu es encore en vie. Tu peux encore te fabriquer des souvenirs, des bons souvenirs. Apprends-nous comment faire, comme ça, la prochaine fois, on se souviendra de ce qu'il ne faut pas oublier. »

– Qu'est-ce qu'ils ne veulent pas oublier ?

– Les bonnes raisons de revenir.

– Et tu les aides à se souvenir ?

– J'en ai déjà aidé plein.

– Comme Dear Abby [1] ?

– Oui, oui, comme elle. (La comparaison semble lui plaire.) Beaucoup, beaucoup de gens du Yin, en Chine. En Amérique aussi, plein.

Elle se met à compter sur ses doigts.

– Ce jeune policier – il est venu à la maison quand on m'a volé ma voiture ? il était missionnaire en Chine dans une autre vie. Il disait toujours *amen, amen*. La jolie fille qui travaille à la banque et qui surveille mon argent, dans une autre vie elle a été une femme-bandit. Il y a très longtemps, elle volait les riches. Et Sarge, Hoover, Kirby et Bubba, ces chiens, tous si loyaux, dans une autre vie ils étaient tous réunis dans le même caractère humain. Devine qui.

Je hausse les épaules. J'ai horreur de cette façon qu'elle a de m'embarquer toujours dans ses histoires de fou.

– Devine !

– Je ne sais pas.

_____

1. Chroniqueuse mondaine de la presse écrite américaine. *(N.d.T.)*

144

– Devine !

Je lève la main et déclare :

– Mademoiselle Bannière.

– Ah ! Tu t'es trompée.

– Je donne ma langue au chat. Alors qui ?

– Le Général Manteau !

Je me frappe le front.

– Évidemment !

Je dois reconnaître que faire de Bubba la réincarnation du Général est une idée amusante.

– Maintenant tu comprends pourquoi le nom de ton premier chien était Captain.

– C'est moi qui l'ai appelé comme ça.

– Tu l'as rabaissé en lui donnant un grade inférieur. Maligne ! Tu lui as donné une leçon.

– Lui donner une leçon ! Pff ! Ce chien était complètement idiot. Il refusait de s'asseoir, de venir quand on l'appelait. La seule chose qui l'intéressait, c'était de manger. En plus, il s'est sauvé.

Kwan secoue la tête.

– Non. Il s'est fait écraser.

– Hein ?

– Mm, mm. Je l'ai vu. Je ne voulais pas te le dire, tu étais trop petite. Alors je t'ai raconté : « Ah, pauvre Libby-Ah ! Le chien est parti ! » Mais je ne mentais pas : avant de se faire écraser, il s'était échappé. Et, aussi, je parlais très mal l'anglais...

C'est drôle, de l'entendre évoquer la mort de ce chien après tant d'années. Ça m'a fait un pincement au cœur, comme si la petite fille en moi était intacte, comme si je devais regretter la fuite des choses, comme si j'avais pu corriger mon attitude méchante envers Captain à condition de le revoir une dernière fois.

– Le Général Manteau n'a pas été loyal dans sa dernière vie. C'est pour ça qu'il est revenu sous les traits d'un chien plusieurs fois. C'est lui qui a voulu. Bon choix. Dans sa dernière vie, il avait été si méchant – si méchant ! Je le sais parce que le sang-mêlé me l'a dit. Je peux te dire aussi que... Hé, Libby-Ah, les haricots, regarde, ils sont jaunes ! Ils sont frais, achetés aujourd'hui. J'ai ôté la queue. Tu en vois un pas bon, tu le jettes...

– Le Général Manteau n'était pas bon. Il se débarrassait des gens autour de lui. Je me suis dit : « Nunumu, tu n'as qu'à faire comme si le Général n'était pas là. Ne lui prête pas attention. » Ça a duré longtemps. Pendant deux mois il a vécu dans la Maison du Marchand Fantôme. Pendant deux mois, Mademoiselle Bannière lui a ouvert chaque nuit la porte de sa chambre. Et pendant deux mois elle ne m'a pas traitée comme une amie loyale, mais comme une servante. Elle me désignait des taches sur ses chemisiers blancs, des taches qu'elle m'accusait d'avoir mal lavées, alors qu'en fait je savais que c'étaient les traces des doigts sales du Général Manteau. Le dimanche, elle traduisait avec exactitude le sermon du Pasteur Amen. Finis les contes ! Et bien d'autres changements se sont produits.

» Durant les repas, les missionnaires, Mademoiselle Bannière et le Général Manteau partageaient la table des étrangers. En arrivant, le Général Manteau s'était arrogé la place naguère occupée par le Pasteur Amen. Il parlait fort, de sa voix qui ressemblait à un aboiement, et les autres se contentaient d'écouter en hochant la tête. S'il portait sa cuillère à soupe à ses lèvres, ils portaient leur cuillère à leur bouche. S'il suspendait son geste pour proférer une vantardise de plus, ils suspendaient leur geste pour écouter une vantardise de plus.

» Lao-Lu, les autres serviteurs et moi étions à la table des Chinois. Le monsieur qui traduisait pour le Général s'appelait Yiban Johnson – c'est lui qui nous a dit son nom, qui signifie à moitié Johnson. Même s'il était moitié-moitié, les étrangers avaient décidé que la moitié chinoise dominait en lui et ils l'avaient relégué à notre table. Au début, je n'aimais pas tellement ce Yiban Johnson, ni ce qu'il nous racontait : quel homme important était le Général, un héros pour les Chinois comme pour les Américains, etc. Par la suite, j'ai compris que c'était le Général qui lui avait mis ces mots-là à la bouche parce que, lorsqu'il était à notre table, Yiban usait d'un langage bien à lui. Il s'exprimait sans dissimuler, comme le font les gens simples quand ils s'adressent aux gens simples. C'était un homme poli et pas du tout prétentieux. Il aimait la plaisanterie, riait beaucoup. Il faisait des compliments sur la cuisine et ne prenait jamais plus que sa part.

» J'ai fini par juger qu'il était plus chinois que Johnson. Avec le temps, je ne l'ai plus trouvé d'un aspect si étrange. Il nous a dit que son père était américain, un ami du Général, un ami d'enfance. Ils avaient fréquenté la même école militaire, ils en avaient été renvoyés ensemble. Johnson s'était rendu en Chine sur un bateau appartenant à une compagnie américaine qui faisait le commerce de tissus, les soies de Nankin, principalement. À Shanghai il avait acheté la fille d'un domestique pour en faire sa maîtresse. Juste avant qu'elle n'ait un enfant de lui, Johnson lui avait déclaré : « Je repars aux États-Unis, désolé mais je ne peux pas t'emmener. » Elle avait accepté son sort sans broncher – désormais, elle était la maîtresse abandonnée d'un diable étranger. Le lendemain matin, devine qui Johnson a vu se balancer au bout d'une corde sous le grand arbre devant sa fenêtre ?

» Les autres domestiques, une fois qu'ils l'eurent détachée, ont roulé un linge autour de la meurtrissure de son cou. Comme elle s'était suicidée, pas de cérémonie. On l'a mise dans un simple cercueil de bois blanc et on a fermé le couvercle. Cette nuit-là, Johnson a entendu des pleurs et s'est levé pour se rendre dans la pièce où reposait le cercueil. Les pleurs se sont faits plus précis, il a soulevé le couvercle et a vu un enfant mâle qui se débattait entre les jambes de sa maîtresse inerte. Autour du cou de l'enfant, juste sous le menton, on voyait une marque rouge de l'épaisseur d'un doigt, de la même forme, en croissant de lune, que celle laissée par la corde sur le cou de sa mère.

» Johnson a pris cet enfant qui était à moitié de son sang et l'a emmené en Amérique. Il l'a placé dans un cirque, a raconté l'histoire de la pendaison, a montré l'étrange cicatrice qui rappelait la morsure de la corde. Quand l'enfant eut cinq ans, une fois que son cou eut grandi, la cicatrice paraissait plus petite. Personne ne voulait plus payer pour constater ce phénomène mystérieux. Johnson est revenu en Chine avec l'argent du cirque et son fils sang-mêlé, cette fois pour y faire le commerce de l'opium. Il est passé d'un port à l'autre, gagnant une fortune à chaque étape, pour la perdre au jeu presque aussitôt. Dans chaque ville il eut une maîtresse et dans chaque ville il l'abandonna. Le petit Yiban, lui, pleura beaucoup ces mères successives. C'est grâce à elles qu'il avait appris autant de dialectes chinois – le cantonais, le shangalais, le hakka, le fukien, le mandarin. Et l'anglais lui venait de Johnson.

» Un jour, Johnson croisa son vieil ami Manteau, qui désormais faisait le soldat de fortune pour les Anglais, les Mandchous, les Hakka, peu importait pourvu qu'on le payât. Johnson dit à Manteau : « J'ai des dettes et pas mal d'ennuis, peux-tu prêter à ton vieil ami un peu d'argent ? » En gage de sa bonne volonté, il ajouta : « Prends mon fils, il a quinze ans et il parle beaucoup de langues, il peut t'aider à travailler pour l'armée de ton choix. »

» Depuis ce jour-là, et pendant les quinze années qui suivirent, le jeune Yiban Johnson avait appartenu au Général Manteau – il était resté en gage de la dette paternelle impayée.

» J'ai demandé à Yiban pour qui, désormais, se battait le Général Manteau : les Anglais, les Mandchous, les Hakka ? Yiban me révéla qu'il s'était battu pour les trois et que des trois il s'était fait des ennemis. À présent, il s'en cachait. J'ai ensuite demandé à Yiban si le Général avait vraiment épousé la fille d'un banquier chinois pour son argent. Yiban me répondit que Manteau avait épousé la fille non seulement pour de l'argent, mais pour profiter des jeunes épouses du banquier. À présent, il était traqué par le banquier lui-même. Il ajouta que le Général était pris par les rêves de l'opium, ces merveilles qui ne durent qu'une saison et qui vous abandonnent.

» J'étais contente d'entendre que j'avais eu raison à propos du Général, et que Mademoiselle Bannière avait tort. Mais, juste après, je fus accablée de tristesse. N'étais-je pas son amie loyale ? Comment pouvais-je me réjouir de voir cet homme affreux lui dévorer le cœur ?

» Lao-Lu dit :

» – Yiban, je ne comprends pas comment tu peux travailler pour un homme pareil. Aucune loyauté, ni à son pays ni à sa famille !

» Yiban lui répondit.

» – Regarde-moi, je suis né d'une mère déjà morte, donc je ne suis né pour personne. J'ai toute ma vie été mi-chinois mi-étranger, c'est-à-dire ni l'un ni l'autre. J'appartenais à tout le monde, donc à personne. Mon père ? je n'étais pas même la moitié d'un fils pour lui. Et mon maître me traite comme si j'étais le gage de sa dette. Où est ma place ? Dans quel pays ? Au sein de quel peuple ? de quelle famille ?

» Nous observions son visage. De toute ma vie je n'avais jamais vu une personne aussi intelligente, aussi désireuse et aussi digne d'être adoptée par quelqu'un. Nous ne savions que lui répondre.

» Cette nuit-là, je n'ai pas dormi. Je réfléchissais à tout cela. Quel pays ? Quel peuple ? Quelle famille ? Pour ce qui était des deux premières questions, je connaissais la réponse. Moi, j'appartenais à la Chine et aux Hakka. Mais en ce qui concerne la dernière, j'étais comme Yiban : je n'étais chez moi avec personne, j'étais seule en charge de moi-même.

» Regarde-moi, Libby-Ah. Maintenant, tu vois, je suis chez moi, je suis liée à des tas de personnes, j'ai une famille, je t'ai, toi... Bon, Lao-Lu me dit : « Arrête de bavarder, mange, mange, avant que ça refroidisse. »

11

Le changement de nom

Kwan avait raison à propos des bruits de la maison : il y avait bel et bien quelqu'un dans les murs, sous les parquets, et ce quelqu'un était plein de ressentiment et d'électricité.

J'ai fini par y croire quand notre voisin du dessous, Paul Dawson, a été arrêté pour avoir téléphoné des horreurs à des milliers de femmes dans la région de San Francisco. Au début, je l'ai pris en pitié – après tout, ce pauvre gars était aveugle ; il manquait de compagnie. Mais, par la suite, j'en ai appris davantage sur la nature de ces appels. Il prétendait être membre d'une secte qui capturait les femmes « moralement douteuses » et les transformait en objets de « sacrifice » pour la communauté : les hommes les violaient lors d'une cérémonie, puis elles étaient éviscérées vivantes par les femmes du groupe. Quand la correspondante à l'autre bout se mettait à rire, il disait : « Vous voulez entendre la voix de quelqu'un qui pensait qu'il s'agissait d'une plaisanterie ? » Et il lui faisait écouter une cassette où l'on entendait les hurlements d'une femme qu'on était en train d'assassiner.

Quand la police est venue perquisitionner chez lui, elle a trouvé tout un attirail électronique : des magnétophones liés à son téléphone, des appareils à composition de numéros automatique, des filtres pour la voix, des cassettes d'effets spéciaux sonores, etc. Le téléphone n'était pas le seul champ de son activité terroriste. Il trouvait apparemment que les précédents propriétaires de notre appartement étaient trop bruyants et ne respectaient pas assez sa méditation zen matinale. Pendant qu'ils s'étaient absentés afin de laisser les ouvriers travailler chez eux, il avait percé des trous dans son plafond pour installer des haut-parleurs et toutes sortes d'appareils sous leur escalier. Il était capable de surveiller les allées et venues de ses voisins et de les assourdir d'effets sonores.

Ma pitié s'est muée en rage. J'aurais voulu qu'il aille croupir en prison. Depuis des mois, je devenais folle à force de penser aux fantômes – surtout à l'un d'entre eux, même si j'avais du mal à l'admettre.

Je suis soulagée de connaître l'origine de ces sons. Le fait de vivre seule a aiguisé mon imagination concernant le danger. Simon et moi nous revoyons seulement pour les affaires. Dès que nous serons fiscalement indépendants l'un de l'autre, nous partagerons également nos clients. Il doit passer tout à l'heure afin de me donner un exemplaire d'une brochure réalisée pour un dermatologue.

L'ennui, c'est que Kwan vient de débarquer sans s'annoncer. Je suis en pleine conversation téléphonique avec un imprimeur. Je la laisse s'installer et retourne à mon bureau. Elle a apporté des petits beignets maison qu'elle est en train de placer au congélateur, multipliant les commentaires à voix haute sur mon manque de provisions, tant dans le frigo que sur les étagères.

– Pourquoi de la moutarde et des cornichons mais pas de pain, pas de viande ? Comment peux-tu vivre ainsi ? Et de la bière ! Pourquoi de la bière et pas du lait ?

Quelques minutes plus tard, elle arrive dans le bureau avec un large sourire. Elle brandit une lettre que j'ai laissée sur le comptoir de la cuisine – un magazine de voyage, *Terres inconnues*, m'envoie une réponse favorable pour un reportage photo sur la cuisine des villages de Chine.

Hier, quand cette lettre est arrivée hier, j'ai tout d'abord éprouvé la joie de quelqu'un qui aurait gagné au loto, avant de se rappeler avoir jeté le ticket. Les dieux de la chance, de la coïncidence et du mauvais sort se jouaient cruellement de moi. J'avais passé le plus clair de ma journée et la moitié de la nuit à maudire cette fantaisie du destin, à imaginer la réaction de Simon à cette nouvelle. Je le voyais en train de parcourir la lettre des yeux avant de s'exclamer :

« Incroyable, non ? Quand partons-nous ?

– Nous ne partons pas. Je laisse tomber. »

Dans ma voix, il n'y avait pas l'ombre d'un regret. Il me lançait alors quelque chose du genre :

« Laisse tomber ? Que veux-tu dire ? »

Et je lui répondais :

« Comment peux-tu envisager une seule seconde que nous partions ensemble ? »

À ce moment-là, peut-être allait-il déclarer – et l'idée me rendait furieuse – que, tant pis, il irait seul, qu'il tâcherait de trouver un photographe.

150

Là, j'assènerais :

« Pas question, c'est moi qui pars ! Je vais tâcher de trouver un autre journaliste, quelqu'un qui écrit mieux que toi. »

Nous nous enverrions des insultes à la tête au nom de la morale, de l'éthique commerciale, nous comparerions nos talents respectifs – tout cela m'avait tenue éveillée la plus grande partie de la nuit.

– Oooh, s'écrie Kwan en agitant la lettre avec satisfaction, toi et Simon vous partez en Chine ! Tu veux, je pars avec vous, je fais le guide, l'interprète, je t'aide à marchander. Bien sûr, je paye mon billet. Ça fait longtemps que j'ai envie d'y retourner, de revoir ma tante, mon village...

Je l'interromps :

– Inutile, je n'y vais pas.

– Ah ! Tu ne pars pas ? Pourquoi ?

– Tu le sais.

– Je le sais ?

Je me suis retournée vers elle.

– Simon et moi, nous divorçons, je te le rappelle.

Elle pèse ma réponse pendant deux secondes, puis elle suggère :

– Vous pouvez y aller comme deux amis ! Pourquoi pas juste deux amis ?

– Kwan, je t'en prie, laisse tomber.

Elle me regarde d'un air sinistre.

– Ah, tellement triste, tellement triste ! gémit-elle en quittant mon bureau. Comme deux personnes qui crèvent de faim. Elles se disputent, elles s'envoient leur bol de riz à la figure. Pourquoi, mais pourquoi ?

Quand je montre la lettre à Simon, il est secoué. Je me demande s'il verse vraiment des larmes. Pendant toutes ces années, je ne l'ai jamais vu pleurer, ni au cinéma quand le film était triste, ni même quand il me racontait la mort d'Elza. Il essuie sa joue humide, je fais celle qui ne voit rien.

– C'est fou. Notre vœu le plus cher a fini par se réaliser, mais notre couple n'a pas tenu le coup.

Nous ne prononçons pas un mot pendant un moment, comme si le souvenir de notre mariage nous inspirait une minute de silence. Puis soudain, recouvrant mes forces, je prends une inspiration et lui déclare :

– Tu vois, même si ça a été douloureux, je pense que cette séparation a été une bonne chose. Elle nous a obligés à faire le point séparément, à constater que nous n'avions pas nécessairement le même but dans l'existence.

Je sens que le ton adopté, pour pragmatique qu'il soit, n'est pas assez chaleureux.

Simon hoche la tête et m'approuve doucement.

– Ouais, tu as raison.

J'ai envie de hurler : « À quoi joues-tu ? Pendant toutes ces années tu ne m'as jamais donné raison, et maintenant tu commences ? » Mais je me tais. Je me félicite même d'être capable de garder mon trouble pour moi, de ne pas montrer combien j'ai mal. Une seconde plus tard, la tristesse m'envahit. Contrôler mes émotions n'est pas une victoire, c'est simplement le témoignage d'un amour enfui.

Chacun de nos mots, chacun de nos gestes est chargé d'ambiguïté. Nous ne pouvons rien prendre pour argent comptant. Nous nous parlons à distance respectable, comme si toutes ces années où nous nous sommes frotté le dos sous la douche, où nous avons fait pipi sans pousser la porte ne comptaient plus. Fini le discours puéril, codé. Finis les gestes à peine esquissés qui formaient le langage de notre intimité, qui étaient comme le gage de notre mutuelle appartenance.

Simon regarde sa montre.

– Il faut que j'y aille, j'ai un rendez-vous à sept heures.

Une femme ? pensé-je. Aussi tôt que ça ? Je m'entends lui répondre :

– Oui, moi aussi, j'ai un rendez-vous,

Ses paupières tressaillent à peine, je me mets à rougir, convaincue qu'il a deviné que je viens de proférer un mensonge minable. Nous allons vers la porte, il lève les yeux.

– Ah, je vois que tu as fini par te débarrasser de ce lustre ridicule.

Il jette un coup d'œil sur l'appartement derrière lui et ajoute :

– C'est marrant, cet endroit a changé. Il est mieux, j'ai l'impression, et plus calme.

– À propos de calme, tiens, il faut que je te dise...

Je lui raconte l'histoire de Paul Dawson, le terroriste de l'immeuble. Simon est la seule personne que je connaisse qui soit susceptible d'être amusée par la conclusion de l'affaire.

– Dawson ?

Il hoche la tête, incrédule.

– Le salaud ! Qu'est-ce qu'il lui est passé par la tête ?

– La solitude, la colère, le désir de revanche.

152

Là, je mesure l'ironie du propos : j'ai l'air de retourner des cendres dans mon propre cœur.

Une fois Simon dehors, l'appartement est en effet d'un calme effrayant. Je m'allonge sur le tapis de la chambre. Je contemple le ciel étoilé par une fenêtre ouverte. Je songe à notre mariage. Dix-sept ans ensemble. Que nous balayons d'un revers de la main. Au fond, notre amour était aussi ordinaire, aussi interchangeable que ces paillassons de bienvenue qu'on trouvait devant les portes dans les pavillons de banlieue de notre enfance. Le fait que nos corps, nos pensées, nos cœurs aient vécu à l'unisson pendant un certain temps nous a fait croire que nous étions exceptionnels. Mais non.

Et tout ce bavardage à propos du bien-fondé de notre séparation... Qui tenté-je d'abuser, au juste ? En vérité, je suis déconnectée, perdue de ne plus être liée à rien ni personne.

Je pense à Kwan, à son amour pour moi, si mal placé. Jamais je ne lève le petit doigt pour elle, à moins que la pression émotionnelle ne soit si forte qu'elle me fasse pencher vers la culpabilité. Je ne l'appelle jamais à l'improviste pour lui proposer : « Kwan, si nous allions au cinéma ou au restaurant, rien que nous deux ? » Être simplement gentille avec elle ne me procure aucun plaisir, et pourtant elle n'arrête pas de parler de projets communs : voyage à Disneyland, à Reno ou en Chine. Je les balaye d'un geste, comme s'il s'agissait de mouches ; je dis que j'ai horreur des machines à sous, que je n'ai aucune envie d'aller en Californie du Sud. Je me refuse à voir que le simple fait d'être avec moi suffit à rendre Kwan heureuse. C'est même cela qui la rend le plus heureuse. Mon Dieu ! je me demande s'il lui arrive d'avoir mal autant que moi en ce moment. Je ne vaux pas mieux que ma mère. Je suis une infirme de l'amour. C'est fou comme, jusqu'à présent, j'ai négligé de m'apercevoir de ma propre cruauté.

Je décide de téléphoner à Kwan pour l'inviter à passer la journée avec moi, peut-être même le week-end. Pourquoi pas à Lake Tahoe, dans le Nevada ? Elle va en tomber par terre. Je suis vraiment très curieuse de voir sa réaction.

Mais, quand elle décroche le téléphone, je n'ai pas le temps d'en placer une.

— Libby-Ah, cet après-midi j'ai parlé à mon ami Lao-Lu. Il dit que tu *dois* aller en Chine. Toi, Simon, moi, tous ensemble. Cette année, l'année du Chien. L'an prochain, le Cochon : trop tard. Comment tu ne peux pas y aller ? Ton destin t'attend.

Elle continue sur ce ton-là, luttant contre mon silence avec sa logique à elle, irréfutable.

— Tu es à moitié chinoise, tu dois voir la Chine un jour. Tu ne

153

crois pas ? On n'y va pas maintenant, peut-être plus jamais l'occasion. Certaines erreurs, tu peux les réparer, celle-là, non. Alors, qu'est-ce que tu fais ? Qu'est-ce que tu en penses, Libby-Ah ?

Dans l'espoir qu'elle se taise, je lui dis :

– Je vais y réfléchir, d'accord.

– Ah ! Je savais bien que tu changerais d'avis !

– Attends, je n'ai pas dit que j'y allais, j'ai dit que j'allais réfléchir.

Elle est déjà partie sur les chapeaux de roue.

– Toi et Simon, vous allez adorer la Chine. Garanti cent pour cent. Surtout mon village, Changmian, tellement joli, tu ne peux pas savoir. La montagne, l'eau, le ciel, comme le mariage de la terre et du paradis. Il y a des choses que j'ai laissées là-bas. Je voulais te les donner depuis toujours...

Elle continue ainsi pendant cinq minutes, me vantant les beautés de son village, avant de s'interrompre.

– Oh-oh, on sonne à la porte ! Je te rappelle, d'accord ?

– Je te signale que c'est moi qui ai appelé.

– Ah ?

La sonnerie de la porte d'entrée retentit encore une fois.

– Georgie ! Georgie, va ouvrir !

Puis elle crie :

– Virgie ! Virgie !

La cousine de George, celle de Vancouver, habite-t-elle déjà chez eux ? Kwan revient à l'appareil.

– Attends un instant, je vais ouvrir.

Je l'entends qui accueille quelqu'un. Elle revient, légèrement essoufflée :

– Bon, pourquoi m'as-tu appelée ?

– Je voulais te demander quelque chose.

Je regrette immédiatement ce que je n'ai pas encore dit. Dans quel guêpier me suis-je fourrée ? Je songe à Lake Tahoe. Je m'imagine coincée dans un motel minable avec Kwan.

– Je viens d'y penser, alors si tu es trop occupée, je comprendrais parfaitement...

– Non, non, jamais trop occupée. Tu as besoin de quelque chose, tu me demandes, je suis toujours d'accord.

– Enfin, je me demandais si... (Et là je lui lâche tout d'un coup :) Que fais-tu demain à l'heure du déjeuner ? J'ai un rendez-vous près de ton travail... Mais si tu es prise, on peut remettre ça un autre jour, ça n'a pas d'importance.

– Oh ! Déjeuner ensemble ! Oui, oui.

Sa joie fait de la peine. Je m'en veux de lui avoir offert un cadeau aussi minable. Effarée, je l'entends alors qui se détourne du téléphone pour dire : « Simon, Simon, Libby-Ah m'invite à déjeuner demain. »

J'entends Simon dans la pièce : « Arrange-toi pour qu'elle t'emmène dans un endroit cher. »

– Kwan ? Kwan ? Que fait Simon chez toi ?

– Viens dîner. Je t'ai proposé hier. Tu m'as répondu trop de travail. Il n'est pas trop tard. Tu peux encore venir, j'ai de quoi.

Je regarde ma montre, sept heures. Alors le rendez-vous de Simon, c'était ça. J'en bondirais de joie.

– Merci, mais je suis occupée ce soir.

Toujours ma vieille excuse.

Au moins, cette fois, je ne mens pas. Pour me punir, je me suis infligé le règlement de toutes sortes de tâches pénibles que j'avais remises au lendemain depuis longtemps. Entre autres les démarches pour changer de nom ; ce qui signifie qu'il faut modifier mon permis de conduire, mes cartes de crédit, ma carte d'électrice, mon compte en banque, mon passeport, mes divers abonnements, et que j'envoie un faire-part à tous mes amis et clients. Il faut également que je choisisse mon nom de famille, Laguni ? Yee ?

Maman m'a suggéré de conserver le nom de Bishop.

– Pourquoi veux-tu revenir à Yee ? Dans ce pays, tu ne connais plus personne de la famille, alors quelle importance ?

Je me suis retenue de lui rappeler son serment d'« honorer à jamais le nom de Yee ».

Quand je pense à ces histoires de nom, je me rends compte que je n'aurai jamais eu une identité qui me convienne – pas depuis l'âge de cinq ans, quand ma mère a décidé de changer notre nom et de prendre celui de Laguni. Pour Kwan, elle ne s'est pas donné cette peine. Kwan a gardé son nom de Li. Quand elle est arrivée en Amérique, maman nous a appris que la tradition, en Chine, voulait que les filles conservent le nom de leur mère. Ensuite, elle a bien dû convenir que notre beau-père ne voulait pas adopter Kwan parce qu'elle était presque adulte. Sans parler du fait qu'il voulait éviter d'être responsable si elle nous causait des ennuis en tant que communiste.

Olivia Yee. Je prononce les mots à haute voix, plusieurs fois. Ça me paraît bizarre, comme si je devenais chinoise à cent pour cent, comme Kwan. L'idée ne me plaît pas. Le fait qu'on m'ait collée de force dans l'ombre de Kwan a d'ailleurs compté pour beaucoup dans mon incertitude quant à ce que j'étais et à ce que je voulais devenir. Elle était une sorte de théâtre à elle seule, avec des personnalités multiples.

J'appelle mon frère Kevin pour lui demander son avis.

– Je n'ai jamais aimé Yee, m'avoue-t-il, les gamins nous criaient « Yi Ya You Yo » tout le temps.

– Le monde a changé. Le côté ethnique est devenu très mode.

– Mais porter l'étiquette « Chinoise » n'est pas vraiment un avantage. Ils repoussent les Asiatiques, à présent, il n'y a plus de place pour eux. Tu ferais mieux de choisir Laguni.

Il se met à rire et ajoute :

– L'ennui, c'est qu'on va croire que tu es mexicaine. C'est ce qui est arrivé à maman !

– Non, Laguni, je n'ai pas envie. Nous n'appartenons pas à cette lignée-là.

– Personne n'appartient à cette lignée. C'est un nom d'orphelin.

– Comment ? Qu'est-ce que tu racontes ?

– Pendant mon voyage en Italie, il y a deux ans, j'ai essayé de trouver des Laguni dans l'annuaire. J'ai découvert que c'était un nom que les religieuses donnaient aux orphelins : Laguni a la même racine que *lagon*, qui veut dire « coupé du monde ». Le grand-père de Bob était orphelin. Ce qui signifie que notre lignée, c'est un orphelinat italien.

– Pourquoi tu ne nous l'as jamais dit ?

– Je l'ai raconté à maman et à Tommy. J'ai dû oublier de te prévenir parce que... sans doute que je ne te voyais plus en tant que Laguni. En plus, tes relations avec Bob n'étaient pas au beau fixe. Il est le seul père que j'aie connu, je n'ai aucun souvenir du vrai, et toi ?

– Moi si, quelques-uns : je me revois quand il me soulevait dans ses bras, je me rappelle un jour où il cassait les pinces d'un crabe, je me vois aussi juchée sur ses épaules dans la foule. Assez de souvenirs, peut-être, pour que je rende hommage à son nom. Il serait temps que je me sente quelques attaches.

À midi, je file à la pharmacie pour aller chercher Kwan. Nous commençons par perdre vingt minutes parce qu'elle me présente à tout le monde : le pharmacien, l'autre employée, les clients, tous méritant l'appellation de « favori ». Je choisis un restaurant thaï sur Castro Street et une table près de la fenêtre d'où je peux laisser traîner un œil sur la circulation pendant que Kwan poursuit résolument son monologue. Aujourd'hui, je suis décidée à l'indulgence : elle peut bien me parler de la Chine, de mon divorce, du tabac dont j'abuse, de tout... Aujourd'hui, c'est son jour.

Je mets mes lunettes, parcours le menu. Kwan examine les

lieux : les affiches de Bangkok, les ventilateurs violet et or vissés aux murs.

– C'est joli. C'est beau, répète-t-elle comme si vraiment je l'avais conduite dans le restaurant le plus cher de la ville.

Elle nous verse du thé.

– Bon ! s'exclame-t-elle. Aujourd'hui, tu n'es pas trop occupée.

– Non, je fais des choses pour moi, c'est tout.

– Quel genre ?

– Renouveler ma carte de parking, changer de nom, enfin tout ça.

– Changer de nom ? Quoi, changer de nom ? dit-elle en dépliant sa serviette sur ses genoux.

– Toute une paperasse parce que je vais prendre le nom de Yee. Vraiment casse-pieds : il faut que j'aille aux services des immatriculations, à la banque, à la mairie... Qu'est-ce qui t'arrive ?

Kwan secoue violemment la tête. Sa figure est toute froissée. Un malaise ?

– Ça va ?

Elle agite les mains, incapable de proférer un mot, au comble de l'agitation.

– Mon Dieu !

J'essaie de me rappeler mes leçons de secourisme, mais Kwan me fait signe de me rasseoir. Elle avale une gorgée de thé, puis elle se met à gémir :

– Aïe, Libby-Ah ! Je suis désolée d'avoir à te le dire. Ne prends pas le nom de Yee.

Je me raidis. Sans aucun doute, elle va une fois de plus développer toutes les raisons pour lesquelles Simon et moi devrions renoncer à divorcer. Elle se penche vers moi avec un air de conspiratrice :

– Yee. Pas vraiment le nom de papa.

Je m'appuie sur le dossier de la chaise. Mon cœur bat plus fort.

– De quoi parles-tu ?

– Mesdames, dit le serveur en s'approchant, vous avez fait votre choix ?

Kwan désigne un mot sur le menu et demande au serveur comment il se prononce. Elle ajoute :

– Frais ?

Le serveur hoche la tête, mais pas avec l'enthousiasme auquel Kwan semblait s'attendre. Elle choisit autre chose.

– Tendre ?

Le garçon hoche la tête de nouveau.

– Le meilleur ?

Il hausse les épaules et répond que tout est bon. Kwan lui jette un coup d'œil soupçonneux et finit par commander des nouilles thaïes.

Quand le serveur s'éloigne, je lui demande :

– Qu'est-ce que tu disais ?

– Parfois le menu prétend que les plats sont frais. Mais c'est faux ! Tu ne demandes pas, ils te servent peut-être les restes d'hier.

– Non, non ! Je te parlais du nom de papa.

– Ah oui.

Elle baisse la tête et reprend son air de conspiratrice.

– Yee, pas son vrai nom. Je dis la vérité, Libby-Ah. Pour éviter que tu te promènes avec un faux nom. Pourquoi honorer des ancêtres qui ne sont pas les tiens ?

– Comment se peut-il que Yee ne soit pas son nom ?

Kwan regarde autour de nous, comme si elle était sur le point de me révéler l'identité des chefs de la mafia de la drogue.

– Je vais te dire quelque chose. Tu ne répètes à personne, hein, Libby-Ah ?

Je fais non de la tête, à contrecœur, et prisonnière une fois de plus. Kwan continue en chinois – la langue des fantômes de notre enfance.

– Je te raconte la vérité, Libby-Ah. Papa a adopté le nom de quelqu'un d'autre. Il a volé le destin d'un homme qui avait de la chance.

» C'était pendant la guerre. Papa était étudiant en physique à l'université nationale de Guangxi, dans la ville de Liangfeng, près de Guilin. Papa venait d'une famille pauvre, mais son père l'avait envoyé, tout enfant, dans une école missionnaire. On n'avait rien à payer. Il suffisait de promettre d'aimer le Christ. C'est pour ça que papa parlait si bien l'anglais.

» Je ne me souviens de rien. Je te raconte simplement ce que ma tante Li-Bin-Bin me disait. À cette époque, ma mère, papa et moi, nous vivions à Liangfeng, dans une seule pièce, près de l'université. Le matin, il allait à ses cours. L'après-midi, il travaillait dans une usine. Il assemblait des postes de radio. L'usine le payait au rendement, il ne gagnait pas beaucoup d'argent. Ma tante prétendait que papa était plus habile avec son esprit qu'avec ses mains. Le soir, papa et ses compagnons d'étude mettaient leur argent en commun pour acheter du pétrole et s'éclairer. Ils étudiaient sous la même lampe. Les nuits de pleine lune, ils n'en avaient pas besoin. Ils restaient dehors à lire jusqu'à l'aurore. Dans mon enfance, je l'ai fait aussi. Je ne te l'ai pas dit ? Tu vois, en Chine, non seulement la lune est magnifique, mais en plus elle te fait faire des économies.

» Un soir, alors que papa rentrait à la maison, un ivrogne l'a arrêté dans l'allée en brandissant une veste.

» – Cette veste est restée dans ma famille pendant des générations. Mais je dois la vendre. Regarde-moi, je suis un homme ordinaire, avec un nom ordinaire. Je n'ai aucun besoin d'un vêtement aussi élégant.

» Papa a examiné la veste. Le tissu était très beau, la coupe moderne. Rappelle-toi, Libby-Ah, qu'on était en 1948. Les communistes et les nationalistes se battaient dans le pays. Qui pouvait s'offrir un vêtement pareil ? Un homme important, un officiel, un homme dangereux, qui s'enrichit en exploitant le petit peuple apeuré. Notre papa n'était pas un imbécile. Hm ! Il a pensé que l'ivrogne avait volé cette veste et qu'en trafiquant de la sorte ils pouvaient bien y laisser leur tête l'un et l'autre. Mais quand papa eut touché la veste, il fut comme une mouche prise dans une toile d'araignée. Un sentiment nouveau s'empara de lui. Quelque chose d'irrépressible. Ah ! qu'il serait bon d'avoir ces revers-là sur la poitrine ! Cette veste était comme la promesse d'une vie meilleure. Et ce sentiment donna naissance à la convoitise, qui lui inspira une idée dangereuse.

» – Je sais que c'est une veste volée, parce que je connais son propriétaire. Vite, dis-moi où tu l'as prise ou j'appelle la police !

» Le voleur a laissé tomber le vêtement et s'est enfui. Une fois rentré à la maison, dans notre petite chambre, papa a montré la veste à ma mère. Plus tard, elle m'a raconté comment il l'avait enfilée, s'imaginant que le pouvoir de son précédent propriétaire lui coulait instantanément dans les veines. Dans l'une des poches, il a trouvé une paire de grosses lunettes. Il les a mises sur son nez et a levé le bras. Dans son esprit s'est formée la vision d'une centaine de personnes qui dressaient l'oreille et s'inclinaient devant lui. Il a claqué des mains, doucement, et une douzaine de serviteurs se sont précipités dans son rêve pour lui apporter de la nourriture. Il s'est tapoté l'estomac, plein d'un excellent dîner imaginaire. À ce moment-là, papa a senti autre chose encore.

» Qu'est-ce que c'était ? Quelque chose de dur était pris dans la doublure de la veste. Ma mère a sorti ses petits ciseaux de couture pour découdre l'un des revers. Libby-Ah, ce qu'ils ont trouvé a dû leur tourner la tête. De la doublure est tombée une liasse de papiers : des documents officiels portant l'autorisation d'émigrer vers les États-Unis ! Sur la première feuille figurait le nom du

bénéficiaire : Yee Jun. Dessous, il y avait la traduction anglaise :
Jack Yee.

» Imagine, Libby-Ah, que pendant la guerre civile des documents comme celui-là valaient la vie et la fortune de bien des gens. Papa tenait entre ses mains des références universitaires, un certificat de santé, un visa d'étudiant étranger, et une lettre d'accord en provenance de l'université Lincoln de San Francisco, avec prépaiement d'une année d'études. Il a regardé dans l'enveloppe : elle contenait un aller simple sur la ligne maritime American President et deux cents dollars. Il y avait aussi une feuille de renseignements concernant l'examen à passer pour les immigrants à l'arrivée.

» Ah, Libby-Ah, c'était une vilaine affaire ! Tu comprends ce que je veux dire ? En ce temps-là, l'argent chinois ne valait rien. Cet homme, Yee, avait dû se procurer les papiers au prix de pas mal d'argent et de compromissions. Avait-il trahi les nationalistes ? Avait-il vendu certains chefs de l'Armée de libération ? Ma mère était terrifiée. Elle a supplié papa de jeter la veste dans la rivière Li. Mais papa a pris soudain un air sauvage et a dit :

» – Je peux changer de destin. Je peux devenir un homme riche.

» Il a ordonné à ma mère d'aller vivre avec sa sœur à Changmian et de l'attendre.

» – Une fois là-bas, en Amérique, je te ferai venir avec ta fille. Je te le promets.

» Ma mère a regardé la photo du visa. Ainsi, mon père allait devenir cet homme-là, Yee Jun, Jack Yee. C'était un petit homme qui ne souriait pas, de deux ans plus âgé que papa. Il n'était pas aussi beau que lui. Il avait les cheveux courts, un visage méchant et des yeux froids dissimulés par d'épaisses lunettes. Les yeux sont le miroir de l'âme, et ma mère m'a dit que les yeux de cet homme, Yee, étaient ceux d'un type capable de lancer : « Hors de mon chemin, ver de terre ! »

» Ce soir-là, maman a assisté à la transformation de mon père en Yee. Il a enfilé ses vêtements, coupé ses cheveux, chaussé ses lunettes épaisses. Quand papa s'est retourné vers elle, il avait de petits yeux froids, lui aussi. Plus de chaleur pour ma mère ; c'était fini. Elle m'a raconté que c'était comme s'il était devenu cet homme, Yee, celui de la photo, un homme arrogant et puissant, impatient d'en finir avec le passé et de prendre un nouveau départ.

» Voilà comment papa a volé le nom qu'il portait. Le vrai, je ne le connais pas. J'étais tellement jeune à ce moment-là. Ensuite, comme tu le sais, maman est morte. Tu as de la chance que rien de semblable ne te soit arrivé, à toi. Plus tard, ma tante a refusé de me dire le vrai nom de papa sous prétexte qu'il avait abandonné sa sœur. C'était sa revanche. Et ma mère ne me l'a pas révélé non plus, même pas après sa mort. Mais je me suis souvent posé la question. J'ai plusieurs fois convié papa à venir me rejoindre, à travers le monde du Yin. Mais des amis de là-bas m'ont raconté qu'il est bloqué quelque part, en un lieu brumeux où les gens croient à leurs propres mensonges. C'est triste, hein, Libby-Ah ? Si je savais son vrai nom, je le lui dirais. Alors il pourrait rejoindre le monde du Yin, il pourrait s'excuser auprès de ma mère : « Je suis désolé, tellement désolé. » Et après il vivrait en paix au milieu de ses ancêtres.

» C'est pour ça qu'il faut que tu ailles en Chine, Libby-Ah. Quand j'ai vu cette lettre, hier, j'ai pensé : « Voilà, le destin se prononce. Il ne demande qu'un coup de pouce. » Certaines personnes à Changmian sont susceptibles de se souvenir de son nom, à commencer par ma tante, j'en suis sûre. L'homme qui devint Yee, voilà comment l'appelait ma tante. Quand tu y vas, tu demandes à ma tante. Demande-lui quel était le nom de papa.

» Ah ! Mais qu'est-ce que je dis ? Tu ne sauras pas le lui demander. Elle ne parle pas le mandarin. Elle est tellement vieille qu'elle n'est jamais allée à l'école pour apprendre le chinois courant. Elle parle le dialecte de Changmian. Pas le hakka, pas le mandarin, quelque chose entre les deux. Seuls les gens du village comprennent ce langage. Et puis il faut être rusée pour lui poser toutes ces questions sur le passé, sinon elle te chasse comme un canard qui essaie de mordre les chevilles. Je la connais. Quel mauvais caractère !

» Mais ne t'en fais pas. Je vais avec toi. J'ai promis. Je tiens toujours mes promesses. Toi et moi, toutes les deux, nous pourrons changer le nom de notre père, découvrir le vrai. Grâce à nous, il trouvera le chemin du monde du Yin.

» Et Simon ! il faut qu'il vienne aussi. Comme ça tu pourras quand même faire cet article, gagner l'argent du voyage. Il nous aidera à porter les valises. Il faut que j'apporte plein de cadeaux, je ne peux pas revenir au village les mains vides. Virgie fera la cuisine pour mon mari, elle se débrouille. Georgie s'occupera de ton chien, tu n'auras pas à payer quelqu'un.

» Oui, oui, tous les trois ensemble. Simon, toi et moi. Je pense que c'est le plus pratique. La meilleure façon pour toi de changer de nom.

» Hé, Libby-Ah, qu'est-ce que tu en penses ?

12

La meilleure époque
pour manger des œufs de canard

Kwan ne choisit jamais la dispute pour imposer son point de vue. Elle a une méthode plus efficace, une sorte d'intermédiaire entre le supplice chinois de la goutte d'eau et la méthode de la carotte et du bâton.

– Libby-Ah, quel mois nous partons pour la Chine voir mon village ?

– Je n'ai aucune intention d'y aller, je te l'ai dit, non ?

– D'accord, d'accord. Quel mois tu crois que je dois partir ? En septembre, encore trop chaud. En octobre, trop de touristes. En novembre, ni trop chaud ni trop froid. Peut-être le meilleur moment.

– Tu fais comme tu veux.

Le lendemain, elle me dit :

– Libby-Ah, j'ai un problème. Georgie ne peut pas m'accompagner. Pas assez de jours de congé cette année. Tu crois que maman et Virgie pourront venir ?

– Sûrement, pourquoi pas ? Demande-le-leur.

Une semaine plus tard :

– Aïe, Libby-Ah ! J'ai déjà acheté trois billets. Et maintenant Virgie a trouvé du travail, maman a un nouveau petit ami ! Les deux m'ont dit : « Désolée. Impossible. » Et l'agent de voyage me dit : « Désolé », lui aussi. Il ne veut pas me rembourser !

Elle me lance un regard pitoyable.

– Aïe, aïe, Libby-Ah ! Qu'est-ce que je peux faire ?

J'y réfléchis un instant. Je pourrais faire semblant de tomber dans le panneau mais je ne m'y résous pas.

– J'essaierai de trouver quelqu'un pour partir avec toi.

Le soir même, coup de téléphone de Simon.

– Je pensais à ce voyage en Chine. Je ne voudrais pas que notre

162

séparation t'en prive. Prends un autre journaliste, Chesnick ou Kelly, par exemple. Ils sont tous les deux formidables pour les récits de voyage. Tu veux que je les appelle ?

Je suis ahurie. Il poursuit, me conseillant de voyager avec Kwan, de me servir de ses retrouvailles avec son village comme angle d'approche pour le papier. Je tourne et retourne dans ma tête toutes les significations possibles à ce qu'il est en train de dire. Peut-être y-a-t-il quelque chance que tout cela se termine par une amitié, une amitié du même genre qu'au début, quand nous nous sommes rencontrés. Tout en bavardant ainsi au téléphone, je me souviens des premières raisons de notre attirance mutuelle : la façon dont nos idées se déroulaient à l'unisson, dans l'ordre logique, ou bien dans la dérision, ou bien encore dans la passion. C'est ça que j'ai eu l'impression d'avoir perdu depuis tant d'années, cette satisfaction, ce ravissement d'être, l'un et l'autre, situés dans le temps et l'espace au même endroit précis.

– Simon, lui dis-je après deux heures de conversation, tu es très gentil, vraiment. Je pense qu'on pourra rester amis un jour...

– Moi, je suis resté ton ami...

Et, là, j'ai complètement lâché la rampe.

– Alors, pourquoi ne viendrais-tu pas en Chine avec nous ?

Dans l'avion, j'ai commencé à essayer de déceler les mauvais présages. Et cela parce que Kwan nous a lancé, au moment de l'embarquement :

– Ah ! toi, moi, Simon. Nous allons tous en Chine. Le destin nous réunit, finalement.

Le mot *destin* me rappelle les gros titres, tel : « Le destin tragique d'Amelia ». Je l'associe à « fatalité » et à fatal. Et que la compagnie choisie par Kwan en raison de ses prix imbattables ait connu trois accidents dans les six derniers mois n'est pas fait pour calmer mon inquiétude. Trois accidents, dont deux à l'atterrissage à Guilin, où nous devons nous poser après une étape de quatre heures à Hong Kong. Ma confiance dans les mérites de cette compagnie diminue encore d'un cran à l'embarquement. Le personnel chinois nous accueille habillé de casquettes écossaises et de kilts, choix vestimentaire inexplicable qui ne me rassure pas sur la compétence de ces gens-là en cas de prise d'otages, de panne de moteur ou d'amerrissage.

Pendant que Kwan, Simon et moi nous progressons avec difficulté dans l'allée étroite, je m'aperçois qu'il n'y a pas un seul Occidental en classe économique, à l'exception de Simon et moi. Quel sens cela peut-il bien avoir ?

Comme la plupart des passagers chinois, Kwan transporte un sac bourré de cadeaux dans chaque main, en plus des bagages déjà enregistrés, eux-mêmes emplis de toutes sortes de babioles. J'imagine les informations de demain matin : « Un thermos, des boîtes de plastique, des paquets de ginseng du Wisconsin jonchaient la piste après le crash de l'appareil qui transportait Horatio Tewksbury III, duc d'Atherton, passager de première classe, et quatre cents Chinois qui avaient rêvé de revenir les poches pleines sur la terre de leurs ancêtres. »

Quand nous trouvons nos sièges, je commence à grogner. Allée centrale, bien au milieu, des gens des deux côtés. Une vieille dame assise à l'extrémité nous regarde d'un air maussade et se met à tousser. Elle prie une divinité obscure pour que personne ne vienne occuper les trois sièges à côté d'elle en précisant qu'elle est terriblement malade et a besoin de s'allonger pour dormir. Sa toux s'accentue. Dommage pour elle, la divinité en question doit être allée faire un tour, parce que nous nous asseyons à côté d'elle. Lorsque arrive le chariot des apéritifs, je demande un gin-tonic, afin de me décontracter un peu. L'hôtesse ne comprend pas de quoi il s'agit. Je répète :

– Gin-tonic, puis j'ajoute en chinois : Avec une tranche de citron, si vous avez.

Elle interroge sa collègue, qui hausse les épaules en signe d'ignorance.

– *Ni you* scotch *meiyou ?* leur dis-je, ce qui signifie : avez-vous du whisky ?

Elles s'esclaffent. J'ai envie de leur hurler : « Vous avez sûrement du whisky, si j'en crois vos accoutrements écossais complètement grotesques ! » L'ennui c'est que « scotch » n'est pas un mot que je sais traduire en chinois, et je ne dois pas compter sur l'assistance de Kwan. J'ai l'impression qu'elle est plutôt amusée de me voir fulminer et d'observer le trouble du personnel. Je finis par commander un Coca light.

Pendant ce temps-là, Simon n'arrête pas de jouer au simulateur de vol sur son ordinateur portable.

– Ouaa, oua ! Merde !

Son exclamation est suivie d'un bruit de crash et d'incendie. Il se tourne vers moi.

– Le commandant Bishop vous informe que les apéritifs sont offerts par l'équipage.

Pendant tout le voyage, Kwan a l'air ivre de bonheur. Elle n'arrête pas de me pincer le bras en souriant. Pour la première fois depuis plus de trente ans, elle va se retrouver sur le sol chinois, à

Changmian, le village où elle a vécu jusqu'à l'âge de dix-huit ans. Elle va revoir sa tante, cette femme qu'elle appelle Bonne-Maman, qui l'a élevée et qui, à en croire ses récits, la battait terriblement et lui pinçait les joues tellement fort qu'elle en avait des boursouflures.

Elle va aussi retrouver ses copines d'école, du moins celles qui auront réussi à survivre à la Révolution culturelle, qui a commencé après son départ. Elle est impatiente de leur montrer à quel point elle parle bien l'anglais désormais, d'exhiber son permis de conduire et les photos de son chat assis sur le canapé à fleurs qu'elle vient d'acheter en solde – « cinquante pour cent à cause de ce petit trou, si ça se trouve, personne ne le verra jamais ».

Elle parle d'aller s'incliner sur la tombe de sa mère, de vérifier qu'elle est bien tenue. Elle m'emmènera dans un petit vallon où elle a enterré un jour une boîte emplie de trésors. Et puisque je suis sa sœur chérie, elle va me faire découvrir la cachette secrète de son enfance, une grotte calcaire qui contient une source enchantée.

Pour moi aussi, ce voyage comporte un certain nombre d'expériences inédites. Mon premier voyage en Chine. La première fois, depuis mon enfance, que je vais vivre en permanence avec Kwan pendant deux semaines. La première fois que je vais voyager avec Simon sans dormir dans sa chambre.

Calée dans mon siège entre Simon et Kwan, je mesure pleinement la folie que j'ai commise – cette torture physique de passer presque vingt-quatre heures dans l'avion et dans les aéroports, le côté déstabilisant de ce voyage en compagnie des deux personnes qui me causent le plus de souci et d'inquiétude dans l'existence. Et pourtant, pour mon équilibre affectif, je me devais de le faire. Naturellement, je peux me trouver toutes sortes de raisons pratiques d'aller là-bas – l'article pour le magazine, la recherche du nom de mon père –, mais ma vraie raison, c'est que j'ai peur de regretter un jour de ne pas l'avoir fait. Je ne veux pas me retourner et penser : « Que se serait-il passé, si j'y étais allée ? »

Au fond, peut-être que Kwan a raison. Le destin. Il n'y a rien de logique là-dedans, on ne peut pas lutter, tergiverser, pas plus qu'on ne discute avec un ouragan, un tremblement de terre, un terroriste. Destin est l'autre nom de ma sœur Kwan.

À dix heures de la Chine, mon corps ne sait déjà plus si c'est le jour ou la nuit. Simon ronfle. Je n'ai pas fermé l'œil.

Kwan s'éveille. Elle bâille. En une seconde, elle redevient alerte et ne tient plus en place. Elle se trémousse sur son siège.

– À quoi tu penses, Libby-Ah ?

– À mon travail.

Avant le voyage, j'ai dressé un itinéraire et une liste de choses à faire. J'ai tout prévu : le décalage horaire, l'orientation, les repérages, l'éventualité de n'avoir qu'un néon pour tout éclairage photo. J'ai multiplié les petites notes manuscrites sur la nécessité de prendre des clichés des épiceries minuscules, des supermarchés, des étals de fruits et des potagers, des épices, des huiles diverses. J'ai passé des soirées entières à retourner dans ma tête les problèmes d'intendance et de budget. Le chemin jusqu'à Changmian est un problème : il y a trois ou quatre heures de route depuis Guilin, selon Kwan. L'agent de voyage était incapable de situer le village de Changmian sur la carte. Il nous a trouvé deux chambres à Guilin, pour soixante dollars la nuit. Il doit y avoir des endroits où coucher plus près et meilleur marché, mais nous les trouverons une fois là-bas.

– Libby-Ah, me dit Kwan. À Changmian, tu trouveras peut-être les lieux un peu bizarres.

– Mais non, ça ira.

Elle m'a déjà prévenue que la cuisine était simple, qu'elle ressemblait à la sienne, pas à celle des restaurants chinois ultrachers.

– En fait, lui ai-je assuré, je ne suis pas venue photographier des plats luxueux. Crois-moi, je ne m'attends pas à du champagne et du caviar.

– Caviar ? Qu'est-ce que c'est ?

– Des œufs de poisson, tu sais bien.

– Oh, ils en ont, beaucoup. (Elle a l'air soulagée.) Tes œufs de cavi, des œufs de crabe, de crevette, de poule. Tout ! Et aussi des œufs de canard, vieux de mille ans. Pas de mille ans, en fait, juste deux ou trois ans. Oh ! Mais j'y pense ! Je connais un coin où trouver des œufs de canard bien plus vieux. J'en ai caché quelque part, il y a longtemps.

– C'est vrai ?

Son histoire m'intéresse. Ce ne serait pas mal pour mon article.

– Tu les a cachés quand tu étais petite fille ?

– Jusqu'à l'âge de vingt ans.

– Mais tu étais déjà aux États-Unis, à vingt ans.

Kwan sourit d'un air mystérieux.

– Pas dans cette vie. Dans l'autre.

Elle s'adosse à son siège.

– Les œufs de canard... Ah, tellement bons ! Mademoiselle Bannière, elle ne les aimait pas tellement. Après, la famine est arrivée. On mangeait n'importe quoi, des rats, des sauterelles, des

166

cigales. Elle a commencé à trouver que les *yadan*, les œufs de canard vieux de mille ans, c'était meilleur. Quand nous serons à Chang-mian, Libby-Ah, je te montrerai où nous les avons cachés. Peut-être qu'il en restera. On les cherchera toutes les deux, hein ?

Je hoche la tête. Elle a l'air tellement contente. Pour une fois, son passé illusoire ne m'énerve pas. En vérité, l'idée d'aller chercher des œufs de légende au cœur de la Chine ne me déplaît pas. Je regarde ma montre. Encore douze heures avant d'atterrir à Guilin.

— Mmm, murmure Kwan, ces *yadan*...

Kwan est déjà plongée dans son monde parallèle, celui du passé imaginaire.

— Les œufs de canard, je les aimais tant que j'ai fini par les voler. Je n'étais pas une grande voleuse, pas comme le Général Manteau, non. Je ne prenais aux gens que le superflu, un œuf ou deux, pas plus. De toute façon, les Adorateurs de Jésus ne les aimaient pas. Ils préféraient les œufs de poule. Ils ne se rendaient pas compte que les œufs de canard étaient un mets luxueux. À Jitian ils se vendaient très cher. S'ils avaient su combien, ils en auraient mangé tout le temps. Et alors ? Tant pis pour moi !

» Pour faire des œufs de canard vieux de mille ans, il faut commencer par choisir des œufs très, très frais, sans ça, heu, attends, sans ça... je ne sais plus : je n'en prenais que des ultra-frais. Peut-être que les vieux devaient avoir des os et un bec à l'intérieur. Je mettais ces œufs frais dans un pot en grès avec du citron vert et du sel. Le citron vert qui me restait de la lessive. Le sel, c'était une autre affaire ! Pas aussi bon marché que maintenant ! Par chance, il y en avait beaucoup chez les étrangers. Ils aimaient que leur nourriture soit salée comme si on l'avait trempée dans l'eau de mer. Moi j'aimais les choses salées aussi, mais pas *tout* salé. Dès qu'ils s'asseyaient à table, ils prenaient leur tour : « Passez-moi le sel s'il vous plaît », et il leur en fallait toujours plus.

» J'ai volé du sel à la cuisinière. Elle s'appelait Ermei – Deuxième Sœur. Une fille de trop dans une famille où il n'y avait que des filles et pas de fils. Ses parents l'avaient donnée à des missionnaires. Comme ça, ils n'avaient pas à la marier et à payer une dot. Ermei et moi nous organisions un petit trafic clandestin. La première semaine, je lui ai donné un œuf. Elle m'a versé du sel dans les mains. La semaine suivante, elle a voulu deux œufs pour la même quantité de sel ! Elle s'y entendait en affaires, crois-moi.

» Un jour, le Docteur Trop Tard a assisté à la scène. J'étais en train de me diriger vers l'endroit où je faisais mes lessives. Quand j'ai tourné à l'angle, je l'ai trouvé devant moi. Il a désigné du doigt le petit tas de sel que je tenais dans mes paumes ouvertes. Il m'a fallu ruser très vite. « Ah, ça ? Pour les taches. » Je ne mentais pas : j'avais besoin de teinter les œufs. Le Docteur Trop Tard a froncé les sourcils. Il ne comprenait pas mon chinois. Qu'est-ce que je pouvais faire ? J'ai versé mon précieux sel dans un pot d'eau froide. Il me regardait, alors j'ai tiré un vêtement du panier de linge des femmes, je l'ai mis dans l'eau et j'ai commencé à frotter. « Vous voyez ? » Et j'ai brandi le vêtement. Ha ! C'était la culotte de Mademoiselle Souris toute tachée de ses règles ! Le Docteur Trop Tard, ah ! tu l'aurais vu ! Encore plus rouge que les taches ! Quand il est parti, j'aurais pleuré d'avoir perdu tout mon sel. Mais, quand j'ai retiré la culotte de Mademoiselle Souris, surprise ! Je n'avais pas menti ! La tache de sang, entièrement disparue ! Jésus avait fait un miracle ! Parce qu'à partir de ce jour-là j'ai eu droit à autant de sel que je voulais. Une poignée pour les taches, une poignée pour les œufs. Plus besoin de me cacher pour aller voir Ermei. Mais je continuais à lui donner un œuf de temps en temps.

» Je mettais les œufs, le citron vert et le sel dans un pot de terre. Les pots, je les trouvais chez un marchand ambulant appelé Zeng. Il n'avait qu'une oreille et tenait son stand dans la rue en face. Le tarif était d'un œuf par pot. Les pots étaient ceux qui fuyaient trop pour contenir de l'huile. Zeng avait toujours des pots fendus à me proposer. Je me suis dit que ce type était soit très maladroit, soit fou des œufs de canard. Plus tard, j'ai appris qu'il était fou de moi. Je te jure. Son unique oreille, mon unique œil, ses pots fendus, mes œufs délicieux – il devait trouver qu'on allait bien ensemble. Il ne m'a pas dit qu'il voulait faire de moi sa femme ; pas avec des mots. Mais je sais que c'était le cas, parce qu'un jour il m'a donné un pot qui n'était pas fendu. Et quand je le lui ai fait remarquer, il a ramassé un caillou, a ébréché le pot et me l'a tendu. Bref, c'est comme ça que je me suis procuré les pots, et que j'avais droit à mon petit soupirant.

» Au bout de plusieurs semaines, le citron vert et le sel traversaient la coquille des œufs. Les blancs devenaient verts, les jaunes tournaient au noir. Je le savais parce que de temps en temps j'en mangeais un pour être sûre que les autres étaient prêts à être immergés dans la glaise. La glaise, je n'avais pas besoin de la voler. Dans le jardin de la Maison du Marchand Fantôme, il y en avait à la pelle. Pendant que les œufs étaient encore dans la glaise humide, je les enveloppais dans du papier, j'arrachais des pages à ces petits livrets qu'on nous distribuait, appelés « La Bonne Nouvelle ». Je plaçais les œufs dans un petit four à sécher fabriqué avec des briques. Les briques, je ne les avais pas volées. Elles étaient tombées du mur, elles étaient fendues. Je bouchais les fentes avec la résine d'une plante toxique. Les insectes qui essayaient de se glisser à l'intérieur étaient pris avant de manger mes œufs. La semaine suivante, quand les enveloppes de glaise étaient dures, je les remettais dans le pot. Je les enterrais dans le coin nord-ouest du jardin de la Maison du Marchand Fantôme. Avant ma mort, j'avais réuni une dizaine de rangées de pots, longues de dix pas chacune. On doit pouvoir les retrouver. Je suis sûre que nous n'avons pas tout mangé à l'époque. J'en avais fait tellement !

» Pour moi, un œuf de canard était trop bon pour être mangé. L'œuf aurait pu devenir un caneton, le caneton une cane, et la cane aurait pu nourrir à elle seule vingt personnes dans ma Montagne aux Chardons. Dans la Montagne aux Chardons, on ne mangeait pas souvent du canard. Quand je décidais de manger un œuf, je m'imaginais vingt personnes en train de mourir de faim. Comment aurais-je pu me goinfrer ? Si j'avais très envie d'en avaler un mais que, au contraire, je le mettais de côté, j'étais très contente, moi, la fille qui n'avait jamais rien possédé. J'étais économe, mais pas avide. Comme je l'ai dit, je donnais de temps en temps un œuf à Ermei, et à Lao-Lu aussi.

» Lao-Lu avait sa réserve d'œufs. Il les enterrait sous son lit, dans la dépendance où il dormait. Comme ça, me disait-il, il pouvait rêver au jour où il les mangerait. Il était comme moi : il attendait le meilleur moment pour le faire. Nous ne nous doutions pas que le meilleur moment allait tourner au pire.

– Le dimanche, les Adorateurs de Jésus mangeaient toujours beaucoup le matin. C'était la coutume : une longue prière, puis des œufs de poule, des tranches de jambon salé, des gâteaux de maïs, des pastèques, l'eau fraîche du puits, et encore une prière. Les étrangers aimaient mélanger le froid et le chaud dans leur nourriture, ce qui n'est pas bon du tout. Un jour, le Général Manteau avait mangé énormément, il s'est levé, a fait la grimace, a dit qu'il avait mal au ventre et qu'il regrettait de ne pas pouvoir aller dans la Maison de Dieu ce matin-là. C'est ainsi que Yiban l'a traduit.

» Nous sommes allés voir Jésus et, assise sur mon banc, j'ai remarqué que Mademoiselle Bannière n'arrêtait pas de battre de la semelle. Elle avait un air inquiet et heureux à la fois. Dès que le service religieux s'est achevé, elle a pris sa boîte à musique et est montée dans sa chambre.

» Au repas de midi, où l'on finissait les restes, le Général Manteau n'apparut pas à la salle à manger, pas plus que Mademoiselle Bannière. Les étrangers regardaient alternativement les deux chaises vides. Ils ne disaient rien, mais je devinais ce qu'ils pensaient – hm, hm ! Ensuite, les étrangers sont allés dans leur chambre pour une petite sieste. Pendant ce temps, allongée sur ma propre natte, j'ai entendu cette chanson que jouait la boîte à musique et que j'avais fini par détester. J'ai entendu la porte de Mademoiselle Bannière s'ouvrir et se refermer. Je me suis bouché les oreilles, mais mon esprit n'arrivait pas à se détacher de la vision de Mademoiselle en train de frotter le ventre du Général. Finalement, la chanson s'est arrêtée.

» Les cris du cocher m'ont réveillée. L'homme hurlait sous mes fenêtres : « La mule, le buffle, le chariot ont disparu ! » Nous sommes sortis de nos chambres. Ermei est arrivée de la cuisine en criant : « On a pris un jambon fumé et un sac de riz. » Les Adorateurs de Jésus ne savaient plus où donner de la tête. Ils appelaient Mademoiselle Bannière afin qu'elle vienne leur traduire ce que disaient les Chinois. Mais sa porte restait close. Alors Yiban traduisit aux étrangers ce qu'avaient dit le cocher et la cuisinière. Tous les Adorateurs de Jésus filèrent à l'instant vers leur chambre. Mademoiselle Souris revint en pleurnichant, se tenant le cou : elle avait perdu le médaillon qui contenait les cheveux de son amoureux disparu. Le Docteur Trop Tard, lui, s'était aperçu qu'il lui manquait sa trousse de médicaments. Quant au Pasteur et à Madame Amen, ils avaient perdu un peigne en argent, une croix en or, et tout l'argent de la mission pour les six prochains mois. Qui avait pu commettre un tel méfait ? Les étrangers étaient pétrifiés, incapables de proférer un mot ou de faire le moindre geste. Peut-être se demandaient-ils pourquoi Dieu avait permis une chose pareille le jour même où ils l'honoraient.

» Pendant ce temps, Lao-Lu frappait à la porte du Général. Pas de réponse. Il ouvrit la porte, jeta un œil à l'intérieur et ne prononça qu'un seul mot : « Parti. » Il frappa chez Mademoiselle. Elle était partie, elle aussi.

» Tout le monde commença à parler en même temps. Je pense que les étrangers se consultaient pour savoir que faire et où retrouver les deux voleurs. Mais il leur manquait la mule, le buffle, le chariot. D'ailleurs, même s'ils les avaient gardés, ils n'auraient sans doute pas su où aller. Par où étaient partis le Général Manteau et Mademoiselle Bannière ? Vers le sud et l'Annam ? Vers l'est, le long du fleuve, jusqu'à Canton ? Vers la province de Guizhou, peuplée de sauvages ? Le *yamen* le plus proche pour faire une déposition se trouvait à Jintian, c'est-à-dire à des heures de marche de Changmian. Et que ferait l'autorité policière lorsqu'elle apprendrait que ces étrangers avaient subi un préjudice de la part de leurs propres coreligionnaires ? Ce serait une rigolade.

» Ce soir-là, à l'heure du chant des insectes, je suis restée dans la cour, assise, à regarder les chauves-souris chasser les moustiques. J'essayais de ne pas penser à Mademoiselle Bannière. Je me disais : « Allons, Nunumu, tu ne vas pas te soucier d'une femme qui est capable de quitter une amie loyale pour un traître ? Que cela te serve de leçon : les étrangers, on ne peut pas compter sur eux. » Plus tard, je suis allée m'allonger, en m'efforçant de n'accorder à Mademoiselle ni pensée inquiète, ni colère, ni tristesse. Cependant, je ne pouvais pas m'empêcher de ressentir quelque chose. Mon estomac était noué, la poitrine me brûlait, j'avais mal partout, j'étais la proie de sentiments qui parcouraient mon corps en tous sens et ne trouvaient pas de sortie.

» Le jour suivant était le premier de la semaine – jour de lessive. Pendant que les Adorateurs de Jésus tenaient une réunion entre eux dans la Maison de Dieu, je suis allée ramasser leur linge sale dans leurs chambres. Bien entendu, je n'ai pas pénétré dans la chambre de Mademoiselle Bannière, je suis passée droit devant sans m'y arrêter. Soudain, je me suis ravisée. Je suis revenue sur les lieux et j'ai ouvert la porte. La première chose que j'ai aperçue ce fut la boîte à musique. J'ai été surprise. Elle avait dû penser que c'était trop lourd. Quelle paresseuse ! J'ai vu aussi son linge sale dans le panier. J'ai fouillé son placard. Elle avait emporté sa robe, ses chaussures du dimanche, son plus joli chapeau, deux paires de gants, le collier qui comportait un visage de femme gravé dans une pierre orange. Ses bas, avec leur trou sur l'un des talons, elle les avait laissés.

» J'ai alors eu une mauvaise idée et un bon plan pour la réaliser. J'ai enveloppé la boîte à musique dans un chemisier sale et ai fourré le tout dans le panier de linge. Ensuite, je l'ai transporté le long du couloir, j'ai traversé la cuisine, j'ai filé vers le passage extérieur, j'ai débouché dans le jardin et là, près du mur nord-ouest, où mes œufs de canard étaient enterrés, j'ai creusé un autre trou et j'ai enterré la boîte à musique en même temps que tous mes souvenirs de Mademoiselle.

» J'étais en train de tasser la terre sur cette tombe musicale quand j'ai entendu un son grave, on aurait dit le chant d'un crapaud : « Wa-ren, Wa-ren. » J'ai descendu l'allée. Couvrant le murmure des feuilles froissées, j'ai entendu le même son, mais j'ai reconnu cette fois la voix de Mademoiselle Bannière. Je me suis cachée dans un buisson, j'ai regardé en direction du pavillon. Oh ! Le fantôme de Mademoiselle ! C'est sa chevelure qui m'a donné cette idée. Elle était tout emmêlée et lui tombait jusqu'à la taille. J'étais si effrayée que je me suis effondrée contre le buisson. Elle a entendu le bruit et a appelé de nouveau : « Wa-ren ? Wa-ren ? » Elle a parcouru toute l'allée, angoissée, perdue. Je me suis enfuie en rampant aussi vite que possible. Soudain j'ai vu là, sous mes yeux, ses chaussures du dimanche. J'ai levé les yeux et me suis rendu compte que je n'avais pas affaire à un fantôme. Elle était dévorée par les moustiques, son visage était couvert de piqûres, son cou et ses mains aussi. Évidemment, elle avait pu rencontrer des moustiques-fantômes, mais je n'étais pas à même de réfléchir à cela. Elle tenait le sac de cuir qu'elle avait emporté dans sa fuite. Elle s'est un peu gratté le visage et m'a demandé d'une voix pleine d'espoir : « Le Général n'est pas venu pour me chercher ? »

» Alors j'ai tout compris. Depuis le jour précédent, elle attendait le Général dans le pavillon, attentive au moindre bruit. J'ai hoché la tête. Je me suis sentie satisfaite et coupable de voir la détresse qui l'envahissait. Elle s'est effondrée par terre, riant et pleurant tout ensemble. Je regardais, sur sa nuque, les marques de piqûres qui témoignaient du festin des moustiques. Les stigmates de son attente pleine d'espoir, qui avait duré toute la nuit. J'avais pitié d'elle, mais j'étais également en colère. « Où est-il allé ? Il ne vous l'a pas dit ? – Canton... Je ne sais pas. Peut-être a-t-il menti là-dessus aussi. »

» Sa voix était tout éraillée, comme une cloche cassée. « Vous savez qu'il a emporté de la nourriture, de l'argent, des objets précieux ? » Elle a hoché la tête. « Et vous vouliez partir avec lui malgré cela ? »

» Elle a murmuré quelque chose en anglais. Je ne comprenais pas, mais assez tout de même pour savoir qu'elle s'apitoyait sur son propre sort, se désolait de n'être pas en ce moment même auprès de cet homme affreux. Elle a levé les yeux vers moi et m'a demandé : « Mademoiselle Moo, que puis-je faire désormais ? – Mon avis vous importait peu hier encore, alors pourquoi me le demander maintenant ? – Les autres doivent me prendre pour une folle. » J'ai hoché la tête et j'ai ajouté : « Une voleuse, aussi. »

» Elle s'est tue un long moment, puis elle a déclaré : « Je devrais peut-être aller me pendre. Qu'en penses-tu, Mademoiselle Moo ? »

» Elle s'est mise à rire comme une folle. Elle a ramassé un caillou, qu'elle m'a posé sur les genoux. « Mademoiselle Moo, maintenant tu vas me rendre un service. Défonce-moi le crâne, et dis aux Adorateurs de Jésus que ce diable de Général Manteau m'a

172

tuée en partant. Ainsi, au lieu d'inspirer le mépris, j'aurai droit à leur pitié. »

» Elle s'est jetée sur le sol en pleurant et elle a répété : « Tue-moi, je t'en prie ! Tue-moi ! De toute façon, ils vont souhaiter ma mort. – Mademoiselle, vous ne voulez tout de même pas faire de moi une meurtrière ? – Si tu es mon amie loyale, tu le feras pour moi. »

» Amie loyale ! Ces mots me firent l'effet d'une gifle. J'ai pensé : « Qui est-elle, pour me parler de loyauté ? » Tue-moi, Mademoiselle Moo ! Mm ! Je savais ce qu'elle voulait entendre : des paroles de réconfort. Que les Adorateurs de Jésus ne seraient pas en colère, qu'ils allaient comprendre qu'elle avait été abusée par un méchant homme. « Mademoiselle Bannière, ai-je dit en pesant chaque mot, ne soyez pas plus stupide. Vous ne voulez pas vraiment que je vous défonce le crâne, vous jouez la comédie. – Si, si ! Tue-moi ! Je veux mourir ! » Elle tapait du poing le sol devant elle.

» J'étais censée la convaincre d'oublier cette idée en insistant une ou deux fois ; ensuite elle se laisserait persuader, non sans difficulté, qu'elle devait rester en vie. Au lieu de quoi je lui ai dit : « C'est sûr, ils vont vous détester. Peut-être même vont-ils vous jeter dehors. Alors, que ferez-vous ? » Elle m'a regardée. La jeter dehors ? J'ai vu que l'idée traversait son esprit. « Attendez, ai-je continué. Laissez-moi réfléchir. »

» Après un moment je lui ai déclaré d'une voix ferme : « Mademoiselle, je consens à être votre amie loyale. » Ses yeux étaient soudain comme deux trous profonds noyés de désarroi. « Adossez-vous à cet arbre », lui ai-je ordonné, mais elle ne bougeait pas, alors je l'ai prise par le bras, la forçant à s'asseoir. « Allons, Mademoiselle Bannière ! Je ne cherche qu'à vous aider. » J'ai pris le bas de sa robe entre mes dents et l'ai déchiré d'un coup sec. « Mais que fais-tu ? – Peu importe ! Vous voulez mourir bientôt. »

» J'ai divisé le tissu en trois. J'ai utilisé l'une des bandes pour lui attacher les mains derrière le tronc maigre de l'arbre. Elle tremblait de tous ses membres. « Mademoiselle Moo, laisse-moi t'expliquer... » Je lui ai appliqué un bâillon. « Maintenant, si vous criez, on ne vous entendra pas ! – Uh-Uh », grommelait-elle derrière son bâillon.

» Je lui ai noué le troisième morceau sur la tête pour lui cacher les yeux. « À présent, vous ne pouvez plus voir cette chose affreuse que je vais faire. » Elle a commencé à agiter les jambes à toute force. « Ah ! Mademoiselle, si vous commencez à vous débattre, je risque de manquer mon coup et de n'écraser que votre nez ou votre œil. Je devrai alors recommencer. »

» Elle poussait des cris étouffés, agitant la tête comme une forcenée, remuant le derrière. « Vous êtes prête, Mademoiselle Bannière ? – Uh-Uh », répétait-elle en secouant la tête, son corps, et l'arbre aussi, en le secouant si fort que les feuilles commençaient à tomber comme en automne. « Alors, adieu. »

» Je lui ai touché la tête avec mon poing fermé, légèrement. Je savais qu'elle allait s'évanouir, et c'est ce qu'elle a fait.

» C'était méchant, mais pas cruel. Ce que j'ai fait ensuite était une bonne action, mais un mensonge. Avisant un buisson en fleur, j'ai cassé une branche portant des épines, me suis piqué le doigt et ai laissé couler le sang ; j'en ai ensuite aspergé sa robe, son front, son nez. Puis je suis allée chercher les Adorateurs de Jésus. Oh ! comme ils l'entouraient, comme ils cherchaient à l'apaiser ! Courageuse Mademoiselle Bannière ! Elle avait donc essayé d'empêcher le Général de voler la mule ! Pauvre Mademoiselle Bannière ! Il l'avait battue et laissée pour morte ! Le Docteur Trop Tard se confondait en excuses : il n'avait plus de médicaments à lui donner. Mademoiselle Souris déplorait la perte de la boîte à musique. Madame Amen lui préparait une soupe de malade.

» Quand nous nous sommes retrouvées toutes les deux seules dans la chambre, Mademoiselle m'a dit : « Merci, Mademoiselle Moo. Je ne mérite pas une amie aussi loyale que toi. » Ce sont là ses mots exacts. Je m'en souviens parce que j'étais si fière. Elle a ajouté : « À partir de maintenant, je croirai tout ce que tu me diras. »

» Yiban est alors entré dans la pièce sans frapper. Il a jeté un sac de cuir par terre. Mademoiselle Bannière a tressailli : c'était son sac de linge, celui qu'elle avait préparé pour sa fuite. À présent, il n'était plus possible de cacher la vérité. Ma ruse, mon amitié n'avaient servi à rien. « Je l'ai trouvé dans le pavillon. J'ai l'impression qu'il vous appartient. Il y a là votre chapeau, des gants, un collier, une brosse à cheveux. »

» Yiban et Mademoiselle se sont scrutés un bon moment, puis il a dit : « Vous avez de la chance que le Général ait négligé de l'emporter. » C'est ainsi qu'il lui a fait comprendre qu'il garderait ce malheureux secret.

» Pendant toute la semaine qui suivit, en accomplissant ma tâche quotidienne, je me suis demandé pourquoi Yiban avait épargné Mademoiselle. Elle n'avait jamais été une amie pour lui – pas comme pour moi. Je me suis souvenue de cette époque où j'avais tiré Mademoiselle de la rivière. Quand tu sauves la vie de quelqu'un, ce quelqu'un fait un peu partie de toi. Pourquoi est-ce

174

ainsi ? Et soudain j'ai pensé que Yiban et moi partagions au fond la même solitude. Nous aspirions à être aimés de quelqu'un.

» Bientôt, Yiban et Mademoiselle passèrent de longs moments ensemble. Ils parlaient en anglais la plupart du temps. Il fallait toujours que je demande à Mademoiselle ce qu'ils se racontaient. « Oh, me répondait-elle, rien d'important. » Leur vie en Amérique, leur vie en Chine, laquelle était la plus agréable, quelles étaient les différences. Je me sentais jalouse parce que avec moi elle n'avait jamais parlé de ces choses sans importance. « Quelle est la plus agréable ? » lui demandai-je un jour. Elle a froncé les sourcils, elle s'est creusé la tête. J'étais sûre qu'elle s'interrogeait sur le premier avantage de la vie en Chine qu'elle citerait. « Les Chinois sont plus polis... Ils ne sont pas si avides. »

» J'attendais la suite, convaincue qu'elle allait dire que la Chine était plus belle, que notre pensée était supérieure, notre peuple plus raffiné. Mais elle n'a rien dit de semblable.

« Et en Amérique, qu'est-ce qu'il y a de mieux ? » » Elle a réfléchi un peu. « Eh bien, le confort, la propreté, les magasins, les écoles, les trottoirs et les rues, les maisons, les lits, les gâteaux et les sucreries, les jeux et les jouets, les réceptions, les anniversaires, les grands défilés dans la rue, les pique-niques dans l'herbe, les barques sur les lacs, les fleurs que l'on porte au chapeau, les jolies robes, les livres passionnants, les lettres que l'on envoie à ses amis... »

» Elle a continué ainsi, encore et encore. Je commençais à me sentir minuscule, malpropre, laide, idiote, pauvre. J'ai maudit mon sort bien souvent, mais c'était la première fois que j'ai éprouvé ce sentiment de dégoût envers moi-même. J'étais morte de jalousie. Non tant à cause de toutes ces choses américaines qu'elle me décrivait, mais qu'elle puisse dresser le tableau de ses regrets devant Yiban et qu'il comprenne sa nostalgie aussitôt. Ils avaient en commun des expériences dont j'étais exclue. « Mademoiselle, lui ai-je dit un jour, vous éprouvez un sentiment pour Yiban, non ? – Un sentiment ? Oui, peut-être. Mais juste comme amie, et encore je suis moins amie avec lui qu'avec toi. Il ne s'agit pas de ces sentiments que l'on nourrit entre homme et femme, non, non. Après tout, il est chinois, enfin pas entièrement, à moitié, ce qui est presque pire. Tu comprends, dans notre pays, une femme améri-caine ne peut pas songer à... Ce que je veux dire, c'est que des amitiés tendres comme celle-là ne seraient *jamais* admises. »

» J'ai souri, mes soucis apaisés. Et soudain, comme ça, pour rien, elle s'est mise à critiquer Yiban Johnson. « Il faut dire qu'il est terriblement sérieux. Il n'a pas le moindre sens de l'humour. Il voit l'avenir en noir, il prétend que la Chine n'est pas un pays sûr et que Changmian ne sera pas épargné. Quand j'essaie de balayer ces idées noires, quand je le taquine, il ne se déride jamais. »

» Pendant tout l'après-midi, elle l'a critiqué ainsi, elle a détaillé ses moindres défauts et les multiples façons dont elle s'y prendrait pour l'en corriger. Elle s'en plaignait tant que j'ai compris qu'elle l'aimait bien plus qu'elle ne l'avouait. Il n'était pas seulement un ami pour elle.

» La semaine suivante, je les ai observés assis dans la cour. J'ai vu qu'il apprenait à rire avec elle. J'ai perçu cette excitation du flirt dans leurs voix. J'ai su que quelque chose était en train de naître dans le cœur de Mademoiselle : il m'avait fallu poser beaucoup de questions pour en savoir un peu plus.

» Je vais te dire une chose, Libby-Ah. Ce qui s'était développé entre Mademoiselle et Yiban était un amour aussi vaste et pur que le ciel. Elle me l'a avoué. Elle m'a confié : « J'ai éprouvé l'amour bien des fois, mais jamais ainsi. Avec ma mère, mes frères, c'était de l'amour tragique, le genre d'amour où l'on se penche toujours sur le passé pour se demander si on a reçu autant d'affection qu'on en réclamait. Avec mon père, c'était un amour empoisonné par l'incertitude. Je l'adorais, mais je n'étais pas sûre que la réciproque fût vraie. Avec mes précédents amoureux, j'ai connu l'amour égoïste : ils m'apportaient quelque chose dans la seule mesure où ils pouvaient tirer de moi quelque chose. À présent, je suis satisfaite. Avec Yiban j'aime et je suis aimée, pleinement, librement. Je n'attends rien, rien que ce que j'ai déjà et qui me suffit. Je suis comme une étoile filante qui aurait enfin trouvé sa constellation et son étoile jumelle, nous scintillerons à jamais tous les deux. »

» J'étais heureuse pour elle, mais triste pour moi-même. Elle me décrivait son bonheur exquis, mais je ne comprenais pas vraiment le sens de ses mots. Je me demandais si cette forme d'amour ne lui venait pas de sa qualité d'Américaine, qui lui donnait une tournure d'esprit différente de la mienne. Ou alors son amour était comme une maladie – les étrangers tombaient malades au moindre coup de froid ou de chaud. Son teint avait changé, elle avait les yeux brillants et comme élargis. Elle oubliait la fuite du temps, elle s'écriait souvent : « Oh ! il est déjà si tard que ça ? » Elle se déplaçait maladroitement, souvent Yiban était obligé de la soutenir. Sa voix était devenue haut perchée, puérile. Le soir, elle gémissait pendant de longues heures. Je me suis souvent inquiétée à l'idée qu'elle ait contracté le paludisme, mais le matin elle allait toujours mieux.

» Ne ris pas, Libby-Ah. Je n'avais jamais vu un amour pareil, le Pasteur et Madame Amen n'étaient pas comme ça. Les garçons et les filles de mon village ne se comportaient jamais de cette façon, enfin jamais en public. Ç'aurait été mal vu – impossible de se morfondre ainsi pour un amoureux jusqu'à penser à lui davantage qu'à toute sa famille, morte ou vivante.

» J'ai pensé que son amour était un luxe d'Américaine, un de plus, que les Chinois ne pouvaient pas s'offrir. Elle parlait avec Yiban pendant des heures, tous les jours. Leurs têtes convergeaient l'une vers l'autre comme deux fleurs qui cherchent le même soleil. Ils parlaient l'anglais, cependant je voyais bien qu'elle s'interrompait au milieu d'une phrase et qu'il la terminait. Il la regardait dans les yeux, perdait le fil à son tour, elle reprenait pour lui, etc. De temps en temps, leurs voix devenaient plus douces, plus basses, de plus en plus douces, de plus en plus basses. Ils finissaient par se prendre les mains. Il leur fallait éprouver la chaleur de leur cœur d'après celle de leurs mains. Ils contemplaient le petit univers de la cour autour d'eux – le buisson sacré, une feuille, un papillon sur la feuille, le papillon que Yiban déposait au creux de la paume de Mademoiselle Bannière. Ils se penchaient sur ce papillon comme s'il était une créature nouvelle apparue sur la Terre ou la réincarnation d'un saint homme. Je voyais bien que cette petite vie qu'elle tenait entre ses doigts représentait à ses yeux comme la métaphore d'un amour qu'elle protégerait à jamais, et qu'elle ne voulait pas laisser détruire.

» J'ai appris beaucoup sur l'amour en les observant. D'ailleurs, je n'ai pas tardé à avoir mon amoureux. Tu te souviens de Zeng, le colporteur qui n'avait qu'une oreille ? Il était gentil, et même séduisant, malgré son oreille unique. Il n'était pas trop vieux. Mais je te le demande : comment peut-on nourrir des sentiments élevés quand on discute de pots ébréchés et d'œufs de canard ?

» Un jour, Zeng est arrivé avec son éternel pot de terre. Je lui ai dit : « Je n'ai plus besoin de pots. Je n'ai pas d'œufs à traiter aujourd'hui, même pas un à te donner. » Et il a répondu : « Prends le pot quand même, tu me donneras un œuf la semaine prochaine. – La semaine prochaine, je n'en aurai pas davantage à te donner. Ce traître américain a volé tout l'argent des Adorateurs de Jésus. Il nous reste juste assez de nourriture pour durer jusqu'à ce que le prochain bateau de Canton nous apporte de l'argent américain. »

» La semaine suivante, il revint et m'apporta le même pot de terre. Seulement, cette fois, il l'avait rempli de riz. Ses sentiments avaient du poids, c'est certain, mais était-ce cela, l'amour ? Était-ce recevoir un pot de riz sans avoir à donner des œufs ?

» J'ai pris le pot. Je n'ai pas dit : « Merci, comme tu es gentil, je m'arrangerai pour te le rendre », etc. Je me suis comportée en... comment dites-vous ?... *diplomate*. « Zeng, lui ai-je dit comme il allait partir, pourquoi tes vêtements sont-ils toujours si sales ? Tu as vu ces taches de graisse sous tes coudes ? Demain tu m'apportes tes vêtements, je te les laverai. Si tu dois me faire la cour, autant que tu sois propre. »

» Tu vois ? Je m'y entendais pour flirter, moi aussi.

– Quand l'hiver est venu, Ermei maudissait encore le Général pour avoir volé le jambon. Nous manquions de réserves de viande et nous n'en avions plus sur pied non plus. L'un après l'autre, elle avait tué les cochons, les poulets et les canards. Chaque semaine, le Docteur Trop Tard, le Pasteur Amen et Yiban marchaient pendant des heures jusqu'à Jintian afin de voir si le bateau de Canton était arrivé pour apporter de l'argent. Et, chaque semaine, ils rentraient bredouilles avec la même figure triste.

» Un jour, ils sont rentrés la figure non seulement triste mais couverte de sang. Les femmes ont couru vers eux, en poussant des cris : Madame Amen vers le Pasteur, Mademoiselle Souris vers le Docteur Trop Tard, et Mademoiselle Bannière vers Yiban. Lao-Lu et moi sommes allés au puits. Pendant que les femmes ameutaient tout le monde et nettoyaient le sang, le Pasteur Amen a expliqué ce qui s'était passé. « Ils nous ont traités de diables, d'ennemis de la Chine ! – Qui ? Mais qui ? ont crié les femmes. – Les Taiping ! Jamais plus je ne les appellerai Adorateurs de Jésus. Ils sont fous, ces Taiping ! Quand je leur ai dit : " Nous sommes vos amis ", ils m'ont jeté des pierres, ils ont essayé de me tuer. – Pourquoi ? Pourquoi ? – Leurs yeux ! À cause de leurs yeux ! »

» Le Pasteur a continué à proférer quelques mots, puis il est tombé à genoux et s'est mis à prier. Nous avons regardé Yiban, il a secoué la tête. Le Pasteur a commencé à battre l'air avec ses poings et s'est remis à prier. Il a désigné la mission, a poussé un gémisse-ment, puis il a encore prié. Il a désigné Mademoiselle Souris, qui s'est mise à pleurer en tamponnant le visage du Docteur Trop Tard alors qu'il n'y avait plus de sang à nettoyer. Il a montré sa femme du doigt et a lâché quelques mots. Elle s'est levée et est partie. Lao-Lu et moi étions là comme deux sourds-muets, incapables de comprendre un traître mot.

» Le soir même, nous sommes allés au jardin à la recherche de Yiban et de Mademoiselle Bannière. J'avais vu leurs silhouettes dans le pavillon, au sommet de la petite colline ; la tête de Made-moiselle Bannière reposait sur l'épaule de Yiban. Lao-Lu ne voulait pas monter, il craignait de croiser le fantôme. Alors j'ai fait du bruit

178

pour qu'ils m'entendent. Ils sont redescendus en se tenant la main, puis ils se sont séparés en me voyant. À la lumière d'un croissant de lune mince comme une tranche de melon, Yiban nous a décrit ce qui se passait.

» Il avait discuté avec un pêcheur en allant au fleuve avec le Pasteur et le Docteur Trop Tard, pour voir si le bateau arrivait. Le pêcheur lui a répondu : « Non, pas de bateau, pas maintenant, pas de sitôt, peut-être plus jamais. Les bateaux anglais ont établi un blocus fluvial. Rien ne part, rien n'arrive. Hier, c'était pour Dieu que les étrangers se battaient, aujourd'hui, c'est pour les Mandchous. Demain, peut-être que la Chine va éclater en mille morceaux et que les étrangers vont les ramasser pour les vendre en même temps que leur opium. »

» Yiban nous a raconté qu'on se battait de Suzhou à Canton. Les Mandchous et les étrangers attaquaient toutes les villes détenues par le Roi Céleste. Vingt mille Taiping avaient été tués, femmes et enfants compris. À certains endroits on ne voyait que ça : des cadavres de Taiping en train de pourrir. Dans d'autres villes, on voyait leurs os en train de blanchir. Les Mandchous n'allaient pas tarder à arriver à Jintian.

» Yiban nous a laissé le temps de la réflexion, puis : « Quand j'ai raconté au Pasteur ce que le pêcheur m'avait dit, il est tombé à genoux et s'est mis à prier, comme tout à l'heure. Les Adorateurs de Jésus se sont mis à nous envoyer des pierres. Le Docteur Trop Tard et moi avons couru, en appelant le Pasteur, mais il a tardé à nous rejoindre. Il a reçu des pierres dans le dos, sur le bras, la jambe et le front. Quand il est tombé par terre, il a perdu du sang et sa patience en même temps. C'est là qu'il a perdu la foi. Il s'est mis à hurler : " Dieu, pourquoi m'as-tu trahi ? Pourquoi m'as-tu envoyé ce maudit Général, pourquoi l'as-tu laissé nous voler nos espoirs ? " »

» Yiban s'est arrêté de parler. Mademoiselle lui a dit quelque chose en anglais. Il a hoché la tête. Elle a continué. « Cet après-midi, quand vous l'avez vu tomber à genoux, il a donné libre cours une fois de plus à ses mauvaises pensées. Il n'a pas seulement perdu la foi, il a perdu la tête. Il s'est mis à hurler : " Je hais la Chine ! Je hais les Chinois ! Je déteste leurs yeux bridés, leur cœur bridé ! Ils n'ont pas d'âme, à quoi bon chercher à les sauver ? " Il a ajouté : " Qu'on tue tous les Chinois ! Qu'on les tue tous ! Mais ne me laissez pas mourir ! " Il a montré du doigt les autres missionnaires. " Prenez-la, elle, ou lui, ou elle ! mais pas moi ! " »

» Après ce jour-là, beaucoup de choses ont changé – comme pour mes œufs. Le Pasteur s'est mis à se comporter comme un petit garçon. Il se plaignait tout le temps, pleurnichait, faisait des caprices ; il avait perdu toute dignité. Mais Madame Amen n'était pas furieuse contre lui. De temps à autre elle le grondait, mais la plupart du temps elle s'efforçait de le réconforter. Lao-Lu m'a dit que cette nuit-là elle l'a laissé se serrer contre elle. Cette fois ils avaient vraiment l'air d'être mari et femme. Le Docteur Trop Tard a laissé Mademoiselle Souris soigner ses blessures bien après sa complète guérison. Et le soir, tard, quand toute la maison était prétendument endormie, on entendait des battements de porte. J'ai entendu des pas, un chuchotement qui venait de Yiban et des soupirs poussés par Mademoiselle Bannière. J'étais si gênée de les entendre que peu après je suis allée déterrer sa boîte à musique pour la lui rendre. Je lui ait dit simplement : « Regardez ce que le Général a oublié d'emporter ! »

» Les serviteurs de la maison ont déserté les uns après les autres. À peu près à l'époque où l'air est devenu trop frais pour l'éclosion des moustiques, les seuls Chinois à demeurer dans la Maison du Marchand Fantôme étaient Lao-Lu et moi. Je ne compte pas Yiban, parce que mon opinion était faite : il était moins chinois que Johnson. Yiban restait là à cause de Mademoiselle. Lao-Lu et moi restions parce que notre fortune en œufs de canard était enterrée dans le jardin de la maison. Mais également parce que nous savions que, si nous partions, aucun de ces étrangers ne saurait comment se débrouiller pour rester en vie.

» Tous les jours, avec Lao-Lu nous partions en quête de nourriture. Comme j'avais grandi pauvre dans mes montagnes, je savais où chercher. Nous regardions sous l'écorce des arbres pour trouver des cigales endormies. La nuit, nous restions à l'affût à la cuisine pour guetter le passage des rats et des insectes. Nous grimpions sur la montagne pour ramasser des pousses de thé sauvage et de bambou. De temps en temps nous attrapions un oiseau trop vieux ou trop stupide pour s'envoler. Au printemps, nous avons capturé les grillons et les sauterelles. Nous avons ramassé des grenouilles, des têtards, des chauves-souris. Les chauves-souris, il faut les acculer dans un petit réduit où elles s'épuisent à voler. Tout ce que nous attrapions, nous le faisions frire dans l'huile. L'huile me venait de Zeng. À présent, lui et moi nous parlions de bien autre chose que de pots de terre et d'œufs de canard. Nous évoquions des choses drôles, comme la première fois que j'avais servi à Mademoiselle Bannière un des nouveaux menus. « Qu'est-ce que c'est que ça ? » m'a-t-elle demandé ce jour-là. Elle a reniflé le bol d'un air soupçonneux. « De la souris », ai-je répondu.

» Elle a fermé les yeux, s'est levée et a quitté la pièce. Quand le reste des étrangers a voulu savoir ce que j'avais dit, Yiban a traduit. Mais ils ont tous hoché la tête et mangé de bon cœur. Plus tard, j'ai questionné Yiban sur ce qu'il avait raconté. « Du lapin, je leur ai dit que Mademoiselle Bannière avait eu un lapin apprivoisé autrefois. »

» Après cela, quand les étrangers demandaient ce que nous avions préparé, Yiban leur répondait toujours : « Un autre genre de lapin », et ils se gardaient bien d'insister.

» Je ne prétends pas que nous nous régalions tous les jours. Des nouvelles recettes de lapin, il en faut beaucoup pour nourrir huit personnes deux ou trois fois par jour. Même Madame Amen a perdu des kilos. Zeng disait que les combats faisaient rage. Nous espérions toujours la victoire d'un parti sur l'autre, afin de pouvoir reprendre une vie normale. Le seul qui semblait heureux, c'était le Pasteur ; il babillait comme un gamin.

» Un jour, Lao-Lu et moi avons jugé que, les choses n'ayant cessé de se dégrader, nous touchions le fond. Nous sommes tombés d'accord : le moment était venu de déterrer nos œufs de canard. Nous nous sommes un peu disputés sur la quantité à attribuer à chacun ; tout dépendait du temps de vaches maigres qu'il nous restait à subir et du nombre d'œufs que nous possédions. Puis la question s'est posée de savoir si nous donnerions nos œufs à manger le matin ou le soir. Lao-Lu disait que le matin ce serait bien, parce que après une nuit passée à rêver que nous mangions des œufs, nos rêves se trouveraient exaucés. Non seulement en nous réveillant nous nous verrions encore en vie, mais en plus nous aurions le bonheur de manger un œuf. C'est ainsi que, chaque matin, nous avons distribué un œuf à chacun. Il fallait voir comme Mademoiselle Bannière aimait ces œufs dans leur enveloppe verte – salés, crémeux à souhait, bien meilleurs que le lapin, disait-elle.

» Aide-moi à faire le compte, Libby-Ah. Huit œufs, tous les jours pendant presque un mois, ça fait combien ? Deux cent quarante œufs de canard. Ah ! Tu te rends compte combien j'en avais préparé ! Aujourd'hui, si je les vendais à San Francisco, je gagnerais une fortune ! En fait, j'en avais fait plus que ça. Vers le milieu de l'été, moment où ma vie devait s'achever, il me restait au moins deux pots. Le jour de notre mort, avec Mademoiselle Bannière, nous mêlions les rires et les larmes en nous disant que nous aurions dû en manger plus.

» Mais qui peut prévoir l'heure de sa mort ? Et si on le savait, qu'est-ce que ça changerait ? Est-ce qu'on avalerait tous les œufs pour autant ? On finirait par mourir de mal au ventre, c'est tout.

» Tu sais, Libby-Ah, maintenant que j'y pense, je ne regrette rien. Je suis contente de n'avoir pas tout mangé. Au moins, j'ai quelque chose à te montrer. Nous irons les déterrer. Toutes les deux. Nous pourrons même déguster ceux qui restent.

13

Le Vœu de la Jeune Fille

Mon premier matin en Chine. Je m'éveille dans une chambre d'hôtel sombre à Guilin, je vois un visage se pencher sur mon lit, le regard fixe, un regard de tueur. Je suis sur le point de crier lorsque j'entends Kwan me dire en chinois :

— Tu dors sur le côté : c'est pour ça que tu te tiens si mal. À partir de maintenant, il faut que tu dormes sur le dos, et que tu fasses de la gymnastique.

Elle allume la lumière et commence une démonstration. Les mains sur les hanches, elle se tortille de la taille comme un professeur de gymnastique des années 60. Je me demande depuis combien de temps elle était là, penchée sur mon lit, à attendre que je me réveille pour pouvoir m'infliger une fois de plus un avis que je n'ai pas sollicité. Son lit est déjà fait.

Je regarde ma montre, je grommelle d'une voix maussade :

— Kwan, il est cinq heures du matin !

— Nous sommes en Chine. Tout le monde est debout. Tu es la seule à dormir.

— Je ne dors plus.

Voilà moins de huit heures que nous sommes dans ce pays, et elle commence déjà à régenter ma vie ! Nous sommes sur son territoire ; désormais, nous devons appliquer ses règles, parler son langage. Elle est au paradis chinois.

Elle secoue mes couvertures et se met à rire.

— Libby-Ah, dépêche-toi, lève-toi ! Je veux revoir mon village et leur faire la surprise. Je veux regarder Bonne-Maman bouche bée et l'entendre s'écrier de surprise : « Hé ! Je croyais que je t'avais mise dehors ! Pourquoi es-tu revenue ? »

Kwan ouvre la fenêtre. Nous résidons au Sheraton de Guilin en face de la rivière Li. Dehors, il fait encore noir. J'entends le

« *treng treng* » d'un genre de palais des Machines à sous. Je vais à la fenêtre et regarde en bas. Des vendeurs de rue roulent en tricycle, donnent de la sonnette, s'apostrophent en déchargeant leurs paniers de graines, de melons, de navets. Le boulevard grouille de bicyclettes et de voitures, de travailleurs, d'écoliers – tout ce monde-là échange des cris, des coups de klaxon, des rires, comme si on était au milieu de la journée. Sur le guidon d'une bicyclette brinquebalent quatre énormes têtes de cochon liées par les naseaux, le groin retroussé dans un rictus lugubre.

– Regarde ! me dit Kwan en me montrant un ensemble de stands éclairés par une ampoule faiblarde. Nous allons nous payer un petit déjeuner là, ce sera succulent et pas cher. Ça vaut mieux que de payer neuf dollars par personne à l'hôtel – pour quoi ? Un beignet, un jus d'orange, une tranche de bacon !

Je me remémore aussitôt les conseils pratiques de la brochure de l'agence, qui recommande de s'abstenir de toute nourriture vendue aux étals des marchés, et je lui réponds :

– Neuf dollars, ce n'est pas une fortune.

– Comment ! Tu ne peux pas continuer à penser ça. Tu es en Chine. Neuf dollars, c'est le salaire d'une semaine ici, c'est beaucoup.

– Oui, mais quand on mange pas cher on court parfois à l'intoxication alimentaire.

Elle me désigne la rue en bas d'un grand geste :

– Regarde-les ! Tu crois que tous ces gens s'empoisonnent ? Si tu veux prendre des photos de cuisine chinoise, tu dois goûter la cuisine chinoise, la vraie. Les saveurs se répandent sur ta langue, elles te descendent vers l'estomac ; c'est là que se situent les véritables sensations. Ensuite, quand tu prendras des photos, l'émotion remontera de ton estomac pour éclater au grand jour, tout le monde aura l'impression d'avoir goûté aux plats rien qu'en voyant tes clichés.

Elle a raison. Qui suis-je pour reculer devant un éventuel parasite intestinal ? J'enfile des vêtements chauds et vais frapper à la porte de la chambre de Simon. Il me répond tout de suite, il est déjà tout habillé. « Impossible de dormir », avoue-t-il. Cinq minutes plus tard nous sommes sur le trottoir. Nous passons devant des dizaines de stands alignés, certains sont équipés de bouteilles de gaz, d'autres de grils à charbon. Devant, les clients font cercle et avalent un bol de nouilles ou une soupe fumante. Je suis épuisée mais surexcitée. Kwan choisit un vendeur qui est en train de faire frire des galettes dans une bassine d'huile.

– Donne-m'en trois, lui dit-elle en chinois.

Il attrape les galettes par le bord, à mains nues, de ses doigts noirs. Simon et moi nous nous brûlons et poussons des petits cris tout en faisant passer les galettes d'une main à l'autre.

— C'est combien ? demande Kwan en ouvrant son porte-monnaie.

— Six yuans, répond le vendeur.

Je fais le calcul ; à peine plus d'un dollar, une misère. Mais, d'après Kwan, on est à la limite de l'extorsion de fonds.

— Oh ! Lui n'a payé que cinquante fens par galette, lance-t-elle en montrant un homme du doigt.

— Bien sûr, c'est un ouvrier d'ici. Vous trois, vous êtes des touristes.

— Qu'est-ce que tu racontes ? Je suis d'ici, moi aussi.

— Toi ? (Le vendeur pousse un grognement accompagné d'un coup d'œil qui la jauge aussitôt.) D'où ?

— Changmian.

Il hausse les sourcils, soupçonneux.

— Ah oui ! Tu connais qui, à Changmian ?

Kwan balbutie quelques noms. Le vendeur s'en tape les cuisses.

— Wu Ze Min ? Tu connais Wu Ze Min ?

— Bien sûr ! Quand j'étais petite, j'habitais en face de chez lui. Comment va-t-il ? Ça fait plus de trente ans que je ne l'ai pas vu.

— Sa fille est mariée avec mon fils.

— C'est pas possible !

Le type se met à rire.

— Je te jure. Il y a deux ans. Ma femme et ma mère étaient opposées à ce mariage parce que la fille venait de Changmian. Mais c'est de la superstition paysanne, elles croient que c'est un village maudit. Moi non, je ne suis plus superstitieux. Ils ont eu un bébé au printemps dernier. Une fille, mais tant pis, ça m'est égal.

— J'ai du mal à imaginer Wu Ze Min grand-père. Comment va-t-il ?

— Il est veuf, depuis presque vingt ans maintenant. Sa femme est morte quand on les a envoyés aux champs tous les deux pour convictions contre-révolutionnaires. Ils lui ont détruit les mains, mais pas l'esprit. Il s'est remarié avec une autre femme, Yang-Ling-Fang.

— Non ! C'est incroyable ! C'est la petite sœur d'une vieille camarade d'école. Je garde le souvenir d'une mignonne petite fille.

— Elle n'est plus mignonne du tout. Elle a la peau d'un *jiaoban*, on dirait un vieux cuir, tu peux croire qu'elle en a vu, la pauvre.

Kwan et le vendeur continuent à discuter ainsi pendant que Simon et moi nous mangeons nos galettes fumantes dans l'air froid du matin. Leur goût est entre la fougasse et l'omelette à l'oignon vert. Quand nous avons terminé, Kwan et le vendeur sont devenus très copains. Elle promet de saluer sa famille et les gens qu'il connaît, il lui donne des conseils sur la location d'un chauffeur, pour ne pas payer trop cher.

— Bien, mon vieux frère, lui dit Kwan, maintenant combien je te dois ?

— Six yuans, lui répond-il.

— Hein ? Six yuans ? C'est beaucoup trop, je t'en donne deux, pas plus.

— Disons trois.

Kwan marmonne, grommelle « D'accord », et nous quittons le vendeur. Après quelques mètres, je murmure à Simon :

— Cet homme a dit que Changmian est un village maudit.

Kwan m'entend malgré mes efforts.

— Tsst ! Ce sont des racontars. Une histoire vieille de mille ans. Il n'y a que les idiots pour croire que Changmian porte malheur.

Je traduis à Simon, puis je demande :

— Quel genre de malheur ?

— Ça ne te regarde pas.

J'ai bien envie d'insister, mais Simon me désigne un premier cliché intéressant à prendre – un marché ouvert plein d'étals de pomelos, de haricots secs, de piments. Je sors mon Nikon et, bientôt, mitraille la scène. Simon prend quelques notes.

— « Des relents âcres de cuisine se mêlent à la brume matinale », lit-il à voix haute. Hé, Olivia, peux-tu prendre une photo sous cet angle ? J'aimerais que tu aies les tortues ; oui, les tortues, ce serait bien.

J'inspire profondément, en pensant que je m'emplis les poumons du même air que mes ancêtres, dont je ne sais rien. Nous sommes arrivés tard hier soir et n'avons pas encore pu admirer le paysage de Guilin, ces superbes montagnes, ces grottes calcaires, et toutes ces choses dont nos guides touristiques sont pleins et qui font de la Chine, paraît-il, « le plus beau pays de la Terre ». J'ai choisi de ne pas prêter attention à tout ce baratin et m'apprête à diriger mon objectif sur les aspects plus prosaïques et moins colorés de la vie communiste ordinaire.

Où que nous allions, les rues sont bourrées d'autochtones habillés de couleurs vives et d'Occidentaux avachis dans leurs vêtements de jogging, comme à la sortie du stade après la victoire des 49ers à San Francisco. Nous sommes environnés du remue-ménage du marché libre : étals de babioles, tickets de loterie, T-shirts, montres, contrefaçons de sacs à main de marque. Et souvenirs obliga-

186

toires pour touristes : boutons à l'effigie de Mao, dix-huit *lohans*[1] gravés sur une coquille de noix, bouddhas en plastique. Il semble que la Chine ait troqué sa culture et ses traditions contre les pires produits du capitalisme : les escroqueries commerciales, les objets jetables, et l'appétit de consommation qui porte sur des choses inutiles qu'on retrouve aux quatre coins du monde. Simon vient à ma hauteur.

– C'est fascinant et un peu déprimant en même temps.

Il ajoute :

– Mais je suis content d'être venu.

Je me demande s'il me faut comprendre qu'il est content d'être avec moi.

À travers les nuages, les pics montagneux, étonnants, ressemblent à des dents de requin préhistorique, cette image d'Épinal de la Chine qui orne tous les calendriers, tous les rouleaux de soie peinte. Mais là, dans les gencives de ces pierres multimillénaires, sont dressés de hautes constructions encrassées par la pollution industrielle, des panneaux chargés de caractères chinois, où l'or et le rouge se mélangent. Parmi ces immeubles sont plantées des constructions plus petites, plus anciennes, peintes d'une couleur verdâtre qui rappelle le dentifrice bon marché. Çà et là, on distingue des blocs de maisons d'avant-guerre et de taudis rafistolés. Tout cela donne à Guilin l'aspect et l'odeur d'un joli minois affublé d'un rouge à lèvres qui déborde, d'une denture en escalier et d'une infection des gencives.

– Eh bien, murmure Simon, si Guilin est la plus jolie ville de Chine, j'ai hâte de voir à quoi ressemble le village maudit de Changmian !

Nous rejoignons Kwan, qui nous déclare :

– Tout est entièrement différent, rien n'est plus comme avant.

Elle semble sous le coup d'une soudaine nostalgie. Elle doit être attristée de constater à quel point Guilin a enlaidi au fil des trente dernières années. Mais elle ajoute, d'une voix à la fois fière et étonnée :

– Un tel progrès ! C'est fou ce que ça s'est amélioré.

À quelques rues de là, nous arrivons dans un quartier qui semble une mine d'or pour le photographe : le marché aux oiseaux. Des branches pendent des centaines de cages ouvragées contenant des passereaux chanteurs, mais aussi des oiseaux exotiques au plumage merveilleux, coiffés comme des punks et affublés d'une queue

---

1. « Saints » du bouddhisme. *(N.d.T.)*

en éventail. Par terre sont posées des cages pour les gros oiseaux, des faucons, peut-être des aigles, en tout cas des bêtes splendides avec des serres et des becs redoutables. Et puis il y a aussi la volaille ordinaire, les poulets, les canards, qui sont promis à la marmite. Un cliché de ces derniers avec, à l'arrière-plan, leurs congénères plus chanceux serait pas mal comme illustration de notre article.

J'en suis à la moitié de ma pellicule quand un type me fait « Ssss » pour que j'approche. Appartient-il à la police secrète ? Serait-il interdit de faire des photos ici ? S'il fait mine de me confisquer le matériel, combien vais-je lui donner comme bakchich ?

L'homme plonge sous la table d'un air important et en tire une cage. En anglais, il me dit : « Vous aimez ? »

Il me présente une chouette blanche aux yeux soulignés de chocolat. On dirait un gros chat siamois avec des ailes. L'oiseau cligne des yeux. Il a des pupilles d'or, j'en tombe amoureuse sur-le-champ.

– Hé, Simon, Kwan, venez voir !

– Cent dollars US, murmure l'homme. Pas cher !

Simon secoue la tête et lui répond, dans un mélange burlesque de gestes et d'anglais petit nègre :

– Pas possible prendre oiseau dans avion, douaniers dire non, nous payer amende.

– Combien ? demande l'homme brusquement. Tu dis. Prix du matin pour toi, meilleur prix.

– Inutile de discuter, déclare Kwan à l'homme, en chinois. Nous sommes touristes, nous ne pouvons pas rapporter d'oiseaux aux États-Unis, même s'ils ne sont pas chers.

– Ah ! Qui parle de le rapporter ? Achète-le, et puis va en face, là, au restaurant, ça ne te coûtera pas cher, ils te le font cuire pour ton dîner de ce soir.

– Mon Dieu ! dis-je à Simon. Ils vendent cette chouette pour manger ?

– C'est ignoble. Dis-lui que c'est un salaud.

– Dis-le-lui toi-même.

– Moi, je ne parle pas chinois.

Le vendeur doit penser que j'essaie de convaincre mon mari de m'acheter une chouette pour le dîner. Il vient m'appuyer.

– Vous avez de la chance qu'il m'en reste un. Le chat-huant est un oiseau très rare, j'ai mis trois semaines à attraper celui-ci.

– C'est incroyable, lance Simon. Ce type me donne la nausée.

J'entends alors Kwan rétorquer :

– Les chats-huants ne sont pas rares, ils sont juste difficiles à attraper. En plus, j'ai entendu dire que leur chair n'est pas formidable.

– Pour être franc, acquiesce l'homme, ce n'est pas aussi goûteux que, par exemple, du pangolin, mais le chat-huant est une viande qui rend ambitieux et fort, le goût n'a pas d'importance. Et c'est bon pour la vue ! Un de mes clients était pratiquement aveugle, il en a mangé un et, après, il a pu voir les traits de sa femme pour la première fois depuis vingt ans. Le client est revenu vers moi et il m'a dit : « Merde ! Elle est d'une laideur à faire fuir un singe ! Maudit sois-tu avec ton chat-huant ! »

Kwan rit de bon cœur.

– Oui, oui, je connais cette réputation des chats-huants. C'est une bonne histoire.

Elle sort un billet de cent yuans.

– Kwan ! Que fais-tu ? lui crié-je. Il n'est pas question de manger cette chouette.

Le type repousse le billet de cent yuans.

– Argent américain seulement. Cent dollars américains.

Kwan sort un billet de dix dollars, je la rappelle à l'ordre :

– Kwan !

Mais le vendeur secoue la tête en signe de refus. Kwan hausse les épaules et fait mine de s'en aller. L'homme lui crie qu'il se contentera de cinquante. Kwan revient vers lui et brandit un billet de dix et un billet de cinq.

– C'est ma dernière offre.

– Elle est folle, marmonne Simon.

Le gars se met à soupirer, puis il lui abandonne la cage et sa chouette aux yeux tristes en se lamentant.

– Ah, vraiment une honte ! Quel prix dérisoire pour tant de travail ! Regarde mes mains : trois semaines à couper les buissons et à grimper partout pour capturer cet oiseau.

Nous nous éloignons. Je pince le bras libre de Kwan et lui dis avec emportement :

– Il n'est pas question que je te laisse manger cette chouette ! Qu'on soit en Chine ou non, je m'en fiche !

– Chut, chut. Tu vas lui faire peur, murmure-t-elle en écartant de moi la cage.

Elle m'adresse un sourire qui me rend folle et s'éloigne vers un muret de ciment qui domine le fleuve. Elle pose la cage dessus et commence à susurrer des mots doux à l'oiseau

– Alors, ma petite amie, tu veux aller faire un tour à Changmian ? Tu veux aller sur la montagne et donner à ma petite sœur le spectacle de ton envol ?

La chouette se retourne et cligne des yeux. J'en pleurerais presque de joie et de culpabilité. Pourquoi dois-je toujours soupçonner Kwan des pires choses ? Penaude, je raconte ma méprise à Simon et lui fais part de la générosité de Kwan, qui m'interrompt avant que j'aie eu le temps de lui faire mes excuses.

— Je retourne au marché aux oiseaux, me déclare Simon, prendre des notes sur les spécimens les plus bizarres qu'ils vendent comme nourriture. Tu veux venir ?

Je refuse, heureuse de rester là à admirer la chouette que Kwan vient de sauver.

— Je reviens dans dix ou quinze minutes.

Il s'en va, et le côté américain de sa démarche me frappe, surtout ici, à l'étranger. Il marche à son propre rythme, qui n'est pas en phase avec le mouvement de la foule.

— Tu vois ? me dit Kwan. Là-bas...

Elle me montre une montagne conique au fond.

— À côté de mon village, il y a une montagne pointue comme celle-ci, encore plus haute. On l'appelle le Vœu de la Jeune Fille à cause d'une jeune esclave qui a fui là-haut, puis s'est envolée sur les ailes d'un phénix, son amant. Elle est devenue phénix à son tour et, ensemble, ils vivent dans une forêt de pins blancs immortelle.

Kwan me jette un coup d'œil et précise :

— C'est une histoire, de la superstition.

Ça m'amuse qu'elle éprouve le besoin de me le préciser. Elle poursuit :

— Pourtant, c'est une légende à laquelle croyaient toutes les filles de mon village. Non parce qu'elles étaient stupides, non, mais parce qu'elles avaient envie de croire à l'existence d'une vie meilleure. Nous pensions que, si nous montions sur la montagne pour y faire un vœu, il se réaliserait. Nous élevions des oisillons que nous mettions dans des cages fabriquées par nous-mêmes. Quand les oiseaux étaient en âge de voler, nous montions au sommet du Vœu de la Jeune Fille et les libérions. Ils s'envolaient vers le lieu où vivent les phénix et leur rapportaient nos vœux.

Kwan inspire un grand coup.

— Bonne-Maman m'a raconté que cette montagne était appelée le Vœu de la Jeune Fille à cause d'une fille folle qui était montée là-haut. Quand elle avait voulu voler, elle était tombée de toute la hauteur et s'était plantée dans le sol tellement fort qu'elle était devenue un rocher. Bonne-Maman ajoutait que c'était la raison pour laquelle il y avait tant de rochers au pied de la montagne en question : c'étaient toutes les idiotes qui rêvaient de choses impossibles à obtenir.

190

Je me mets à rire, mais Kwan me regarde avec feu, comme si je tenais bel et bien le rôle de sa Bonne-Maman.

– Tu ne peux pas empêcher les jeunes filles de rêver. Non ! Tout le monde a besoin de rêver. Nos rêves nous donnent de l'espoir. Cesser de rêver, c'est comme admettre qu'on ne peut pas changer son destin. Pas vrai ?

– Tu as sans doute raison.

– Devine ce que j'ai souhaité une fois là-haut.

– Je ne sais pas. Quoi ?

– Devine.

– Un beau mari ?

– Non.

– Une voiture ?

Elle secoue la tête.

– Gagner au jackpot ?

Kwan se met à rire et me claque le bras :

– Tout faux ! D'accord, je vais te le dire.

Son regard se perd en direction de la montagne.

– Avant d'aller en Amérique, j'ai élevé trois oiseaux, pas qu'un seul. Ainsi, j'ai pu faire trois vœux au sommet de la montagne. Je me suis dit : « Si ces vœux se réalisent, ma vie sera réussie, je pourrai mourir heureuse. » Mon premier vœu : avoir une sœur que je pourrais aimer de tout mon cœur, et à qui je ne demanderais rien d'autre. Mon deuxième vœu : retourner en Chine avec ma sœur. Et le troisième (là, sa voix se met à trembler un peu) : que Bonne-Maman me revoie et me dise qu'elle regrette de m'avoir repoussée. C'est la première fois que je vois à quel point Kwan peut en vouloir à quelqu'un qui lui a fait du mal. Elle poursuit :

– J'ai ouvert la cage, et j'ai offert la liberté à mes trois oiseaux.

Elle l'illustre en battant des ailes avec ses mains.

– Mais l'un d'eux a agité les ailes inutilement. Il a décrit des demi-cercles et, finalement, est tombé comme une pierre. Alors, tu vois, deux de mes vœux se sont réalisés : je t'ai trouvée, toi, et nous voici toutes les deux en Chine. Hier soir j'ai pensé que le dernier vœu ne se réalisera pas. Bonne-Maman ne me dira jamais qu'elle regrette.

Elle tend la cage et la chouette :

– À présent, j'ai acheté un chat-huant magnifique, je peux former un autre vœu. Quand il s'envolera, mes vieux sujets de tristesse s'envoleront avec lui, et nous serons libres l'un et l'autre.

Simon revient vers nous.

– Olivia, tu ne peux pas t'imaginer ce qu'ils mangent dans ce pays.

Nous rentrons à l'hôtel pour dénicher une voiture qui puisse emmener à Changmian une autochtone, deux touristes et un chat-huant.

14

« Bonjour ! Au revoir ! »

À neuf heures nous avons trouvé un chauffeur, un jeune homme aimable qui sait employer les arguments de vente capitalistes : « Propre, pas cher, rapide », nous déclare-t-il en chinois. Il ajoute un aparté à l'adresse de Simon qui nous demande :
– Qu'est-ce qu'il a dit ?
– C'est juste pour te montrer qu'il parle anglais.
Ce chauffeur me rappelle les jeunes gens minces de Hong Kong que l'on voit travailler comme portiers dans les endroits chics de San Francisco. Il a les cheveux pommadés de la même façon, porte les ongles longs de trois centimètres, parfaitement manucurés, ce qui signifie qu'il a assez de chance dans la vie pour ne pas décharger des camions. Il nous gratifie d'un sourire qui révèle des dents tachées de nicotine.
– Appelez-moi Rocky, nous dit-il en anglais avec un épais accent. Comme l'acteur célèbre.
Il désigne une photo esquintée de Sylvester Stallone, découpée dans un magazine, et qu'il vient de sortir d'entre les pages de son dictionnaire chinois-anglais.
Nous fourrons une valise de cadeaux à l'arrière de la voiture, en même temps que mes accessoires photo. Le reste des bagages est consigné à l'hôtel. Rocky nous ramènera ce soir, à moins que la tante de Kwan n'insiste pour que nous passions la nuit – éventualité qu'il faut toujours prévoir dans les familles chinoises. J'ai donc pris un minimum d'affaires avec moi dans mon sac photo. Rocky nous tient la porte avec un salut, nous nous engouffrons dans une Nissan noire, un modèle récent qui, bizarrement, n'a ni ceintures de sécurité ni appuis-tête. Les Japonais jugeraient-ils que les Chinois ne méritent pas tant d'égards ?

– Il faut croire que les Chinois sont meilleurs conducteurs ou que la législation est souple en matière d'accidents, dit Simon.

Ayant appris que nous étions américains, Rocky croit que nous adorons la musique à tue-tête. Il glisse dans son appareil une cassette d'Eurythmics, cadeau, nous informe-t-il, d'un de ses « excellents clients américains ». Et c'est ainsi que, Kwan devant sur le siège passager, Simon, la chouette et moi à l'arrière, nous commençons notre expédition pour Changmian au rythme de *Sisters Are Doing It For Themselves*.

L'« excellent client américain » de Rocky lui a aussi inculqué les quelques phrases qui mettent les touristes à l'aise. Tandis que nous traversons les artères bondées de Guilin, il nous les récite comme un mantra : « Où allez-vous ? Je connais cet endroit. Montez, je vous emmène. Vous voulez que j'aille plus vite ? Je vais trop vite ? Pas question, José. C'est loin ? Non, pas loin. C'est trop loin. Vous voulez que je gare la voiture ? Attendez, je reviens. Nous ne sommes pas perdus. Pas de problème. Calmez-vous. »

Rocky nous explique qu'il apprend tout seul afin de réaliser un jour son rêve, qui est de partir en Amérique.

– Mon idée, nous explique-t-il en chinois, c'est de devenir un acteur célèbre, spécialisé dans les arts martiaux. J'ai fait deux ans de tai-chi-chuan. Bien entendu, je ne pense pas réussir tout de suite, peut-être qu'en arrivant je ferai le taxi mais, vous savez, je sais travailler dur. En Amérique, les gens ne peinent pas autant que les Chinois. Et puis on sait souffrir aussi. Des choses insupportables pour les Américains, moi, je les supporte, pour moi, c'est pain quotidien. Pas vrai, grande sœur ?

Kwan lui répond d'un « hmm » évasif. Je me demande si elle pense en ce moment à son beau-frère, chimiste autrefois, et qui, ayant émigré aux États-Unis, se retrouve plongeur dans un restaurant parce qu'il a peur de parler l'anglais, ce qui fait que tout le monde le prend pour un demeuré. À cet instant, je vois les yeux de Simon s'arrondir ; j'ai juste le temps de crier : « Merde alors » tandis que la voiture frôle deux gamines qui se tiennent la main. Rocky n'en a cure, il poursuit son discours à propos de ses rêves américains :

– J'ai appris qu'en Amérique on pouvait se faire cinq dollars de l'heure. Pour gagner ça, je travaillerai dix heures par jour, tous les jours de l'année. Cinquante dollars par jour ! Je ne gagne pas ça par mois, même en comptant les pourboires.

Il nous jette un regard dans le rétroviseur, pour vérifier si l'allusion a bien été comprise. Notre guide à l'usage des voyageurs prétend qu'en Chine le pourboire est considéré comme une offense – mais les modes changent.

– Quand je vivrai en Amérique, poursuit Rocky, j'économiserai un maximum, je ne dépenserai que pour la nourriture, les cigarettes, le cinéma peut-être, de temps en temps, et bien sûr l'entretien de la voiture pour faire le taxi. J'ai peu de besoins. Au bout de cinq ans j'aurai économisé pratiquement cent mille dollars américains. Ça fait un demi-million de yuans, et encore plus si je change dans la rue. Même si je ne deviens pas acteur en cinq ans, je peux toujours rentrer en Chine et vivre comme un nabab.

La perspective l'enchante, il arbore un sourire radieux. Je traduis le récit de ses projets à Simon.

– Et les frais ? demande Simon. A-t-il pensé à l'essence, aux dépenses accessoires, à l'assurance ?

– Sans compter les impôts, ajouté-je.

– Et puis il y a les PV et les vols. Explique-lui qu'en fait, avec cinquante dollars par jour, la plupart des gens crèveraient de faim en Amérique.

Je m'apprête à traduire, mais je me souviens à l'instant de l'histoire de Kwan et du Vœu de la Jeune Fille. On n'a pas le droit de briser l'espoir des gens en une vie meilleure.

– Il n'ira probablement jamais aux États-Unis, alors ce n'est pas la peine de le mettre en garde contre des difficultés qu'il n'affrontera jamais.

Rocky nous observe dans le rétroviseur et dresse vers nous un pouce vainqueur. Une seconde après, Simon attrape le dossier du siège avant, je m'écrie : « Nom de Dieu de merde ! » Nous sommes sur le point de cogner de plein fouet une bicyclette conduite par une femme qui porte son bébé sur le guidon. Mais à la dernière seconde le vélo fait un écart à droite et nous évite.

Rocky se met à rire.

– Calmons-nous, lance-t-il en anglais, puis il expose en chinois les raisons de ne pas perdre son calme.

Kwan se retourne vers nous et traduit, à l'adresse de Simon :

– Il dit qu'en Chine, si le conducteur écrase quelqu'un, c'est toujours le conducteur qui a tort, même si la victime n'a pas fait attention.

Simon me regarde.

– C'est tout ce qu'il a trouvé pour nous rassurer ? J'ai mal compris ou quoi ?

– C'est absurde, dis-je à Kwan tandis que Rocky louvoie dans le trafic, un piéton mort est mort, quel que soit le responsable.

– Tst ! Typiquement américain, déclare Kwan.

La chouette tourne la tête et m'adresse un regard, comme pour me dire : attention, ma petite, ici on est en Chine, tes conceptions américaines sont inutiles dans ce pays.

– En Chine, enchaîne Kwan, tu es toujours responsable pour quelqu'un. Tu te fais écraser, je suis responsable parce que tu es ma petite sœur. Compris ?

– Oui, dit Simon dans un souffle. Mieux vaut ne pas poser de questions.

La chouette donne du bec sur la cage. Nous passons devant une rangée de boutiques qui proposent des meubles en rotin et des chapeaux de paille. Et nous voilà parvenus aux limites extérieures de la ville, sur une route bordée des deux côtés par des kilomètres de restaurants identiques, avec une salle unique. Certains sont en cours de construction – ils exhibent des murs de brique, des plâtres pas encore secs, de la chaux. D'après les enseignes chargées peintes sur les façades, le même artiste a dû louer ses services à toutes les boutiques. Le menu est le même partout : boisson gazeuse à l'orange et soupe aux nouilles chinoises bouillante. Tout cela représente une caricature déprimante de la concurrence capitaliste. Des serveuses immobiles et désœuvrées regardent passer notre voiture. Quelle vie ! L'ennui doit leur atrophier les cellules cérébrales. Leur arrive-t-il de se plaindre de la monotonie de cette existence ? Ça revient à tirer la case blanche sur la grille du loto et seulement celle-là. Simon prend des notes à toute allure. Ce désespoir l'a-t-il frappé aussi ?

– Qu'est-ce que tu écris ?

– Tous ces gens qui sont hors jeu...

Après quelques kilomètres, les restaurants laissent place à des échoppes de bois au toit rapiécé, puis à de simples vendeurs de rue, sans protection contre le vent glacé. Ils se tiennent le long de la route et s'époumonent en agitant leurs paniers pleins de pamplemousses, leurs bouteilles de sauce artisanale. Nous régressons nettement dans les techniques marketing et la publicité.

En traversant un village, nous apercevons un groupe d'hommes et de femmes, une douzaine à peu près, vêtus de la même veste de coton blanc. Auprès d'eux, de simples sièges, des seaux d'eau, des ustensiles à manche de bois et des panneaux de bois peint. Je ne sais pas lire le chinois, aussi je demande à Kwan la signification des panneaux. « Coiffure de qualité », lit-elle, puis elle ajoute :

– En plus, ils désinfectent tes furoncles, te coupent les ongles, t'enlèvent les bouchons de cérumen. Deux oreilles pour le prix d'une.

Simon n'arrête pas de prendre des notes.

196

– Il n'y a déjà personne pour s'arrêter au premier stand, alors imagine que tu sois le propriétaire du dixième ! C'est l'illustration même de la vanité des choses.

Je me souviens qu'un jour nous nous sommes disputés : je lui expliquais qu'il était vain de comparer son bonheur au malheur d'autrui, et Simon m'avait demandé pourquoi. Peut-être avions-nous tort tous les deux. À présent, en voyant ces gens nous adresser des signes pour que nous nous arrêtions, je pense que j'ai de la chance de ne pas gagner ma vie en faisant sauter des bouchons de cérumen. Et cependant, je me dis que, éloignée des pièges de la vente par correspondance, je ne suis pas tellement différente de ce dixième artisan debout auprès de son stand et qui attend qu'un client s'arrête chez lui.

Je donne un coup de coude à Simon.

– Je me demande bien ce qu'ils espèrent, s'ils espèrent quelque chose...

Il me répond, avec un optimisme narquois :

– Tu ne vois pas ? Le ciel est à eux, du moins tant qu'il ne pleut pas, évidemment.

J'imagine une centaine d'Icare chinois qui fabriquent leurs ailes avec du cérumen. On ne peut pas empêcher les gens de rêver. Ils ne peuvent pas s'en empêcher eux-mêmes. Tant qu'ils pourront contempler les étoiles, ils rêveront d'aller le plus haut possible.

Les villages et leurs vendeurs ambulants se font de plus en plus rares. Kwan s'endort, sa tête rebondit de plus en plus bas. Chaque fois que la voiture passe dans une ornière, elle s'éveille à moitié en poussant un gémissement. Après un moment, elle émet de longs ronflements réguliers, heureusement inconsciente de ce que notre chauffeur a forcé l'allure sur la route à deux voies. Il dépasse les véhicules plus lents sans y penser, tout en suivant la musique en claquant des doigts. Chaque fois qu'il appuie sur le champignon, la chouette ouvre légèrement les ailes avant de retrouver l'équilibre dans sa cage étroite. Je m'agrippe à mes genoux, en respirant difficilement entre mes dents serrées, quand Rocky fait une embardée sur la voie de gauche pour doubler. Simon a l'air tendu, mais, lorsqu'il croise mon regard, il sourit.

– Tu ne crois pas qu'on devrait lui demander de lever le pied ?

– Ça ira, ne t'en fais pas, ne t'en fais pas, me répète-t-il d'un ton paternel.

Je résiste à la tentation de me disputer avec lui. Nous suivons un camion plein de militaires en uniforme vert. Ils nous font des signes. Rocky envoie des coups de klaxon, puis il fait un brusque écart pour doubler. Tandis que nous dépassons, j'aperçois un bus qui nous arrive droit dessus. J'entends son avertisseur qui mugit de plus en plus fort.

– Mon Dieu, aïe ! Mon Dieu !

Je ferme les yeux et sens Simon qui m'attrape la main. La voiture revient sur la file de droite, j'entends un *whoosh* et le mugissement du camion s'éloigne.

– Ça suffit ! Je vais lui dire de ralentir.

– Je ne sais pas si c'est une bonne idée, Olivia. Il peut se sentir blessé.

Je regarde Simon dans les yeux.

– Comment ? Tu préfères mourir qu'être impoli ?

Il affecte un air nonchalant.

– Ils conduisent tous comme ça.

– Alors, sous prétexte que tout le monde se suicide, il faut en faire autant ? C'est bizarre comme logique.

– Nous n'avons pas vu d'accident, que je sache.

J'ai dans la gorge une boule de colère qui finit par sortir.

– Pourquoi prends-tu toujours le parti de ne rien dire ? Explique-moi : qui va ramasser les morceaux si nous finissons en miettes dans le fossé ?

Il me regarde, et je n'arrive pas à déterminer si son expression est empreinte de colère ou de regret. Rocky donne un coup de frein brutal. Kwan et la chouette se réveillent, dans un battement simultané de bras et d'ailes. Peut-être que Rocky a compris pourquoi nous nous disputions – non, ce n'est pas ça. Nous sommes immobilisés dans un embouteillage. Rocky baisse la vitre, jette un coup d'œil dehors et se met à maugréer avant de donner du klaxon à grands coups de paume.

Après quelques minutes, nous découvrons la cause de cette attente : un accident, une vilaine affaire, à en juger d'après les éclats de verre, les morceaux de métal, les effets personnels qui jonchent la route. Ça sent le carburant et le caoutchouc brûlé. Je suis sur le point de lancer à Simon : « Alors, tu vois ! » mais notre voiture dépasse un minibus noir renversé dont les portes sont ouvertes comme les élytres d'un insecte écrasé. La place du passager de devant est complètement aplatie – il n'y a certainement plus d'espoir pour son occupant. Un pneu gît dans le champ de légumes voisin. Quelques secondes plus tard, nous découvrons la partie adverse. Un bus de transport public rouge et blanc. Le pare-brise a volé en éclats, le capot – qui a la forme d'un museau de chien – est fendu par un hideux et sanglant sourire, le siège du chauffeur est vide, ce qui n'est pas très bon signe. Une cinquantaine de pauvres types, des outils agricoles à la main, se sont rassemblés à proximité.

198

Ils examinent et désignent diverses parties du véhicule comme s'il s'agissait d'une exposition scientifique. Nous passons à ce moment-là de l'autre côté, et j'aperçois une douzaine de blessés, certains s'auscultant en poussant des plaintes, d'autres immobiles et comme abrutis par le choc. À moins qu'ils ne soient déjà morts.

– Merde, c'est incroyable ! dit Simon. Il n'y a pas la moindre ambulance, pas le moindre médecin.

– Arrête la voiture, ordonné-je à Rocky en chinois. Il faut qu'on les aide.

Pourquoi ai-je dit cela ? Que puis-je faire ? Je peux à peine regarder les victimes. Quant à les toucher, n'en parlons pas.

– Aïe, lance Kwan en jetant un coup d'œil au champ, il y a tellement de gens du Yin ici.

Des gens du Yin ? Kwan est-elle en train d'expliquer que nous sommes entourés de morts ? La chouette pousse un petit cri lugubre et mes mains deviennent moites.

Rocky ne quitte pas la route des yeux. Il continue et nous emmène loin de cette tragédie.

– On ne servirait à rien, déclare-t-il en chinois. Nous n'avons pas de médicaments ni de pansements. En plus, ce n'est pas une bonne chose d'intervenir dans ces cas-là, surtout pour des étrangers. Ne vous en faites pas, la police ne va pas tarder.

Je me sens secrètement soulagée qu'il n'ait pas obtempéré quand je lui ai demandé de s'arrêter.

– Vous comprenez, vous êtes américains, poursuit-il, tandis que sa voix adopte des accents autoritaires très chinois. Vous n'êtes pas habitués à ces tragédies. Vous vous apitoyez parce qu'une vie plus confortable vous attend et que vous pouvez toujours oublier ce que vous avez vu. Chez nous, ce genre de chose est monnaie courante. Les gens sont si nombreux. Notre existence ressemble à ça : des bus toujours bondés, des gens qui se bousculent pour y monter, un air irrespirable, pas de place pour la pitié.

– Est-ce que quelqu'un veut bien m'expliquer ce qui se passe ? s'exclame Simon. Pourquoi ne nous arrêtons-nous pas ?

– Ne pose pas de questions ! Ce n'est pas toi qui le disais à l'instant ?

Maintenant, je suis contente que Rocky ne puisse jamais réussir en Amérique. J'ai envie de lui raconter le calvaire des immigrants chinois illégaux qui se font rançonner par les bandes, croupissent en prison et sont finalement renvoyés en Chine. Je lui remplirais les oreilles d'histoires de pauvres types qui dorment dans la rue, je lui parlerais du taux de criminalité, des gens qui, malgré leurs diplômes, vont pointer au chômage. Pour qui se prend-il, à imaginer que ses chances de succès seront plus élevées que les leurs ? Comment peut-il se permettre d'affirmer que nous ne connaissons rien à la misère ? Je vais déchirer son dictionnaire anglais-chinois et le lui faire avaler.

Soudain, je suis dégoûtée de moi-même à en être malade. Rocky a raison : je suis incapable de venir en aide à quiconque, même pas à moi-même. Je lui demande faiblement de se ranger sur le bas-côté, j'ai envie de vomir. Tandis que je me penche hors de la voiture, Simon me donne une tape dans le dos en disant :

– Ça va passer, tu vas bientôt te sentir mieux. Je ne me sens pas très bien moi non plus.

Quand nous repartons, Kwan donne des conseils à Rocky. Il hoche la tête avec solennité, puis il ralentit.

– Qu'est-ce qu'elle lui a raconté ? demande Simon.

– Logique chinoise. Elle lui a dit que, si on y passait, il ne serait pas payé et que dans sa prochaine vie il aurait envers nous une dette écrasante.

Trois heures passent encore. Je sais que désormais Changmian n'est plus très loin. Kwan commence à désigner des endroits. « Là, là ! », lance-t-elle en glapissant comme un jeune chien, tressautant comme une gamine.

– Ces deux montagnes. Le village entre les deux s'appelle « La Femme qui attend le retour de son mari ». Mais où est l'arbre ? Il y en avait un, juste à côté de la maison, un très gros qui avait peut-être mille ans.

Elle désigne autre chose.

– Et là, devant ! Il y avait un grand marché ! Mais maintenant, regarde, c'est devenu un champ. Et là-haut, cette montagne ! C'est celle-là qu'on appelle le Vœu de la Jeune Fille. Je suis déjà montée jusqu'au sommet.

Elle se met à rire, mais soudain elle paraît troublée.

– C'est curieux, cette montagne est devenue petite. Comment ça se fait ? Est-ce-qu'elle a rétréci à cause de la pluie ? Ou bien c'est le passage des jeunes filles qui sont allées y faire un vœu. Ou alors c'est que je suis devenue trop américaine et que je vois les choses d'un autre œil – tout a l'air plus pauvre, plus petit, pas aussi beau qu'avant.

Soudain, elle hurle à Rocky de prendre un petit chemin de terre que nous venons de dépasser. Il effectue un demi-tour brutal. Simon et moi nous cognons l'un à l'autre, la chouette pousse un petit cri indigné. Nous voilà cahotant sur un chemin défoncé ; nous longeons des champs hérissés de monticules de terre rouge.

200

– À gauche, à gauche ! ordonne Kwan.
Elle se pétrit les mains et répète d'une voix lancinante :
– Trop d'années, trop d'années.
Nous approchons d'un bosquet et Kwan annonce :
– Changmian.

J'aperçois un village niché entre deux montagnes dentelées, les pentes sont d'un vert velouté, les anfractuosités du relief tournent à l'émeraude. De plus en plus de détails apparaissent : des rangées de bâtiments blanchis à la chaux, des toits de tuile pointus aux arêtes relevées dans le goût traditionnel. Des terres agricoles bien entretenues, des étendues d'eau divisées soigneusement par des tranchées et des murets entourent le village. Nous sortons de la voiture. Changmian a été miraculeusement épargné par les laideurs de la modernisation. Je ne remarque aucun toit de tôle, aucune ligne à haute tension. Contrairement à certains des villages que nous venons de traverser, les terres alentour ne sont pas devenues des terrains vagues jonchés de détritus, les rues ne sont pas bordées de paquets de cigarettes froissés ou de sachets en plastique rose. Le village est parcouru de chemins pavés qui mènent à un défilé entre les deux montagnes puis s'enfoncent sous une grande arche de pierre. Au fond se dressent deux autres montagnes escarpées, couleur jade foncé, et derrière elles encore deux autres ceintes d'une brume violette. Simon et moi nous regardons, les yeux grands ouverts.

– C'est dingue, non ? murmure-t-il, et il me serre la main.

Je me souviens des autres fois où il a prononcé les mêmes mots : le jour où nous sommes passés devant le maire, celui où nous nous sommes installés dans notre fameux appartement. Et je me dis : « Voilà des moments heureux qui n'ont pas tourné comme on l'aurait cru. »

Je fouille dans mon sac à la recherche de mon appareil photo. En regardant dans le viseur, j'ai l'impression que nous sommes perdus dans une sorte de pays des merveilles brumeux, mi-rêve, mi-réalité. Où sommes-nous ? Dans le nirvana chinois ? Changmian ressemble à ces photos triées sur le volet que proposent les prospectus touristiques avec une légende du genre : « Tout le charme d'un monde oublié, d'un passé révolu, dans lequel pourra se glisser le voyageur. »

Nous voici dans un pays rêvé dont les touristes entendent sans cesse parler mais qu'ils ne voient jamais. Il doit y avoir un défaut quelque part. Je me répète : « Ne nous emballons pas. » Au prochain virage nous allons heurter de plein fouet la réalité : un fast-food, un dépôt de pneus, un panneau révélant la supercherie : « Achetez ici votre ticket ! Visitez la Chine de vos rêves ! Un endroit préservé des mirages du progrès, un lieu où le passé vous attend. »

Je murmure à l'adresse de Simon :

– Il me semble que je suis déjà venue ici.

J'ai l'impression qu'un rien suffirait à rompre l'illusion.

– Moi aussi. C'est trop beau, nous sommes en plein documentaire, ou dans une pub pour voitures.

Je contemple les montagnes et comprends soudain pourquoi Changmian me semble si familier. C'est le décor des histoires racontées par Kwan, et qui ont envahi mes rêves. Je retrouve tout : les porches voûtés, les cassiers, les hauts murs de la Maison du Marchand Fantôme, les collines qui précèdent la Montagne aux Chardons. Maintenant que je suis là, je ressens comme une réunification des deux moitiés de ma vie.

Nous entendons des cris d'enfants surgis de nulle part. Une cinquantaine de petits écoliers se précipitent vers la clôture d'une cour de récréation pour saluer notre arrivée. Nous approchons, les enfants hurlent, tournent les talons et filent en riant vers le bâtiment de l'école. Après quelques secondes, ils reviennent en piaillant comme une nuée d'oiseaux. Leur maîtresse les suit en souriant. Ils paraissent écouter quelqu'un puis, comme sur un signal invisible, se mettent à crier ensemble en anglais : « A, B, D ! Un, deux, trois ! Comment ça va ? Bonjour ! Au revoir ! » Quelqu'un leur a donc appris que des Américains allaient venir ? Ont-ils répété pour notre arrivée ?

Les enfants nous font des signes et nous leur répondons. « Bonjour ! Au revoir ! » Nous dépassons les bâtiments de l'école. Deux jeunes hommes arrivent vers nous à bicyclette, ralentissent et s'arrêtent pour nous observer. Kwan tressaille. Au bout du chemin, une douzaine de personnes se tiennent debout devant un porche orné d'une voûte. Kwan porte une main à ses lèvres et se met à courir vers eux. En parvenant au milieu d'eux, elle saisit les mains de chacun entre les siennes, puis elle avise une grosse femme à qui elle donne une bourrade dans le dos. Simon et moi arrivons à notre tour au milieu d'eux. Ils sont en train d'échanger des apostrophes avec amitié.

– C'est incroyable ce que tu as grossi !

– Et toi, où sont passés tes cheveux ? Tu les a arrachés exprès ?

– Eh oui, c'est la mode, que veux-tu ! Il faut sortir de ton trou, tu ne sais pas que c'est à la mode ?

– Écoutez-moi ça, elle continue à vous donner des leçons à tout bout de champ !

– La donneuse de leçons, c'était toi, je...

202

Soudain, Kwan s'interrompt au milieu de sa phrase. Elle semble fascinée par un mur de pierre – on dirait vraiment qu'elle n'a jamais rien vu de semblable.

– Et Bonne-Maman ? Comment se fait-il ? Qu'est-ce qui s'est passé ?

Un homme dans la foule lui répond en pouffant :

– Ah, ma pauvre ! Elle était tellement impatiente de te revoir qu'elle s'est levée très tôt ce matin ; elle a attrapé le bus de Guilin pour aller te voir, et maintenant, c'est malin, toi, tu es ici et, elle, elle est là-bas. Elle va être furieuse.

Tout le monde éclate de rire, sauf Kwan. Elle s'approche de ce mur en gémissant : « Bonne-Maman, Bonne-Maman. » On entend quelques murmures, tout le monde recule, un peu effrayé. Je m'écrie :

– Oh ! Oh !

– Pourquoi pleure-t-elle ? demande Simon dans un souffle.

– Bonne-Maman, Bonne-Maman.

Kwan verse un torrent de larmes.

– Il faut me croire, ce n'est pas ma faute, je ne voulais pas que ça arrive, quel malheur que tu sois morte le jour de mon retour.

Quelques femmes portent une main à leur bouche. Je me dirige vers Kwan.

– Que racontes-tu ? Pourquoi penses-tu qu'elle est morte ?

– Pourquoi tout le monde a l'air paniqué ? murmure Simon.

Je lève la main.

– Je ne suis pas sûre, attends.

Je me retourne vers Kwan.

– Kwan ?

Je répète doucement :

– Kwan ?

Elle ne semble pas m'entendre. Elle regarde le mur d'un air attendri, riant et pleurant à la fois.

– Oui, je le savais, dit-elle, Bien sûr que je le savais. Au fond de mon cœur, je l'ai toujours su.

Dans l'après-midi, le village organise tant bien que mal une réception de bienvenue dans la salle communale. La nouvelle a couru dans Changmian que Kwan a vu le fantôme de Bonne-Maman. Pourtant, elle n'a rien annoncé de tel aux villageois, il n'y a aucune preuve que Bonne-Maman soit morte et on n'a donc aucune raison d'annuler la petite fête et le buffet que ses amis ont mis plusieurs jours à préparer. Pendant la fête, Kwan reste discrète sur sa voiture, son canapé, sa pratique de l'anglais. Elle écoute patiemment ses anciens compagnons de jeu lui raconter les grandes étapes de leur vie : la naissance des jumeaux, un voyage en train vers une grande ville du coin, et cette période de la Révolution culturelle où l'on a vu débarquer un groupe d'intellectuels envoyés en rééducation à Changmian.

– Ils se croyaient mieux que nous, précise une femme aux mains déformées par l'arthrite, ils voulaient que nous cultivions un riz nouveau qui poussait plus vite, ils prétendaient que nous aurions trois récoltes au lieu de deux. Ils nous ont donné des graines. Ils ont apporté des insecticides. Les grenouilles qui mangeaient les insectes dans les rizières sont toutes mortes. Les canards qui mangeaient les grenouilles sont morts. Puis le riz est mort lui aussi.

Un homme aux sourcils broussailleux s'écrie :

– Alors nous avons demandé : « À quoi bon planter du riz à trois récoltes qui ne tient pas le coup plutôt que du riz qui produit deux bonnes récoltes ? »

La femme arthritique continue :

– Les mêmes intellectuels ont essayé de faire reproduire nos mulets ! Ah ! Vous imaginez une idée pareille ! Chaque semaine, pendant deux ans, l'un de nous leur demandait : « Alors, ça marche ? » Et ils nous répondaient : « Pas encore, pas encore. » Nous, nous essayions de ne pas rire, de les encourager : « Eh bien, camarades, nous vous souhaitons bon courage. Continuez, n'abandonnez pas ! »

Nous rions encore quand un gamin fait irruption en courant, criant qu'un officiel vient d'arriver de Guilin dans une voiture noire. Silence. L'homme entre dans la salle, tout le monde se lève. Il brandit la carte d'identité de Li-Bin-Bin d'un air solennel et demande s'il s'agissait bien d'une habitante du village. Plusieurs personnes jettent un coup d'œil inquiet en direction de Kwan qui va lentement vers lui, examine la carte d'identité et hoche la tête. L'officiel nous fait son annonce, la salle s'emplit de plaintes et de sanglots. Simon se penche vers moi.

– Que se passe-t-il ?

– Bonne-Maman est morte. Elle est morte dans l'accident de bus que nous avons vu ce matin.

Simon et moi avançons vers Kwan et lui posons une main sur l'épaule. Elle a vraiment une petite mine. Simon bégaie :

– Je suis désolé... Je suis désolé que tu n'aies pas pu la revoir, que nous n'ayons pas pu la rencontrer.

Elle lui répond par un sourire noyé de larmes. Comme elle est la plus proche parente, elle a proposé d'accomplir les démarches rituelles pour que le corps soit rapatrié au village le lendemain. Nous retournons tous les trois à Guilin.

Dès que Rocky nous aperçoit, il éteint sa cigarette et coupe la radio. Les nouvelles lui sont parvenues.

– Quelle tragédie, dit-il. Je suis désolé, grande sœur, j'aurais dû m'arrêter, je me sens coupable...

Kwan balaye ses excuses.

– Personne n'est coupable. Les regrets ne servent à rien, ils viennent toujours trop tard.

Quand Rocky ouvre la portière de la voiture, la chouette est toujours sur le siège arrière. Kwan prend doucement la cage et regarde l'oiseau.

– Plus besoin de grimper sur la montagne, murmure-t-elle.

Elle pose la cage par terre et ouvre la porte. La chouette sort la tête, saute sur le bord de l'ouverture, puis sur le sol. Elle tourne la tête et, dans un grand battement d'ailes, s'envole vers la montagne. Kwan la suit des yeux jusqu'à ce qu'elle disparaisse.

– Plus de remords, dit-elle, avant de monter dans la voiture.

Rocky fait chauffer le moteur, je demande à Kwan :

– Quand nous avons dépassé le bus, tout à l'heure, tu as vu quelqu'un qui ressemblait à Bonne-Maman ? C'est comme ça que tu as su ?

– Qu'est-ce que tu racontes ? Je ne savais pas qu'elle était morte jusqu'à ce que je voie son double yin près du mur.

– Alors pourquoi lui as-tu dit que tu le savais ?

Elle fronce les sourcils et me jette un coup d'œil surpris.

– Que je savais quoi ?

– Tu lui disais que tu le savais, que dans ton cœur tu savais. Tu ne parlais pas de l'accident ?

– Ah ! fait-elle, comprenant enfin. Non, non, pas de l'accident... (Elle soupire.) Je disais à Bonne-Maman qu'elle avait raison.

– Pourquoi ?

Elle se tourne vers la vitre. Je vois le reflet de son visage bouleversé.

– Elle m'a dit qu'elle avait eu tort de me parler comme elle l'avait fait à propos du Vœu de la Jeune Fille. Que mes vœux les plus chers s'étaient réalisés. Qu'elle avait toujours eu des remords de m'avoir renvoyée. Mais qu'elle ne pouvait me l'avouer, sans quoi je ne l'aurais pas quittée pour aller trouver ailleurs une vie meilleure.

J'essaie d'imaginer un moyen de la consoler.

– Au moins, tu peux la voir.

– Comment ?

– Tu peux voir son double yin, elle peut te rendre visite.

Kwan regarde encore par la vitre de la voiture.

– Mais ce n'est pas pareil. Nous ne pouvons plus nous faire des souvenirs ensemble, le passé est scellé jusqu'à la prochaine vie.

Elle pousse un grand soupir par lequel elle semble confesser tout ce qui l'oppresse.

La voiture cahote sur le chemin, les enfants dans la cour de récréation courent vers nous et s'écrasent le nez contre la grille.

– Bonjour ! Au revoir ! Bonjour ! Au revoir !

15

Le septième jour

Je vois bien que Kwan est effondrée. Elle ne pleure pas mais, quand j'ai suggéré de dîner dans la chambre d'hôtel plutôt que de courir les rues sous prétexte d'économie, elle a accepté.

Simon lui inflige encore quelques condoléances maladroites. Il l'embrasse sur la joue, puis il nous laisse toutes les deux seules dans la chambre. Au menu, des lasagne à douze dollars par personne – un prix exorbitant pour un Chinois. Kwan contemple son dîner. Elle est toute pâle, on dirait une plaine balayée par les vents avant l'orage. Les lasagne m'aident à retrouver le moral. J'espère seulement que je serai assez en forme pour réconforter Kwan.

Que pourrais-je bien lui dire ? « Bonne-Maman était une femme excellente. Elle nous manquera » ? Ce serait de ma part un manque de franchise : Simon et moi, nous ne l'avons jamais rencontrée. En plus, les histoires que Kwan m'a racontées où sa tante la maltraitait me font imaginer Bonne-Maman comme une véritable Mère Mac Mich. Et pourtant Kwan est profondément chagrinée par la mort de cette mauvaise femme qui lui a littéralement laissé des cicatrices. Pourquoi aimons-nous tant nos mères, même si elles ont failli à leur tâche ? Sommes-nous vierges de cœur à la naissance et prêtes à toutes les imitations de l'amour ?

Je pense à ma propre mère. Sa mort me désolerait-elle ? Le simple fait de me poser la question m'emplit d'inquiétude et de culpabilité. Mais j'y pense quand même : reviendrais-je, moi aussi, en un pèlerinage sur les lieux de mon enfance, afin d'y recueillir les souvenirs heureux ? Et y constaterais-je qu'ils sont aussi rares que les mûres noires sur un buisson de ronces ? M'enfoncerais-je en trébuchant parmi les épines afin de ranimer la reine entourée de ses sujets en adoration ? Ou bien, à la mort de ma mère, déciderais-je de lui pardonner avant de pousser un grand soupir de soulagement ? Me retirerais-je dans un vallon imaginaire où ma mère, désormais aimante et attentive, m'embrasserait en me disant : « Olivia, je suis désolée, j'ai été une très mauvaise mère, vraiment nulle. Si tu devais ne pas me le pardonner, je ne pourrais pas t'en vouloir. » Oui, c'est vraiment ce que je souhaite entendre. Mais je me demande ce qu'elle me dirait réellement.

– Lasagne, murmure Kwan en sortant de sa torpeur.

– Comment ?

– Bonne-Maman me demande ce que nous mangeons. Elle regrette de ne pas avoir eu l'occasion de goûter la nourriture américaine.

– Les lasagne, c'est italien.

– Shh ! Shh ! Je le sais bien. Mais je lui dis ça, elle me répond qu'elle regrette, elle n'a pas eu le temps de visiter l'Italie. Déjà trop de regrets.

Je me penche vers elle et lui demande à voix basse :

– Bonne-Maman ne comprend pas l'anglais ?

– Non, juste le dialecte de Changmian et un peu de langage qui vient du cœur. Quand elle sera morte depuis plus longtemps, elle parlera davantage avec son cœur et peut-être qu'elle se mettra à l'anglais.

Kwan continue à bavarder. Je suis contente qu'elle ne reste pas prostrée dans son chagrin. Je me sentais impuissante à lui venir en aide.

– ... Après un moment, les gens du Yin parlent avec leur cœur. Plus facile, plus rapide. Pas de malentendus comme avec les mots.

– À quoi ressemble ce langage ?

– Je te l'ai déjà dit.

– Ah oui ?

– Souvent. On ne se sert pas que de sa langue, ses lèvres, ses dents. On utilise les cent sens cachés.

– Ah oui, oui.

Je me rappelle les conversations interminables que nous avions à ce sujet : les sens issus des instincts primitifs que possédaient les hommes avant le développement du langage et des fonctions supérieures – la capacité à parler un double langage, à trouver des prétextes, à mentir. Les frissons le long de la colonne vertébrale, les odeurs musquées, la chair de poule, les joues rouges sont les mots du langage primitif, si je me souviens bien.

– Les sens cachés, c'est comme quand tes cheveux se dressent sur ta tête, ce qui signifie que tu as peur ?

– Ça veut dire que quelqu'un que tu *aimes* a peur.

– Quelqu'un que tu aimes ?

– Oui, les sens cachés, toujours entre deux personnes. Comment peux-tu être la seule à posséder un secret ? Tes cheveux se hérissent, tu connais le secret de quelqu'un.

– Je croyais me souvenir que tu m'avais expliqué que les secrets existent parce que les gens ont oublié l'existence de leurs sens.

– Ah oui. Les gens oublient jusqu'à leur mort.

– Si je comprends bien, c'est un langage de fantômes.

– Un langage d'amour. Pas seulement d'amour amoureux. De tous les autres amours : mère-enfant, tante-nièce, ami-ami, sœur-sœur, inconnu-inconnu.

– Inconnu ? Comment peux-tu aimer un inconnu ?

Kwan sourit.

– Quand tu as rencontré Simon, c'était un inconnu, non ? La première fois que je t'ai vue, tu étais une inconnue, toi aussi. Et mon Georgie ! La première fois que je l'ai vu, je me suis dit : « Kwan, où as-tu déjà rencontré cet homme-là ? » Tu sais quoi ? Il était mon amoureux dans une autre vie.

– Hein ? Yiban ?

– Non, Zeng !

Zeng ? J'avoue que je suis perdue. Alors elle précise en chinois :

– Tu sais, l'homme qui m'apportait des pots de terre.

– Ah oui !

– Attends une seconde, Bonne-Maman, je parle de mon mari à Libby-Ah.

Elle regarde derrière mon épaule.

– Oui, tu le connais. Non pas dans cette vie, dans la dernière, quand tu étais Ermei la cuisinière, je te donnais des œufs de canard et tu me donnais du sel.

Tout en piquant dans mon assiette de lasagne, j'écoute Kwan et son bavardage. Elle est distraite de son chagrin par ses souvenirs imaginaires.

– La dernière fois que j'ai vu Zeng avant qu'il ne devienne Georgie, c'était... Ah oui ! La veille de ma mort. Zeng m'avait apporté un petit sac d'orge et de mauvaises nouvelles. Quand je lui ai tendu ses vêtements propres, il ne m'a rien donné d'autre à laver. Je me tenais près de mes bassines, je faisais bouillir le linge. Il m'a dit : « Désormais, que le linge soit propre ou sale n'a plus d'importance. »

» Il regardait les montagnes, pas moi. Ah ! ai-je pensé, il veut me dire que notre flirt est terminé. Mais il m'a annoncé : « Le Roi Céleste vient de mourir. »

» Oh ! C'était comme d'entendre un coup de tonnerre alors que le ciel est bleu. « Mais comment est-ce possible ? Il est immortel. – Il ne l'est plus, dit Zeng. – Qui l'a tué ? – Les gens racontent qu'il s'est tué lui-même. »

» Voilà qui m'a choquée plus encore. Le Roi Céleste avait interdit le suicide. Et voilà qu'il se suicidait ? Il reconnaissait donc qu'il n'était pas le petit frère de Jésus ? Comment un Hakka pouvait-il trahir son peuple de pareille façon ? J'ai regardé Zeng, sa figure sombre. J'ai pensé qu'il partageait mon sentiment. Nous étions tous les deux hakka.

» J'ai songé à cela en sortant de l'eau les vêtements lavés qui étaient si lourds. « Au moins, ai-je dit, la guerre va cesser. Il y aura de nouveau des bateaux sur les rivières. » Alors Zeng m'a relaté la troisième nouvelle, pire que les deux autres. « Les fleuves débordent mais pas de bateaux : de cadavres. »

» Quand quelqu'un vous parle de cadavres au fil de l'eau, vous ne pouvez pas vous contenter de répondre : « Ah ! Je vois... » J'ai cuisiné Zeng pour qu'il m'apprenne ce qu'il savait. J'ai dû lui arracher les informations par bribes, comme si je devais mendier un bol de riz grain après grain. Il n'était pas doué pour les mots. Petit à petit, voici ce que j'ai fini par apprendre :

» Dix ans auparavant, le Roi Céleste avait répandu la mort des montagnes vers la côte. Le sang avait coulé. Des millions de gens étaient morts. Désormais, cette vague de mort déferlait dans l'autre sens. Dans les villes portuaires, les Mandchous avaient tué tous les Adorateurs de Jésus. Ils progressaient à présent vers l'intérieur, brûlant les maisons au passage, profanant les tombes, semant la destruction sur la terre comme au ciel. « Ils sont tous morts. Personne n'est épargné, pas même les bébés. »

» Et, tandis que j'entendais cela, je voyais des bébés qui pleuraient, ils étaient très nombreux. « Quand arriveront-ils dans notre province ? ai-je demandé dans un souffle. Le mois prochain ? – Oh non ! Le messager qui est venu jusqu'à notre village n'avait que quelques longueurs d'avance sur eux. – Aïe, aïe ! Deux semaines ? Une seule ? Combien de temps ? – Demain les soldats vont détruire Jintian et après-demain Changmian. »

» Je me suis sentie accablée par une sorte de torpeur. Je me suis appuyée à la roue du moulin. Dans ma tête j'entendais déjà les soldats marchant le long de la route. J'imaginais des épées couvertes de sang. Zeng choisit ce moment-là pour me demander en mariage. En fait, il n'a même pas utilisé le mot *mariage*, il m'a dit d'une voix altérée : « Ce soir, je vais dans la montagne pour me cacher dans les grottes. Tu veux venir avec moi ? »

» Évidemment, tu vas trouver ça maladroit, pas très romantique. Mais si quelqu'un te propose de te sauver la vie, n'est-ce pas aussi bien que d'aller à l'église, en robe blanche, pour dire oui ? Si j'avais été dans une autre situation, j'aurais dit : « Oui, je le veux. » Mais je n'étais pas en état de penser mariage. Je me demandais ce qui allait arriver à Mademoiselle Bannière, à Lao-Lu, à Yiban. Oui, je me préoccupais aussi du sort des Adorateurs de Jésus, ces gens couleur cierge, le Pasteur et Madame Amen, Mademoiselle Souris et le Docteur Trop Tard. J'ai pensé : « Comme c'est curieux. Pourquoi le sort de ces gens ne m'est-il pas indifférent ? Nous n'avons rien de commun – ni la langue, ni les idées ; nous ne ressentons pas les mêmes choses à propos du ciel et de la terre. Cependant, je suis sûre d'une chose : ils sont sincères. Toutes leurs intentions n'étaient pas parfaites, certaines de leurs actions n'ont pas donné de bons résultats, mais ils ont fait de leur mieux. Quand on est convaincu de cela à propos de quelqu'un, on se sent fatalement quelque chose de commun avec lui, non ? »

» Zeng a fait irruption dans mes réflexions. « Tu viendras avec moi, oui ou non ? – J'ai besoin de réfléchir un moment, lui ai-je répondu. Mon esprit ne fonctionne pas aussi vite que le tien. – À quoi dois-tu réfléchir ? Tu veux vivre ou mourir ? Ne pense pas trop, ou tu vas croire que tu as le choix alors que tu ne l'as pas. Tu seras troublée pour rien. »

» Il est allé s'allonger sur le banc voisin, le bras sous sa nuque. J'ai jeté les vêtements mouillés sur la pierre du moulin. J'ai roulé la pierre pour les essorer. Zeng avait raison : j'étais troublée. Une part de moi-même me soufflait que Zeng était un homme excellent. De toute ma vie je n'allais pas rencontrer une chance pareille, surtout si je mourais bientôt.

» Mais une autre part de moi-même murmurait : « Si je vais avec lui, je n'aurai plus la même liberté de me poser des questions et d'y répondre. Je ne me demanderai plus : " Suis-je une amie loyale ? Dois-je venir en aide à Mademoiselle Bannière ? Et les Adorateurs de Jésus ? " Je n'aurais plus de libre arbitre. Zeng déciderait pour moi ce qu'il faudrait ou non que je fasse. Entre homme et femme, c'est ainsi que ça se passe. »

» Mon esprit n'arrêtait pas de retourner la question dans tous les sens. Une nouvelle vie avec Zeng ? La vieille loyauté envers mes amis ? Si je me cachais dans les montagnes, aurais-je peur et me faudrait-il mourir de toute façon ? Si je restais, ma mort serait-elle rapide ? Quelle vie, quelle mort, quel destin choisir ? J'avais l'impression que je courais après une volaille et que, l'instant d'après, je devenais moi-même la volaille que je pourchassais. J'avais une minute pour décider dans quel rôle je me voyais le mieux. Et j'ai décidé.

» J'ai regardé Zeng sur son banc. Il fermait les yeux. Il était gentil, pas très malin mais toujours honnête. J'ai résolu d'en finir avec sa cour de la même façon qu'elle avait commencé, en diplomate. Je devais lui faire croire qu'il avait pris l'initiative. « Zeng ? »

» Il a ouvert les yeux, s'est redressé. Je me suis mise à étendre mon linge. « Pourquoi devons-nous nous enfuir ? Nous ne sommes pas des partisans de Taiping. » Il a agrippé ses genoux de ses deux mains, puis d'un ton qu'il voulait très patient m'a dit : « Écoute ton ami. Les Mandchous n'ont pas besoin de grand-chose pour penser que tu es du côté des Adorateurs de Jésus. Regarde où tu habites... Pour eux, ça mérite la peine de mort. »

» Je le savais, mais au lieu de l'admettre j'ai discuté : « Qu'est-ce que tu racontes ? Les étrangers ne sont pas des fervents du Roi Céleste. Je les ai plusieurs fois entendus dire : " Jésus n'a pas de petit frère. " »

» Zeng a poussé un grand soupir, comme s'il s'avisait seulement que j'étais une fille stupide. « Raconte ça à un soldat mandchou ! Avant que la phrase soit terminée, ta tête aura roulé par terre. » Il s'est relevé. « Bon, assez discuté, on n'a pas le temps. Ce soir, je m'en vais. Tu viens ou non ? »

» J'ai continué mon petit bavardage idiot : « Pourquoi ne pas attendre un peu ? Attendons de voir ce qui va se passer. La situation n'est pas forcément aussi alarmante que tu le penses. Les Mandchous vont tuer quelques personnes par-ci par-là, juste pour l'exemple. Ils ne toucheront pas aux étrangers. Il existe un traité, quand même. D'ailleurs, à présent que j'y réfléchis, c'est peut-être plus sûr de rester ici. Zeng, viens vivre avec nous. Il y a plein de place, ici. – Vivre avec vous ! a-t-il crié. Il vaudrait mieux que je me tranche la gorge sur-le-champ ! »

» Zeng s'accroupit. Je voyais qu'il bouillait intérieurement, comme mes bassines de lessive. Il grommelait toutes sortes de grossièretés, assez fort pour que je puisse entendre : « Elle est idiote. Évidemment, avec un seul œil, elle ne voit pas ce qu'il faut faire ! – Hé ! Pour qui te prends-tu, à me critiquer comme ça ? Une mouche a dû entrer dans ta seule oreille et t'inoculer une fièvre. »

» J'ai dressé le petit doigt, j'ai décrit des zigzags en l'air et lui ai lancé : « Tu entends Zzzz et tu crois que des nuages noirs s'amoncellent à l'horizon. Tu as peur d'un rien. – D'un rien ! Qu'est-il arrivé à ta tête ? Tu as vécu si longtemps dans les nuages sacrés de ces étrangers que tu te crois immortelle ? »

» Il s'est levé, m'a adressé un regard de dégoût pendant un moment, puis s'est écrié : « Bah ! » avant de tourner les talons et disparaître. Mon cœur s'est mis à saigner tout de suite. Pendant qu'il s'éloignait, je l'entendais qui répétait : « Elle est vraiment idiote ! Elle a perdu l'esprit et bientôt elle va perdre la tête pour de bon... »

» J'ai continué à étendre le linge, mais mes doigts tremblaient. Comme les bons sentiments peuvent rapidement tourner à l'aigre... Je l'avais abusé tellement facilement. Les yeux me piquaient un peu. J'ai essuyé une larme. Pas d'apitoiement sur moi-même. Pleurer était un luxe réservé aux faibles. J'ai entonné une vieille chanson de montagnards dont je ne me souviens plus aujourd'hui. Ma voix était claire, forte, juvénile – et triste. « Bon, d'accord, on ne se dispute plus. »

» Je me suis retournée. Zeng était là, l'air fatigué. « On peut emmener les étrangers dans la montagne si tu veux. – Les emmener avec nous ! » J'ai hoché la tête. Je l'ai regardé qui s'éloignait. En partant il entonna le couplet des garçons dans ma chanson de montagnards. Il était plus malin que je ne l'avais cru. Quel mari intelligent il ferait ! Et avec une jolie voix ! Il s'est interrompu, m'a appelée : « Nunumu ? – Oui. – Deux heures après le coucher du soleil, je viendrai. Dis à tout le monde d'être prêt dans la cour principale. Compris ? – Compris. »

» Il a fait quelques pas, puis s'est arrêté de nouveau. « Nunumu ? – Quoi ? – Ce n'est pas la peine de laver d'autres vêtements. Ceux qui resteront seront vite des cadavres. »

» Tu vois, il se prenait déjà pour le chef, décidait à ma place. C'est comme ça que j'ai compris que nous étions déjà mariés. C'était sa manière à lui de dire *oui, je le veux*.

– Après le départ de Zeng, je suis allée au jardin et j'ai gravi le chemin jusqu'au pavillon où le Marchand Fantôme était mort. J'ai regardé par-dessus le mur d'enceinte et ai contemplé les toits des maisons, le petit chemin qui menait à la montagne. En arrivant à Changmian pour la première fois, on se disait : « Ah, quel bel endroit ! La paix, la tranquillité, un lieu idéal pour les lunes de miel. »

» Mais cette paix et cette tranquillité signifiaient que le temps du danger était révolu et que s'annonçait déjà celui des désastres. L'air était épais, humide. On respirait mal. Pas d'oiseaux. Pas de nuages. Le ciel prenait des couleurs orange et rouge comme si le bain de sang s'était étendu jusque là-haut. J'étais inquiète. J'avais l'impression que quelque chose rampait sur ma peau. Quand j'ai regardé, j'ai aperçu sur mon bras l'un des cinq diables des légendes chinoises, une scolopendre ! J'ai agité le bras pour la faire tomber et l'ai écrasée. Je l'ai piétinée longtemps après sa mort, jusqu'à ce qu'elle ne soit plus qu'une tache sombre sur le sol. J'avais encore du mal à me débarrasser de cette impression que quelque chose me rampait sur la peau.

» Après un moment, j'ai entendu Lao-Lu qui sonnait la cloche du dîner et j'ai retrouvé mes esprits. À la salle à manger, je me suis assise à côté de Mademoiselle Bannière. On ne distinguait plus entre table des Chinois et table des étrangers depuis que je distribuais mes œufs de canard. Comme d'habitude, Madame Amen a récité le bénédicité. Comme d'habitude, Lao-Lu a apporté un plat de sauterelles frites qu'il nous a fait passer pour un hachis de lapin grillé. Je voulais attendre la fin du repas, mais mes pensées sont sorties toutes seules : « Je n'ai pas le cœur à manger, nous risquons de mourir demain. »

» Quand Mademoiselle Bannière eut traduit mes mauvaises nouvelles, tout le monde se tut. Le Pasteur Amen a bondi de sa chaise, a levé les bas et s'est adressé à Dieu d'une voix presque gaie. Madame Amen a ramené son mari à table et l'a fait asseoir. Puis elle nous a dit quelque chose que Mademoiselle a traduit aussitôt : « Le Pasteur ne peut pas partir. Vous voyez, il est encore fiévreux. Avec vous, il finirait par attirer l'attention et vous mettre en danger. Nous allons demeurer ici. Je suis sûre que les Mandchous ne nous feront rien, à nous, les étrangers. »

» Était-ce du courage ou de la sottise ? Peut-être avait-elle raison ; les Mandchous n'allaient peut-être pas s'en prendre aux étrangers. Mais comment savoir ?

» Mademoiselle Souris a pris la parole ensuite. « Où est cette grotte ? Savez-vous comment y aller ? Nous pourrions nous perdre. Et qui est cet homme, Zeng ? Pourquoi lui ferions-nous confiance ? »

» Elle s'inquiétait de tout. « Il fait si noir ! Nous devrions rester ici. Les Mandchous ne peuvent pas nous tuer. C'est contre la loi. Nous sommes sujets de la Reine... »

» Le Docteur Trop Tard s'est précipité vers elle pour lui prendre le pouls. Mademoiselle Bannière m'a traduit son diagnostic à voix basse : « Son cœur bat trop vite... Grimper dans la montagne la tuerait... Le Pasteur et Mademoiselle Souris sont ses patients. Il va rester avec eux... Mademoiselle Souris se met à pleurer et le Docteur Trop Tard lui tient la main », ajouta ma traductrice alors que je voyais la scène comme elle – c'est dire combien elle était bouleversée.

» Lao-Lu s'est alors écrié : « Je ne reste pas ici ! Regardez-moi. Où sont mon long nez, mes yeux clairs ? Mon visage ne me protégera pas. Dans la montagne, il y a une centaine de grottes, une centaine de chances de survivre. Ici, je n'en ai pas une. »

» Mademoiselle Bannière a jeté un coup d'œil à Yiban. Elle avait l'air tellement effrayée. Je savais bien ce qu'elle pensait : que l'homme qu'elle aimait avait l'air plus chinois que Johnson. C'est curieux, maintenant que j'y réfléchis, le visage de Yiban ressemblait à celui de Simon : il avait l'air tantôt chinois, tantôt étranger, tantôt les deux. Ce soir-là, Mademoiselle Bannière le trouvait très chinois. Je le sais parce qu'elle s'est tournée vers moi et m'a dit : « À quelle heure vient Zeng ? »

» À cette époque-là nous n'avions pas de bracelets-montres. Je lui ai répondu quelque chose comme : « Quand la lune se trouvera au milieu de la voûte céleste », ce qui voulait dire environ dix heures. Elle a hoché la tête, puis elle est partie dans sa chambre. Quand elle en est ressortie, elle portait ses affaires les plus jolies : sa robe dominicale à motifs brodés, le collier avec son camée orange qui représentait un visage de femme, des gants de cuir d'une grande finesse et les épingles à cheveux qu'elle préférait, en écaille de tortue, la même matière exactement que le porte-savon que tu m'as offert pour mon anniversaire. Tu comprends maintenant pourquoi je l'adore. Voilà la tenue qu'elle voulait porter au cas où elle viendrait à mourir. Moi, je ne me préoccupais guère de mes vêtements, même si cette nuit était plus ou moins celle de ma lune de miel. Mon autre pantalon et mon chemisier étaient encore mouillés et pendus dans le jardin. Et ils ne valaient guère mieux que ce que je portais.

– Le soleil s'est couché. Un croissant de lune s'est levé, puis est monté dans le ciel. Une sorte de fièvre nous a gagnés pendant que nous attendions la venue de Zeng dans la cour obscure. Pour être précis, nous n'avions pas besoin de l'attendre : je connaissais le chemin dans la montagne aussi bien que lui, peut-être même mieux. Mais je ne l'ai avoué à personne.

» Finalement, nous avons entendu des coups frappés sur le portail, bom, bom, bom. Zeng était là ! Avant que Lao-Lu n'atteigne les portes, il y a eu de nouveaux coups, bom, bom. Lao-Lu s'est écrié : « Tu nous as fait attendre, tu peux bien attendre à ton tour que j'aie fini de pisser. » Il a ouvert un battant et aussitôt deux soldats mandchous ont bondi à l'intérieur, l'épée à la main, et l'ont renversé. Mademoiselle Souris a poussé un long cri : « Aaaaah », suivi de quelques autres plus brefs, « Aaah, aaah, aaah ». Le Docteur Trop Tard lui a appliqué la main sur la bouche, Mademoiselle Bannière a poussé Yiban à l'écart, il est allé se cacher derrière un buisson. Je n'ai rien fait, mais dans mon cœur je pleurais. Qu'était-il arrivé à Zeng ? Où était mon nouveau mari ?

» À ce moment-là, quelqu'un d'autre est entré dans la cour. Un autre soldat. Il s'agissait d'un gradé, un étranger aux cheveux courts. Il n'avait ni barbe ni manteau. Mais quand il a parlé, quand nous l'avons entendu crier « Nelly » en tapant avec son bâton, nous avons su tout de suite de quel traître, de quel voleur il s'agissait. C'était le Général Manteau qui cherchait Mademoiselle Bannière dans la cour. Avait-il seulement l'air de regretter ce qu'il avait fait ? Les Adorateurs de Jésus allaient-ils le frapper ? Il a tendu le bras vers Mademoiselle Bannière en répétant : « Nelly. » Elle n'a pas bougé.

» Alors, tout a déraillé d'un seul coup. Yiban est sorti de son buisson pour se ruer sur le Général avec fureur. Mademoiselle s'est précipitée devant lui pour aller se jeter dans les bras du Général en murmurant : « Warren. » Le Pasteur Amen est parti d'un éclat de rire. Lao-Lu a crié : « Elle est en chaleur, la chienne ! » Une épée a scintillé dans le noir, crac, une fois, deux fois. Avant même que nous ayons eu le temps de réagir, une tête roulait vers moi dans la poussière, les lèvres encore ouvertes dans un cri. J'ai regardé Lao-Lu, j'attendais qu'il parle. Pourquoi ne le faisait-il pas ? Derrière moi, j'ai entendu les pleurs et les gémissements des étrangers. Alors, une chouette a pris son envol et a quitté ma poitrine tandis que je me jetais à terre pour essayer de réunir ces deux moitiés de Lao-Lu dans la poussière. En vain ! J'ai bondi, me suis relevée pour toiser le Général, prête à tuer et à mourir. Je n'ai pu faire qu'un seul pas. Mes jambes se sont dérobées, comme si soudain je n'avais plus d'os. La nuit s'est épaissie autour de moi, l'air s'est alourdi, le sol est monté vers moi et m'a cogné le visage.

» Quand j'ai rouvert les yeux, j'ai vu mes mains et les ai portées à mon cou. Ma tête était toujours là, mais j'avais reçu un grand coup sur le côté. On m'avait donc frappée ? Ou m'étais-je évanouie ? J'ai regardé de tous les côtés, Lao-Lu avait disparu, mais la poussière autour de moi était encore humide de son sang. J'ai entendu des cris qui provenaient de l'autre bout de la maison. Je me suis cachée derrière un arbre. De là où j'étais, je pouvais voir à travers les fenêtres et les portes de la salle à manger. C'était comme un cauchemar étrange. Les lampes étaient toutes allumées. Où les étrangers avaient-ils trouvé l'huile ? À la table des Chinois étaient

216

installés les deux soldats mandchous et Yiban. Sur la table des étrangers était posé un quartier de viande fumante. Qui l'avait apporté ? Le Général tenait un pistolet dans chaque main. Il en brandissait un en direction du Pasteur Amen, assis à côté de lui. L'arme a fait entendre un grand clic, mais le coup n'est pas parti. Tout le monde a ri. Le Pasteur s'est mis à manger la viande à pleines mains.

» Le Général a proféré des ordres à ses soldats. Ils ont pris leurs épées, ont traversé la cour rapidement, ouvert le portail et disparu à l'extérieur. Le Général s'est levé et s'est incliné en direction des Adorateurs de Jésus, comme pour les remercier de lui avoir fait le plaisir de dîner avec lui. Il a tendu le bras à Mademoiselle Bannière et, comme un couple impérial, ils ont descendu le couloir jusqu'à leur chambre. Bientôt, j'ai entendu les échos sinistres de la boîte à musique.

» Mon regard est revenu à la salle à manger. Plus personne ne riait. Mademoiselle Souris se tenait le visage entre les mains. Le Docteur Trop Tard la consolait. Le seul qui souriait était le Pasteur Amen, qui examinait l'os rongé devant lui. Yiban avait déjà quitté la pièce.

» Dans ma tête, les pensées les plus lugubres se bousculaient. Je ne m'étonnais plus que les étrangers fussent appelés les diables blancs. Ils n'avaient aucune morale. On ne pouvait pas leur faire confiance. Quand ils disaient de tendre l'autre joue, ils voulaient dire qu'ils avaient deux visages, tout aussi menteurs l'un que l'autre. Comment avais-je pu me laisser abuser jusqu'à les prendre pour des amis ? Où était Zeng à présent ? Comment avais-je pu risquer sa vie pour des gens pareils ?

» Une porte s'est ouverte, et Mademoiselle Bannière est sortie en tenant une lampe. Elle a lancé quelques mots vers le Général d'une voix minaudière, puis elle a fermé la porte et a marché vers la cour. « Nuli ! a-t-elle crié en chinois. Nuli ! viens tout de suite, ne me fais pas attendre ! » Oh, j'étais furieuse ! Pour qui me prenait-elle ? Pour une esclave ? Elle me cherchait, tournant en rond. J'ai tâté le sol à la recherche d'une pierre à lui jeter. Mais je n'ai trouvé qu'un caillou et, même si modestement armée, je me suis dit : « Cette fois, je ne vais pas la rater, je vais la toucher en pleine tête. »

» Je suis sortie de mon arbre et j'ai lancé : « Nuwu ? » Je venais de l'appeler sorcière. Elle s'est retournée, la lanterne éclairait son visage, mais elle ne pouvait toujours pas me voir. « Alors, quand je vous appelle sorcière, vous répondez ! Vous connaissez bien votre véritable nom ! »

» L'un des soldats a ouvert le portail et a demandé ce qui se passait. Je m'attendais à ce que Mademoiselle lui ordonne de me couper la tête sur-le-champ, mais elle a répondu calmement : « J'appelais ma domestique, ce n'est rien. – Vous voulez qu'on vous la trouve ? – Non, pas besoin, je sais où elle est. La voilà... » Elle a désigné un coin sombre à l'opposé de la cour. « Nuli ! a-t-elle crié encore en direction de l'obscurité. Dépêche-toi ! Apporte-moi la clé de ma boîte à musique. »

» Mais que racontait-elle ? Je n'étais pas là-bas. Le soldat a reculé et a refermé le portail. Aussitôt, Mademoiselle Bannière a tourné les talons et s'est ruée vers moi. Son visage fut contre le mien en un instant. La lueur de la lampe révélait l'angoisse de ses yeux. D'une voix douce et triste, elle m'a interrogée : « Es-tu encore mon amie loyale ? » Elle m'a tendu la clé de la boîte à musique qu'elle tenait entre ses doigts. Avant que j'aie compris, elle a chuchoté : « Toi et Yiban, vous devez partir ce soir. Il faut qu'il me haïsse, autrement il ne voudra pas s'en aller. Prends bien soin de lui, promets-le-moi. » Elle m'a serré la main. « Je veux ta promesse. »

» J'ai hoché la tête. Alors elle m'a ouvert le poing et a vu que je tenais un caillou. Elle l'a pris et m'a placé la clé dans la main à la place en criant : « Quoi ? Tu as laissé la clé dans le pavillon ? Fille stupide ! Prends cette lampe et va la chercher ! Je ne veux pas te revoir avant que tu ne l'aies retrouvée. »

» J'étais tellement heureuse de l'entendre proférer ces mots qui n'avaient guère de sens. « Mademoiselle, ai-je chuchoté, venez avec nous, tout de suite. » Elle a secoué la tête. « Non, il nous tuerait tous. Quand il sera parti, je vous retrouverai. »

» Elle m'a lâché la main et est retournée dans sa chambre à travers l'obscurité.

– J'ai trouvé Yiban en train d'enterrer Lao-Lu dans le jardin de la Maison du Marchand Fantôme. « Tu es bon, Yiban », lui ai-je dit. J'ai couvert la terre de feuilles mortes afin que les soldats ne trouvent pas la tombe. Quand j'eus terminé, Yiban a murmuré : « Lao-Lu savait garder la porte, mais il ne savait pas garder sa langue. »

» J'ai hoché la tête, puis je me suis souvenue de ma promesse. J'ai grommelé d'une voix furieuse : « S'il est mort, c'est la faute de Mademoiselle Bannière. Se jeter dans les bras du traître ! » Yiban avait les yeux fixés sur ses poings. Je lui ai pris le bras. « Yiban, nous devrions partir tous les deux, s'en aller d'ici. Pourquoi mourir pour les péchés commis par ces étrangers ? Il n'y en pas un parmi eux pour racheter l'autre. – Tu te trompes. Mademoiselle Bannière fait semblant de donner son cœur au Général pour nous sauver tous. »

» Tu vois comme il la connaissait bien ! Tu imagines donc combien il m'a fallu ruser pour le convaincre. « Hum, hum ! Faire semblant ! Je suis désolée de devoir t'apprendre une autre vérité. Elle m'a dit vingt fois qu'elle espérait qu'il allait revenir la chercher. Bien sûr qu'elle t'aime, mais elle aime le Général deux fois plus. Et tu sais pourquoi ? Parce que, toi, tu n'es que la moitié d'un étranger ! Tu sais, les Américains sont comme ça. Elle aime le Général parce qu'il est de son espèce. Il est difficile de dévier les ornières qui ont été creusées dans la boue. »

» Yiban serrait toujours les poings. Son visage est devenu triste, très triste. Heureusement je n'ai pas eu à proférer davantage de mensonges à propos de Mademoiselle Bannière. Finalement, il a admis qu'il fallait partir. Mais, avant cela, je suis allée au coin nord-ouest du domaine et j'ai exhumé un des pots de terre où il restait deux œufs. Pour les autres, je n'avais pas le temps. « Allons à la Montagne des Cent Grottes. Je connais le chemin. »

» J'ai soufflé la lanterne que Mademoiselle m'avait donnée et je l'ai tendue à Yiban. Après quoi nous sommes sortis tous les deux de l'enclos. Nous n'avons pas emprunté le chemin qui traversait le village. Nous nous sommes glissés au pied de la montagne, parmi les buissons d'épines. Tandis que nous grimpions vers la première paroi rocheuse, mon cœur battait de crainte que les soldats ne nous aperçoivent.

» Même si je n'étais qu'une fille, je devançais Yiban. J'étais une montagnarde. Une fois que j'eus atteint le défilé, je l'ai attendu un peu. De là où je me trouvais, j'ai cherché du regard la Maison du Marchand Fantôme, mais il faisait trop sombre. J'imaginais Mademoiselle en train de scruter l'obscurité, en se demandant si Yiban et moi nous étions saufs. Puis j'ai songé à Zeng. Avait-il croisé le Général et ses soldats ? Avait-il réussi à prendre la fuite tout seul pour la montagne ? J'étais encore en train de me poser la question quand j'ai entendu sa voix derrière moi. « Nunumu ? – Ah ! »

» Je me suis retournée. J'ai vu son ombre à l'autre extrémité du défilé. Comme j'étais heureuse ! « Zeng, te voilà ! Je me suis fait tellement de souci pour toi ! Nous t'attendions, et puis les soldats sont arrivés... » Il m'a interrompue. « Nunumu, dépêche-toi ! Ne perds pas de temps à bavarder, viens par là. »

» Il se comportait encore comme le chef, il n'avait même pas pris le temps de me dire : « Mon petit trésor, enfin te voilà. »

» En marchant à sa rencontre, je lui ai fait comprendre que j'étais très contente de le revoir en gémissant par plaisanterie : « Hé ! Quand j'ai vu que tu n'arrivais pas, j'ai cru que tu avais changé d'avis ! Que tu avais choisi d'épouser une autre fille, avec deux yeux. »

» Je suis sortie du défilé. Zeng marchait tout contre la paroi. Il m'a fait signe de le suivre. « Ne passe pas par en bas. Reste à flanc de montagne. – Attends ! Quelqu'un arrive. » Zeng s'est arrêté. Je me suis retournée pour voir si Yiban suivait et, là, j'ai entendu mon nouveau mari me confier : « Nunumu, les soldats m'ont tué cette nuit. Je t'attendrai éternellement. – Aïe ! ne plaisante pas avec des choses pareilles ! Ce soir les soldats ont tué Lao-Lu. Je n'ai jamais vu pareille horreur. »

» Finalement, Yiban est arrivé à ma hauteur. Il m'a demandé à qui je parlais. « À Zeng. Il est là. » Je me suis retournée.

» – Zeng ? Je ne te vois pas, agite la main... Où es-tu ? Attends-moi !

» – Je t'attendrai éternellement, m'a-t-il soudain murmuré au creux de l'oreille.

» Aïe, aïe ! J'ai compris qu'hélas il ne plaisantait pas. Il était vraiment mort.

» Yiban est arrivé près de moi. « Que se passe-t-il ? Où est-il ? » J'ai dû me mordre les lèvres pour ne pas pleurer. « Ce n'était qu'une ombre, je me suis trompée. »

» Les yeux me piquaient. J'étais contente qu'il fasse noir. Quelle importance cela avait-il que je meure maintenant ou plus tard ? Si je n'avais pas fait cette promesse à Mademoiselle Bannière, je serais retournée à la Maison du Marchand Fantôme. Mais j'avais Yiban sur les bras, qui attendait que je décide où aller. « Il faut monter. »

» Pendant notre ascension, parmi les buissons et les rochers, nous n'avons pas échangé une parole. Je pense qu'il était comme moi, blessé à l'idée de ceux qu'il avait perdus. Mais il pouvait toujours prétendre retrouver Mademoiselle un jour, tandis que pour Zeng et moi c'était sans espoir. J'ai alors entendu Zeng. « Nunumu, comment peux-tu être aussi affirmative ? Et dans une prochaine vie, y as-tu songé ? On ne pourra pas se marier alors ? »

» Ah ! Quand j'ai entendu cela, j'en suis presque tombée de la montagne. Il avait dit « se marier », il avait employé l'expression « se marier » ! « Nunumu, a-t-il ajouté, avant de m'en aller, je te conduirai à une grotte où tu devras te cacher. Sers-toi de mes yeux dans le noir. » Aussitôt, mon œil aveugle sembla recouvrer la vue. Je vis un chemin devant moi, un petit chemin mal éclairé au milieu de toute cette campagne obscure. Je me suis tournée vers Yiban.

« Allons, maintenant, dépêchons-nous ! » J'ai avancé devant lui avec le courage d'un soldat.

» Après plusieurs heures, nous nous sommes retrouvés devant un buisson. Une fois que j'eus écarté les branches, nous avons aperçu une cavité assez grande pour laisser passer une personne. Yiban s'y est faufilé le premier. « C'est trop étroit ! Ça s'arrête après quelques mètres. » J'étais surprise. Pourquoi Zeng nous avait-il emmenés vers cette grotte sans intérêt ? Il fut blessé d'entendre mes doutes. « Non, ce n'est pas trop étroit ! Sur la gauche il trouvera deux rochers, il faut se glisser entre eux. » Je suis montée. J'ai trouvé une brèche où l'air était plus frais et qui semblait s'enfoncer obliquement vers l'intérieur. « C'est là, ai-je déclaré à Yiban. Tu n'avais pas bien regardé. Allume la lanterne et monte avec moi ici. »

» La brèche ouvrait sur un passage long et tortueux où courait un peu d'eau. De temps à autre le tunnel se divisait en deux. Zeng m'avait dit : « Quand un chemin monte et que l'autre descend, prends toujours celui qui descend. Quand tu tombes sur un chemin où il y a de l'eau qui coule, et un autre qui est sec, suis l'eau. Quand il y a deux chemins, l'un étroit et l'autre non, glisse-toi là où c'est étroit. » Plus nous descendions, plus l'air devenait frais et agréable.

» Nous avons franchi ainsi toutes sortes de carrefours, jusqu'à ce que nous tombions enfin sur une lumière céleste. Où étions-nous ? Dans une salle grande comme le salon d'un palais. Elle aurait pu contenir au moins cent personnes. La luminosité était très grande. Au centre, il y avait un lac – une étendue d'eau qui brillait. Il était d'une couleur vert doré. La lumière ne ressemblait pas à celle qui vient des lampes, des bougies ou même du soleil. J'ai pensé plutôt que la clarté de la lune avait percé un trou dans la terre pour tomber ici.

» Yiban pensait qu'un volcan bouillonnait sous nos pieds. Ou bien quelque monstre marin aux yeux luminescents. Ou peut-être un fragment d'étoile, tombé sur la terre et immergé dans ce lac.

» J'ai entendu la voix de Zeng. « À présent, tu peux trouver ton chemin toute seule. Tu ne risques plus de te perdre. » Zeng me quittait ! « Ne t'en va pas ! » ai-je crié. Mais la seule réponse me vint de Yiban : « Je n'ai pas bougé. »

» Soudain, mon œil aveugle a cessé de voir. J'attendais que Zeng s'exprime à nouveau. Rien. Il était parti comme ça, sans me dire : « Au revoir, mon petit cœur, nous nous retrouverons un jour prochain dans l'autre monde. »

» C'est ce qui est embêtant avec les gens du Yin : on ne peut jamais compter sur eux. Ils arrivent sans s'annoncer, repartent sans prévenir. Après ma mort, je me suis disputée avec Zeng à ce propos. Et je lui ai dit ce que je te dis à toi aujourd'hui, Bonne-Maman : « Avec la mort de mes proches, j'ai compris trop tard ce que j'avais perdu. »

16

Le portrait de Bonne-Maman

J'ai écouté Kwan parler à Bonne-Maman pendant la moitié de la nuit. Je vois trouble ; elle est dans une forme incroyable.

Rocky nous conduit à Changmian dans une camionnette lancée à fond de train à travers les dangers. Le corps de Bonne-Maman est dans un linceul sur la banquette arrière. La camionnette cale à tous les carrefours. Rocky bondit dehors, ouvre le capot en hâte, donne des coups sur divers endroits du moteur, non sans jurer en chinois : « Maudits soient tes ancêtres, espèce de ver de terre. » Miracle ! Ça a l'air de marcher, à notre grand soulagement, sans parler de celui des conducteurs qui klaxonnent derrière. À l'intérieur du véhicule, il règne à peu près l'atmosphère d'un bac à glaçons. Par égard pour la condition funèbre de Bonne-Maman, Rocky n'a pas jugé opportun de mettre le chauffage. En regardant par la vitre, je m'aperçois qu'un brouillard s'élève des tranchées d'irrigation, noyant les montagnes. L'ensemble n'est pas de très bon augure.

À l'arrière, Kwan bavarde à voix haute avec la dépouille de Bonne-Maman, comme si elles étaient deux copines dans l'autobus de l'école. Je suis assise une rangée plus loin, Simon, lui, occupe le siège juste derrière le conducteur. Il entretient une camaraderie prolétarienne tout en gardant à l'œil les dangereuses manœuvres du chauffeur. Ce matin, après avoir réglé la note au Sheraton et chargé les bagages dans la camionnette, j'ai dit à Simon :

– Dieu merci, c'est notre dernier trajet avec Rocky.

Kwan m'a jeté un œil noir et s'est écriée :

– Ne dis pas « dernier », ça porte malheur !

Que ça porte malheur ou non, au moins nous n'aurons plus à faire le trajet de Changmian. Nous allons passer les deux semaines à venir au village ; pas de loyer à payer grâce à une attention délicate de Bonne-Maman qui, s'il faut en croire Kwan, « nous invite chez elle et même était contente de nous recevoir avant de mourir ».

J'entends la voix de Kwan couvrant les bruits métalliques de la camionnette ; elle dit à la vieille femme :

– Ce pull, tu vois, on dirait de la laine, non ? Eh bien, pas du tout, c'est du « crylique », ça se lave en machine.

Elle dit acrylique à sa façon, dans son anglais bien particulier. Elle explique quelle place occupent la machine à laver et le sèche-linge dans le système juridique américain.

– En Californie, on n'est pas autorisé à pendre son linge au balcon ou à la fenêtre, ça non ! Tes voisins appelleraient la police parce que tu leur fais honte. En Amérique, on n'est pas aussi libre que tu le crois. Il y a tellement de choses interdites, tu ne pourrais pas croire. Je trouve qu'il y a quelques bonnes réglementations. Tu ne peux pas fumer, sauf en prison. Tu ne peux pas jeter une peau d'orange par terre dans la rue. Tu ne peux pas laisser ton gamin faire ses besoins sur le trottoir. Mais certaines autres sont ridicules. Tu ne peux pas parler au cinéma. Tu ne peux pas manger de choses grasses...

Rocky lance le moteur à fond sur cette route inégale. Du coup, ce n'est plus seulement l'état mental de Kwan qui me préoccupe, mais le fait qu'on va bientôt voir rouler le corps de Bonne-Maman sur le plancher de la camionnette.

– Et puis, tu ne peux pas faire travailler tes enfants, poursuit Kwan sur un ton d'autorité. Je t'assure, c'est vrai ! Tu te rappelles comme tu m'envoyais chercher des branchages pour le chauffage ! Moi, je me souviens très bien ! Il fallait que je galope tout l'hiver : je grimpais, je descendais, je courais dans tous les sens ! Mes pauvres petits doigts étaient tout engourdis par le gel. Ensuite, tu vendais mes fagots à d'autres gens et tu gardais tout l'argent pour toi. Non, je ne t'en veux pas, plus maintenant. Je sais bien qu'à cette époque-là tout le monde devait travailler dur. Mais en Amérique ils t'auraient mise en prison pour m'avoir traitée comme ça. Oui, et aussi parce tu me giflais, tu me pinçais les joues avec tes ongles pointus. Tu ne te rappelles pas ? Regarde les cicatrices que j'ai sur les joues, regarde ces deux-là, on dirait une morsure de rat. Et maintenant que je m'en souviens, je te répète que ce n'est pas moi qui avais donné les gâteaux de riz aux cochons. Pourquoi voudrais-tu que je te mente aujourd'hui ? Comme je te l'ai dit à l'époque, c'est la troisième des cousines Wu qui les a volés. Je le sais parce que je l'ai vue démouler les gâteaux les uns après les autres. Tu n'as qu'à le lui demander. Elle doit être morte, à présent.

Demande-lui pourquoi elle a menti et prétendu que je les avais jetés.

Pendant les dix minutes qui suivent, Kwan est plus calme. J'imagine que Bonne-Maman et elle sont en train de partager un instant de recueillement silencieux à la mode chinoise. Mais je l'entends me crier en anglais :

– Libby-Ah ? Bonne-Maman me demande : tu peux la prendre en photo ? Elle dit qu'il n'y a pas de bonnes photos d'elle vivante.

Avant que j'aie eu le temps de répondre, Kwan me gratifie d'un autre message en provenance du Yin :

– Cet après-midi, elle dit : c'est le meilleur moment pour faire la photo. Elle porte ses plus beaux vêtements et ses plus belles chaussures.

Kwan adresse un large sourire à Bonne-Maman, puis elle se tourne vers moi.

– Elle dit qu'elle est très fière d'avoir une photographe célèbre dans la famille.

– Je ne suis pas célèbre.

– Ne te dispute pas avec elle. Pour elle, tu es célèbre, le reste importe peu.

Simon remonte vers moi en progressant difficilement. Il s'assied et murmure :

– Tu ne vas tout de même pas prendre une photo de cadavre ?

– Que veux-tu que je lui réponde ? « Désolée, je ne photographie pas les morts, mais je peux vous adresser à un spécialiste. » !

– Elle pourrait avoir mauvaise mine.

– Sans blague.

– J'espère que tu es consciente que c'est un caprice de Kwan et que Bonne-Maman ne lui a rien demandé de tel.

– Pourquoi perds-tu ton temps à dire des choses complètement inutiles ?

– Je vérifie, c'est tout, parce que nous sommes en Chine, tu comprends. Il s'est déjà passé plein de trucs bizarres après seulement deux jours...

Quand nous arrivons à Changmian, quatre vieilles femmes se saisissent de nos bagages et balayent nos protestations d'un geste qui signifie que chacune d'entre elles est aussi forte que les trois réunies. Les mains libres, nous progressons en zigzag dans un labyrinthe de ruelles pavées et de chemins étroits au bout desquels se trouve la maison de Bonne-Maman. Elle est pareille à toutes les autres. Il s'agit d'une sorte de hutte à un seul niveau et faite de briques de terre. Kwan ouvre le portail de bois. Simon et moi franchissons le seuil. Au milieu d'une cour découverte, j'aperçois une vieille femme minuscule qui tire d'une pompe à bras de quoi remplir un seau d'eau. Elle lève les yeux. Son regard trahit d'abord la surprise puis elle semble ravie à la vue de Kwan. « Haaa », s'écrie-t-elle, le nuage de son haleine s'échappant de sa bouche. L'un de ses yeux est définitivement fermé, l'autre est tourné vers l'extérieur comme celui d'une grenouille à l'affût devant un essaim de mouches. Kwan et la vieille femme s'attrapent mutuellement les bras. Elles se tapent sur le ventre et commencent une conversation rapide en dialecte de Changmian. La vieille femme désigne un mur en ruine, elle arbore une grimace en montrant son feu qui s'éteint. Elle a l'air de s'excuser pour la tenue misérable de sa maison et de n'avoir pas de quoi donner un banquet de quarante couverts avec orchestre en l'honneur de notre arrivée.

— Voilà Du Lili, une vieille amie de la famille, explique Kwan en anglais. Hier elle était dans la montagne, à la cueillette des champignons. En revenant, elle a appris que nous étions déjà repartis.

Du Lili nous fait une grimace de détresse, comme si elle comprenait la description de sa déception de la veille. Nous hochons la tête avec sympathie.

Kwan poursuit :

— Il y a longtemps, nous vivions ensemble dans cette maison. Parle-lui le mandarin, elle comprend.

Kwan se retourne vers son amie et lui explique :

— Ma petite sœur, Libby-Ah, parle un mandarin curieux, un mandarin américain, tout sort à l'envers. Tu verras. Et lui, là, son mari, Simon, il est comme un sourd-muet. Il ne parle que l'anglais. Bien sûr, ils ne sont qu'à moitié chinois.

— Aaah ! s'exclame Du Lili d'un ton qui signifie soit le dégoût, soit l'étonnement. À moitié seulement ! Quel langue ils parlent l'un avec l'autre ?

— Américain, répond Kwan.

— Aaah !

Une autre exclamation dédaigneuse. Du Lili m'examine comme si ma moitié chinoise devait pouvoir être dégagée de l'autre à l'instant.

— Tu comprends un peu ? me dit-elle lentement en mandarin.

Dès que je hoche la tête, elle se met à gémir en hâtant le ton :

— Si maigre ! Pourquoi es-tu maigre ? Tss ! Tss ! Je croyais que les gens mangeaient beaucoup en Amérique. Tu es de santé fragile ? Kwan ? Pourquoi tu ne lui donnes rien à manger, à ta petite sœur ?

— J'essaie, mais elle ne veut pas manger. Ces filles américaines, elles veulent toutes rester maigres.

Ensuite, Du Lili toise Simon.

– Ouh, il ressemble à un acteur de cinéma !

Elle se hisse sur la pointe des pieds pour mieux l'examiner. Simon me regarde en haussant le sourcil.

– Traduction, SVP.

– Elle dit que tu ferais un bon mari pour sa fille.

J'adresse un clin d'œil à Kwan en essayant de garder un visage de marbre.

Simon écarquille les yeux. C'est un jeu que nous aimions bien au début de notre mariage. Je lui traduisais les choses de manière fantaisiste et nous faisions tous deux semblant d'être de bonne foi jusqu'à ce que l'un de nous finisse par lâcher prise.

Du Lili prend Simon par la main et le conduit à l'intérieur.

– Viens, j'ai quelque chose à te montrer.

– Elle veut vérifier l'état de tes dents, expliqué-je à Simon. C'est une coutume avant les fiançailles.

Nous voilà dans une pièce de six ou huit mètres carrés, que Du Lili appelle la pièce principale. Elle est obscure et meublée chichement de deux bancs, d'une table en bois, et de tout un assortiment de pots de terre, de paniers, de boîtes. Le plafond est hérissé de choses qui pendent, viande séchée, piments, mais pas de lampe. Le sol est en terre battue. Du Lili désigne un petit autel en bois massif appuyé contre le mur du fond et demande à Simon de venir se placer à côté d'elle.

– Elle veut voir si les dieux sont avec toi, dis-je.

Kwan reste bouche bée ; je lui adresse un nouveau clin d'œil.

Au-dessus du petit autel sont épinglés des papiers roses portant des inscriptions diverses. Au milieu, une photo de Mao le front barré par du ruban adhésif jauni. À gauche, un cadre en or à moitié cassé qui contient un portrait de Jésus, la main levée, dispensant un rayon de lumière. À droite, ce que Du Lili voulait montrer à Simon : un vieux calendrier portant la photo d'un guerrier qui ressemble à Bruce Lee. Il porte un costume d'époque et boit une bouteille de soda verte.

– Tu vois cet acteur de cinéma ? Je trouve que tu lui ressembles – des cheveux drus, des yeux perçants, la bouche épaisse, tout pareil. Oh ! très bel homme !

Je jette un coup d'œil sur la photo, puis sur Simon qui attend ma traduction.

– Elle dit que tu es le portrait de ce type recherché par toutes les polices en Chine. Oublie le mariage. Elle va te dénoncer pour toucher la prime de mille yuans.

Il montre la photo du doigt, puis lui-même, et articule :

– Moi ?

Il secoue la tête avec énergie, avant de lui expliquer en anglais petit nègre :

– Non, non ! Pas moi. Moi, américain, moi gentil. Lui méchant, quelqu'un d'autre.

Je n'en peux plus, je craque la première et éclate de rire.

– J'ai gagné ! crie Simon.

Kwan traduit nos enfantillages à Du Lili. Pendant quelques secondes, Simon et moi partageons un sourire. C'est le premier moment de chaleur entre nous depuis longtemps. À quelle époque de notre mariage nos plaisanteries ont-elles commencé à virer au sarcasme ?

– En fait, Du Lili disait que tu es aussi beau que cette vedette de cinéma.

Simon joint les mains et s'incline pour remercier Du Lili. Elle se penche à son tour, heureuse que le compliment soit parvenu à destination.

– Tu sais, c'est drôle, mais la lumière te rend un peu différent, c'est vrai.

– Ah oui ? Comment ça ?

Il fait danser ses sourcils en prenant un air exagérément séducteur.

– Je ne sais pas, lui dis-je en rougissant soudain. Tu as peut-être l'air plus chinois, je ne sais pas.

Je me détourne et fais semblant d'être absorbée par la contemplation de la photo de Mao.

– Tu sais ce qu'on raconte sur les vieux couples ? me lance-t-il. Qu'ils finissent par se ressembler au fil des années.

Je continue à fixer le mur, me demandant ce qu'il a en tête.

– Regarde, Jésus à côté de Mao. Ce n'est pas interdit, en Chine ?

– Peut-être que Du Lili ne sait pas qui est Jésus. Peut-être croit-elle que c'est une vedette de cinéma qui fait de la pub pour une marque d'ampoules électriques.

Je m'apprête à interroger Du Lili au sujet du Jésus affiché chez elle, quand Kwan se retourne et apostrophe des silhouettes à contre-jour dans l'encadrement de la porte.

– Entrez ! Venez !

Elle devient soudain très affairée.

– Simon, Libby-Ah, vite, aidez les tantes à porter vos bagages.

Nos vieilles bagagistes déclinent l'offre. Tout en soufflant comme des bœufs, elles finissent de tirer à l'intérieur sacs et valises souillés de boue.

— Ouvre ton sac à main, m'ordonne Kwan, et avant que j'aie pu faire un geste la voilà qui fouille elle-même.

Elle cherche probablement trois sous de pourboire, mais en fait elle en extirpe mon paquet de Marlboro light qu'elle donne tout entier à ces femmes. L'une d'elles fait la distribution avec un large sourire, puis empoche ce qui reste. Ensuite, les vieilles tantes disparaissent en tirant à l'envi sur leur cigarette.

Kwan pousse sa valise dans un réduit obscur sur la droite.

— Nous dormirons ici, déclare-t-elle.

Elle m'invite à la suivre. Je m'attends à découvrir une chambre à coucher maussade, de type communiste, dans le style de la pièce principale, mais quand Kwan ouvre la fenêtre sur le soleil du matin, déjà bien haut, j'aperçois un lit conjugal orné de sculptures, enrobé d'une moustiquaire grisâtre. C'est un superbe meuble, une antiquité. J'en ai repéré un presque semblable dans une boutique d'Union Street, à San Francisco. Il est fait comme chez Kwan : un simple drap est tendu sur le matelas, l'oreiller et l'édredon sont pliés soigneusement au pied du lit.

— Où Bonne-Maman a-t-elle acheté ça ? demandé-je.

— Et ça ?

Simon caresse une coiffeuse à plateau de marbre, dont le miroir est décoré d'argent.

— Je croyais que tout ces meubles impérialistes avaient été brûlés pendant la Révolution.

— Ah, toutes ces vieilleries ! rétorque Kwan en balayant notre étonnement d'un geste où transparaît beaucoup de fierté. Elles sont dans notre famille depuis longtemps. Pendant la Révolution culturelle, Bonne-Maman les a cachées sous de la paille, dans un coin. C'est comme ça qu'elle a pu les conserver.

— Les conserver ? De qui notre famille les tenait-elle ?

— Une femme missionnaire les avait données au grand-père de notre mère en paiement d'une lourde dette.

— Laquelle ?

— C'est une longue histoire, qui remonte à un siècle...

Simon nous interrompt.

— On ne pourrait pas discuter de ça plus tard ? J'aimerais que nous nous installions dans l'autre chambre...

Kwan arbore un sourire un peu narquois.

— Oh ! s'exclame Simon, qui pâlit. Si je comprends bien, il n'y a qu'une seule chambre.

— L'autre est à Du Lili. Un lit à une place.

— Alors, où allons-nous tous dormir ?

Je cherche un autre malelas ou des coussins, mais Kwan désigne le grand lit conjugal d'un geste vague. Simon m'envoie un sourire et hausse les épaules comme pour s'excuser, d'une manière que je n'aime pas du tout.

– Ce lit est à peine suffisant pour deux personnes, dis-je à Kwan. Je peux toujours dormir ici avec toi, mais il faut qu'on trouve autre chose pour Simon.

– Autre chose ? Montre-moi où tu vois autre chose ?

Elle ouvre les mains et semble désigner le plafond, comme si des lits allaient apparaître par magie. Je commence à être gagnée par l'angoisse.

– Allez, il faut trouver un matelas supplémentaire, ou n'importe quoi.

Kwan traduit à l'adresse de Du Lili, qui, à son tour, tourne les paumes de ses mains vers le plafond.

– Tu en vois ?

– Aucun, répond Kwan.

– Ce n'est pas grave, je dormirai par terre, propose Simon.

De nouveau, Kwan traduit à l'attention de Du Lili, qui émet un gloussement.

– Tu veux dormir avec les insectes ? demande Kwan. Avec les araignées venimeuses, les rats ? Ah oui ! Beaucoup de rats, ici. Ils te coupent un doigt d'un coup de dents.

Elle mime la mastication du doigt par le rat.

– Ça te tente ? Non. Une seule solution : nous dormirons tous les trois dans le même lit. Seulement pour deux semaines.

J'insiste :

– Ce n'est pas une solution !

Du Lili prend un air soucieux. Elle murmure quelque chose à Kwan, laquelle lui fait une réponse sur le même ton en désignant à tour de rôle Simon et moi d'un signe de la tête. Du Lili se met à crier : « Bou, bou, bou, bou ! » en hochant la tête à petits coups brefs. Elle me prend le bras, prend le bras de Simon et essaie de nous réunir, comme si nous étions deux gamins en train de nous disputer.

– Écoutez-moi, têtes brûlées, commence-t-elle en chinois mandarin, nous ne pouvons pas nous offrir le luxe de tenir compte de vos fantaisies américaines. Écoutez votre tante, ah ! Dormez dans le même lit et, demain matin, vous aurez chaud et vous serez heureux comme avant.

– Tu ne comprends pas, lui dis-je.

– Bou, bou, bou.

Elle se remet à pleurnicher, balayant toutes mes excuses d'Américaine. Simon soupire, exaspéré.

– Je vais faire un tour pendant que vous discutez de ça toutes les trois. Le ménage à trois ou les rats, ça m'est égal. Vous n'avez qu'à décider.

Est-il furieux contre moi parce que je proteste trop ? J'ai envie de crier que ce qui arrive n'est pas ma faute. Simon disparaît, Du Lili lui court après en ronchonnant en chinois :

– Si tu as des problèmes, tu dois les régler. C'est toi le mari, elle t'écoutera. Mais il faut lui ouvrir ton cœur et lui demander pardon. Un mari et une femme refusant de dormir ensemble ! Ce n'est pas naturel.

Une fois que nous sommes seules, je regarde Kwan dans les yeux.

– Tu as tout manigancé, hein ?

– Manigancé ! C'est la Chine, c'est tout.

Après un moment de silence, je fuis à mon tour le champ de bataille en demandant :

– Où sont les toilettes ?

– Tu descends le chemin, tu tournes à gauche, tu vois un petit abri, un gros tas de cendres noires...

– Tu veux dire qu'il n'y a pas de toilettes dans la maison ?

– Qu'est-ce que je t'ai expliqué ? Nous sommes en Chine ! me répond-elle avec un large sourire satisfait.

Au menu de notre déjeuner prolétarien, riz et pousses de soja. Kwan a insisté pour que Du Lili nous serve seulement quelques restes. Après le déjeuner, elle retourne à la salle communale pour préparer le corps de Bonne-Maman en vue de la séance de portrait. Simon et moi partons explorer le village dans deux directions opposées. Le chemin que j'ai choisi mène à un raidillon de pierre qui domine des champs inondés. J'aperçois des canards qui marchent en ligne parallèlement à l'horizon. Les canards chinois sont-ils plus disciplinés que les canards américains ? Leur cri est-il différent ? Je prends une demi-douzaine de clichés qui, plus tard, me permettront de me rappeler mes interrogations du moment.

Quand je reviens à la maison, Du Lili prétend que cela fait plus d'une demi-heure que Bonne-Maman attend que je lui tire le portrait. Nous allons vers la salle communale. En chemin, Du Lili me prend la main et m'adresse la parole en mandarin :

– Ta grande sœur et moi nous sommes retrouvées toutes les deux dans cette rizière, un jour. Juste à cet endroit.

J'imagine Du Lili plus jeune en train de s'occuper d'une version miniature de Kwan.

230

— De temps en temps, nous attrapions des têtards, m'explique-t-elle d'un ton puéril. Nous tendions nos écharpes comme ça.

Elle mime le geste de tirer un filet dans la boue.

— À cette époque-là les autorités prétendaient que les femmes mariées qui mangeaient beaucoup de têtards arrivaient à limiter leur fécondité. Limiter la fécondité ! Nous ne savions même pas ce que ça signifiait, mais ta sœur me disait : « Du Lili, il faut que nous soyons de bonnes petites communistes. » Et elle m'obligeait à avaler les têtards.

— Non, tu ne l'as pas fait ?

— Comment veux-tu que je lui désobéisse ? Elle était mon aînée de deux mois.

Son aînée ? Je reste bouche bée. Comment Kwan peut-elle être son aînée ? Du Lili a l'air centenaire. Elle a les mains dures, calleuses. Son visage est crevassé, il lui manque plusieurs dents. Voilà ce qui arrive quand on n'a pas d'Oil of Olaz sous la main en rentrant d'une journée harassante dans les rizières.

Du Lili fait claquer ses lèvres.

— J'en ai avalé une douzaine, peut-être plus. Je les sentais s'agiter en descendant dans ma gorge, nager dans mon estomac, se glisser dans mes veines. Ils me sillonnaient tout le corps. Et puis un jour j'ai eu la fièvre et le docteur qui est venu de la ville m'a dit : « Hé, mais, camarade Du Lili, aurais-tu mangé des têtards ? Tu as attrapé un parasite sanguin. »

Elle rit. Une seconde plus tard son visage s'assombrit.

— De temps à autre, je me demande si c'est la raison pour laquelle je n'ai pas trouvé de mari. Oui, je pense que c'est pour ça. Tout le monde racontait que j'avais mangé des têtards et que je ne pourrais pas avoir de fils.

Je jette un coup d'œil à Du Lili qui bat la campagne. Je regarde sa peau tannée par le soleil et me dis que la vie n'a pas été gaie pour cette malheureuse.

— Ne t'en fais pas pour moi, ajoute-t-elle en me tapotant la main. Je n'en veux pas à ta sœur. Je me suis félicitée bien souvent de ne pas être mariée. Oui, oui ! C'est empoisonnant de s'occuper d'un homme. J'ai entendu dire que la moitié du cerveau des hommes se trouve entre leurs jambes, ah, ah !

Elle se place la main sur l'entrejambe et se met à marcher comme un homme ivre. Mais son visage redevient sérieux.

— De temps en temps, je me dis : « Du Lili, tu aurais été une bonne mère, oui, attentionnée, et très à cheval sur la morale. »

— Il arrive que les enfants soient une terrible source d'ennuis, dis-je d'un ton calme.

– Oui. Ils vous déchirent le cœur.

Nous marchons, silencieuses. Du Lili ne ressemble pas à Kwan. Elle a les pieds sur terre, elle est sensible, on peut lui parler. Elle n'a pas ses petites habitudes dans le monde du Yin ou, du moins, elle n'en parle pas. Ou est-elle au fond comme ma sœur ?

– Du Lili, tu vois les fantômes, toi ?

– Tu veux dire comme Kwan ? Non, je n'ai pas les yeux yin.

– Et à Changmian ? Est-ce qu'ils voient tous les fantômes ? Elle secoue la tête.

– Non, seulement ta grande sœur.

– Et quand Kwan dit qu'elle voit un fantôme, tout le monde la croit ?

Du Lili regarde dans le vague, elle semble un peu gênée. Je la presse de me répondre franchement.

– Moi, je n'y crois pas. Je pense que les gens voient ce qu'ils ont dans le cœur. Les fantômes sont ceux de leurs fantasmes, ceux de leurs désirs. Qu'en penses-tu ?

– Ah ! Qu'est-ce que ça peut faire, ce que je pense ?

Elle ne veut pas croiser mon regard. Elle se courbe pour ôter la boue de sa chaussure.

– C'est comme ça. Pendant des années, les autres nous ont expliqué que croire. Croyez dans les dieux ! Croyez dans les ancêtres ! Ayez foi en Mao Tsê-tung, le chef du Parti, et en tous les héros disparus. En ce qui me concerne, je crois surtout dans les choses pratiques, c'est moins dangereux. La plupart des gens ici sont comme moi.

– Tu ne crois donc pas vraiment à la présence du fantôme de Bonne-Maman ici, à Changmian.

J'ai l'intention de la coincer. Elle me touche le bras.

– Bonne-Maman est une amie. Ta sœur aussi est une amie. Je ne compromettrai jamais cette amitié. Peut-être que le fantôme de Bonne-Maman est bel et bien ici, peut-être pas. Qu'est-ce que ça peut faire ? Tu comprends ? Tu comprends ?

– Heu, oui.

Nous continuons à marcher. La manière de penser chinoise arrivera-t-elle jamais à s'imposer à mon esprit ? Du Lili tressaille, comme si elle m'avait entendue. Je sais ce qui l'agite : à ses yeux, je ressemble à ces intellectuels qui ont débarqué un jour à Changmian, des gens trop malins et trop certains de leur infaillibilité. Des gens qui essayaient de faire se reproduire les mulets. Des imbéciles, en somme.

Nous voilà devant la salle communale. Une forte pluie commence à tomber, martelant le sol si violemment que j'entends l'écho de ce bruit au fond de ma poitrine et que mon cœur se met à battre plus vite. Nous entrons à toute vitesse dans la cour, franchissons une double porte qui mène à une grande salle absolument glacée. L'air est chargé d'une vieille odeur d'humidité. Je soupçonne qu'elle provient de siècles de putréfaction et d'os tombant en poussière. L'été indien, caractéristique de la région de Guilin, est en train de s'achever avec un peu d'avance. Bien que j'aie entassé tous les vêtements possibles sous ma parka en Gore-Tex, je claque des dents, j'ai les doigts engourdis. Comment vais-je pouvoir prendre des photos cet après-midi ?

Dans la salle, une douzaine de personnes peignent des bannières funéraires blanches, décorent tables et murs de linges blancs et de bougies. Les voix couvrent le bruit de la pluie qui tombe. La pièce est emplie d'échos. Kwan est debout près du cercueil. J'approche à contrecœur pour examiner le modèle de ma photo. Bonne-Maman a sûrement très mauvaise mine. Je croise le regard de Kwan et lui fais un signe de la tête.

Je jette enfin un coup d'œil à l'intérieur du cercueil. Me voilà soulagée de voir que Bonne-Maman a le visage couvert par une feuille de papier blanc. J'essaie d'imprimer à ma voix un ton de respect.

– L'accident lui a abîmé le visage. Je me trompe ?

Kwan a l'air troublée par ma question.

– Oh ! tu veux dire à cause du papier ? répond-elle en chinois. Non, c'est la coutume de couvrir le visage.

– Ah, pourquoi ?

– Eh bien (elle dresse la tête d'une façon qui peut laisser croire que la réponse lui est dictée du ciel), tu comprends, si le papier bouge, c'est que la personne respire encore et qu'il est trop tôt pour brûler le corps. Mais Bonne-Maman est vraiment morte, elle vient de me le dire.

Avant que je puisse me préparer psychologiquement à la révélation, elle enlève la feuille de papier. Le visage de Bonne-Maman m'apparaît. On voit bien que la vie l'a quittée, mais le spectacle n'est pas affreux. Elle fronce un peu le sourcil d'un air soucieux, sa bouche est figée dans une grimace éternelle. J'ai toujours pensé que quand les gens meurent les muscles de leur visage se relâchent, leur donnant une expression de béatitude reconnaissante.

– Sa bouche…, dis-je en mauvais chinois. Cette grimace donne l'impression que le moment de la mort a dû être pénible.

Kwan et Du Lili se penchent pour regarder ensemble.

– Possible, déclare Du Lili, mais de son vivant elle ressemblait à ça. Elle a toujours fait cette grimace.

233

Kwan asquiesce.

– Même avant mon départ de Chine, elle avait la même expression soucieuse et mécontente.

– Elle était très grosse, lui fais-je observer.

– Non, non, tu as cette impression parce qu'elle est habillée avec les vêtements qui conviennent à son voyage vers l'autre monde. Sept couches pour la moitié supérieure du corps, cinq pour l'autre.

Je désigne l'anorak que Kwan a placé en septième. Il est d'un violet moiré avec des motifs plus ou moins indiens. Kwan l'a acheté en solde chez Macy afin d'impressionner Bonne-Maman. L'étiquette et le prix sont encore dessus pour prouver que le vêtement n'est pas de seconde main.

– C'est très joli, lui dis-je, songeant que j'aurais grand besoin de l'avoir sur le dos en ce moment.

Kwan a l'air contente. Elle ajoute :

– Pratique aussi. Imperméable.

– Il pleut dans l'autre monde ?

– Tsst ! Mais non, bien sûr. Il fait toujours le même temps. Ni trop chaud ni trop froid.

– Alors pourquoi précises-tu que c'est imperméable ?

Elle me jette un regard vide et répond :

– Parce que c'est le cas.

Je souffle sur mes doigts pour les réchauffer.

– Si le temps est si agréable dans l'autre monde, pourquoi tous ces vêtements, toutes ces couches, sept et cinq ?

Kwan se tourne vers Bonne-Maman et lui traduit ma question en chinois. Elle hoche la tête exactement comme si elle parlait à quelqu'un au téléphone. « Ah. Ah. Ah, ah. Ah-ah-ah ! » Elle traduit en langage compréhensible pour la simple mortelle que je suis.

– Bonne-Maman dit qu'elle ne sait pas. Les fantômes et les gens du Yin ont été interdits par le gouvernement pendant tellement longtemps qu'elle en a oublié les coutumes et leur signification.

– Maintenant le gouvernement *autorise* les fantômes ?

– Non, mais tu n'es plus soumis à une amende si tu les accueilles. Quoi qu'il en soit, c'est la coutume : sept couches en haut, cinq en bas. Bonne-Maman pense que c'est sans doute lié aux sept jours de la semaine, une couche par jour. Dans l'ancien temps, les gens étaient censés pleurer leurs proches pendant sept semaines. Sept fois sept, quarante-neuf jours. Mais à présent nous imitons les étrangers : nous nous contentons de quelques jours et puis voilà.

– Pourquoi seulement cinq couches en bas ?

234

Du Lili arbore un petit sourire.

— Ça veut dire que, deux jours par semaine, Bonne-Maman est obligée de se promener le derrière à l'air dans l'autre monde.

Avec Kwan elles partent d'un tel éclat de rire que les autres personnes se retournent et leur jettent un regard.

— Arrête, arrête, hoquette Kwan en essayant de dissimuler son hilarité. Bonne-Maman râle. Elle dit qu'elle n'est pas morte depuis assez longtemps pour que nous puissions nous permettre de pareilles plaisanteries.

Elle se compose un visage plus digne, puis poursuit :

— Bonne-Maman n'est pas très sûre de son explication, mais elle pense que les cinq couches représentent tout ce qui attache les vivants au monde d'en bas : les cinq couleurs, les cinq saveurs, les cinq sens, les cinq éléments, les cinq émotions fondamentales...

Elle s'arrête.

— Bonne-Maman, il y a sept émotions fondamentales, pas seulement cinq !

Elle les compte sur ses doigts en commençant par le pouce.

— La joie, la colère, la peur, l'amour, la haine, le désir... Et une autre... Laquelle ? Ah oui, oui ! Le chagrin. Non, non, je n'ai pas oublié, Bonne-Maman. Comment veux-tu que je l'oublie ? Bien sûr que j'éprouve du chagrin que tu aies quitté ce monde. Comment peux-tu penser que... Hier soir, j'ai pleuré, et ce n'était pas pour montrer que j'avais de la peine. Tu as bien vu que mon chagrin était authentique, je ne jouais pas la comédie. Pourquoi faut-il que tu prennes tout ce que je fais en mauvaise part ?

— Aïe, aïe ! crie Du Lili au corps de Bonne-Maman. Cesse de te disputer maintenant que tu es morte !

Elle me regarde et m'adresse un clin d'œil.

— Non, non, répète Kwan à Bonne-Maman. Je n'oublierai pas, un coq, un coq qui danse, pas une poule ni un canard. Je le sais déjà.

Je lui demande :

— Qu'est-ce qu'elle dit ?

— Elle veut qu'on attache un coq au couvercle du cercueil.

— Pourquoi ?

— Libby-Ah demande pourquoi.

Kwan écoute une minute, puis elle m'explique :

— Bonne-Maman ne se souvient pas exactement, mais elle pense que son fantôme va entrer dans le coq avant de s'envoler.

— Tu y crois, toi ?

Kwan ricane.

235

– Bien sûr que non ! Même Bonne-Maman ne le croit pas. C'est de la superstition.

– Alors, si elle n'y croit pas, pourquoi le fait-elle ?

– Tsst ! Pour la tradition. Et pour impressionner les enfants. Même les Américains le font.

– Non !

Kwan me décoche un regard supérieur de grande sœur.

– Tu ne te souviens pas ? Quand je suis arrivée aux États-Unis, tu m'as raconté que les lapins pondaient une fois par an et que les morts sortaient des trous de la terre pour venir chercher les œufs.

– Je ne t'ai jamais raconté ça !

– Si, et tu m'as même affirmé que si je te désobéissais le Père Noël descendrait par la cheminée pour m'emporter dans son grand sac vers un lieu où il fait encore plus froid que dans un congélateur.

– Je ne t'ai jamais dit une chose pareille !

J'avais beau protester, je me souviens vaguement d'avoir fait marcher Kwan un jour de Noël.

– Tu as sans doute mal compris.

Kwan fait une moue.

– Hé, je suis ta grande sœur ! Tu penses que je ne te comprends pas ? Hum, hum ! Tant pis... Bonne-Maman nous dit : « Arrêtez de vous chamailler, prenez la photo. »

J'essaie de chasser toute pensée de ma tête en lisant l'indication de la cellule. J'ai l'impression qu'il va me falloir utiliser un pied. Si l'on excepte la lueur de quelques bougies blanches qui brûlent sur un guéridon, la lumière qui filtre est glaciale, diffuse, et provient de fenêtres sales. Pas de plafonnier, pas de lampes, pas d'appliques pour donner un éclairage direct. Si j'utilise le flash, je ne pourrai pas contrôler la quantité de lumière et Bonne-Maman aura l'air encore plus cadavérique. Il me faudrait un clair-obscur, un mélange de lumière et de brouillard. Une ouverture à huit et une vitesse de une seconde me permettront d'obtenir une netteté suffisante sur la moitié du visage de Bonne-Maman, et sur l'autre on verra se dessiner l'ombre de la mort.

Je me saisis du pied, je fixe mon Hasselblad et décide de prendre un polaroïd couleur avec mon boîtier pour effectuer un essai.

– Bon, Bonne-Maman, ne bouge plus !

Je perds la tête ou quoi ? Je suis en train de parler à Bonne-Maman comme si je croyais, moi aussi, qu'elle écoute. Et pourquoi fais-je tant d'histoires pour prendre une morte en photo ? Il n'est pas question que je m'en serve dans l'article. Et pourtant, par principe, je ne traite aucune photo par-dessus la jambe. Je considère chaque cliché comme s'il devait être le meilleur de ma carrière. Ou bien est-ce encore l'une de ces légendes véhiculées par les grands pros du métier pour que tous les autres se sentent minables ?

Je n'ai pas le temps d'y songer davantage. Soudain, une douzaine de personnes m'entourent, se bousculant pour voir ce qui va sortir de mon appareil. Il ne fait aucun doute que certaines d'entre elles connaissent ce genre d'appareil, qui produit des photos-souvenirs immédiates et qu'on vend dans les stands de foire à des prix exorbitants.

– Calmez-vous, calmez-vous, dis-je à celles qui se pressent autour de moi.

Je place le cliché contre ma poitrine pour hâter le développement. Les villageois se taisent d'un coup, comme s'ils pensaient que le bruit pouvait altérer le processus. J'enlève la feuille supérieure et jette un coup d'œil sur le résultat. Il y a trop de contraste, mais je leur montre quand même la photo.

– Très réaliste ! s'exclame l'un d'eux.

– Bonne qualité ! s'écrie un autre. Regardez Bonne-Maman, elle a l'air vivante. On dirait qu'elle va se lever pour aller nourrir ses cochons.

Un autre encore plaisante :

– Elle va dire : « Ouh ! Que font tous ces gens au pied de mon lit ? »

Du Lili avance d'un pas.

– Libby-Ah, prends-moi en photo, maintenant.

Elle aplatit une mèche rebelle sur son crâne et tire les manches de sa veste pour en dissimuler les plis. Je regarde dans le viseur. Elle adopte la posture raide d'un soldat de faction, son visage est tourné vers moi, son œil bat la campagne vers le plafond. Bruit de déclencheur. Dès que je tire le papier du polaroïd, elle me l'arrache des mains et le plaque sur sa poitrine, battant la semelle et souriant comme une folle.

– La dernière fois que j'ai vu une photo de moi, c'était il y a des années, dit-elle, tout excitée. J'étais encore jeune.

Dès que je lui donne le signal, elle ôte la feuille de protection, lève la photo vers ses yeux, le visage impatient. Elle fait une grimace de son œil vagabond, et cligne des paupières avec une expression de respect pour le miracle indicible de la photographie.

– Alors, c'est à ça que je ressemble !

Je me sens émue et fière.

Du Lili tend la photo à Kwan comme s'il s'agissait d'un poussin qui vient de naître. Kwan s'exclame :

– Très ressemblant ! Qu'est-ce-que je t'avais dit ! Ma petite sœur est une grande photographe.

Elle fait passer la photo pour que les autres la voient.

– On dirait qu'elle va parler, déclare un homme.

– Résultat très net.

– Très fidèle.

La photo revient vers Du Lili. Elle la tient de nouveau entre ses mains.

– Alors je suis moche comme ça, murmure-t-elle d'une voix lasse. Je suis si vieille. Je n'ai jamais pensé que je puisse être aussi vieille, aussi laide. Je suis vraiment aussi laide, avec un air idiot ?

Quelques personnes dans l'assemblée se mettent à rire en pensant que Du Lili plaisante. Mais Kwan et moi avons perçu son émotion. Elle est vraiment choquée. Elle a l'air d'une femme trahie, et la trahison vient de moi. Elle n'a pas dû voir son visage dans un miroir depuis longtemps. Mais dans un miroir, quand on n'aime pas ce que l'on voit, on peut toujours changer d'angle. L'objectif de l'appareil offre une autre vision, qui résulte de la réunion d'un million de particules d'argent sur une surface noire. Il ne tient pas compte des souvenirs qui forment le paysage intime d'une vie.

Du Lili s'écarte. J'ai envie de la réconforter, de lui dire que je suis une mauvaise photographe, que, ses plus belles qualités, l'œil de l'appareil ne les voit pas. Je m'apprête à la suivre, mais Kwan me prend le bras et secoue la tête :

– Laisse. J'irai lui parler tout à l'heure.

Avant qu'elle ait terminé sa phrase, je suis entourée d'une douzaine de personnes qui veulent toutes que je leur tire le portrait.

– Moi d'abord !

– Prends-en une de mon petit-fils !

– Hé ! crie Kwan. Ma sœur ne gagne pas sa vie en distribuant des portraits gratuitement.

Les gens insistent :

– Une seule, allez !

– Moi aussi j'en veux une !

Kwan lève la main et se met à hurler d'un ton redoutable :

– Silence ! Bonne-Maman vient de me dire qu'elle voudrait vous voir déguerpir.

Les cris s'apaisent.

– Bonne-Maman a besoin de repos avant son voyage vers l'autre monde. Autrement, elle sera folle de chagrin et sera obligée de hanter le village.

Ses compagnons accusent le coup, puis filent les uns après les autres en grommelant, pour la forme.

Dès que nous sommes seules, je remercie Kwan d'un large sourire.

– Bonne-Maman t'a vraiment dit ça ?

Kwan me jette un regard oblique avant d'éclater de rire. Je partage aussitôt son hilarité, heureuse de son initiative. Elle ajoute :

– En vérité, Bonne-Maman a demandé que tu fasses d'autres photos d'elle, sous un angle différent, parce que sur celle que tu as prise elle a l'air d'être presque aussi vieille que Du Lili.

Me voilà prise à contre-pied.

– C'est méchant.

Kwan ne comprend pas.

– Qu'est-ce qui est méchant ?

– De dire que Du Lili a l'air plus vieille que Bonne-Maman.

– Mais elle est plus vieille ! Elle a cinq ou six ans de plus.

– Comment oses-tu dire ça ? Elle est plus jeune que toi !

Kwan se dresse, soudain attentive, et me demande :

– Qu'est-ce qui te fait croire ça ?

– Du Lili me l'a confié.

Kwan discute avec Bonne-Maman dont le visage est toujours sans vie.

– Je sais, je sais. Mais maintenant que Du Lili le lui a raconté, nous sommes bien obligées de lui avouer la vérité.

Kwan fait un pas vers moi.

– Libby-Ah, il faut que je te confie un secret.

Mon estomac se noue soudain.

– Voilà presque cinquante ans, Du Lili a adopté une fillette qu'elle avait trouvée sur une route pendant la guerre civile. Peu après, cette petite fille est morte. Du Lili, folle de chagrin, a commencé à prétendre qu'elle était devenue sa propre fille. Je le sais parce que cette petite fille était mon amie. Si elle avait vécu, elle aurait été plus jeune que moi de deux mois environ. Rien à voir avec cette vieille dame de soixante-dix-huit ans que Du Lili est devenue. D'ailleurs, pendant que j'y suis, il faut que je t'avoue...

Là, elle s'interrompt et recommence à se disputer avec Bonne-Maman :

– Non, non ! Je ne peux pas le lui dire ! C'est exagéré...

Je regarde Kwan puis Bonne-Maman. Je repense à ce que Du Lili m'a raconté. Qui dois-je croire ? Que dois-je penser ? Les diverses possibilités tourbillonnent dans mon cerveau. J'ai l'impression de me trouver plongée dans un rêve où les liens logiques entre les phrases se dissolvent. Peut-être Du Lili est-elle plus jeune que Kwan. Peut-être a-t-elle soixante-dix-huit ans. Peut-être le fantôme de Bonne-Maman est-il bel et bien là. Peut-être que non. Tout cela est vrai et faux à la fois, yin et yang. Quelle importance ?

« Allons, pensé-je, restons raisonnable. Si les crapauds mangent les insectes, si les canards mangent les crapauds, si le riz pousse deux fois par an, pourquoi remettre en question la réalité dans laquelle ils vivent ? »

17

L'année sans inondations

Oui, pourquoi me poser tant de questions ? Parce que je ne suis pas chinoise comme Kwan. Pour moi, yin et yang ne sont pas identiques. Je ne peux pas lire deux histoires contradictoires comme les deux versants d'une même vérité. Tandis que Kwan et moi nous revenons vers la maison de Bonne-Maman, je lui demande d'une voix douce :

– Comment est morte la fille de Du Lili ?

– Oh, c'est une histoire très triste. Ça m'étonnerait qu'elle te plaise.

Nous continuons à marcher en silence. Je sais qu'elle n'attend qu'un signal de ma part. Il ne tarde pas :

– Raconte quand même.

Elle s'arrête et me jette un regard.

– Tu es sûre que tu ne vas pas avoir peur ?

Je secoue la tête tout en pensant : « Comment puis-je savoir si je vais avoir peur ou non ? »

Elle commence et je frissonne légèrement, mais cela n'a rien à voir avec la température.

– On l'appelait Petit Beignet. Quand elle s'est noyée, nous avions cinq ans. Elle était aussi grande que moi. Nos yeux à la même hauteur. Sa bouche silencieuse à côté de la mienne qui n'arrêtait pas de jacasser. Ma tante se plaignait de ce que je parlais trop. « Si tu dis un mot de plus, me disait Bonne-Maman, je te chasse d'ici. Je n'ai jamais promis à ta mère de te garder éternellement. »

» À cette époque-là j'étais toute maigre. On me surnommait la Crêpe – *bao-bing* – tellement j'étais mince. Bonne-Maman m'appelait « petit gâteau frit ». Je portais toujours quatre cicatrices : aux genoux et aux coudes. Petit Beignet était potelée, avec des bras et des jambes dodus comme un *bao-zi* cuit à la vapeur. Du Yun l'avait trouvée sur la route – il faut dire qu'à cette époque Du Lili s'appelait Du Yun. Bonne-Maman l'avait appelée Petit Beignet Lili, parce qu'en arrivant chez nous la petite ne savait dire qu'une chose : lili-lili-lili. Comme le chant d'un oiseau. C'est la seule chanson qui sortait de son petit bec si rouge qu'on aurait dit qu'elle venait de goûter au bois de plaqueminier – on s'attend à quelque chose de doux, on mord dans l'amertume. Elle regardait tout autour d'elle comme un oisillon, ses petits yeux noirs roulaient de droite et de gauche à l'affût du moindre danger. Personne ne savait pourquoi elle était comme ça – sauf moi –, parce qu'elle n'a jamais prononcé un mot. Mais le soir, quand la lumière des ampoules électriques vacillait au plafond et sur les murs, ses petites mains blanches parlaient pour elle. Elles suivaient le ballet des ombres, elles s'envolaient avec elles, oiseaux pâles à travers les nuages. Bonne-Maman observait ce manège en hochant la tête : « Aïe, aïe ! C'est bizarre, c'est bizarre. » Et Du Yun riait, comme une idiote de village au théâtre. Moi seule comprenais ce que Petit Beignet racontait avec ses ombres. Je savais que ses mains n'étaient pas de ce monde. Tu comprends, moi aussi j'étais une enfant, et je gardais le souvenir de la vie d'avant celle-ci. Et moi aussi je me rappelais avoir été un esprit qui s'envolait de la terre dans le corps d'un oiseau.

» Au village, tout le monde se moquait ouvertement de Du Yun : « Dis-donc, ta Petit Beignet, elle est un peu bizarre, non ? »

» Mais, dès qu'elle avait le dos tourné, ils étaient plus grossiers. L'écho de leurs paroles s'envolait pour parvenir à mes oreilles. « La gamine est tellement gâtée qu'elle est devenue cinglée, oui, racontait notre voisine, Wu. À mon avis, elle vient d'une famille bourgeoise. Du Yun devrait la battre souvent, au moins trois fois par jour. »

» Un autre répétait : « Elle est possédée. Un pilote japonais mort au combat a dû se loger dans son corps. C'est pourquoi elle ne parle pas le chinois et ne sait que pousser des rugissements et faire tournoyer ses mains comme les ailes d'un avion-suicide. » « Elle est idiote, déclarait une autre voisine. Elle n'a rien dans le crâne. »

» Mais, s'il fallait en croire Du Yun, la seule raison pour laquelle Petit Beignet ne parlait pas, c'était qu'elle, Du Yun, le faisait à sa place. « Une mère sait mieux que personne de quoi son enfant a besoin, n'est-ce pas ? répétait-elle. Une mère sait ce que l'enfant veut manger, ce qu'il pense, ce qu'il ressent. » Quant aux ombres chinoises que produisait Petit Beignet, c'était la preuve irréfutable, décida un jour Du Yun, que parmi ses ancêtres elle comptait des dames de la cour. Bonne-Maman avait immédiatement répondu : « Ah ! la voilà dotée de mains contre-révolutionnaires à présent ! Elle va finir par se les faire couper. Il vaudrait mieux pour elle qu'elle se mette les doigts dans le nez et qu'elle crache par terre ! »

» Une seule chose rendait Du Yun triste à propos de cette enfant : les grenouilles. Petit Beignet n'aimait pas les grenouilles de printemps, les petites rainettes vertes qui n'étaient pas plus grandes que son pouce. On les entendait chanter au crépuscule, elles grinçaient comme des portes fantômes : *ah-wah, ah-wah, ah-wah*. Bonne-Maman et Du Yun prenaient des paniers, des filets, puis allaient faire un tour dans les champs inondés. Toutes les grenouilles retenaient leur souffle et essayaient de disparaître à force de silence. Peine perdue ! Bientôt, elles ne pouvaient plus se taire. Leurs désirs s'exprimaient encore plus fort qu'avant : *ah-wah, ah-wah, ah-wah...* Elles espéraient de plus belle la visite de l'amour. « Qui peut bien aimer une créature pareille ? » plaisantait Du Yun. Et Bonne-Maman lui répondait : « Moi... si elle est bien cuite ! »

» Elles attrapaient ces petites créatures amoureuses avec une telle facilité ! Elles les mettaient dans des seaux où elles brillaient comme de l'huile dans la clarté lunaire. Le matin, Bonne-Maman et Du Yun dressaient leur étal au bord de la route et criaient : « Grenouilles ! Grenouilles bien grasses ! Dix pour un yuan ! »

» Petit Beignet et moi nous asseyions auprès d'elles sur des seaux renversés, le menton dans les mains, et nous n'avions rien à faire d'autre que d'attendre le lever du soleil afin qu'il nous réchauffe peu à peu les joues, les bras, les jambes.

» Qu'elles vendent bien ou mal, Bonne-Maman et Du Yun conservaient toujours une douzaine de grenouilles pour le déjeuner. Au milieu de la matinée, nous rentrions vers la maison en traînant les pieds, avec sept seaux vides et un à moitié plein. Bonne-Maman allumait un grand feu dans la cour. Du Yun puisait dans le seau où elle attrapait une grenouille. Petit Beignet venait aussitôt se cacher derrière moi. Je sentais sa poitrine se gonfler contre moi, palpiter comme cette grenouille qui gonflait sa gorge par saccades entre les mains de Du Yun. « Regardez bien, nous disait Du Yun. C'est la meilleure façon de faire cuire les grenouilles. »

» Elle retournait la grenouille sur le dos et lui enfonçait une paire de ciseaux dans l'anus, *szzz*, puis remontait d'un coup vers la gorge. Elle passait son pouce dans la fente et retournait l'estomac plein de moustiques et de mouches bleu argent. D'un coup, en partant de la gorge cette fois, elle arrachait la peau qui pendait entre ses doigts comme l'uniforme défraîchi d'un vieux soldat.

243

Ensuite, tchac, tchac, elle coupait la grenouille en morceaux, séparait les jambes, jetait la tête.

» Pendant que Du Yun pelait ses grenouilles les unes après les autres, Petit Beignet se mordait le poing pour contenir tout débordement, comme un sac de sable qui boucherait une fuite le long d'un canal. Elle ne poussait pas un seul cri. Quand Du Yun remarquait l'angoisse sur le visage de sa fille, elle murmurait sur un ton maternel tout apitoyé : « Mais oui, bébé, un peu de patience, maman va te donner à manger tout de suite. »

» J'étais la seule à savoir quels hurlements Petit Beignet retenait au fond de sa gorge. Dans ses yeux je distinguais ce qu'elle avait vu aussi clairement que si ses souvenirs étaient les miens. Cet écorchement était précisément la façon dont on avait tué ses parents. Elle avait assisté à la scène juchée sur une branche, où son père l'avait placée pour la cacher. Dans l'arbre chantait l'oiseau dont elle imitait le cri, *lili-lili-lili*. Il chantait pour l'écarter de son nid. Petit Beignet n'émit aucun son, pas un sanglot, pas un murmure, parce qu'elle avait promis à sa mère de se taire. C'est pour ça qu'elle ne parlait pas. Elle avait promis à sa mère.

» En quelques minutes, une douzaine de grenouilles se retrouvaient en train de frire dans la bassine d'huile. L'opération avait été si rapide que certaines pattes sautaient encore hors de la bassine. Du Yun les rattrapait d'une main pendant que l'autre remuait. Elle avait bien du talent pour préparer les grenouilles.

» Mais Petit Beignet n'appréciait guère cette nourriture. Dans la pénombre, elle nous regardait déguster ces petites créatures délicieuses, ronger les os fins comme des aiguilles à la recherche d'un peu de chair. Le meilleur, c'était les peaux. Elles étaient très goûteuses et douces au palais. J'aimais aussi croquer les petits os, ceux qui se trouvaient juste au-dessus de l'extrémité de la patte.

» Du Yun surveillait sa fille adoptive et l'exhortait à manger. « Ce n'est pas le moment de jouer, mange, mon trésor, mange ! » Mais les mains de Petit Beignet volaient autour d'elle dans un ballet d'ombres aériennes. Alors Du Yun était toute triste, parce que la petite ne voulait pas manger le plat qu'elle réussissait le mieux. Il fallait voir l'expression de son visage. On y lisait tant d'amour pour cette enfant abandonnée trouvée sur la route. Et je sais, moi, que Petit Beignet essayait de lui donner tout l'amour dont elle était encore capable. Elle suivait Du Yun à travers le village comme un chiot, elle tendait le bras pour que sa mère adoptive la tienne par la main. Mais les nuits où chantaient les grenouilles, quand Du Yun ramassait sa batterie de seaux brinquebalants, Petit Beignet allait

244

se réfugier dans un coin, pour se faire toute petite en chantant : *lili-lili-lili.*

» Voilà quels sont mes souvenirs de Petit Beignet. Nous nous entendions très bien. Nous vivions dans la même maison, partagions le même lit, nous étions comme sœurs. Sans échanger un mot, nous devinions ce que ressentait l'autre. Nous n'étions pas bien avancées en âge mais savions que ce voulait dire la tristesse, et pas seulement la nôtre : nous savions l'une et l'autre ce que voulait dire la tristesse du monde. J'avais perdu ma famille et elle aussi.

» L'année où Du Yun avait trouvé cette enfant sur la route avait été une curieuse année, une année sans inondations. Autrefois le village recevait toujours trop de pluie. On comptait au moins une inondation au printemps. Le lit des rivières faisait un détour par les maisons, les insectes et les rats se trouvaient balayés par le flot, on retrouvait des pantoufles et des tabourets jusqu'au milieu des champs. Mais l'année où nous arriva Petit Beignet, il n'y eut pas d'inondations. La pluie tomba assez pour les grenouilles et pour assurer les récoltes, assez pour que les gens disent chez nous : « Pas d'inondations, c'est un cadeau de la providence. Mais pourquoi sommes-nous si gâtés ? Peut-être est-ce grâce à la petite que Du Yun a trouvée sur la route. Oui, c'est sûrement grâce à elle. »

» Or, l'année suivante, il n'a pas plu. Dans tous les villages alentour, il a plu normalement, des pluies fortes ou faibles, brèves ou non, mais chez nous, rien. Pas de pluie pour les pousses du printemps. Pas de pluie pour la moisson d'été. Pas de pluie pour les semis d'automne. Pas de pluie, pas de récolte. Pas d'eau pour cuire le riz qui ne poussait plus. Pas de nourriture pour les cochons. Les rizières s'asséchaient, le sol se craquelait, les grenouilles étaient clouées sur place comme des brindilles. Les insectes sortaient des failles du sol en agitant leurs antennes vers le ciel. Les canards étaient décimés. Quand nous les mangions, ils n'avaient que la peau sur les os. Lorsque nous regardions pendant trop longtemps les montagnes alentour, nos yeux d'affamés voyaient à l'horizon un lit de patates douces cuites à point, avec la peau qui s'ouvrait comme ça. C'était une année vraiment terrible, tellement affreuse que les gens du village ont commencé à prétendre que Petit Beignet, la folle, devait être à l'origine de cette misère.

» Un jour de canicule, j'étais assise avec elle dans un caniveau poussiéreux que nous avions transformé en un fabuleux vaisseau, prêt à cingler vers le pays des fées. Nous avons entendu un grondement dans le ciel, puis un autre. Un grand déchirement s'est produit, *kwahhh !* et la pluie a commencé à tomber à pleins seaux. J'étais à la fois contente et effrayée. Les éclairs et le tonnerre se sont déchaînés. J'ai crié qu'enfin notre bateau allait prendre la mer. Petit Beignet s'est mise à rire. C'était la première fois que je l'entendais rire. Elle a levé les bras vers les éclairs qui sillonnaient le ciel.

» La pluie n'arrêtait pas de ruisseler – glouglou, glouglou –, dévalant les pentes, se glissant dans les moindres crevasses. Mais il n'y avait pas assez de trous pour l'absorber. L'eau tombait tellement fort ! En un instant, le vaisseau sorti de notre imagination a été noyé par un torrent marron dont le courant nous poussait avec force. Des tourbillons d'eau entravaient nos membres, nous faisaient rouler de plus en plus fort, jusqu'à ce que nous atterrissions plus loin, dans un champ.

» J'ai appris plus tard ce qui s'était passé. On se le racontait à mots couverts. Quand Bonne-Maman et Du Yun nous ont tirées de l'eau, nous étions toutes les deux blanches et immobiles, le corps drapé dans des débris de végétation. Nous ressemblions à deux cocons sans vie. Elles nous ont enlevé la boue qui nous couvrait la bouche et le nombril, ont ôté les herbes mêlées à nos cheveux. J'étais brisée parce que j'étais toute maigre, mais Petit Beignet, replète, était indemne. Elles nous ont revêtues de vêtements mortuaires ; ensuite elles ont exhumé des mangeoires à cochons qui ne servaient plus, les ont lavées ; en guise de couvercle elles ont désossé deux bancs. Elles nous ont étendues dans ces pauvres cercueils, se sont assises autour et se sont mises à pleurer.

» Nous sommes restées là deux jours. Bonne-Maman et Du Yun attendaient que la pluie cesse pour nous enterrer dans un sol rocailleux où rien ne poussait. Le troisième jour, un grand vent s'est levé et a chassé les nuages. Le soleil est revenu. Du Yun et Bonne-Maman ont ouvert les cercueils pour contempler nos visages une dernière fois.

» J'ai senti qu'on me caressait la joue. J'ai ouvert les yeux et j'ai vu la figure de Du Yun. Elle avait la bouche ouverte, elle criait de joie : « Elle est vivante ! Vivante ! » Elle m'a pris les mains pour les frotter contre sa joue. Bonne-Maman s'est approchée. J'étais en plein brouillard. J'ai murmuré : « Je veux me lever. »

» Bonne-Maman a fait un bond en arrière. Du Yun m'a lâché les mains. Je les ai entendues qui se mettaient à hurler : « Comment est-ce possible ? Ce n'est pas possible ! » Je me suis redressée : « Bonne-Maman, qu'est-ce qui se passe ? »

» Elles ont commencé à pousser des cris, très fort, tellement fort que j'avais l'impression que ma tête allait exploser de terreur. J'ai vu Bonne-Maman se ruer sur l'autre cercueil, soulever le couvercle. À cet instant, je me suis vue. Mon pauvre corps disloqué !

Tout d'un coup j'ai tourné de l'œil, j'ai senti que mon corps tombait et je n'ai plus rien vu jusqu'au soir.

» Au réveil, j'étais allongée sur la natte que je partageais normalement avec Petit Beignet. Bonne-Maman et Du Yun se tenaient sur le seuil. J'ai dit à Bonne-Maman en bâillant : « J'ai fait un cauchemar. » Bonne-Maman s'est écriée : « Aïe, aïe ! Regarde, elle parle ! » Je me suis dressée, ai quitté la natte. Bonne-Maman s'est exclamée : « Aïe, aïe ! Regarde, elle bouge ! » Je me suis mise debout, j'ai gémi que j'avais faim et que je voulais faire pipi. Du Yun et Bonne-Maman se sont mises à reculer. Bonne-Maman a crié vers moi : « N'approche pas où je te donnerai des coups de bâton avec du bois de pêcher ! » J'ai répondu : « Bonne-Maman, tu sais bien que nous n'avons pas de pêcher ! » Elle a porté une main à ses lèvres. À cette époque-là, j'ignorais que les branches de pêcher étaient censées éloigner les fantômes. Par la suite, bien entendu, j'ai appris que c'était pure superstition. J'ai posé la question à plusieurs fantômes, et ils se sont tous mis à rire. « Les branches de pêcher ? Bah ! Ça ne nous fait ni chaud ni froid. »

» Bref, comme je le disais, j'avais terriblement envie de faire pipi, je m'agitais pour me retenir. À la fin j'ai déclaré, plus poliment cette fois : « Bonne-Maman, il faut que j'aille faire un tour du côté des cochons. »

» Il y avait, près de l'étable, un trou avec deux planches, où on faisait ses besoins – les deux besoins. Je parle de l'époque d'avant la rééducation des masses relative au recyclage. Parce que, après, il ne suffisait plus de consacrer son esprit, son corps et son sang à la communauté, il fallait aussi lui donner sa merde – c'était la version chinoise des impôts.

» Mais Bonne-Maman ne m'a pas autorisée à aller aux cochons. Elle est venue me cracher au visage. Encore une superstition sur les fantômes : crache-leur dessus et ils disparaissent. Mais moi je n'ai pas disparu. J'ai fait pipi dans mon pantalon, je sentais cette chaleur se répandre le long de mes jambes et voyais une tache s'agrandir par terre. Je m'attendais à ce que Bonne-Maman me batte, mais au lieu de ça elle s'est exclamée : « Regarde, elle fait pipi ! » Du Yun lui a répondu : « Tu veux rire ? Comment un fantôme peut-il pisser ? – Tu n'as qu'à regarder par toi-même, idiote, tu vois bien qu'elle fait pipi ! – Est-ce un fantôme, oui ou non ? »

» Et les voilà parties toutes les deux à discuter sur la couleur, l'odeur, la taille de la tache de pipi. Finalement, elles ont décidé de me proposer quelque chose à manger. Elles avaient une idée derrière la tête : si j'étais un fantôme, j'allais me contenter de ce présent et disparaître. Si j'étais une petite fille, j'allais cesser de réclamer et retourner me coucher. C'est exactement ce que j'ai fait après avoir mangé une petite boule de riz. Je me suis endormie, et j'ai rêvé que tout ce qui était arrivé faisait partie du même rêve, interminable.

» Le lendemain, en m'éveillant, j'ai dit une fois de plus à Bonne-Maman que j'avais fait un cauchemar. « Tu dors encore, m'a-t-elle répondu, allez, lève-toi maintenant, nous allons te mener chez quelqu'un qui saura te faire sortir de ton rêve. »

» Nous sommes allées dans un village qui s'appelait « Le Retour des canards », à six *lis* de Changmian. Dans ce village vivait une aveugle qu'on appelait la Troisième Tante, bien qu'elle ne fût pas ma tante. Elle n'était la tante de personne. Troisième Tante, c'était ainsi qu'on appelait cette femme quand on ne voulait pas prononcer son nom : « celle qui parle aux fantômes ». Dans sa jeunesse, elle était célèbre dans tout le pays pour ses dons de médium. Une fois adulte, elle avait été convertie au christianisme par un missionnaire et avait cessé de discuter avec les fantômes, sauf avec un seul, le Saint-Esprit. Dans sa vieillesse, elle avait été rééduquée par l'Armée de libération du peuple et avait laissé tomber le Saint-Esprit. Devenue vraiment vieille, elle ne se rappelait plus si elle était convertie ou rééduquée. Elle était trop vieille pour se rappeler les leçons qu'on lui avait données.

» Quand nous sommes entrées, Troisième Tante était assise sur un tabouret au milieu de la pièce. Bonne-Maman m'a poussée vers elle. « Qu'est-ce qui ne va pas chez cette petite ? » a demandé Du Yun d'une voix geignarde.

» Troisième Tante a pris ma main dans les siennes, qui étaient toutes calleuses. Ses yeux avaient la couleur du ciel et des nuages. Dans la pièce, on n'entendait que ma respiration. À la fin, Troisième Tante a conclu. « Un fantôme habite cette enfant. »

» Bonne-Maman et Du Yun ont sursauté. J'ai fait des bonds en gesticulant pour me défaire de ce démon. « Mais que peut-on y faire ? » a gémi Du Yun. Troisième Tante a répondu : « Rien. La petite fille qui vivait avant dans ce corps-là ne veut pas revenir, et la petite fille qui vit désormais dans ce corps ne peut pas le quitter à moins de retrouver la précédente occupante. » À cet instant, j'ai vu Petit Beignet qui me regardait par la fenêtre en face de moi. Je l'ai désignée et j'ai crié : « La voilà, regardez ! » Mais je l'ai vue qui faisait le même geste vers moi et proférait les mêmes mots, j'ai alors compris qu'il s'agissait de mon propre reflet.

» Sur le chemin du retour, Bonne-Maman et Du Yun se sont disputées. Elles ont échangé des paroles qu'une petite fille n'aurait

248

pas dû entendre : « Il faudrait l'enterrer, la remettre dans le sol, c'est là qu'elle doit être, disait Bonne-Maman. – Non, non, rétorquait Du Yun. Elle reviendra, toujours comme fantôme, et sera tellement en colère qu'elle voudra nous emporter, toi et moi. » Alors Bonne-Maman s'est mise à crier : « Arrête de prétendre qu'elle est un fantôme ! On ne ramène pas un fantôme chez soi ! D'ailleurs, même si tu avais raison – ah, que d'ennuis ! – on serait bonnes pour la rééducation ! – Mais si les gens voient cette gamine, s'ils entendent la voix de l'autre gamine... »

» En arrivant à Changmian, Bonne-Maman et Du Yun étaient du même avis : il fallait faire comme si je n'avais rien de particulier. De toute façon, c'était l'attitude qu'adoptaient la majorité des gens devant les soucis de l'existence. Les erreurs d'autrefois avaient été déclarées vérités officielles. Ce qui était à droite était passé à gauche. Alors, quand quelqu'un disait : « Oh ! mais cette enfant doit être un fantôme », Bonne-Maman répliquait : « Camarade, tu fais erreur. Il n'y a que les réactionnaires pour croire aux fantômes. »

» Quand on a enterré Petit Beignet, je regardais mon propre corps dans ce cercueil. Je pleurais mon amie, je pleurais aussi sur moi-même. Les autres étaient encore incertains, ils ne savaient trop qui était mort. Ils sanglotaient en prononçant mon nom. Quand Bonne-Maman les reprenait, ils sanglotaient et prononçaient cette fois le nom de Petit Beignet. Ensuite, Du Yun se mettait à geindre à son tour.

» Pendant plusieurs semaines, le simple fait que j'ouvre la bouche pour parler, cette bouche naguère muette, effrayait tout le monde. Personne ne m'adressait la parole. Personne ne voulait me toucher. Personne ne voulait jouer avec moi. On me regardait manger, on me regardait marcher sur les chemins, on m'observait en train de pleurer. Un soir, je me suis réveillée dans le noir. Du Yun, assise sur le lit à côté de moi, gémissait : « Petit Beignet, mon trésor, reviens vers moi, reviens chez ta maman. » Elle m'a pris les mains et les a soulevées dans la lumière de la bougie qu'elle avait allumée. Quand je les lui ai retirées d'un coup sec, elle a agité les bras – oh ! c'était un geste si maladroit, si désespéré, si triste, on aurait dit un oiseau aux ailes cassées. Je crois que c'est alors qu'elle a commencé à se prendre pour sa propre fille. Voilà ce qui arrive quand tu as une pierre sur le cœur, quand tu ne peux pas exprimer ta douleur, la faire sortir. Chez nous, au village, pas mal de gens avaient avalé des pierres comme ça. Ils comprenaient Du Yun. Ils disaient que je n'avais rien d'un fantôme. Ils prétendaient que c'était moi qui avais été la plus boulotte des deux. Que Petit Beignet était connue pour n'avoir que la peau et les os. Ils racontaient que cette femme qui désormais se faisait appeler Du Lili à la place de Du Yun était parfaitement normale.

» La pluie est revenue. Les inondations aussi. Les nouveaux dirigeants du pays ont déclaré qu'il fallait travailler très dur pour l'avènement des temps nouveaux. Le blé a poussé, les grenouilles ont chanté dans les rizières, les saisons ont passé, chaque jour chassant l'autre, tout a changé et rien n'a changé.

» Un jour, une femme d'un autre village a demandé à Bonne-Maman : « Pourquoi appelles-tu cette grosse fille la Crêpe ? » Bonne-Maman m'a regardée. Elle a fait un effort de mémoire et a répondu : « Quand elle était petite, elle était toute maigre parce qu'elle n'aimait pas les grenouilles. Aujourd'hui, elle les adore. »

» Tu vois, tout le monde s'était donné le mot pour oublier. Et, en vérité, tout le monde a finalement oublié. On a oublié l'année sans inondations, le fait que Du Lili se soit appelée Du Yun, et quelle petite fille, finalement, s'était noyée. Bonne-Maman me battait encore, mais à présent que j'avais un corps plus rond ses coups me faisaient moins mal.

» Regarde ces doigts, ces mains. Parfois, je m'imagine qu'ils ont toujours été à moi. Le corps que je croyais avoir eu autrefois, peut-être était-il un rêve que j'ai confondu avec la réalité. Mais alors je me rappelle un autre rêve. Dans ce rêve, je suis plongée dans le monde du Yin. J'y observe tant de choses. Des nuées d'oiseaux ; certains qui viennent d'arriver, d'autres qui partent. Petit Beignet qui vole au milieu de son père et de sa mère. Toutes les grenouilles que j'avais mangées qui chantent en concert et qui ont retrouvé leur peau. Je sais que je suis morte et suis impatiente de retrouver ma mère. Mais, avant d'avoir pu la retrouver, je vois une personne se ruer sur moi, avec, sur la figure, une terrible colère et de l'anxiété. « Retourne d'où tu viens ! Dans sept ans, je vais naître. Tout est déjà conclu. Tu as promis d'attendre, tu te souviens ? »

» Elle me secoue, me secoue jusqu'à ce que la mémoire me revienne.

» Je repars vers le monde des mortels. J'essaie de réintégrer mon corps. Je pousse, me démène, mais impossible : mon pauvre corps est tout brisé. La pluie s'arrête. Le soleil apparaît. Du Yun et Bonne-Maman ouvrent les deux cercueils et je me trouve prise de court. Vite, vite, que puis-je faire ?

» Dis-moi, Libby-Ah, qu'en penses-tu ? Ai-je bien agi ? Je n'avais pas le choix. Comment, sans ça, aurais-je pu tenir la promesse que je t'avais faite ?

18

Six rouleaux de printemps au poulet...

– Tu te souviens, maintenant ? me demande Kwan.

Je suis complètement fascinée par ses grosses joues, sa petite bouche. J'ai l'impression d'être en face d'un hologramme : derrière la surface brillante surgit l'image en trois dimensions d'une petite fille qui s'est noyée.

– Non, je ne me souviens pas.

Kwan – je veux dire cette femme qui prétend être ma sœur – serait-elle une folle qui se prendrait pour Kwan ? La vraie Kwan serait-elle cette petite fille qui s'est noyée ? Voilà qui expliquerait la dissemblance entre le bébé maigrichon dont mon père nous a montré la photo et la jeune fille grassouillette que nous avons accueillie à l'aéroport. Voilà qui expliquerait également pourquoi Kwan ne ressemble ni à mon père, ni à mes frères, ni à moi.

Peut-être le vœu de mon enfance est-il en train de se réaliser : la vraie Kwan est morte, et le village nous a envoyé cette autre fillette en pensant que nous ne saurions pas faire la différence entre un fantôme et quelqu'un qui se prend pour un fantôme. Mais tout de même, comment accorder foi à cette histoire ? Y a-t-il eu dans l'enfance de Kwan un traumatisme tel qu'il puisse justifier cette fable d'une substitution charnelle ? Même si génétiquement nous ne sommes pas parentes, comment puis-je cesser de la considérer comme ma sœur ? Impossible, bien entendu, elle est toujours ma sœur. Mais j'aimerais bien démêler le vrai du faux dans cette histoire.

Kwan me sourit, me serre la main, me désigne le vol des oiseaux au-dessus de nos têtes. Si seulement elle prétendait qu'il s'agit d'éléphants : je la tiendrais pour folle une fois pour toutes. Qui me révélera la vérité ? Du Lili ? On ne peut pas la croire davantage que Kwan. Bonne-Maman est morte. Et ceux qui, au village, sont assez âgés pour se souvenir ne parlent que le patois de Changmian. Même s'ils parlaient le mandarin, que leur poserais-je comme question ? « Dites-moi, j'aimerais bien savoir si ma sœur est vraiment ma sœur. Est-elle un fantôme ? Est-elle folle ? » En vérité, je n'ai pas le temps d'y réfléchir davantage. Kwan et moi arrivons au portail de Bonne-Maman.

Dans la pièce principale, nous retrouvons Simon et Du Lili en grande conversation dans ce langage universel des charades. Simon mime l'ouverture d'une fenêtre de voiture et crie : « J'ai sorti la tête par la vitre et je lui ai dit : " Casse-toi de là, mon vieux. " » Il appuie sur un klaxon imaginaire – trr trr trr ! trr trr trr ! – et imite des malfaiteurs qui démarrent en trombe en brandissant une mitraillette.

Du Lili lui répond en dialecte de Changmian quelque chose qui signifie à peu près : « Attends, moi j'ai mieux que ça. » Elle mime une piétonne qui transporte de lourds filets à provisions, nous montre bien qu'ils sont lourds et que ses bras s'étirent comme des nouilles sortant d'un bol. Soudain, elle lève un œil, fait un bond en arrière, pratiquement jusqu'à marcher sur les pieds de Simon ; elle laisse tomber ses filets tandis qu'une voiture imaginaire fonce dans la foule et lui passe juste sous le nez. Ou alors la voiture atterrit dans les arbres, on ne sait pas. En tout cas, on voit qu'elle cause du dégât. Du Lili va vers le conducteur et lui crache au visage, ce qu'elle mime en visant le crachoir qui se trouve aux pieds de Simon.

Kwan accueille ce récit avec enthousiasme, j'applaudis, Simon a l'air du candidat battu dans un jeu télé. Il accuse Du Lili d'avoir exagéré, en fait la voiture n'allait sans doute pas aussi vite qu'un éclair mais se trainaît plutôt comme une vieille vache. « Bu-bu-bu », ricane Du Lili en trépignant. Et quoi encore ! Peut-être était-ce elle qui marchait le nez en l'air, peut-être était-ce elle qui avait causé l'accident ! « Bu-bu-bu ! » Elle donne une bourrade à Simon. Il finit par conclure : « Bon, d'accord, vous avez gagné ! Vos conducteurs sont pires que les nôtres. »

N'était leur différence d'âge, on dirait des amoureux qui flirtent, s'envoient des piques et se provoquent pour donner un prétexte à leurs attouchements. Je sens mon cœur se serrer un peu. Ce n'est pas de la jalousie, évidemment ; qui pourrait penser que ces deux-là... ? Une chose est certaine, que l'histoire de Du Lili et sa fille défunte soit vraie ou fausse, cette femme paraît hors d'âge.

Maintenant que la séance de mime est terminée, Du Lili sort dans la cour avec Kwan, l'objet de leur discussion étant le menu du dîner. Dès qu'elles sont hors de portée, je prends Simon à part.

– Comment est venue cette conversation sur les mauvais conducteurs ?

– J'essayais de lui raconter le voyage d'hier, avec Rocky, quand on a vu l'accident.

J'aurais dû le deviner. Je lui raconte sans transition le récit que Kwan vient de me faire.

– Qu'en penses-tu, toi ?

– Premièrement, Du Lili ne me paraît pas folle, pas plus que Kwan. Deuxièmement, ce n'est pas la première fois que tu entends ces histoires-là, non ?

– Mais celle-ci, c'est autre chose, tu ne te rends pas compte ! Peut-être que Kwan n'est pas ma sœur !

Il fronce les sourcils.

– Comment pourrait-elle ne pas être ta sœur ? Même dans le cas où vous n'avez pas de sang commun, elle est toujours ta sœur, non ?

– Oui, mais ça voudrait dire que l'autre fille est aussi ma sœur.

– Et alors, que veux-tu faire ? Répudier Kwan ?

– Non, bien sûr ! La seule chose c'est que... enfin, j'ai envie de savoir ce qui s'est réellement passé, voilà.

Il hausse les épaules.

– Pourquoi ? Explique-moi ce que ça change. Moi, je crois ce que je vois. Du Lili est une femme bien. Kwan est Kwan. Le village est super, et je suis content d'être ici.

– Et Du Lili ? La crois-tu quand elle affirme qu'elle a cinquante ans ? Ou crois-tu plutôt ce que dit Kwan à son sujet ? Que...

Simon m'interrompt :

– Tu n'as peut-être pas compris tout à fait ce que Du Lili t'a raconté. Comme tu le disais toi-même, ton chinois n'est pas parfait...

Je m'énerve.

– J'ai dit que je ne *parlais* pas aussi bien que Kwan, c'est tout.

– Peut-être Du Lili a-t-elle utilisé une expression du genre : « j'étais naïve comme un poulet de l'année », et... – il adopte le ton de la raison masculine qui m'horripile –, et toi, tu l'interprètes au pied de la lettre, tu crois qu'elle se prend pour un poulet.

– Elle n'a jamais dit qu'elle était un poulet...

Mon pouls s'accélère.

– Tu vois, tu me prends au pied de la lettre. C'était un exemple...

Là, j'explose.

– Pourquoi veux-tu toujours avoir raison ?

– Qu'est-ce qui te prend ? Nous discutions calmement, je n'ai aucune intention de...

Soudain, la voix de Kwan nous parvient de la cour.

– Libby-Ah ! Simon ! Venez, venez vite, nous sommes en train de faire la cuisine. Vous voulez prendre des photos ?

Encore furieuse, je fonce à l'intérieur de la chambre, à la recherche de mon matériel photo. Je retombe sur ce grand lit conjugal. Impossible, impossible, me dis-je. Je regarde par la fenêtre, un bref coup d'œil à ma montre : le crépuscule tombe doucement, une demi-heure de bonne lumière. S'il existe un endroit où je dois faire mon métier avec passion, c'est bien ici, en Chine, où tout me dépasse, où tout est imprévisible, où tout paraît complètement fou. J'attrape mon Leica et glisse dix rouleaux de pellicule haute sensibilité dans la poche de ma veste. Une fois dehors, je charge un film aussitôt. Après les fortes pluies, le ciel est devenu d'un bleu de gouache. Il traîne quelques nuages cotonneux derrière les montagnes. En respirant à fond, je perçois l'odeur de feu de bois qui s'exhale des cinquante-trois foyers de Changmian, mêlée à cette odeur de fumier qui rôde un peu partout.

Je compose mon cliché. Les murs de boue séchée, avec leur teinte orangée et leur aspect rugueux, serviront de toile de fond. Au milieu, l'arbre présente un feuillage misérable, autant l'éviter. L'enclos à cochons a quelque chose : calé bien à droite de la cour, sous un toit de chaume, il est l'image de la simplicité rustique dans le genre crèche de Noël. Mais, au lieu de Jésus, Marie et Joseph, ce sont trois petits cochons qui pataugent dans la boue. Il y a également une demi-douzaine de poulets, dont un marche sur une seule patte, et un autre a perdu une partie de son bec. Je me mets en position ; plan large, plan court. Là, dans le coin du cadre, j'aperçois un seau de riz grisâtre entouré de mouches et un trou, rempli d'une eau noire, qui dégage une odeur pestilentielle. Je me penche : le cadavre d'une créature au pelage gris gît au milieu d'une myriade de gros grains de riz qui s'agitent – des asticots.

Le reportage sur la vie à Changmian me paraît soudain vain. Il faudrait que je « prévisualise » mon cliché, en essayant de faire coïncider spontanéité et composition. Mais je n'arrive pas à songer à autre chose qu'à ces lectrices en talons aiguilles qui parcourent d'un œil distrait les magazines de voyage sur papier glacé où on leur présente des images bucoliques du tiers-monde. Ce que veulent les gens, je le sais bien. C'est la raison pour laquelle je me sens mal à l'aise dans mon travail, j'ai l'impression de m'agiter dans un cocon idiot. Loin de moi l'idée de ne chercher que la laideur, ce serait ridicule : on ne peut pas vendre la laideur. Et même si on le pouvait, un réalisme trop cru donnerait aux gens l'impression fausse que toute la Chine est insalubre, retardée, misérable. Je m'en veux d'être assez américaine pour ressentir les choses ainsi.

Finalement, pourquoi éprouverais-je sans cesse le besoin de corriger ce que je vois ? Pour le bénéfice de qui ?

Que le magazine aille se faire voir ! Je ne vais pas commencer à trier ce qu'il faut montrer ou non. Un dernier coup d'œil à la lumière... je vais essayer de rendre compte de l'instant, voilà tout. Et l'instant, en l'occurrence, c'est Du Lili accroupie près de la pompe à bras, en train de remplir une bassine. Je fais le tour, mets au point, commence à multiplier les clichés. Mais dès qu'elle s'aperçoit de mon manège, elle se redresse pour poser et tire le bas de sa veste verte. Finie la spontanéité.

– Inutile de rester plantée là ! Fais comme si je n'étais pas là, occupe-toi de ce que tu as à faire.

Elle hoche la tête, arpente la cour mais, dans son application à ignorer la présence de l'objectif, elle tombe en arrêt devant le moindre tabouret, désigne à grands gestes des paniers pendus dans un arbre, semble confondue d'admiration devant une hache pleine de boue. On dirait vraiment qu'elle vous fait visiter les trésors du musée national.

– Un, deux, trois, dis-je en chinois, avant de prendre quelques clichés de ses poses, pour lui faire plaisir, et de m'écrier : « Très bon, parfait, merci. »

Elle a l'air troublée.

– J'ai fait quelque chose qui n'allait pas ? demande-t-elle d'une voix plaintive.

Elle s'attendait à un flash, à un bruit d'obturation, mais le Leica ne produit rien de tout cela. J'imagine un petit mensonge.

– Je ne prends pas réellement de photos, je m'entraîne à cadrer.

Elle m'adresse un sourire soulagé et retourne à l'enclos des cochons. Elle ouvre la porte, les animaux se précipitent en grognant, le groin en l'air, reniflant la nourriture éventuelle. Quelques poules l'entourent pour des raisons identiques.

– Il faut que j'en trouve une bien grasse, explique Du Lili en examinant de près la question.

J'arpente la cour comme une voleuse, essayant de me faire aussi discrète que possible, cherchant à découvrir la combinaison idéale entre sujet, lumière, arrière-plan et cadrage. Le soleil plonge vers l'horizon. Ses rayons filtrent à travers le toit de chaume, baignant le doux visage de Du Lili d'une lumière chaude. Grâce à ce coup de pouce de la providence, mon instinct se réveille. Je sens que ça monte, que je perds peu à peu mes inhibitions. Je prends mes clichés entre deux inspirations. Contrairement aux autres appareils qui vous laissent aveugle pendant l'obturation, le Leica offre la possibilité de voir l'instant capturé. Le léger flou autour du geste de Du Lili qui attrape une poule, les autres volailles qui fuient dans l'enclos, les cochons qui se détournent tous en même temps en rangs serrés. Et Simon – je le photographie en train de prendre des notes pour les légendes du reportage. Au fond, c'est comme autrefois, quand on travaillait en symbiose. À la différence près que Simon n'a pas son habituel comportement d'« homme d'affaires au travail ». Ses yeux brillent d'un éclat merveilleusement intense, il me jette un regard et sourit.

Je reviens à Du Lili. Elle se dirige vers la pompe à bras, serrant contre elle la poule qui gigote. Elle la tient fermement calée contre un bol de céramique blanche. De la main gauche elle saisit le cou, dans l'autre elle brandit un petit couteau. Comment va-t-elle s'y prendre pour couper la tête d'une volaille avec ça ? À travers mon viseur, je la vois appliquer la lame sur le cou. Elle ébauche un mouvement de scie, le sang jaillit, je suis aussi étonnée que la volaille. Elle pend sa victime par les pattes et le sang se répand dans le bol.

Les cochons poussent des cris. Ils hurlent véritablement de terreur. On m'a raconté que les cochons étaient capables de coups de folie quand on les mène à l'abattoir. Ils sont assez intelligents, paraît-il, pour se rendre compte de ce qui les attend. Là, je me demande s'ils sont à même de ressentir de la sympathie pour une volaille qu'on assassine. Est-ce la preuve qu'ils possèdent une intelligence ou bien une âme ? Malgré toutes les photos de chirurgie à cœur ouvert ou de greffes du rein que j'ai pu réaliser, je me sens un peu chose.

Mais je continue à mitrailler. J'ai remarqué que Simon a arrêté d'écrire.

Quand le bol est à moitié plein, Du Lili laisse tomber la poule sur le sol. Pendant quelques minutes, nous assistons à son agonie au milieu des gargouillis et des tressautements, puis les yeux deviennent vitreux, et c'est fini. Si Du Lili n'est autre que Petit Beignet, une chose est certaine, c'est que sa pitié pour les oiseaux a disparu.

Simon vient vers moi.

– Quelle barbarie, merde ! Je me demande comment tu as pu continuer à mitrailler !

Sa réflexion m'agace.

– Cesse d'être à ce point ethnocentrique ! Crois-tu qu'aux États-Unis les abattoirs à poulets fonctionnent autrement ? En plus, elle l'a sans doute tuée de cette façon pour éliminer les toxines de la viande. C'est une tradition, comme l'abattage casher.

– Casher, mon cul ! Casher signifie qu'on tue l'animal rapidement pour qu'il ne souffre pas ! On le vide de son sang après, et on jette le sang !

– Je suis sûre qu'elle fait ça pour des raison d'hygiène.

Je me tourne vers Du Lili et je lui pose la question.

– *Bu-bu*, me répond-elle en secouant la tête avec un petit rire. Quand j'ai assez de sang, normalement je coupe la tête tout de suite, mais cette fois j'ai laissé la volaille s'agiter un peu.

– Pourquoi ?

– Pour toi ! réplique-t-elle gaiement. Pour tes photos ! C'était plus animé, non ?

Elle a un mouvement de sourcils qui signifie qu'elle attend des remerciements. Je lui adresse un sourire contraint.

– Alors ? demande Simon.

– Eh bien... tu as raison, ça n'a rien à voir avec la mise à mort casher.

Là, je ne peux m'empêcher de lui lancer, en voyant son expression satisfaite :

– Ce n'est pas casher au sens juif du terme. Il s'agit plutôt d'un ancien rituel chinois de purification... de purification spirituelle, pour le poulet...

Je me hâte de retourner à mon viseur.

Du Lili laisse tomber la volaille dans une marmite d'eau bouillante. Elle l'y plonge plusieurs fois, à mains nues, comme si elle lavait un pull-over. Elle a les mains tellement calleuses qu'elles sont comme des gants d'amiante : elle ne sent rien. Au début, elle traite sa victime avec une certaine douceur, comme si elle la consolait. Mais à chaque nouvelle plongée la poule ressort avec une poignée de plumes en moins. À la fin, elle émerge dans une nudité rose.

Simon et moi suivons Du Lili vers la cuisine où elle emporte notre futur dîner. Le plafond est si bas qu'il faut se baisser pour ne pas se frotter la tête sur le torchis. D'un coin sombre au fond de la pièce, Kwan tire un fagot dont elle arrache des brindilles pour alimenter un four de terre cuite. Sur le feu est posé un plat assez grand pour tenir un cochon tout entier. Kwan me sourit.

– Bonnes photos ?

Comment puis-je douter un seul instant qu'elle soit ma sœur ? Tout ça, ce sont des histoires de fous. Kwan déborde d'imagination, tout simplement.

Elle vide la volaille d'un seul geste, puis la coupe en plusieurs morceaux – tête, pattes, queue – qu'elle jette dans une bassine d'eau bouillante. Elle ajoute au bouillon plusieurs poignées de légumes qui ressemblent à des bettes.

– Frais, lance-t-elle à Simon. Ici, toujours frais !

– Tu es allée au marché aujourd'hui ?

– Quel marché ? Pas de marché. Dans la cour derrière, tu cueilles toi-même.

Du Lili apporte le bol de sang. Il s'est figé ; on dirait de la gelée de fraise. Elle en coupe des cubes qu'elle met dans la marmite. Je regarde ces petits tourbillons rouges et pense aux sorcières de *Macbeth*, avec leurs figures rougies par le feu dans le nuage de vapeur échappé du chaudron. Quelle est la réplique ?

– Un charme si puissant est comme une potion qui bouillonne et vous vient des enfers.

Simon me regarde.

– Hé ! J'y pensais, justement.

Il se penche pour sentir le fumet.

– Ça a l'air superbe, hein ?

– N'oublie pas qu'il faut qu'on le déguste.

Quand le feu baisse, la lumière s'est enfuie. Je glisse mon Leica dans une poche de ma veste. Mon Dieu, ce que j'ai faim ! Si je ne goûte pas de cette poule au sang, que vais-je pouvoir me mettre sous la dent ? Rien dans le frigo, pas de jambon ni de fromage – et pas de frigo non plus. Si je veux du jambon, il faut que j'aille égorger les cochons hurlants... De toute façon, je n'ai plus le choix : accroupie devant le feu, Kwan saisit les poignées du plat géant et le soulève.

– À la soupe !

Au centre de la cour, Du Lili a allumé un petit feu de brindilles dans un cercle de métal. Kwan pose le plat dessus et Du Lili fait passer les bois, les baguettes, les tasses à thé. À son signal, nous nous asseyons autour de cette table improvisée.

– Manger, manger ! dit Du Lili en agitant ses baguettes vers Simon et moi.

Je jette un coup d'œil au plat, cherchant du regard quelque chose qui s'apparente de près ou de loin à un plat de viande préemballé, type supermarché, mais, avant que j'aie pu examiner la question, Du Lili pêche une patte de poulet qu'elle laisse tomber dans mon bol.

– Non, non, c'est pour toi ! protesté-je. Je vais me servir.

– Pas de politesses. Mange avant que ça refroidisse.

Simon ricane. J'en profite pour lui refiler la patte.

– Mange, mange, répété-je avec un sourire délicieux tout en me servant une cuisse.

Simon regarde sobrement cette patte qui dansait il y a si peu de temps. Il y donne un coup de dents et se met à mâcher d'un air recueilli. Après un moment, hochant la tête en direction de Du Lili, il dit :

– Ah, excellent ! Vraiment très bon !

Elle se met à rougir ; on a l'impression qu'elle vient de décrocher trois étoiles au Michelin.

– C'est vraiment gentil de ta part de lui dire ça.

– Je te jure que c'est bon ! Ce n'était pas par politesse.

Du bout des lèvres, je m'attaque à ma cuisse. Je prends une bouchée minuscule. Je mâche, laissant la saveur gagner ma langue. Pas le moindre goût de sang. La chair est incroyablement tendre, du velours ! Je m'enhardis, je vais jusqu'à l'os, je bois le bouillon. Le goût en est délicieux, malgré un côté épais. Je me ressers ; une aile, cette fois. Je mastique et en conclus que les poulets captifs chinois sont supérieurs en goût aux volailles américaines élevées en liberté. Ce goût si particulier provient-il de leur alimentation ? Ou est-il dû au bouillon de sang ?

– Combien de rouleaux de photo as-tu pris ? demande Simon.

– Six.

– Six rouleaux de printemps au poulet de l'année !

– Nous sommes en automne...

– Mais je baptise le plat en l'honneur de Du Lili, qui n'est pas un poulet de l'année, comme tu l'as obligeamment fait remarquer.

Simon se met à trembler ostensiblement en me suppliant, dans le style Quasimodo :

– Grâce, Maîtresse, ne me bats pas !

Je fais un signe de croix sur sa tête et réponds :

– Tu es pardonné, bougre d'âne.

Du Lili brandit une bouteille emplie d'un alcool incolore.

– À la fin de la Révolution culturelle, j'ai acheté ce vin. Pendant les vingt années qui ont suivi, je n'ai eu aucune raison de faire la fête. Ce soir, j'en ai trois.

Elle tend le goulot de la bouteille vers ma tasse, pousse un soupir – aaah –, comme si elle se soulageait la vessie au lieu de me verser du vin, puis quand nos quatre tasses sont pleines elle lève la sienne et s'écrie : « *Gan-beï* », avant de s'envoyer une lampée sonore, la tête en arrière, cul sec !

– Tu vois, dit Kwan en anglais. Cul sec. Il ne doit pas en rester une goutte.

Elle nous fait une autre démonstration. « Aaah. » Du Lili lui sert une nouvelle tournée, et remplit de nouveau sa propre tasse.

Bien, si Kwan, la dernière des novices en la matière, s'envoie

sa tasse comme ça, ce ne doit pas être bien fort ! Simon et moi
trinquons et faisons cul sec comme les autres. Nous nous étranglons
aussitôt, comme le premier pied-tendre dans un film de cow-boys.
Kwan et Du Lili s'en tiennent les côtes. Elles désignent nos tasses,
encore à moitié pleines.

— Qu'est-ce que c'est ? balbutie Simon. J'ai l'impression que
ça m'a arraché les amygdales.

— Bon, non ? demande Kwan en lui resservant une rasade
avant qu'il ait pu protester.

— Ça a un goût de vieille chaussette, ajoute-t-il.

Kwan, qui a mal entendu, avale une autre gorgée, fait une
moue et l'approuve.

Trois tournées et, vingt minutes plus tard, ma tête est parfaitement claire, mais mes jambes sont allées se coucher. Je me lève,
les agite un peu. Je vacille. Simon en fait autant.

— Ça avait un goût affreux, dit-il en s'étirant, mais je me sens
super-bien.

Kwan traduit à l'adresse de Du Lili.

— Il dit : pas mal.

— Ça s'appelle comment ? demande Simon. Il faudra qu'on en
rapporte une bouteille aux États-Unis.

— Cette boisson, dit Kwan en marquant une pause pendant
laquelle elle regarde sa tasse avec grand respect, cette boisson
s'appelle vin de souris, un truc comme ça. Très connue à Guilin.
Bon au goût, bon pour la santé. Très long à fabriquer. Dix ou vingt
ans.

Elle fait un geste à l'adresse de Du Lili et lui demande de
montrer la bouteille. Du Lili la tient et désigne l'étiquette rouge et
blanc. Elle nous la donne. Elle est à moitié vide.

— Qu'y a-t-il dans le fond ? demande Simon.

— Une souris. C'est pour ça qu'on l'appelle vin de souris.

— Non, allez, qu'est-ce que c'est ?

— Regarde. (Kwan désigne le fond de la bouteille.) Une souris.

Nous regardons. Il y a bien quelque chose de gris. Avec une
queue. Quelque part dans mon cerveau, je sais bien que je devrais
vomir ; au lieu de quoi j'échange un regard avec Simon, et nous
éclatons de rire. Un fou rire irrépressible. Nous rions jusqu'à nous
étouffer, jusqu'à nous tenir les côtes.

— Pourquoi rions-nous comme ça ? finit par demander Simon.

— Sans doute parce que nous sommes bourrés.

— Je ne me sens pas bourré du tout ! Je me sens plutôt...
heureux de vivre.

— Moi aussi. Regarde ces étoiles, là-haut, tu n'as pas l'impression qu'elles ont grossi ? Elles ne sont pas seulement plus brillantes que tout à l'heure, mais aussi plus grandes. J'ai le sentiment que j'ai rétréci, et que tout est devenu plus grand autour de moi.

– Tu as le regard d'une petite souris, dit Kwan.

Simon désigne les pics des montagnes qui se dressent au-delà du mur de la cour.

– Et ces montagnes ? Les sommets... Ils sont géants, non ?

Nous contemplons les montagnes en silence, puis Kwan me pousse du coude.

– Maintenant, peut-être que tu vois les dragons. Deux dragons côte à côte. Oui ?

J'essaie. Kwan m'attrape par les épaules pour corriger ma direction.

– Plisse les yeux. Débarrasse-toi des idées américaines. Pense en Chinoise. Laisse ton esprit rêver. Deux dragons, un mâle, une femelle.

J'ouvre les yeux. C'est comme si le passé était devenu le premier plan et le présent s'évanouissait comme un rêve lointain...

– Les sommets en dents de scie, murmuré-je en les dessinant du doigt, ce sont les deux échines, non ? Et ces deux sommets plus renflés, ce sont les deux têtes, avec la vallée entre les deux naseaux.

Kwan me tapote le bras, comme si je venais de lui réciter sans me tromper une leçon de géographie.

– Certaines personnes pensent : « Oh ! le village près de la bouche du dragon, *feng shui*, mauvaise harmonie. » Mais, à mon avis, ça dépend du dragon. Ces deux dragons très loyaux, bon *chi*. Comment dit-on *chi* en anglais ?

– Des bonnes vibrations.

– Oui, oui, bonnes vibrations.

Elle traduit à l'adresse de Du Lili.

Du Lili arbore soudain un large sourire. Elle dit quelque chose en dialecte de Changmian et se met à fredonner :

– Daa, dii, da-da.

Kwan lui répond :

– Dii, da-da-da.

Puis elle s'écrie :

– D'accord, d'accord. Simon, Libby-Ah, asseyez-vous par terre. Du Lili veut que je vous raconte l'histoire des dragons.

Nous voilà comme des gamins du jardin d'enfants qu'on aurait assis devant un feu de camp. Du Lili elle-même semble impatiente.

– C'est l'histoire..., commence Kwan, et Du Lili sourit aux anges comme si elle comprenait l'anglais, de deux dragons. Il y a longtemps, deux dragons noirs, mari et femme, vivent sous la terre près de Changmian. Chaque année au printemps, ils se réveillent. Ils sortent du cœur de la terre comme les montagnes. Dehors, ces deux dragons ressemblent à des hommes. Avec la peau noire. Et très forts. En une seule journée, à deux ils creusent un canal autour du village. L'eau dévale la montagne et est prisonnière dans le canal. Comme ça, il y a la sécheresse, pas d'importance, beaucoup d'eau pour faire pousser les récoltes. Libby-Ah, comment appelles-tu en anglais ce genre d'eau ?

    – L'irrigation.

    – Oui, l'irritation.

    – L'irrigation.

    – Oui, irrigationnement. Pour tout le village. Tout le monde aime les deux dragons noirs. Chaque année ils ont une grande fête. Mais une année, le dieu de l'Eau, un dieu de seconde zone, se fâche. « Hé ! on me prend de l'eau qui devrait aller à la rivière sans me demander la permission ! »

    – Nom d'un chien ! s'exclame Simon en claquant les doigts. On en revient toujours à ces questions de droit de l'eau !

    – Oui, oui. Alors une grande dispute. Ensuite le dieu de l'Eau recrute des mauvaises personnes d'une autre tribu, pas du village, non, de loin, peut-être d'Hawaï.

    Elle pousse Simon du coude.

    – Hé ! Pour rire ! Seulement pour rire ! Je ne sais pas d'où ils venaient. Pas d'Hawaï. Bon, alors ils aiguisent leurs flèches, tuent les dragons, le mâle et la femelle. Ils les transpercent de partout. Avant de mourir, ils rampent sous la terre, redeviennent des dragons. Vous voyez, leurs deux dos maintenant ressemblent à six sommets. Et les trous des flèches creusent dix mille grottes. Elles se réunissent et vont jusqu'au cœur. Aujourd'hui, quand la pluie tombe, l'eau passe à travers la montagne, elle se déverse dans ces trous comme un torrent de larmes. On ne peut pas l'arrêter. Elle arrive en bas – inondation ! Tous les ans.

    Simon fronce le sourcil.

    – Quelque chose m'échappe : s'il y a inondation chaque année, quel est le bon *chi* ?

    – Tss ! L'inondation n'est pas la grande inondation ! Seulement une petite. Assez pour lessiver le sol. Dans toute ma vie ici, une seule grosse inondation, une seule longue sécheresse. Quelle chance !

    Je songe qu'elle n'a vécu à Changmian que dix-huit ans avant d'émigrer vers l'Amérique. Mais pourquoi la contredire et gâcher son histoire ?

    – Et le dieu de l'Eau, qu'est-il devenu ?

– Oh, la rivière – terminée ! L'inondation l'a emporté lui aussi.

Simon applaudit et siffle comme au base-ball, ce qui arrache Du Lili à sa somnolence.

– Ça finit bien ! Parfait !

Du Lili se lève, s'étire et se met à débarrasser les restes de notre repas. J'essaie de lui donner un coup de main, mais elle m'oblige à me rasseoir.

– Qui t'a raconté cette histoire ? demandé-je à Kwan.

Elle remet des brindilles dans le feu.

– Tous les habitants de Changmian la connaissent. Pendant cinq mille ans toutes les mères ont chanté l'histoire à leurs enfants. La chanson s'appelle *Les Deux Dragons*.

– Cinq mille ans ? Comment le sais-tu ? Ça m'étonnerait qu'on retrouve des traces écrites.

– Je le sais parce que... bon, je te dis quelque chose. Un secret. Entre les deux dragons, dans une petite vallée après celle-ci, il y a une petite grotte. Et cette petite grotte mène à une autre, une autre tellement grande qu'on a du mal à le croire. À l'intérieur de la grande grotte, un lac. Un lac tellement grand qu'on peut s'y promener en bateau ! L'eau est magnifique, tu ne peux pas imaginer. Turquoise et doré. Profond et lumineux. Tu n'as pas pris de lampe, tu vois quand même les restes de l'ancien village près du rivage...

– Un village ? s'exclame Simon, qui se rapproche. Un vrai village ?

Je voudrais lui signifier qu'il s'agit encore d'une de ces histoires que Kwan adore inventer, mais je n'arrive pas à croiser son regard.

Kwan se réjouit de le voir aussi intéressé.

– Oui, oui, un village ancien. Son âge, je ne sais pas. Il y a une maison de pierre debout. Pas de toit, juste les murs, une petite entrée. Et dedans...

– Attends, l'interrompt Simon. Tu es allée dans cette grotte ? Tu as vu ce village ?

Kwan lui répond crânement :

– Bien sûr ! Dans la maison de pierre, pas mal de choses. Des chaises de pierre, une table de pierre, un récipient en pierre avec une poignée. Deux dragons gravés dessus. Tu vois : deux dragons ! Cette légende, aussi vieille que le village de pierre. Peut-être plus vieille, peut-être plus que cinq mille ans. Peut-être dix mille ans. Qui sait ?

J'ai un peu la chair de poule. Sans doute évoque-t-elle une autre grotte...

– Combien d'habitants ont vu ce village, à ton avis ?

263

– Combien ? Je ne sais pas le nombre exact. Les maisons très petites. Pas beaucoup de monde en même temps.

– Non, je veux dire : les gens y vont-ils encore ?

– Aujourd'hui ? Non. Ça m'étonnerait. Trop peur.

– Peur de quoi ?

– Oh, tu ne veux pas le savoir.

– Allez.

– D'accord, d'accord. Tu as peur, je n'y suis pour rien.

Simon s'appuie sur la pompe de la cour.

– Allez, vas-y.

Kwan inspire profondément.

– Les gens disent : « Tu pénètres dans cette grotte, ou dans les autres grottes de cette vallée, tu ne reviens jamais. »

Elle hésite puis ajoute :

– Tu reviens comme fantôme.

Elle attend de voir comment nous réagissons. Je souris, mais Simon est pétrifié.

– Ah, d'accord, je comprends ! (J'essaie d'attirer l'attention de Simon). Ça doit avoir un rapport avec la malédiction de Changmian dont nous parlait cet homme hier.

Simon s'écrie, rêveur :

– Mince alors, si c'est vrai...

Kwan rit.

– Tu crois que c'est vrai ? Je suis un fantôme ?

– Un fantôme ? dit Simon, éclatant de rire. Non, non, je parlais de la grotte elle-même. Je me disais que si c'était vrai...

– Bien sûr, c'est vrai. Je te l'ai dit. Je l'ai vue.

– J'insiste parce que j'ai lu quelque part... où était-ce ? ah oui, je me souviens, dans le guide, quelque chose à propos d'une grotte qui comportait des ruines d'habitations datant de l'âge de pierre. Olivia, tu as lu ce paragraphe ?

Je secoue la tête. À présent, je me demande si je n'ai pas pris trop à la légère l'histoire de Nunumu et de Yiban que Kwan m'a racontée.

– Tu crois qu'ils parlent de cette grotte-là ?

– Non, c'est un site touristique ultra-connu près de Guilin. Mais le guide explique que cette zone montagneuse est tellement truffée de grottes qu'il y en a probablement des milliers qu'on ne connaît pas.

– Et celle dont parle Kwan pourrait faire partie du nombre...

– Ce serait super, non ! (Il se tourne vers Kwan.) Tu penses que personne n'a jamais mis les pieds dans cette grotte ?

Kwan fronce les sourcils.

– Non, non. Je n'ai pas dit ça. Plein de gens.

Simon a l'air déçu. Il lève les yeux au ciel et murmure :

– Ah, ça m'étonnait, aussi.

– Tous morts.

– Ouah !

Simon lève la main pour arrêter le récit.

– Bon, attends, je récapitule.

Il fait le point patiemment.

– Tu dis que personne de vivant ne connaît l'existence de cette grotte, sauf toi, bien entendu.

Il attend qu'elle confirme.

– Non, non. Les gens de Changmian la connaissent. Seulement ils ne savent pas où elle est.

– Ah !

Il se met à faire les cent pas autour de nous.

– Personne ne sait où elle est. Mais on sait qu'elle existe.

– Oui. Plein d'histoires sur cette grotte. Plein.

– Lesquelles, par exemple ?

Il l'invite à reprendre le rôle du conteur. Elle fronce le sourcil, tord le nez comme si elle fouillait dans sa mémoire surpeuplée de fantômes à la recherche d'une histoire que nous devrons jurer de ne révéler à personne.

– Les plus connues, répond-elle après un instant, concernent toujours les étrangers. Quand ils meurent, ça fait beaucoup de soucis.

Simon hoche la tête avec compréhension.

– D'accord. Une histoire commence comme ça. Il y a peut-être un siècle, donc je n'en ai pas été témoin. Les gens de Changmian me l'ont racontée. Quatre missionnaires, venus d'Angleterre dans des voitures à cheval avec une toile dessus et seulement deux mulets qui tirent ces très grosses personnes. Il fait très chaud. De l'un des chariots sautent deux femmes évangélistes, l'une jeune et vive, l'autre âgée et autoritaire, et deux hommes, l'un avec une barbe et l'autre tellement gros, tellement gros, que les habitants de notre village peuvent à peine le croire. Et ces étrangers, ils portent tous des vêtements chinois – oui ! –, mais ils ont quand même l'air bizarres. Le gros homme parle chinois, un petit peu, très difficile à comprendre. Il dit quelque chose comme : « Pouvons-nous pique-niquer ici ? » Tout le monde répond : « Bienvenue, bienvenue ! » Ils mangent, mangent tellement !

J'interromps Kwan.

– Tu parles du Pasteur Amen ?

– Non, non. Des personnes différentes. Je te l'ai dit : je ne les ai pas vues, j'en ai simplement entendu parler. Après leur repas, le gros homme demande : « Hé ! J'ai appris que vous avez une grotte célèbre par ici, avec un village antique. Vous nous les montrez ? »

» Tout le monde invoque des excuses : « Trop loin. Trop occupé. Rien à voir là-bas. » Finalement, la vieille évangéliste brandit un crayon et dit : « Celui qui veut ce cadeau n'a qu'à me conduire à la grotte ! » En ce temps-là, il y a très longtemps, les gens de chez nous n'avaient jamais vu un crayon – des pinceaux pour écrire, oui, mais des crayons, non. Bien entendu, il est probable que le crayon a été inventé par des Chinois. Nous avons inventé tant de choses – la poudre, mais pas la poudre pour tuer, les nouilles aussi. Les Italiens prétendent toujours que ce sont eux les inventeurs des nouilles, mais ce n'est pas vrai. Ils ont copié une recette chinoise au temps de Marco Polo. Les Chinois ont inventé le zéro. Avant, les gens ne savaient pas qu'ils avaient le rien. Maintenant, le rien est à la disposition de tout le monde.

Kwan rit de sa bonne plaisanterie.

– Bon, où en étais-je ?

– Tu nous parlais de l'évangéliste au crayon.

– Ah oui ! Dans notre village pauvre, personne n'avait jamais vu de crayon. L'évangéliste leur montre qu'on peut tracer un trait facilement comme ça, sans encre. Un jeune homme, qui s'appelait Hong de son nom de famille – il voulait toujours être mieux que les autres –, accepte le crayon. Aujourd'hui encore, sa famille conserve sur un autel le crayon qui lui a coûté la vie.

Kwan croise les bras, comme si le fait de convoiter un crayon méritait la peine de mort.

Simon ramasse une brindille.

– Attends un peu ! Je n'ai pas tout suivi. Qu'est-il arrivé aux missionnaires ?

– Ils ne sont jamais revenus.

– Peut-être sont-ils tranquillement rentrés chez eux, sans que personne ne les voie partir.

– Le jeune homme non plus n'est jamais revenu.

– Il a peut-être été converti au christianisme et a rejoint les missionnaires.

Kwan me jette un regard pas très convaincu.

– Pourquoi quelqu'un ferait-il ça ? Pourquoi ces missionnaires ne prennent-ils pas leurs chariots et leurs mulets ? Pourquoi ensuite leur Église envoie-t-elle des soldats étrangers pour les retrouver ? Ils retournent tout, ils frappent à cette porte, à celle-ci, à l'autre. « Que s'est-il passé ? Vous ne parlez pas, nous vous brûlons vifs ! »

» Très vite, tout le monde a la même idée, les gens répondent :

« Oh ! très triste ! Des bandits, certainement. » Aujourd'hui encore, tout le monde connaît l'histoire. Si quelqu'un se croit mieux que les autres, on lui dit : « Hé ! Attention ! Tu vas finir comme l'homme au crayon. »

Je donne une bourrade à Simon.

– Compris ?

Kwan se redresse et tend l'oreille vers la montagne.

– Ah ! Vous entendez ?

– Quoi ? dit Simon en même temps que moi.

– Les chants. Les gens du Yin chantent.

Nous restons silencieux. Après quelques instants, j'entends un léger sifflement.

– J'ai l'impression que c'est le vent.

– Oui ! Pour la plupart des gens c'est le vent – wou ! wou ! – qui souffle dans les grottes. Mais, quand tu es au désespoir, tu entends les gens du Yin qui t'appellent : « Viens, viens avec nous. » Ton désespoir s'accentue, ils chantent de plus en plus fort : « Allez, viens. » Tu vas voir à l'intérieur, oh, comme ils sont tout heureux ! Tu prends la place de quelqu'un qui peut être délivré et s'envoler vers le monde du Yin où il trouve la paix.

– C'est un jeu de chaises tournantes ! déclare Simon.

Je m'efforce de rire, mais quelque chose me tracasse. Pourquoi Kwan raconte-t-elle tellement d'histoires à propos de gens qui se substituent à des morts ? Elle se tourne vers moi.

– Maintenant, tu sais pourquoi le village s'appelle Chang-mian ! *Chang* : chant ; *mian* : soie. Quelque chose de délicat qui dure très longtemps. Une chanson douce qui ne finit jamais. Mais d'autres gens prononcent le nom Changmian d'une autre façon, en baissant le ton au lieu de l'élever, comme ça : *Chang* ! Dans ce cas *Chang* veut dire long, et *mian* veut dire sommeil. Long sommeil. Tu comprends ?

– Tu veux dire que les chants t'endorment ? demande Simon.

– Non, non, non, non. Long sommeil, c'est l'autre nom de la mort. C'est pour ça que tout le monde dit : « Ne va pas dans les grottes de Changmian. Ce sont les portes du monde yin. »

Je suis abasourdie.

– Et tu le crois ?

– Comment, croire ? J'y suis allée. Beaucoup de gens du Yin sont coincés là-bas. Ils attendent, ils attendent.

– Pourquoi, toi, en es-tu revenue ?

Mais je me ravise avant qu'elle réponde.

– Je sais, pas la peine de me refaire le tableau !

Je ne veux surtout pas qu'elle recommence l'histoire de Petit

Beignet et de Zeng. Il est trop tard, j'ai besoin de dormir, et je n'ai aucune envie de m'allonger à côté d'une femme qui s'est glissée dans le cadavre d'une petite fille morte.

Simon s'accroupit près de moi.

– Nous devrions aller visiter cette grotte.

– Tu plaisantes ?

– Pourquoi pas ?

– Pourquoi pas ! Tu es fou ! Les gens n'en reviennent jamais !

– Tu crois à ces histoires de fantômes ?

– Non, bien sûr. Mais il y a sûrement quelque chose de bizarre là-bas. Un gaz, des oubliettes, enfin je ne sais quoi encore.

– Ils se noient, ajoute Kwan. Beaucoup de désespérés se noient. Ils tombent de plus en plus bas, au fond, tout au fond.

– Tu entends, Simon ? Au fond, tout au fond.

– Olivia, te rends-tu compte ? Ce pourrait être une découverte sensationnelle : une grotte préhistorique, des maisons datant de l'âge de pierre, des poteries...

– Et des ossements, complète Kwan, visiblement soucieuse de plaire.

– Et des ossements, répète Simon. Heu... quels ossements ?

– La plupart, des ossements d'étrangers. Ils se perdent et ils perdent la tête. Mais ils ne veulent pas mourir. Alors ils restent prostrés au bord du lac, et puis ils deviennent comme les pierres.

Simon se lève. Il contemple les montagnes. Je lui lance :

– Les gens perdent la tête, tu entends ? Ils se changent en pierre.

Mais il n'écoute plus. Je sais que, mentalement, il est déjà en train de progresser vers cette grotte qui lui ouvrira les portes de la gloire et de la fortune.

– Imagine la réaction des rédacteurs en chef devant un reportage pareil ! Fabuleux, non ? De la soupe de poulet maison à une découverte archéologique de première importance ! Nous devrions peut-être nous adresser directement au *National Geographic* ou à une revue de ce genre. Nous ne sommes pas liés au magazine *Terres inconnues* pour ce reportage-là. Nous pourrions aussi rapporter des fragments de poterie en guise de preuve.

– Je n'y vais pas, déclaré-je d'un ton déterminé.

– D'accord. J'irai seul.

J'ai envie de lui crier que je le lui interdis.

Mais comment puis-je faire une chose pareille ? Je n'ai plus le moindre droit sur son corps, son esprit, son âme. Kwan m'observe. J'ai envie de lui hurler : « C'est ta faute ! Toi et tes histoires à dormir

268

debout ! » Elle m'envoie ce regard pénible de grande sœur que je déteste. Elle me tapote le bras pour m'apaiser, mais je le retire.

Elle se tourne vers Simon.

– Non, Simon. Tu ne peux pas y aller seul.

– Pourquoi ?

– Tu ne sais pas où est la grotte.

– C'est vrai, mais tu vas me l'apprendre.

Il n'y a pas le moindre doute dans sa voix.

– Non, non, Libby-Ah a raison. Trop dangereux.

Simon se gratte la nuque. J'imagine qu'il est en train de rassembler d'autres arguments contre nous, mais non, il se contente de hausser les épaules.

– Bon, peut-être. Je propose que nous allions nous coucher, d'accord ?

Je suis allongée au beau milieu de ce lit conjugal surpeuplé, aussi raide que Bonne-Maman dans son cercueil. J'ai mal partout à force d'éviter de toucher Simon. C'est la première fois depuis près de dix mois que nous dormons ensemble. Il porte des sous-vêtements chauds en soie. De temps en temps, il frotte l'arête de son tibia contre ma jambe, ma cuisse effleure son arrière-train, je recule tout doucement, pour me retrouver contre les genoux de Kwan et sentir ses orteils sur mes mollets. Je la soupçonne fortement de me pousser vers Simon.

Soudain, j'entends une sorte de gémissement étrange.

– Qu'est-ce que c'est, ce bruit ?

– Je n'ai rien entendu, chuchote Simon

Donc il ne dort pas lui non plus. Kwan pousse un bâillement.

– Les chants des grottes. Je vous en ai déjà parlé.

– Maintenant, c'est différent. On dirait une plainte.

Elle roule sur le côté. Au bout de quelques minutes elle se met à ronfler et, après un moment, Simon lui-même se met à respirer profondément. Je me retrouve coincée par cette proximité et pourtant seule. Parfaitement éveillée, les yeux ouverts dans l'obscurité, je me remémore les instants vécus pendant ces dernières vingt-quatre heures : la promenade en camionnette réfrigérée, l'anorak de ski de Bonne-Maman, Petit Beignet et Kwan dans leurs cercueils, cette pauvre poule et sa danse macabre, la souris morte dans la bouteille d'alcool, les missionnaires disparus au fond des grottes. Et puis le visage de Simon, passionné par la vision des deux sommets-dragons. C'était bien. Ça m'a fait plaisir. Était-ce un écho du sentiment qui existait entre nous ? Peut-être pourrions-nous rester amis. Ou peut-être me suis-je fait des idées. Peut-être était-ce simplement dû au vin de souris.

Je me retourne sur le côté ; Simon réagit. Je me raidis autant que possible pour éviter de le toucher. Mais le corps humain n'est pas fait pour cela ; la vraie raideur et l'immobilité, c'est la mort. Je suis tentée de me reposer au creux de son corps, de goûter à ce confort. Mais, si je fais cela, Simon va aller trop loin, il va penser que je lui pardonne, ou que j'ai besoin de lui. Le voilà qui fait des bruits de bouche et renifle – comme il le fait toujours quand il commence à dormir profondément. Et bientôt je sens son souffle régulier effleurer ma nuque.

J'ai toujours envié sa façon de dormir d'une seule traite d'un bout à l'autre de la nuit. Rien ne le dérange, ni les alarmes de voiture dans la rue, ni les tremblements de terre, ni, cette fois, les grattements insistants qu'on entend près du lit. On dirait presque une scie. Ou, plutôt, un bruit de dents... Un rat qui ronge, qui mastique au pied du lit, et qui aiguise ses incisives avant de monter.

– Simon, murmuré-je. Tu entends ? Simon ?

Comme au bon vieux temps, il passe un bras sur moi, par-dessus ma hanche, et enfouit son visage contre mon épaule. Je me raidis tout de suite. Dort-il ? A-t-il agi d'instinct ? Je change légèrement de position afin de voir s'il va enlever sa main. Il pousse un grognement. Il est peut-être en train de m'éprouver, qui sait ?

J'ôte sa main de ma hanche. Il se détourne et grommelle d'une voix pâteuse : « Mmh, désolé », avant de se déplacer, de pousser un petit ronflement et de se retourner de l'autre côté. Son geste n'était qu'un accident du sommeil. Rien d'autre. Ma gorge se noue, j'ai le cœur un peu serré.

Je me rappelle combien il aimait les câlins et voulait toujours que nous fassions l'amour après une dispute, comme si la réunion de nos corps allait combler le fossé qui s'était creusé entre nous. Je n'aimais pas le genre « tout est bien qui finit bien ». Pourtant, j'opposais une résistance assez faible quand il me levait le menton pour m'amadouer. Je faisais taire ma colère, je retenais mon souffle quand il me mordillait les lèvres, le nez, les sourcils. Plus j'étais fâchée contre lui, plus il me dévorait ainsi le cou, les seins, les genoux. Et je le laissais faire, pas par faiblesse ni convoitise sexuelle, mais parce que lui refuser ça, nous priver de cet espoir aurait été faire preuve d'une méchanceté impardonnable.

Je me disais que j'allais lui exposer mes griefs plus tard. La fuite était pour lui un mode de comportement normal, pour moi c'était un signal d'alarme. Nous ne savions plus nous parler ; chacun protégeait son territoire, mais nous étions en train de perdre le terrain communautaire. Avant qu'il soit trop tard, je voulais lui dire que tout ce que l'amour nous avait donné à l'un et l'autre était en train de disparaître. Il fallait préserver cette richesse. Je pensais même parfois que cet amour n'avait jamais atteint sa vraie plénitude. La quantité d'amour entre nous n'était pas telle qu'elle pût suffire à une vie entière. Quelques années de bonheur, et le stock était épuisé. Nous avions confondu un simple casse-croûte avec la manne céleste. Nous étions deux affamés d'amour trop fatigués pour se l'avouer. Nous portions les mêmes chaînes toute la vie, puis nous quittions la vie, voilà, terminé ! Nous étions deux petits noyaux d'espoir sans illusion véritable, une combinaison hasardeuse entre une graine et un œuf, un mâle et une femelle, sitôt réalisée, sitôt évanouie.

Oui, je pensais à ça autrefois quand il me déshabillait, furieuse qu'il prenne ma nudité pour un témoignage d'intimité. Je lui laissais la disposition en moi de ce qu'il connaissait le mieux : mon corps, pas mon cœur. Il me murmurait : « Détends-toi. Allez, détends-toi. » Il cherchait mon rythme, et j'oubliais tout ce qui n'allait pas. Je laissais mon rythme dominer le jeu, mon rythme, son rythme, notre rythme. L'amour par habitude, par réflexe.

Autrefois, quand nous faisions l'amour, je me sentais mieux. Mes irritations s'apaisaient un peu. Après, j'essayais de retrouver mes griefs – les moissons et l'abondance, l'amour stérile et la mort implacable – et, soudain, il n'était plus question de sentiments, mais d'idées stupides, parfois même comiques.

Maintenant que notre mariage a vécu, je sais ce que représente l'amour. C'est une phase de l'activité cérébrale. Les glandes adrénalines libèrent des endorphines, et les cellules du corps qui sont normalement à l'origine du souci, de la réflexion froide sont inondées de guimauve biochimique. Pourtant, on a beau savoir que l'amour se limite à ça, on ne peut pas lui résister. C'est aussi attirant qu'un bon et profond sommeil.

19

Le porche

Des cris me réveillent en sursaut – des jeunes filles qu'on viole ou qu'on tue, ou les deux ! J'entends alors la voix de Du Lili : « Attendez, attendez ! Espèces de gloutons ! » Les cochons se mettent à pousser des cris encore plus perçants tandis qu'elle leur susurre : « Mangez, mangez ! Et engraissez ! »

Avant de replonger dans le sommeil, je me sens sollicitée par autre chose : pendant la nuit mon corps a dû se rapprocher instinctivement de la source de chaleur la plus immédiate – Simon. Plus précisément, mes fesses sont lovées contre le creux de son ventre où se manifeste une érection matinale typique, de celles que nous appelions autrefois du joli nom de « réveille-matin ». La partie du lit naguère occupée par Kwan est vide, et la place déjà froide. Quand nous a-t-elle quittés ? Oh, je sais ce qu'elle a en tête, la poison ! Elle se mêle de ce qui ne la regarde pas. Et Simon, dort-il vraiment ? Peut-être est-il en train de se moquer de moi en douce.

Le plus terrible, c'est que je ne suis pas insensible à la situation. Malgré toutes mes réflexions de la nuit passée, je me sens palpitante, animée d'un désir, soumise à une soudaine démangeaison. Tout mon être aspire à s'abandonner. Je m'exhorte à réagir. « Tu es une traînée sans cervelle ! Tu as le QI d'un petit pois ! » Je m'écarte doucement du danger et m'installe du côté laissé libre par Kwan. Simon se retourne. Dans ma chemise de nuit, je frissonne. Je me glisse vers le pied du lit, où j'ai posé mon bagage la veille. Il doit faire cinq degrés dans cette pièce. Je tâtonne à la recherche de vêtements chauds.

Simon se met à bâiller. Il s'assied, s'étire, écarte la moustiquaire et dit d'une drôle de voix : « J'ai très bien dormi, et toi ? »

Je tire ma parka de mon sac et en entoure mes épaules. Le

froid l'a rendue tellement raide qu'elle crisse. Je claque des dents en parlant :

– Bon, comment prend-on un bain ou une douche, dans ce pays ?

Simon arbore un petit sourire narquois. Je me demande s'il soupçonne quelque chose.

– Il y a des bains publics à côté des toilettes. J'ai jeté un coup d'œil hier pendant que tu prenais tes photos. C'est pas mal : céramique blanche, impersonnel. L'eau a l'air un peu mousseuse. À mon avis, si tu veux un bain chaud, emporte ta bassine d'eau bouillante.

J'étais préparée à quelque chose de minable, mais pas autant que ça.

– Ils utilisent la même eau toute la journée pour leur toilette ?

– Toute la semaine, oui ! Mon Dieu, tu sais comment nous sommes, aux États-Unis : nous gaspillons.

– De qui te moques-tu, là ?

– De toi. Je sais combien tu es maniaque de la propreté.

– Ce n'est pas vrai.

– Vraiment ? Alors, pourquoi la première chose que tu fais en arrivant dans une chambre d'hôtel, c'est d'enlever le couvre-lit ?

– Parce qu'ils ne le changent pas souvent.

– Qu'est-ce que je disais !

– Simplement, ça ne m'enchante pas de me vautrer dans les pellicules et les taches laissées par quelqu'un d'autre.

– Hé, hé, j'avais raison ! Maintenant je te conseille d'aller faire un tour aux bains, si tu l'oses.

Pendant un instant, je pèse le pour et le contre. Quel est le pire ? Se baigner dans l'eau commune ou passer deux semaines dans la crasse ?

– Bien sûr, il y aurait une autre solution : remplir une bassine et l'emporter là-bas avec une éponge. Je ferai le garçon de bain pour toi, si tu veux.

Je fais celle qui n'a pas entendu. Mes joues sont presque agitées de tremblements convulsifs tant je fais d'efforts pour ne pas sourire. Je tire deux paires de pantalons de mon sac. Je laisse tomber celle en coton, pour préférer la laine polaire, en pensant que j'aurais dû en apporter davantage. La suggestion de Simon n'est pas si mauvaise : le bain et le fait qu'il me frotte le dos avec une éponge. Pas mal, le coup du garçon de bain ! J'imagine la scène : Simon en esclave égyptien, un pagne autour des reins, son visage arborant un air de désir inassouvi pendant qu'il me verse en silence de l'eau chaude sur la poitrine, le ventre, les jambes. Impitoyable, je le traite comme un simple robinet.

– Plus chaud ! Plus froid ! Dépêche-toi !

– À propos, m'interrompt-il, tu as parlé une fois de plus pendant ton sommeil.

J'évite de croiser son regard. Certaines personnes ronflent, moi je parle. Je ne marmonne pas de manière indistincte, non, j'émets des phrases complètes et parfaitement reconnaissables. Je parle fort, en plus. Il m'arrive de me réveiller moi-même. Simon m'a raconté qu'il m'avait entendue raconter des blagues de mauvais goût, commander un dessert, crier à Kwan d'écarter de moi ses fantômes.

Simon lève un sourcil.

– La nuit dernière, tes bavardages étaient assez significatifs.

Aïe, merde ! À quoi ai-je bien pu rêver ? Normalement, je me souviens toujours de mes rêves. Pourquoi est-ce impossible, cette fois ? Simon en faisait-il partie ? Faisions-nous l'amour ?

– Les rêves n'ont aucun sens.

J'attrape un sous-vêtement et un chemisier en velours vert bouteille.

– Les rêves, c'est comme la marée, ça va, ça vient.

– Ça ne t'intéresse pas de savoir ce que tu racontais ?

– Non, pas vraiment.

– Pourtant, il était question d'un truc que tu *adores* faire.

Je balance mes vêtements.

– Je n'adore pas ça autant que tu le crois.

Simon me fait un clin d'œil et se met à rire :

– Si, si, tu adores, et même tu me disais : « Simon, attends, je n'ai pas encore payé. » (Il laisse passer cinq secondes.) Oui, parce que tu faisais des courses, figure-toi. De quoi crois-tu que je parlais ?

– Oh, la ferme !

Je suis cramoisie. Je me mets à fouiller dans mon bagage et attrape des chaussettes de laine d'un geste furieux.

– Tourne-toi. J'aimerais m'habiller.

– Je t'ai vue toute nue un bon millier de fois.

– Il n'y en aura pas une de plus. Tourne-toi.

Je lui tourne le dos, m'extrais de la parka puis de la chemise de nuit, en me blâmant encore de m'être laissé avoir de la sorte. Il m'a tendu un piège et je me suis ruée dedans. Quelle idiote ! J'aurais dû me douter qu'il avait une idée derrière la tête. Soudain, je sens quelque chose. Je me retourne.

– Ce n'est pas la peine de rentrer le ventre, allez.

Il tient la moustiquaire.

– Tu es superbe. D'ailleurs, tu l'as toujours été. Je ne me lasse pas de te regarder.

– Sale con.

– Quoi ? Nous sommes encore mariés, non ?

J'attrape une chaussette pour la lui lancer. Il s'éloigne. La moustiquaire retombe. Elle doit avoir un siècle, cette moustiquaire, parce que en arrivant dessus ma chaussette y fait une brèche. Des lambeaux volent et Simon et moi contemplons les dégâts, stupéfaits. Je me sens comme une gamine qui vient de casser la fenêtre du voisin avec sa balle.

– Ouh !

Je porte la main à mes lèvres et ricane. Simon secoue la tête.

– Oh, la vilaine !

– C'est ta faute.

– Hein ! C'est toi qui as jeté la chaussette !

– Tu me regardais.

– Et je continue.

Je m'aperçois que je suis toute nue devant lui, à me geler les fesses. Du coup, je lui envoie l'autre chaussette, mon pantalon, le chemisier en velours, ma chemise de nuit, tout. J'attrape une pantoufle, me précipite vers lui et lui en flanque une volée sur l'omoplate. Il me saisit par la main et nous tombons sur le lit tous les deux. Nous roulons emmêlés, nous nous donnons des coups de poing, trop heureux, finalement, de cette bonne excuse pour nous toucher. Enfin, au milieu de cette joute, nous nous arrêtons, silencieux. Nos yeux se rencontrent, il n'y a pas un sourire, rien, rien d'autre à dire. À l'instant même nous bondissons l'un sur l'autre comme un couple de loups en pleines retrouvailles, à la recherche des caractéristiques de l'autre : l'odeur de sa peau, le goût de sa langue, la douceur de ses cheveux, le goût de sel sur sa nuque, l'arête de sa colonne vertébrale, le relief du corps que chacun connaît si bien chez l'autre et qui pourtant paraît chaque fois si nouveau. Il est tendre et moi, sauvage, je donne du nez et des lèvres un peu partout ; nous roulons l'un sur l'autre jusqu'à perdre toute mémoire de ce que nous fûmes avant ce moment, parce que au creux de cette minute nous devenons un seul corps.

Me voilà de nouveau dans la cour. Kwan m'accueille avec l'un de ses sourires faussement innocents :

– Libby-Ah, pourquoi tu ris ?

Je regarde Simon et lui réponds :

– Il ne pleut pas.

Peu importe que Kwan soit ma sœur ou non, je suis contente qu'elle ait proposé ce voyage en Chine.

Devant elle, par terre, une valise pleine de toutes sortes de bricoles et de gadgets est ouverte. Kwan explique que Bonne-Maman a légué ces objets à Du Lili, sauf une boîte à musique en bois qui joue une mélodie cristalline. Je sors mon appareil et commence à faire quelques clichés.

Kwan prend le premier objet. Simon et moi nous penchons un peu pour l'examiner. C'est une boîte à l'usage des cafards.

– En Amérique, explique Kwan à Du Lili sans rire, ils appellent ça une pension pour les cafards.

Et elle lui montre l'étiquette.

– Ouah ! s'écrie Du Lili. Les gens sont tellement riches en Amérique qu'ils fabriquent des maisons de poupée pour les insectes ? Tst ! Tst !

Elle secoue la tête, la bouche tordue par une grimace de dédain prolétarien. J'explique à Simon ce qu'elle vient de dire.

– Oui, continue Kwan. En plus, les Américains leur donnent une nourriture délicieuse. (Elle jette un coup d'œil à travers la porte de la boîte.) Comme ça, ils ne veulent plus s'en aller. Ils y restent pour toujours.

Du Lili donne une tape sur le bras de Kwan et affecte d'être soudain en colère.

– Tu es méchante ! Tu crois vraiment que je ne sais pas ce que c'est ?

Elle ajoute d'une voix excitée :

– Nous avons la même chose en Chine ! Nous utilisons des morceaux de bambou, les coupons comme ça et les garnissons de mélasse. Avec ta grande sœur, nous les fabriquions ensemble. Notre village organisait même des concours du plus efficace piégeur de nuisibles – mouches, rats, cafards. Ta grande sœur a souvent obtenu la palme pour les cafards. Et maintenant, regarde, c'est moi qu'elle essaie de piéger !

Kwan nous présente d'autres trésors. La plupart proviennent d'un magasin d'articles de sport. Il y a un sac à dos.

– Assez solide pour transporter des briques. Regarde toutes ces poches, partout, sur les côtés, dessous, dessus, là, et là aussi. Ouvre la fermeture Éclair... Oh ! qu'est-ce qu'on trouve ?

Elle extrait de la poche du sac un purificateur d'eau, un petit réchaud de camping, une trousse de secours, un coussin gonflable, des récipients étanches, des sacs-poubelle, une couverture d'isolation et aussi – « Ouah ! incroyable, il y a autre chose encore » – une boîte anti-humidité pour les allumettes, une lampe de poche et un

276

couteau suisse avec cure-dents incorporé – « Très pratique ». Comme une démonstratrice de produits Avon, Kwan se met à expliquer l'usage de chaque article.

Simon examine cet étalage et lui demande :

– C'est fou ! Comment as-tu pensé à tout ça ?

– J'ai lu les journaux. J'ai lu un article sur les tremblements de terre, s'il y en a un grand, voilà ce qu'il faut pour survivre. À Changmian, pas besoin d'attendre un tremblement de terre. Il n'y a pas d'électricité, pas d'eau courante, pas de chauffage central.

Ensuite Kwan se penche sur la valise et saisit une boîte en plastique censée contenir des vêtements – le genre que l'on glisse sous le lit. Elle en sort des gants de jardinage, des trucs isolants avec du gel à l'intérieur, des pantalons, des serviettes de toilette, des T-shirts. Du Lili pousse des cris, soupire et se lamente parce que la pauvre Bonne-Maman n'aura pas vécu assez longtemps pour profiter de tout ce luxe. Je prends une photo de Du Lili au milieu de son héritage. Elle porte des lunettes de soleil enveloppantes et une casquette de l'équipe de base-ball de San Francisco, avec le mot « Champion » en lettres gothiques.

Après un petit déjeuner tout simple, du riz soufflé et des légumes en bocal, Kwan sort des piles de photos qui racontent ses trente-deux ans de vie américaine. Du Lili et elle s'assoient sur un banc pour les regarder.

– Voici Libby-Ah à six ans. Elle est mignonne, non ? Tu as vu son pull ? Je l'ai tricoté moi-même avant de partir en Amérique.

– Et ces deux petites étrangères, qui sont-elles ?

– Ses copines d'école.

– Pourquoi sont-elles punies ?

– Punies ? Elles ne sont pas punies.

– Alors, pourquoi portent-elles le chapeau pointu ?

– Ah, ah, ah, ah ! Oui, le chapeau pointu qui punit les contre-révolutionnaires, oui, oui, on dirait un peu ça. En Amérique, les étrangers portent des chapeaux pour les fêtes d'anniversaire, et aussi pour la nouvelle année. C'était un repas d'anniversaire pour Libby-Ah, c'est une coutume américaine assez commune. Les copines d'école offrent des cadeaux, des cadeaux qui ne servent à rien, seulement des jolies choses. La mère prépare un gâteau et y plante des bougies qu'on allume. Les enfants font un vœu et, s'ils arrivent à souffler toutes les bougies d'un seul coup, leur vœu se réalise. Ensuite les enfants se jettent sur le gâteau, ils se gavent de boissons sucrées, ils mangent toutes sortes de sucreries, tellement que leur langue finit par devenir paresseuse, ils ont du mal à avaler.

Du Lili fait une moue d'incrédulité.

– Tst ! Tst ! Une réception pour chaque anniversaire ! Tous ces vœux ! Mais qu'est-ce que les Américains peuvent donc vouloir encore, ils ont tellement de choses ? Moi, je n'ai même pas besoin d'une réception d'anniversaire. Et pour les vœux, il me suffirait d'être comblée tous les vingt ans...

Simon me tire à part.

– Si nous allions faire un tour ?

– Où ?

Il me mène hors du jardin et me montre, entre les montagnes, le défilé qui marque l'entrée de la vallée suivante. J'agite mon index dans sa direction comme une maîtresse de jardin d'enfants :

– Simon, tu ne songes pas sérieusement à cette grotte, n'est-ce pas ?

Il me renvoie un regard offensé :

– *Moi*[1] ! Non. Je pensais simplement que ce serait bien d'aller se promener. Il faut que nous discutions de certaines choses.

– Ah bon ! Quoi, par exemple ? lui demandé-je d'un air presque timide.

– Tu sais bien.

Il me prend la main. Je lance à Kwan par-dessus le mur :

– Kwan ! Je vais faire un tour avec Simon !

– Où ?

– Dans les environs.

– Quand reviens-tu ?

– Je ne sais pas, on verra.

– À quelle heure dois-je commencer à me faire du souci ?

– Ne te fais pas de souci du tout !

Là, je suis prise d'un doute.

– Si nous ne sommes pas là dans deux heures, appelle la police !

Je l'entends grommeler à l'adresse de Du Lili :

– Elle dit que si elle ne rentre pas nous devons appeler la police. Mais avec quel téléphone ? Où voit-elle un téléphone ?

Nous marchons tranquillement en nous tenant la main. Je cherche quoi dire. Je suis sûre que Simon aussi. Je ne suis pas prête à laisser notre relation se renouer d'elle-même, automatiquement. Je veux que nous prenions l'engagement d'être plus proches à l'avenir. Je veux plus d'intimité spirituelle, le physique ne suffit pas. Et, tout en songeant à ce qu'il nous faudrait dire, nous nous diri-

---

1. En français dans le texte.

geons insensiblement vers la muraille de pierre qui sépare Changmian de la vallée voisine.

Nous serpentons d'un chemin privé à un autre, en nous excu-
sant au passage auprès des familles qui nous regardent avec curiosité. Nous nous excusons encore quand ils se précipitent vers leurs
maisons pour nous rapporter des pièces anciennes à vendre, des
petits disques verts qu'ils prétendent dater de cinq siècles au moins.
Je prends une série de clichés et songe à une légende qui conviendrait parfaitement : « Habitants de Changmian dévorant des yeux
les nouveaux venus. » Nous jetons un œil dans les jardins. Nous
apercevons des vieux qui toussent tout en tirant sur leur cigarette,
des jeunes femmes avec leurs bébés sur les bras, des enfants aux
grosses joues rougies par le froid. Nous dépassons une vieille femme
qui porte un énorme fagot sur l'épaule. Nous adressons des sourires
aux enfants ; plusieurs sont disgraciés par un pied-bot ou un bec-
de-lièvre. Est-ce la conséquence de la consanguinité ? Nous sommes
témoins de cela tous les deux, deux étrangers dans ce monde.
Cependant, nous ne voyons pas tout à fait la même chose : je me
crispe devant la dureté de cet univers, parce que Kwan l'a connue
et que j'aurais pu la connaître, moi aussi. Simon observe :

– Tu sais, d'une certaine façon, ils ont de la chance.

– Comment ça ?

– C'est une communauté étroite, où les histoires de familles
s'entremêlent depuis des générations, où tout le monde est tourné
vers l'essentiel. Si tu as besoin d'une maison, tu réunis quatre amis,
ils t'aident à empiler des briques, pas de permis de construire, pas
d'emprunt immobilier. La naissance et la mort, l'amour et les
enfants, se nourrir et se loger, une maison avec une vue, que
demander de plus ?

– Le chauffage central.

– Olivia, sérieux ! C'est... c'est la vie, quoi.

– Tu fais du sentiment. Il s'agit de survie, plutôt.

– Je trouve qu'ils ont de la chance.

– Même si, eux, ils ne sont pas d'accord ?

Il fait une pause, puis il a un mouvement de la lèvre inférieure
vers le haut, comme un bouledogue.

– Oui.

Il affecte le ton suffisant qu'il adopte quand il cherche la
bagarre. Et là je me dis : « Qu'as-tu donc ? Pourquoi faut-il sans
cesse que tu fasses monter la mayonnaise jusqu'à provoquer un
débat moral ? Les gens d'ici se fichent bien de savoir ce que nous
pensons. Laisse tomber. »

– Tu as peut-être raison, déclaré-je.

Mais, quand je vois son sourire, les braises de mon irritation se raniment.

Le chemin mène au sommet de la colline. Nous sommes presque parvenus là-haut quand nous avisons trois enfants, un garçon et deux filles, cinq ou six ans, qui jouent dans la boue. À une dizaine de mètres se dressent la haute paroi de pierre et le défilé. Impossible d'apercevoir ce qu'il y a au-delà. Les enfants lèvent les yeux, soudain aux aguets. Leurs visages et leurs vêtements sont maculés de boue.

– *Ni hau ?* dit Simon avec son accent américain.

« Comment ça va ? » est l'une des rares phrases en chinois qu'il connaisse. Avant que les gamins aient eu le temps de s'en apercevoir, j'ai déjà sorti mon Leica et pris cinq clichés. Les enfants gloussent de rire et retournent à leurs jeux. L'un d'eux met dernière main à une forteresse de boue, on voit la trace de ses doigts sur les murs et le porche. L'une des fillettes arrache des brins d'herbe et l'autre en couvre délicatement le toit de chaume d'une hutte miniature. Près de la hutte, plusieurs sauterelles marron sont prisonnières de cette maison de poupée.

– Ces gamins sont drôlement éveillés, non ? dis-je. Ils arrivent à s'amuser avec quasiment rien.

– Éveillés mais dégoûtants. Non, je plaisante. Ils sont très mignons.

Il désigne l'enfant la plus petite.

– Celle-là te ressemble quand tu avais six ans. Tu sais, sur la photo d'anniversaire...

Nous progressons vers le défilé, les enfants se dressent.

– Vous allez où ? demande l'un d'eux dans un chinois mandarin puéril.

– Nous allons voir ce qu'il y a là.

Je désigne l'entrée du tunnel.

– Tu veux venir avec nous ?

Ils se mettent à courir devant mais, quand ils parviennent à l'entrée, ils se tournent vers nous et nous observent.

– Allez ! leur dis-je. Allez-y d'abord.

Mais ils demeurent immobiles, se contentant de hocher la tête d'un air grave.

– Alors on y va tous ensemble.

Je tends la main à la plus petite des fillettes. Elle recule et va se cacher derrière le petit garçon qui s'écrie :

– Non, on ne peut pas.

La plus grande des fillettes ajoute :

– Parce qu'on a peur.

280

Tous les trois se serrent les uns contre les autres encore davantage, les yeux ronds fixés sur le défilé.

Je traduis à l'adresse de Simon. Il déclare :

– Eh bien, moi, j'y vais ! S'ils ne veulent pas venir, tant pis pour eux.

Au moment où il effectue le premier pas, les enfants poussent des cris, tournent les talons et filent à toute vitesse.

– Qu'est-ce qui leur prend ?

La voix de Simon résonne à l'entrée du passage.

– Je ne sais pas.

Je suis des yeux les enfants jusqu'à ce qu'ils aient disparu derrière la colline.

– Peut-être qu'on leur a interdit de parler aux étrangers.

– Alors, tu viens ? me lance-t-il. Qu'attends-tu ?

J'observe les murs du défilé. Contrairement à ceux du village, ils sont faits de gros blocs de pierre taillée. J'imagine les ouvriers employés à cette construction. Je me figure leurs efforts pour la monter. Combien sont morts d'épuisement ? A-t-on mélangé leurs restes au mortier comme pour la Grande Muraille ? D'ailleurs, ce passage ressemble à un modèle réduit de la Grande Muraille. Que fait cette construction ici ? A-t-elle été érigée comme protection contre les seigneurs de la guerre et l'envahisseur mongol ? Je pénètre dans le tunnel. Mon pouls s'accélère, la tête me tourne un peu. Je m'arrête au milieu et appuie ma main sur la paroi. Le défilé fait environ deux mètres de long sur deux de haut – une tombe. J'imagine que, de l'autre côté, nous attendent les âmes des guerriers morts.

En fait, nous tombons sur une petite vallée plate, un pâturage trempé d'un côté, de l'autre un champ divisé en plusieurs parcelles. Le chemin sur lequel nous nous trouvons les traverse comme un ruban marron. Le long des flancs de la vallée se dressent des dizaines de petites montagnes en forme de pain de sucre, bien moins hautes que les deux sommets principaux. Le décor serait parfait pour une histoire d'amour pastoral, si ce n'est que ma mémoire n'arrive pas à se détacher de la vision de ces enfants paniqués de l'autre côté. Simon, lui, descend déjà le chemin.

– Crois-tu que nous ayons le droit ? Peut-être est-ce une propriété privée ?

Simon me regarde.

– En Chine ? Tu veux rire ? Ils ne s'appellent pas communistes pour rien : tout est public.

– J'ai l'impression que ce n'est plus vrai. Les gens peuvent être propriétaires de leur maison, ils peuvent même posséder un commerce.

– Et alors, si nous sommes dans une propriété privée, ils ne vont pas nous tirer dessus ! Ils nous ordonneront de partir et nous obéirons. Allez, viens ! Je veux voir ce qu'il y a dans la vallée suivante.

Je m'attends toujours à ce qu'un paysan furieux nous charge avec une fourche, mais le pâturage est désert, les champs aussi. Est-ce un jour férié ? Pourquoi n'y a-t-il personne ? Et ces murs de pierre, à quoi servent-ils, si ce n'est à empêcher toute intrusion ? Pourquoi ce silence de mort ? Rien. Pas un signe de vie, pas un chant d'oiseau.

– Simon, tu ne trouves pas que...

– Oui, je sais, on dirait vraiment un paysage campagnard anglais.

Il nous faut à peine une heure pour longer toute la vallée. Nous nous engageons sur une autre colline, plus pentue et semée de rochers. Le chemin se rétrécit. La piste est en épingle à cheveux. Je vois le mur, le défilé, les sommets calcaires qui ont l'air d'un massif corallien venu d'un océan disparu. Le soleil commence à se couvrir de nuages noirs et l'air devient plus frais.

– Nous devrions peut-être songer à rentrer. J'ai l'impression qu'il va pleuvoir.

– Nous n'avons pas vu le sommet. Allons-y d'abord, suggère Simon qui, sans attendre mon accord, s'engage sur le chemin escarpé.

Nous progressons en serpentant sur la pente. Je pense à l'histoire des missionnaires racontée par Kwan. Les villageois ont prétendu que ce sont des bandits qui les avaient tués. Peut-être y a-t-il une part de vrai. Juste avant notre départ de l'hôtel de Guilin – quand était-ce ? hier seulement ! – j'ai jeté les yeux sur le *China Daily*, le journal chinois en anglais. À la une, des crimes de sang. Ils étaient autrefois rarissimes en Chine, à présent ils sont en augmentation, spécialement dans les villes touristiques comme Guilin. Dans un village de deux cent soixante-treize habitants seulement, il paraît qu'on a exécuté cinq personnes par fusillade il y a quelques jours, une pour viol, deux pour vol, deux pour meurtre. Tous des crimes commis l'année dernière. Cinq actes de violence et cinq exécutions, rien que pour un petit village ! C'est de la justice expéditive – accusé, coupable, douze balles. Plus loin, le journal expliquait que la vague criminelle avait pour cause « la pollution des esprits en provenance de l'Occident et les idées dégénérées ». Avant d'être passé par les armes, l'un des accusés avait avoué que son esprit avait été pollué par un film américain sur la mafia. Toutefois, il jurait qu'il était innocent de l'accusation de meurtre et prétendait que c'étaient des bandits de grand chemin qui avaient tué la touriste japonaise. Lui s'était contenté de lui voler sa montre. En me remémorant cette lecture, je fais mentalement le compte de ce qui, sur moi, pourrait intéresser un voleur. Ma montre est une Casio en plastique. Pourtant, on ne sait jamais, peut-être que de nos jours les bandits sont à la recherche de montres-calculettes avec des touches de la taille d'une pointe de crayon. J'ai laissé mon passeport à la maison, par bonheur. J'ai entendu dire que les passeports se négocient cinq mille dollars au marché noir. Des voleurs nous tueraient pour ça.

– Où est ton passeport ? demandé-je à Simon.

– Là, répond-il en se donnant une tape sur la fesse. Tu ne crois pas que nous allons tomber sur la police des frontières, tout de même ?

– Oh, merde, Simon ! Tu ne devrais pas garder ton passeport sur toi.

– Et pourquoi pas ?

Avant que j'aie pu répondre, nous entendons un bruit provenant des buissons et le clop-clop de sabots. J'imagine des bandits à cheval. Simon, lui, continue à marcher devant.

– Simon ! Reviens !

– Attends une minute.

Il disparaît à l'angle du chemin. Puis je l'entends qui glapit.

– Hé, là, ouah ! Attends ! Hé, attends !

Il redescend en criant :

– Olivia, pousse-toi.

Soudain, il me heurte si durement que j'en perds le souffle. Tandis que je gis sur le sol, mon esprit se détache de mon corps. C'est curieux, je me sens parfaitement calme et lucide. Mes sens sont aiguisés. J'examine la bosse sur mon tibia, la veine ouverte sur mon genou. Je ne sens rien. Je ne sens rien ! Je sais, sans le moindre doute, que la mort rôde tout près. J'ai lu dans des livres qui en parlent qu'on sait toujours quand elle approche, même si on ne peut expliquer pourquoi. Le temps ralentit. Je sens s'annoncer l'hypermnésie que connaissent les mourants, lorsque toute leur vie défile en une seconde. C'est étrange, cette seconde est interminable. J'ai l'impression de disposer d'un temps illimité pour faire le compte de ce qui a vraiment été important dans ma vie : les fous rires, les joies imprévues, Simon. Même Simon... Et aussi l'amour, le pardon, cette joie intime de savoir que je n'ai pas laissé derrière moi de grands regrets, de grandes déchirures. Je me mets à rire. Dieu merci, je porte des sous-vêtements propres. De toute façon, en Chine, tout le monde s'en fiche. Dieu merci, Simon est avec moi, je ne suis pas seule à affronter ce moment terrible et pourtant merveilleux. Dieu merci, il sera avec moi plus tard – au paradis ou dans le monde du Yin s'ils existent. Et, s'ils existent, que ferais-je dans le cas où... je rencontrerais Elza ? Vers quel giron l'âme de Simon finira-t-elle par s'envoler ? Mes pensées ne sont plus aussi claires, aussi apaisantes. Les secondes défilent à leur rythme habituel, et je reviens sur terre.

– Merde de merde !

Apparaissent alors les responsables de cet incident, mes assassins pour ainsi dire : une vache et son veau. Je pousse un tel cri qu'ils s'arrêtent net dans un nuage de poussière.

– Qu'est-ce qui te prend ? demande Simon.

La vache me gratifie d'un meuglement, toutes gencives dehors. Si le ridicule tuait, je ne serais plus de ce monde ; ma révélation spirituelle me ferait rire si je le pouvais. Mais le cœur n'y est pas. Je me sens tellement idiote. Impossible, désormais, de croire à mes perceptions, à mon jugement. Je devine ce que doivent ressentir les schizophrènes qui essaient de mettre de l'ordre dans le chaos, de plaquer une logique au forceps sur une réalité qui, sans cela, leur échapperait complètement.

La vache et le veau disparaissent. Mais une fois revenus sur le chemin nous nous trouvons nez à nez avec un jeune homme. Il tient un bâton, porte un pull gris et une chemise blanche, des blue-jeans neufs, des baskets impeccables.

– Ça doit être le vacher, me dit Simon.

Je n'ai pas le courage de spéculer là-dessus pour l'instant.

– Il pourrait tout aussi bien être un bandit, non ?

Nous nous rangeons sur le bord du chemin pour le laisser passer. Mais, quand il arrive à notre hauteur, il s'arrête. Je m'attends à ce qu'il pose une question, mais rien. L'expression de son visage est paisible. Il nous regarde intensément, nous observant d'un œil critique.

– *Ni hau*, lance Simon avec un geste de la main, alors que le garçon se trouve à un mètre.

Il demeure silencieux. Ses yeux nous toisent de haut en bas. Je balbutie quelques mots en chinois.

– Ce sont tes vaches ? Elles m'ont fait une peur affreuse. Peut-être que tu m'as entendue, j'ai crié... Mon mari et moi sommes Américains, nous venons de San Francisco. Tu connais ? Oui ? Non ? Nous rendons visite à la tante de ma sœur à Changmian, elle s'appelle Li-Bin-Bin.

284

Toujours aucune réponse.

– Tu la connais ? En fait, elle est morte. Elle est morte hier. C'est dommage, nous n'avons même pas eu le temps de faire sa connaissance. Et maintenant on va organiser ses...

Je suis si troublée que le mot « obsèques » en chinois m'échappe et que j'ajoute :

– Nous allons réunir des gens pour une triste cérémonie

Je me mets à rire nerveusement. J'ai honte de mon chinois à l'accent si américain.

Il me fixe droit dans les yeux. En pensée je lui dis : « D'accord, mon petit gars, si tu veux jouer ce jeu-là avec moi, à nous deux ! » Mais après dix secondes je cesse de soutenir son regard.

– Qu'est-ce qu'il a, ce type ? demande Simon.

Je hausse les épaules. Ce vacher ne ressemble à aucun des hommes que nous avons croisés à Changmian, ceux qui ont des mains gercées par le froid et une coupe de cheveux maison. Il est correctement peigné, ses ongles sont propres. Il a l'air d'une intelligence presque offensante. À San Francisco, on le prendrait aisément pour un étudiant en agrégation, un maître assistant d'université ou un poète dépressif. Mais il garde les vaches et, Dieu sait pourquoi, il n'aime pas que nous soyons là. C'est précisément ce qui m'incite à quelques efforts vers lui.

J'aimerais qu'il sourie, histoire de me rassurer sur moi-même, de pouvoir me dire que je ne suis pas si ridicule que ça.

Toujours en mandarin, je continue :

– Nous nous promenons. Nous faisons un tour. C'est très joli, par ici. Nous aimerions voir ce qu'il y a entre ces montagnes, là-bas.

Je lui désigne le défilé, au cas où il ne comprendrait pas. Il regarde dans la direction que j'indique, puis se retourne vers nous en fronçant les sourcils. Simon lui adresse un sourire avant de se pencher vers moi.

– Visiblement, il ne comprend rien à ce que tu racontes. Partons...

J'insiste.

– Il n'y a pas de problème, n'est-ce pas ? demandé-je au vacher. Nous n'avons pas besoin de demander la permission ? Il n'y a pas de danger non plus ? Nous aimerions bien savoir.

Je me demande, tout en lui parlant, ce qu'on éprouve lorsqu'on est intelligent et qu'on n'a pour tout horizon qu'un pâturage dans la vallée de Changmian. Peut-être nous envie-t-il.

Comme s'il m'avait entendue, il a un rictus et soudain déclare : « Pauvres cons », dans un anglais parfait. Puis il se détourne et continue son chemin.

Pendant quelques secondes nous sommes tellement interloqués que nous n'échangeons pas une parole.

Simon reprend sa progression.

– Ça, par exemple ! Que lui as-tu dit ?

– Rien !

– Je ne t'accuse pas de lui avoir dit des bêtises, je te demande ce que tu lui as dit.

– Qu'on se promenait. Et je lui ai demandé s'il fallait une permission pour pénétrer ici.

Nous montons, cette fois sans nous tenir la main. Ces deux rencontres bizarres, d'abord les enfants et ensuite le vacher, pèsent sur nos conversations sentimentales. J'essaie d'oublier mais, comme je n'arrive pas à comprendre ce que cela signifie, je ne suis pas tranquille. Il y a là un signal d'alarme. Comme lorsqu'on sent une mauvaise odeur et que l'on devine qu'il y a, à l'origine, quelque chose de fétide en décomposition.

Simon me pose une main sur les reins.

– Que t'arrive-t-il ?

– Rien.

Pourtant j'ai envie de tout lui confier, qu'au moins nous partagions nos peurs à défaut de nos espoirs. Je m'arrête de marcher.

– Je sais, ça va te paraître ridicule, mais je me demandais si... ces choses qui nous arrivent ne sont pas comme des mauvais présages.

– Quelles choses ?

– Les gamins qui nous disent de ne pas y aller.

– Ils ont dit que, *eux,* ils ne pouvaient pas, c'est différent.

– Et puis ce type. Son ricanement. Comme s'il savait que nous ne devions pas aller là-bas, mais se gardait de nous le révéler.

– Il n'a pas ri méchamment. Il s'est contenté de rire, pas plus. Tu te comportes comme Kwan : tu télescopes deux coïncidences et tu en tires des conclusions superstitieuses.

J'explose :

– Tu m'as demandé ce que j'avais dans la tête, je te le dis. Je ne vois pas pourquoi tu me contredis et te moques de moi.

– Attends, attends, je suis navré, là. J'essayais simplement de te soulager d'un poids. Veux-tu que nous retournions au village ? Tu es vraiment très inquiète ?

– Je déteste entendre ça.

– Qu'est-ce que j'ai encore fait ?

– Je n'aime pas ta façon de dire « inquiète ». Tu n'emploies ce ton qu'avec les femmes et les jeunes chiens. Je te trouve condescendant.

– Je n'en avais pas l'intention.

– En tout cas, tu n'emploierais pas le même ton s'il s'agissait d'un homme.

– D'accord, d'accord, je fais amende honorable. Tu n'es plus inquiète, tu es... hystérique ! C'est mieux, non ?

Il sourit.

– Olivia, déride-toi un peu ! Qu'est-ce qui te prend ?

– Je ne suis pas tranquille, voilà tout. Nous avons peut-être franchi une limite interdite. Je ne veux pas que nous passions pour de vilains Américains qui se croient tout permis.

Il me passe le bras autour de la taille.

– Tu sais : nous sommes presque arrivés au sommet, nous allons simplement jeter un coup d'œil avant de redescendre, d'accord ? Si nous croisons quelqu'un, nous lui ferons des excuses et nous filerons. Bien entendu, si tu es vraiment inquiète, enfin je veux dire, pas tranquille...

– Arrête, veux-tu !

Je lui donne un coup de coude et ajoute :

– Vas-y, je te rejoins.

Il hausse les épaules, puis il monte à grandes enjambées. Je reste là un moment, me traitant de bécasse pour ne pas avoir exprimé ce que je ressens. Mais ça me rend folle que Simon soit incapable de le deviner. Je ne devrais pas dire un mot : nous éviterions ainsi de passer moi pour l'idiote de service et lui pour le brave type qui subit tout sans broncher. Quand j'arrive au sommet, il est parvenu au deuxième défilé, presque identique au premier à cela près qu'il est plus ancien, à moins qu'il ne soit juste en mauvais état. Une partie du mur s'est effondrée. On a l'impression que cela ne résulte pas d'une dégradation naturelle, mais qu'il y a eu là un coup de canon, ou de bélier.

– Olivia ! me crie-t-il de l'autre côté. Viens voir ! Tu ne pourras jamais croire un truc pareil.

Je me dépêche. Quand je passe le défilé, j'aperçois un paysage qui me fascine et me glace à la fois. Un univers de légende que j'ai aperçu dans mes cauchemars. Rien à voir avec la douce vallée ensoleillée que nous venons de traverser. Nous sommes devant un ravin escarpé, étroit, très accidenté, aussi chaotique qu'un lit défait, couvert de mousse par endroits, avec des taches de lumière et des poches d'ombre – toute la palette du crépuscule.

Les yeux de Simon brillent d'excitation.

– C'est superbe, non ?

Des rochers affleurent çà et là, de la taille d'un homme. On dirait des monuments, des menhirs, une armée de soldats pétrifiés.

Ou alors la version chinoise de la femme de Loth changée en statue de sel. Des piliers humains. Des fossiles, les cadavres de ceux qui ont pénétré en ces lieux interdits et qui ont osé regarder derrière eux.

Simon m'indique quelque chose droit devant :

– Regarde ces grottes ! Il doit y en avoir des centaines.

Les murs, du bas du ravin au sommet de la montagne, sont parsemés de fissures, de failles, de grottes. On dirait les niches d'une cité funèbre de l'âge préhistorique.

– C'est incroyable ! s'exclame Simon.

Je sais bien qu'il pense à la grotte mentionnée par Kwan. Il descend le long d'un étroit raidillon instable, les pierres cèdent sous son poids.

– Simon, je suis fatiguée, j'ai mal aux pieds.

Il se retourne.

– Attends-moi ici. Je vais faire un tour pendant cinq minutes. Ensuite, nous rentrons tous les deux, d'accord ?

– Cinq minutes, pas plus. Et ne va pas dans les grottes.

Il s'éloigne par le raidillon. Qu'est-ce qui le rend si insensible au danger ? Probablement l'une des différences biologiques entre l'homme et la femme. Les cerveaux féminins sont réglés pour des tâches plus élevées, plus évoluées, qui prennent en compte les paramètres de la sensibilité, de l'humanité, de l'inquiétude, alors que les hommes se contentent de choses plus primitives. Chasser, sentir, renifler, chercher. Fumer un bon cigare. L'insouciance de Simon m'énerve. Et pourtant, je dois l'admettre, elle m'attire. Je trouve séduisant un homme qui ignore le danger puérilement, qui s'amuse de ce qu'il découvre sans penser à ce qu'il risque. Je songe au genre d'hommes qui me paraissent sexy : ce sont toujours ceux qui escaladent l'Himalaya ou traversent des rivières bourrées d'alligators. Je ne les considère pas comme courageux. Ils sont surtout imprévisibles, incontrôlables, peu fiables. Mais, comme les raz de marée et les étoiles filantes, ils apportent un peu de piment dans une existence qui sans cela serait routinière comme la morne succession des nuits et des jours.

Je regarde ma montre. Cinq minutes passent. Puis quinze. Puis vingt. Où donc est Simon ? La dernière fois que je l'ai aperçu, il progressait parmi les stèles de pierre. Il a disparu derrière un buisson et je l'ai perdu de vue. Une goutte de pluie s'écrase sur ma joue, une autre sur ma veste. L'instant d'après, il pleut à verse. Je crie : « Simon ! Simon ! » Je m'attends à éveiller des échos mais, au contraire, ma voix est étouffée, comme absorbée par la pluie. Je me réfugie à l'entrée du défilé, sous la voûte. La pluie tombe si dru qu'elle forme un véritable rideau. L'air prend une senteur métallique. Les sommets, le flanc des collines, tout devient noir, luisant. La pluie ruisselle, emportant des fragments de roc. Et s'il y avait une inondation éclair, que se passerait-il ? J'en veux terriblement à Simon du souci que je me fais pour lui. Je mets la capuche de ma parka sur ma tête et m'élance sous l'orage en suivant le flot.

Je compte plus ou moins sur mon altruisme courageux pour me mener en bas sans problème. Pourtant, quand je me penche sur le ravin, la peur se coule dans mes veines et me paralyse. Ma gorge me fait mal, je me mets à prier à voix haute : « Mon Dieu, ou Bouddha, enfin celui qui m'entend en ce moment, faites qu'il revienne à l'instant, je ne peux plus supporter ça. Faites-le revenir, et je vous promets que... »

Simon... son visage apparaît. Ses cheveux, le bas de sa veste et son jean sont trempés. Il halète comme un chien qui veut jouer. Ma gratitude – qui n'aura duré qu'une seconde – se transforme en fureur.

Nous courons vers le tunnel. Simon enlève sa veste dont il tord les manches. L'eau coule sur le sol.

– Que faisons-nous, maintenant ? murmuré-je.

– On se tient chaud.

Il claque des dents. Il s'adosse au mur du tunnel et m'attire à lui. Mon dos est contre sa poitrine, il m'enserre de ses bras. Ses mains sont glacées.

– Allez, détends-toi.

Il me berce doucement.

– Ça va mieux ?

J'essaie de me rappeler ce matin, quand nous avons fait l'amour : la joie inattendue que j'ai ressentie, l'émotion qui nous a emportés tous les deux. Mais mon corps entier est noué, mes muscles sont raides, ma mâchoire, ma poitrine, mon front sont douloureux. Je me sens contrainte, prisonnière. Comment puis-je me détendre ? Comment puis-je oublier tout ce qui nous est arrivé ? Il faut être complètement en confiance pour l'envisager.

Dans mon esprit naît alors une vilaine pensée : Simon a-t-il couché avec une autre femme depuis notre séparation ? Bien entendu ! Il ne peut pas se passer de sexe pendant plus de deux jours. Une fois, il y a des années, nous sommes tombés sur un questionnaire dans un magazine, un test dont le titre était « La vie sexuelle cachée de votre partenaire », un truc stupide dans ce genre. J'ai lu la première question à haute voix à l'adresse de Simon :

« Avec quelle fréquence votre partenaire se masturbe-t-il ? »

Je m'apprêtais à cocher « rarement » ou bien « jamais », mais il a répondu :

« Trois ou quatre fois par semaine, ça dépend.

– Hein ? Ça dépend de quoi ? De la météo ?

– De l'ennui, ou de plein d'autres choses, est-ce que je sais... »

J'ai songé : « Alors deux fois par semaine avec moi ça laisse place à l'ennui ? »

À présent, je demande combien de fois il s'est ennuyé comme ça depuis que nous nous sommes quittés. Il me masse la nuque.

– Tu es tellement tendue, ici, c'est fou ! Tu sens ?

– Simon, ce matin, je...

– Hmm, c'était délicieux.

– Tu ne crois pas que nous aurions dû utiliser un préservatif ?

J'espère qu'il va me répondre : « Pour quoi faire ? » Mais il retient son souffle, ses doigts arrêtent leur manège et il répond, en me caressant le bras d'un geste bref :

– Oui, j'ai oublié, je dois dire.

Je ferme les yeux, essaie de respirer calmement. Je vais quand même lui poser la question. Quoi qu'il me réponde, je ne vais pas m'énerver. Moi non plus, je ne suis pas irréprochable. J'ai couché avec ce directeur du marketing velu comme un singe, Rick. Enfin, quand je dis couché... Nous avons essayé et nous n'avons pas eu besoin du préservatif : il est resté sur la table de nuit parce que son « arrosoir » (Rick appelait ainsi son pénis fatigué) avait décidé de faire la grève. Il m'a assuré que c'était bien la première fois. Naturellement, je me suis sentie sexuellement humiliée, surtout après avoir affecté de respirer fort et d'être excitée comme une puce.

La bouche de Simon s'approche de mon oreille. Sa respiration me fait penser au bruit de la mer qu'on entend dans les coquillages. Pour moi, c'est un bruit indissociable de l'image d'une spirale.

– Simon, à propos du préservatif... Tu veux dire que tu as couché avec d'autres ?

Il retient son souffle. Il écarte son visage de mon oreille.

– Euh... Si je l'ai fait, je ne m'en souviens pas.

Il me pousse du coude et ajoute :

– Elles n'ont pas compté, de toute façon. Il n'y a que toi.

Il me caresse les cheveux.

– Elles ! Combien sont-elles, tes *elles* ?

– Euh, je ne sais pas trop.

– Dix ? Douze ?

Il se met à rire.

– Arrête !

– Trois ? Quatre ?

Il est calme. Moi aussi. Il pousse un soupir et change légère-ment de position.

– Hmm, dans ces eaux-là...

– Trois ou quatre ?

– Olivia, si on laissait tomber le sujet ? Ça t'énervera pour rien.

Je m'écarte de lui.

– Ça m'énerve déjà. Tu as couché avec quatre autres femmes et tu n'as même pas pris la peine de sortir un préservatif ce matin.

Je vais de l'autre côté du tunnel, d'où je l'observe avec des yeux accusateurs.

– Il y en a eu trois. (Il regarde ses chaussures.) Et les trois avec un préservatif. J'ai été prudent.

– Trois ! Et avec préservatifs ! Tu les achetais par boîtes entières, alors ! C'est sympa d'avoir autant pensé à moi.

– Olivia, arrête !

– C'était qui, ces filles ? Je les connais ?

Soudain je pense à une femme que je déteste, Verona. Une espèce de directeur artistique indépendante, que nous avons employée l'année dernière sous contrat. Tout était bidon chez elle, son nom, ses cils, ses ongles, sa poitrine. Une fois j'ai dit à Simon que ses seins étaient trop symétriques pour être authentiques. Il a ri et m'a répondu : « Une chose est certaine, c'est qu'ils sont bien imités. » Quand je lui ai demandé comment il le savait, il m'a raconté que, chaque fois qu'ils jetaient un coup d'œil ensemble sur les avant-projets, elle se penchait sur son épaule et sa poitrine lui rentrait dans l'omoplate. « Pourquoi ne lui as-tu rien dit ? » ai-je demandé. Il m'a expliqué que ç'aurait été attirer l'attention sur le fait qu'elle le draguait et qu'il valait mieux jouer les imbéciles puisqu'il n'avait pas l'intention de donner suite.

– Verona faisait partie des élues ?

Je presse mes mains sur ma poitrine pour ne pas montrer que je tremble. Il ouvre la bouche pour dire quelque chose, mais renonce aussitôt.

– C'est le cas, non ? Tu as sauté cette pouffiasse...

– Je n'ai rien prétendu de tel !

Je suis furieuse.

– Alors ? Ses seins sont en toc ou non ?

– Olivia, arrête ce cinéma. Pourquoi y accorder tellement d'importance ? Tu sais bien que ça n'a pas de sens.

– Ça veut dire que tu n'avais pas vraiment l'intention de revenir avec moi. Ça veut dire que je ne peux pas te faire confiance. D'ailleurs, je n'ai jamais eu confiance en toi !

J'en fais toute une histoire, je m'enfonce et essaie d'entraîner Simon avec moi.

— Je n'ai jamais été importante dans ta vie. Je me suis raconté des histoires, voilà tout. Et Kwan t'a abusé avec sa stupide séance de spiritisme. Tu te souviens ? Tu te rappelles ce que disait Elza ? Il fallait que tu l'oublies, que la vie continue, etc. Tu sais quoi ? Kwan t'a raconté des mensonges. Elle t'a menti. Je le lui avais demandé.

Simon part d'un petit rire.

— Tu te comportes vraiment comme une folle ! Olivia, crois-tu vraiment que j'ai pris la séance en question au sérieux ? Je pensais que, tous les deux, nous nous moquions gentiment de Kwan.

Je sanglote.

— Alors, rions... ! Seulement ce n'était pas une plaisanterie, Elza était là, Simon ! Je te jure que je l'ai vue. Je te le jure ! Et tu sais ce qu'elle te disait ? Oublie-moi ? Pas du tout. Elle te conjurait de m'oublier, moi. Elle disait : « Attends, attends. »

Simon se claque le front.

— Tu n'arrêteras jamais ce cirque, dis-moi ?

— Mais c'est toi qui n'as jamais arrêté avec elle !

Simon plisse les yeux.

— Tu sais où se situe vraiment le problème ? Tu te sers d'Elza comme d'un bouc émissaire pour tous tes complexes. Elle a plus d'importance dans ta vie qu'elle n'en a jamais eu dans la mienne. Tu ne l'as jamais vue, mais elle te sert de repoussoir parce que tu ne sais pas vivre avec toi-même.

Je me bouche les oreilles. Tandis qu'il continue à me psychanalyser de force, je fourbis une nouvelle arme. L'arme fatale. Celle qui frappe au cœur. Je me rappelle avoir lu en cachette les lettres que Simon et Elza s'écrivaient. Je me souviens des petits noms qu'ils se donnaient, des promesses qu'ils échangeaient. Je me tourne vers lui :

— Tu me crois folle ? C'est possible que je sois folle, parce que en ce moment je la vois. Oui, Elza ! Devant toi. Elle te dit : « Mon angelot, comment peux-tu dire que je n'avais pas une telle importance dans ta vie ? »

La figure de Simon se glace instantanément.

— « Tu devais m'attendre. Nous devions planter ces arbres ensemble, tu te souviens ? Un par an ! »

Simon essaie de me faire taire en me mettant la main sur la bouche, mais je m'écarte.

— Tu ne la vois pas ? Elle est là. Elle est dans ta tête. Elle est dans cet endroit de merde, avec ses malédictions de merde. Elle nous susurre que nous sommes perdus, Simon. Perdus !

À la fin de cette scène, Simon a des yeux que je ne lui avais jamais vus. Il me fait vraiment peur. Il tremble de tous ses membres. Son visage ruisselle – de larmes ou de pluie ?

– Pourquoi fais-tu ça ? hurle-t-il.

Je me détourne, sors du tunnel et me jette sous la pluie. Je traverse la vallée. Je suis secouée de sanglots, mon cœur bat à se rompre. Quand j'atteins la maison de Bonne-Maman, la pluie s'est arrêtée. Je traverse le jardin. Kwan me décoche l'un de ses regards qui ont tout compris.

– Libby-Ah, oh, Libby-Ah ! Pourquoi pleures-tu ?

20

La vallée aux statues

Simon n'est toujours pas rentré. Je regarde ma montre. Cela fait une heure. J'imagine qu'il doit être furieux. Qu'il se gèle les fesses dans son coin, tant pis ! Il n'est pas encore midi. Je sors un livre de poche et grimpe sur le lit. Ce voyage en Chine tourne en eau de boudin. Simon va devoir s'en aller. C'est le plus sensé : après tout, il ne parle pas chinois. Et puis c'est le village de Kwan, et Kwan est *ma* sœur. Pour l'article destiné au magazine, je vais accumuler les notes et, au retour, je trouverai quelqu'un pour me ficeler tout ça.

Kwan annonce que le déjeuner est prêt. Je me compose un visage pour affronter l'Inquisition chinoise qui approche.

« Où est Simon ? va-t-elle demander. Aïe, aïe ! Pourquoi vous battre sans cesse ? »

Elle est dans la pièce principale, en train de poser un saladier fumant sur la table.

– Tu vois ? Tofu, pousses de soja en bocal. Tu veux prendre une photo ?

Je n'ai envie ni de manger ni de faire des photos. Du Lili fait irruption dans la pièce, tenant un plat de riz et trois bols. Nous commençons à manger ; tout du moins elles commencent à manger, avec précaution, l'esprit critique aiguisé.

– Au début, pas assez de sel. À présent, trop, gémit Kwan.

S'agit-il d'un message codé à l'adresse de Simon et moi ? Un peu plus tard, elle ajoute :

– Ce matin un soleil magnifique, ce soir la pluie est revenue.

Fait-elle allusion à ma dispute avec Simon ? Mais pendant tout le repas Du Lili et Kwan ne prononcent jamais son nom. Elles discutent avec animation des gens du village – trente ans de séparation, c'est aussi trente ans de mariages, de maladies, de tragédies

294

imprévisibles, d'incidents ridicules. Tout cela ne m'intéresse pas. L'oreille aux aguets, j'attends le grincement du portail et le retour de Simon. Mais je n'entends que la pluie.

Après le repas, Kwan et Du Lili m'annoncent qu'elles retournent à la salle communale pour voir Bonne-Maman. Ai-je envie de les accompagner ? J'imagine Simon rentrant, me cherchant, commençant à se faire du souci. Peut-être même qu'il en deviendrait fou d'inquiétude. Merde ! ça, ce sont mes habitudes à moi, lui ne s'inquiétera jamais...

– Je vais rester, dis-je à Kwan. Il faut que je mette un peu d'ordre dans mon matériel et mes notes.

– D'accord. Tu iras plus tard rendre visite à Bonne-Maman. C'est la dernière fois. Demain on l'enterre.

Quand je suis enfin seule, je classe mes pellicules, vérifie qu'elles n'ont pas pris l'humidité. Quel temps pourri ! Il fait si humide et si froid que même avec quatre couches sur le dos je frissonne et mes orteils sont gelés. Pourquoi ai-je, par coquetterie, laissé mes vêtements les plus chauds à la maison ?

Avant de partir, Simon et moi avons discuté de ce que nous allions emporter. J'avais rempli une grande valise, un sac de voyage, et préparé mon sac photo. Simon n'avait que deux sacs. Il m'a prévenue : « Ne compte pas sur moi pour porter ton excédent de bagage. » J'ai répondu : « Je t'ai demandé de m'aider ? » Il a repris : « Tu ne *demandes* pas, tu te contentes de le prendre pour argent comptant. » J'ai donc résolu de ne laisser Simon m'aider à aucun prix, même s'il insistait. Comme l'exploratrice qui vient de dépasser les squelettes d'une troupe de buffles morts de soif et qui va traverser le désert, j'ai considéré mon chargement d'un œil critique et me suis résolue à ne prendre que le minimum vital : un bagage à roulettes et mon sac photo. J'ai viré tout ce qui n'était pas absolument nécessaire – le lecteur de CD, mes disques, la crème exfoliante, la crème raffermissante, la crème peau jeune, le séchoir à cheveux, le conditionneur après-shampooing, deux paires de pantalons et leur tunique assortie, la moitié de mon stock de sous-vêtements et de chaussettes, deux romans que je me promettais de lire depuis au moins dix ans, un sachet de pruneaux, deux rouleaux de papier toilette sur trois, une paire de bottes et, sacrifice suprême, une veste longue et violette. Au moment d'effectuer ce tri, j'ai parié sur une météo tropicale, j'ai imaginé que nous assisterions peut-être à un opéra. Mais jamais je ne me suis demandé s'il y aurait ou non l'électricité.

Parmi les choses que j'ai emportées, et que je regrette d'avoir placées dans ma minuscule valise, se trouvent deux boléros de soie, une paire de shorts de toile, un défroisseur à vapeur, une paire de sandales, un maillot de bain et un blazer en soie couleur rose fluo. Pas question d'opéra. Heureusement que j'ai ma capuche. Un grand regret, une petite consolation. Ah, comme mon anorak me manque ! Je donnerais cher pour avoir un peu plus chaud. Quel temps de cochon ! Quand je pense que Simon, lui, a pris son anorak !

Son anorak ! Il est trempé, il dégouline – il est complètement inutile. Quand j'ai quitté Simon, il tremblait. Sur le moment, j'ai pensé que c'était de fureur. Maintenant, je me demande s'il n'y avait pas autre chose. Mon Dieu, quels sont les symptômes de l'hypothermie ? Un souvenir me revient en mémoire – il avait un rapport avec le froid et la colère. À quand remonte-t-il ? Cinq ans ? Six ans ?

J'étais en train de prendre des clichés dans un hôpital, aux urgences – c'était pour leurs archives, un travail classique. Une équipe est arrivée, poussant un chariot sur lequel se trouvait une pauvre femme qui sentait affreusement l'urine. On ne comprenait pas trop ce qu'elle disait, elle expliquait qu'elle avait trop chaud, elle voulait ôter un manteau de vison qu'elle ne portait pas. Je me suis dit qu'elle était ivre, ou droguée. Tout d'un coup, elle a été prise de convulsions. Quelqu'un a hurlé : « Le défibrillateur, vite ! »

J'ai demandé à l'un des infirmiers ce qu'il fallait que je mette comme légende sur la diapo : attaque cardiaque ? alcoolisme ? Il m'a répondu : « Mettez que c'est une victime du mois de janvier. » Il avait l'air mécontent. Comme je ne comprenais pas, il m'a expliqué : « Nous sommes en janvier. Il fait froid. Elle est morte d'hypothermie, comme six autres SDF qui nous ont claqué entre les doigts ce mois-ci. »

Non, Simon n'en est pas là. Il est en bonne santé. Il a constamment trop chaud. En voiture, il baisse toujours la vitre, les passagers se gèlent à l'arrière et il ne leur demande même pas leur avis. C'est incroyable comme il se fiche des autres. Il les fait attendre sans arrêt, sans se douter un instant qu'ils peuvent se faire du souci pour lui. Il va arriver dans un instant avec son petit sourire irritant au coin des lèvres, et je vais me blâmer encore de m'être inquiétée pour rien.

Après cinq minutes passées à essayer de me convaincre que tout va se dérouler ainsi, je file à la salle communale chercher Kwan.

Dans le deuxième tunnel, Kwan et moi trouvons sa veste sur le sol. On dirait un cadavre. « Arrête de pleurnicher, me dis-je. Tu as l'air de t'attendre au pire. »

Je me penche au-dessus du ravin, essayant de détecter le moindre mouvement. Dans ma tête, différents scénarios se succèdent. Simon, en plein délire, qui marche à moitié dévêtu au fond du ravin. Des rochers se détachent des flancs de la montagne. Le jeune homme, qui n'est pas du tout vacher mais un bandit moderne, vole le passeport de Simon. Je balbutie à Kwan :

— Nous avons rencontré des enfants sur le chemin, ils nous ont crié dessus. Et, plus tard, un type qui poussait devant lui des vaches et qui nous a traités de pauvres cons... J'étais tendue, j'ai perdu les pédales, et Simon... il a essayé d'être gentil avec moi mais soudain il s'est fâché... Je ne sais plus trop ce que je lui ai dit, mais je ne le pensais pas vraiment.

Dans cette cavité naturelle, mes paroles résonnent comme des confidences, mais elles ont l'air creuses.

Kwan m'écoute avec calme, d'un air triste. Elle ne dit rien qui me permette de me débarrasser de ce fardeau de culpabilité. Elle ne m'affirme nullement, avec un optimisme artificiel, que tout finira par s'arranger. Elle ouvre le nécessaire de survie que Du Lili a exigé que nous emportions. Elle déploie la couverture, gonfle le coussin, sort le réchaud et sa provision de gaz.

— Si Simon revient à la maison de Bonne-Maman, Du Lili nous enverra quelqu'un pour nous prévenir. S'il vient ici, tu seras là pour le réchauffer en cas de besoin.

Elle ouvre son parapluie. Je lui demande :

— Où vas-tu ?

— Jeter un coup d'œil aux alentours.

— Et si tu te perds, toi aussi ?

— *Meiyou wenti,* ne t'en fais pas, c'est mon domaine d'enfance, ici. Je connais chaque caillou, chaque recoin dans les collines. Ce sont de vieux amis pour moi.

Elle fait un pas sous le crachin.

— Combien de temps te faut-il ? lui demandé-je.

— Pas très longtemps. Une heure au plus.

Je regarde ma montre. Il est presque quatre heures et demie. À cinq heures et demie, ce sera la demi-heure de lumière idéale, mais aujourd'hui le crépuscule me terrifie. À six heures il fera déjà trop nuit pour marcher dans la campagne.

Après le départ de Kwan, je fais les cent pas entre les deux extrémités du défilé. Je regarde d'un côté, rien, de l'autre, rien non plus. Je pense : « Simon, tu ne vas pas mourir, tout ça c'est de la foutaise fataliste. » J'essaie de penser aux gens qui ont su donner tort au destin. Au skieur de Squaw Valley qui a trouvé le moyen de s'en sortir après trois jours en creusant un igloo dans la neige. À cet explorateur piégé sur un iceberg – c'était John Muir ? – qui a dansé toute la nuit pour ne pas s'endormir et mourir de froid. Et puis, naturellement, j'évoque cette histoire de Jack London où un type, pris dans le blizzard, parvient à allumer un feu avec des brindilles mouillées. Hélas, je me souviens aussi de la fin : un gros paquet de neige se détache d'un arbre et éteint son dernier foyer d'espoir. Je me rappelle d'autres fins du même genre : le surfeur des neiges tombé dans un trou qu'on a retrouvé mort de froid le lendemain ; le chasseur qui, un beau jour, s'est assis pour se reposer à la frontière italo-autrichienne et qu'on a découvert au dégel des milliers d'années plus tard.

J'essaie de méditer un peu pour conjurer ces idées noires : j'ouvre les paumes, j'ouvre aussi mon esprit. Mais tout ce qui me vient en tête c'est que j'ai le bout des doigts gelé. Simon a-t-il aussi froid que moi ?

Je me mets dans sa peau. Debout dans le passage. Il bout littéralement de colère après notre dispute. Ses muscles sont tendus, il a envie de se faufiler partout où il y a du danger. Je l'ai vu ainsi un jour : lorsqu'il a appris que notre ami Éric était mort au Vietnam, il est venu échouer en titubant dans les plantations d'eucalyptus du boulevard Presidio. Il a adopté une attitude semblable un jour que nous étions allés rendre visite à des amis d'amis à la campagne. Un type a commencé à raconter des blagues racistes. Simon s'est levé et a déclaré que ce mec avait une case en moins. Sur le coup, j'étais furieuse qu'il ait causé un tel scandale et m'en ait laissé les conséquences sur les bras. Mais, aujourd'hui, j'éprouve de l'admiration pour lui, et ça me rend triste.

La pluie a cessé. Il doit s'en être rendu compte. Je l'imagine en train de songer : « Allez ! continuons la visite de ces rochers. » Je marche jusqu'à l'entrée, jette un coup d'œil au ravin. Simon, lui, n'aurait pas le vertige à s'en rendre malade. Il n'imaginerait pas mille morts et autant de façons de se rompre les os. Il irait carrément. Il prendrait ce chemin et puis voilà. Du coup, j'en fais autant. Est-il passé par là ? Arrivée à mi-chemin, je me retourne, puis regarde autour de moi. Il n'y a pas d'autre solution que d'emprunter cette voie. À moins qu'il ne se soit jeté de là-haut directement en bas. Simon n'est pas suicidaire. En plus, les gens qui veulent se suicider vous en parlent avant. Une autre histoire me revient alors en mémoire, lue dans le *Chronicle* : un homme a garé sa Range Rover toute neuve sur le Golden Gate à l'heure de pointe et s'est jeté par-dessus le grillage. Ses amis ont tous réagi de la même façon. Ils étaient choqués, ils ne pouvaient pas le croire. L'un d'eux a déclaré au journaliste : « Mais je l'ai vu la semaine dernière à la salle de gym. Il m'a annoncé qu'il avait un millier d'actions Intel achetées à douze dollars et qui en valaient soixante-dix-neuf aujourd'hui. C'est fou, il avait plein de projets... »

Arrivée au bas du ravin, je jette un coup d'œil au ciel pour voir combien de temps la lumière me laisse. J'aperçois des oiseaux noirs qui volent comme des papillons. De temps en temps, ils tombent comme des feuilles mortes puis se remettent à battre des ailes, poussent des petits cris aigus, des cris d'effroi. Mais oui, ce sont des chauves-souris ! Elles doivent avoir quitté l'une des grottes pour effectuer leur vol du soir, celui où elles gobent les insectes. Au Mexique j'en ai vu, des chauves-souris. Le personnel de l'hôtel les appelait des *mariposas* – des papillons – afin de ne pas effrayer les touristes. À cette époque, je n'en avais pas peur, pas plus qu'aujourd'hui. Elles sont porteuses de bons présages, d'espoir, comme la colombe qui a apporté à Noé un rameau d'olivier. Le salut est devant nous. Simon est devant moi. Peut-être les chauves-souris se sont-elles envolées parce qu'il les a dérangées, a interrompu leur sommeil la tête en bas.

Je suis le chemin inégal et tortueux, essayant de voir d'où elles viennent et où elles vont. Mon pied glisse, je me tords la cheville. Je boitille jusqu'à un rocher et m'assieds. Je crie : « Simon », m'attendant à ce que l'écho soit celui d'un amphithéâtre. Mais mon cri se perd dans les profondeurs du ravin.

Au moins je n'ai plus froid. Le vent ne parvient guère jusqu'ici. L'air est immobile, épais, presque oppressant. Curieux. Dans ce genre de défilé le vent ne devrait-il pas souffler plus fort ? Je me souviens de la brochure que nous avons réalisée contre un projet de développement de la ville, on y évoquait l'effet Bernouilli, ou comment les forêts de buildings élevés accéléraient le vent, parce que l'étroitesse du volume créé diminuait la pression pour augmenter la vitesse, à moins que ce ne soit la pression qui augmente... Je ne sais plus.

J'observe les nuages. Ils filent vite. Il y a du vent, sans aucun doute, là-haut. Plus je regarde, plus le sol semble se dérober sous moi. On dirait une essoreuse à salade. Les sommets, les arbres, les rochers deviennent géants, dix fois plus gros qu'avant. Je me relève et me remets en marche, cette fois avec précaution. Le sol paraît plat, mais j'ai l'impression de gravir une forte pente. Une force semble me repousser en arrière. S'agit-il de l'un de ces points du globe où la gravité, la densité, le volume et la vitesse du monde physique sont chamboulés ? Je m'accroche aux aspérités d'un rocher et fournis un tel effort que je suis sûre de me claquer un vaisseau dans le cerveau.

Soudain, je tressaille. Me voilà sur une espèce de crête. Devant moi un dénivelé abrupt qui doit bien faire trente mètres, une crevasse ; on dirait que la terre s'est effondrée, creusant un trou comme dans un soufflé géant. Plus loin, en direction des montagnes, le reste du ravin consiste en une espèce de terrain vague accidenté, hérissé de ces pierres que j'ai remarquées tout à l'heure – menhirs, monuments, je ne sais trop. Tantôt j'ai l'impression de contempler une forêt pétrifiée après un incendie, tantôt un dédale de stalagmites qui serait sorti de sa grotte. Une météorite est-elle tombée ici ? La vallée des Ombres, voilà où je me trouve.

J'atteins l'une de ces formations rocheuses, en fais le tour comme un chien, encore et encore, pour essayer d'imaginer ce que c'est. Une chose est certaine : ça ne pousse pas naturellement. Quelqu'un les a placées là délibérément, selon des angles qui n'ont pas l'air de répondre aux lois de l'équilibre. Comment ces rochers tiennent-ils ? Certains, imposants, sont perchés sur des flèches graciles. D'autres sont inclinés de curieuse façon, comme s'ils étaient de la limaille de fer accrochée à un aimant. On pourrait les prendre pour de l'art moderne, des pieds de lampe, des porte-chapeaux dessinés pour présenter un aspect brut, une forme née par inadvertance. Sur l'un de ces empilements, le rocher du dessus a l'air d'une boule de bowling ratée ; les trous figurent les yeux et une bouche en train de pousser un cri, comme dans le tableau d'Edvard Munch. J'en vois d'autres qui présentent un aspect semblable. Par qui ces formes ont-elles été réalisées, et pourquoi ? Ça ne m'étonnerait pas que Simon ait voulu descendre ici. Il est revenu les examiner de plus près. Je continue de marcher, tout en pensant que cette foule ressemble de plus en plus aux victimes calcinées de Pompéi, d'Hiroshima, de l'Apocalypse. Je suis entourée d'une armée de statues taillées dans les restes calcifiés d'antiques animaux marins.

Une odeur humide et fétide monte à mes narines. La peur me serre la gorge. Je regarde autour de moi, à la recherche de je ne sais quelle charogne. Il me semble que je connais cette puanteur. Mais d'où ? Quand était-ce ? La sensation est très familière. J'ai une terrible impression de déjà vu, de déjà senti. Ou alors il s'agit d'un instinct immémorial, un peu comme les animaux qui reconnaissent le lien entre fumée, feu et danger. Cette odeur est inscrite dans mon cerveau. C'est un souvenir très profond, viscéral. Elle me rappelle des tristesses et des terreurs anciennes, mais je n'arrive pas à mettre un nom sur elles.

Je hâte le pas. En dépassant une autre pile de rochers, je heurte de l'épaule une arête vive et toute la construction s'effondre. Je pousse un cri, contemple les dégâts. Quelle œuvre ai-je bousculée là ? Je sens que j'ai dû rompre je ne sais quel charme, j'ai l'impression désagréable que l'armée des ombres va se réveiller, se remettre en marche. Où est le défilé ? J'ai le sentiment que les formes rocheuses se sont multipliées. Je dois me frayer un chemin dans ce labyrinthe. Pendant que mes pas me conduisent dans une direction, mon esprit, lui, se demande s'il ne fallait pas aller dans l'autre. Que ferait Simon à ma place ? Quand, lors d'efforts physiques, le découragement m'envahit, Simon m'encourage toujours avec sagesse, il m'affirme que je peux encore marcher un bon kilomètre, atteindre la prochaine colline, nager jusqu'au rivage. Autrefois, j'avais confiance en lui et j'étais contente qu'il me fasse lui aussi confiance.

J'imagine combien il m'exhorterait à présent :

« Allez, mademoiselle, remue-toi un peu les fesses. »

Je cherche le mur de pierre et le défilé pour m'orienter, mais je ne distingue rien nettement, seulement des plans d'ombre successifs. Je me rappelle les occasions où j'ai été furieuse contre Simon parce que je l'avais écouté et n'étais parvenue à rien. Je l'ai terriblement engueulé un jour que j'essayais de faire du patin à roulettes avec lui parce que j'ai fini sur les fesses. Une autre fois, j'ai pleuré parce que mon sac à dos était trop lourd.

Je m'assieds par terre, exaspérée, et je pleurniche. J'en ai assez, je vais appeler un taxi ! Je perds la tête. Est-ce que j'imagine vraiment qu'un taxi va venir me tirer d'ici ? Est-ce vraiment la seule réaction dont je sois capable en cas de pépin ? Un taxi ! Et pourquoi pas une limousine ? Je deviens complètement cinglée.

« Simon ! Kwan ! » Ma voix trahit la panique, ce qui m'affole davantage. J'essaie d'aller plus vite, mais je me sens lourde. Mon corps subit l'attraction de la terre. Je heurte l'une des statues, un caillou s'en détache et me frotte l'épaule. Tout d'un coup, la terreur que j'ai accumulée se traduit par des pleurs de petite fille. Je ne peux même plus marcher, même plus penser. Je m'effondre sur le sol et me recroqueville. Je suis perdue, ils sont perdus. Nous sommes piégés tous les trois par cet univers affreux. Nous allons mourir ici, pourrir ici, nous pétrifier comme ces statues sans visage. Tandis que je pousse des cris, des voix m'accompagnent. Les grottes chantent – chants de regret et chants de deuil.

Je me bouche les oreilles, les yeux, je voudrais oblitérer la folie du monde et la mienne. « Tu peux arrêter si tu le veux », me dis-je. Je me bats contre moi-même pour le croire. Je sens une sorte de fil dans mon cerveau qui se tend, qui lâche, et me voilà en train de planer hors de mon corps et de ses angoisses mortelles. Je me sens de plus en plus légère, ivre. C'est ainsi que les gens tombent dans la psychose : ils s'abandonnent, tout simplement. Je me vois comme dans un film suédois ennuyeux, incapable de réagir rapidement aux coups du sort. Je suis ridicule de crier comme une folle ! Et quelle idée de mourir dans un endroit aussi idiot ! Simon ne saura jamais à quel point je me suis « inquiétée » ; il a raison : chez moi, c'est de l'hystérie.

Je sens soudain des mains sur mes épaules. Je me mets à hurler. C'est Kwan. Elle a l'air soucieuse :

– Qu'est-ce que tu as ? À qui parlais-tu ?

– Mon Dieu, lui dis-je en me relevant, je suis perdue, je pensais que toi aussi.

Je renifle, balbutie, j'ai du mal à respirer.

– Nous sommes perdues ?

– Non, non, non.

Je remarque qu'elle porte une boîte en bois calée sur la hanche. On dirait un vieux coffre à argenterie.

– Qu'est-ce que c'est ?

– Une boîte.

De sa main libre, elle m'aide à me redresser.

– Je vois bien que c'est une boîte.

– Viens par là.

Elle me tient par le coude. Elle ne me dit rien de Simon. Je la trouve bizarre, taciturne, solennelle. Je commence à redouter de mauvaises nouvelles. Mon cœur se serre.

– As-tu vu... ?

Elle m'interrompt en secouant la tête. Je suis soulagée, puis déçue. Je ne sais plus que penser, que sentir. Nous dépassons les statues.

– Où as-tu trouvé cette boîte ?

– Je l'ai trouvée.

Je commence à être agacée.

– Ah oui ? Je me disais que, peut-être, tu l'avais achetée chez Macy.

– Je l'ai cachée là il y a longtemps. Je te l'ai déjà raconté. Je voulais te la montrer.

– Excuse-moi, je suis un peu perturbée. Qu'y a-t-il à l'intérieur ?

– Nous remontons, puis je l'ouvrirai et je te montrerai.

Nous marchons tranquillement. Ma peur s'apaise. Le paysage me paraît moins hostile. Le vent me rafraîchit le visage. Tout à l'heure je transpirais, à présent j'ai presque froid. Le chemin est encore très inégal et difficile, mais je ne ressens plus cette pesanteur qui m'empêchait d'avancer. Je suis furieuse contre moi-même. « Ma fille, la seule chose qui n'allait pas, c'était la ronde de tes pensées.

302

Tu viens de connaître un moment de panique caractérisé. Des rochers, tu as été épouvantée par des rochers. »

– Kwan, qu'est-ce que c'est, ces choses ?

Elle s'arrête, se retourne et demande :

– Quelles choses ?

Je désigne l'une des piles de cailloux.

– Des rochers.

Elle se remet à marcher.

– J'ai bien vu, mais comment sont-ils arrivés là ? Quel est le but ? Ils veulent dire quelque chose ?

Elle s'arrête de nouveau, jette un coup d'œil sur le ravin.

– C'est un secret.

J'ai des frissons sur la nuque, mais je prends un ton faussement désinvolte.

– Allez, Kwan ! Ce sont des pierres tombales ? Nous traversons un cimetière ? Allez, dis-moi.

Elle ouvre la bouche et paraît sur le point de me répondre, mais son visage prend soudain une expression butée.

– Non, pas maintenant.

– Kwan !

– Après, quand nous serons rentrées.

Elle me désigne le ciel :

– Il commence à faire sombre. Tu vois ? Pas de temps à perdre.

Elle ajoute d'une voix douce :

– Peut-être que Simon est déjà rentré.

Mon cœur bondit d'espoir. Visiblement, elle sait quelque chose que j'ignore. Je me concentre sur cet espoir pendant que nous remontons le chemin qui serpente entre les rochers. Nous passons dans une crevasse profonde et, soudain, nous voilà sur le sentier menant au sommet. Je vois le mur, le défilé.

Je devance Kwan, le cœur battant. Simon est là, j'en suis sûre. Je suis persuadée que les forces du chaos vont me laisser une chance de m'amender. Quand j'arrive au sommet, mes poumons sont au bord de l'explosion. Je suis emplie de bonheur, j'en pleurerais de soulagement, je comprends ce que veulent dire la paix, la simplicité, la confiance, la pureté de l'amour.

Et que vois-je ? La même chose qu'avant : le nécessaire de survie, le réchaud, la veste humide, tout est là, rien de plus. Mon cœur se remet à paniquer, mais je m'accroche à la force de l'amour. Je vais à l'autre bout du tunnel en me disant que Simon va y être. Il *faut* qu'il y soit.

La corniche est déserte, balayée par le vent. Je m'appuie contre la paroi du tunnel et m'accroupis, les mains sur les genoux. Je regarde, Kwan est là. Je lui dis :

– Je ne rentre pas avant de l'avoir retrouvé.

– Oui, je sais.

Elle s'assied sur son coffre, ouvre le nécessaire de survie où se trouvent une bouteille de thé froid et deux boîtes, l'une contenant des cacahuètes, l'autre des haricots. Elle épluche une cacahuète et me la propose. Je hoche la tête :

– Tu n'as pas besoin de rester. Je sais qu'il te faut préparer l'enterrement de Bonne-Maman pour demain. Je me débrouillerai seule, il va revenir vite.

– Je reste. Bonne-Maman m'a confié que ça ne posait pas de problème de retarder son enterrement de deux ou trois jours. Ainsi, nous aurons plus de temps pour préparer le repas.

Soudain une idée me vient.

– Kwan ! Et si nous demandions à Bonne-Maman de nous révéler où est Simon ?

À peine ai-je prononcé ces mots que je me rends compte combien je m'accroche à n'importe quoi. C'est ainsi que réagissent les parents d'enfants moribonds : ils se tournent vers le New Age, vers les guérisseurs, vers le plus léger espoir, que ce soit dans ce monde-ci ou dans l'autre.

Kwan m'adresse un regard si tendre que je sais que j'ai trop présumé de ses possibilités.

– Bonne-Maman n'en sait rien, me répond-elle calmement en chinois.

Elle ôte le couvercle du réchaud et l'allume. Des flammes bleues apparaissent par les petits trous avec un chuintement régulier.

– Les gens du Yin, poursuit-elle cette fois en anglais, ne savent pas tout, comme tu le crois. De temps en temps ils se perdent, se demandent où aller. C'est pour ça que certains d'entre eux reviennent sur terre tellement souvent. Ils sont toujours en train de chercher : « Où me suis-je perdu ? Où vais-je ? »

Heureusement, Kwan ne voit pas combien je suis déprimée. La flamme du réchaud ne permet pas de distinguer nos traits ; nous ne sommes plus que des silhouettes.

– Si tu veux, je demande à Bonne-Maman de jeter un coup d'œil pour nous. Nous allons jouer aux détectives du FBI. D'accord, Libby-Ah ?

Je suis touchée par sa hâte à me venir en aide. Il n'y a que ça qui compte au point où nous en sommes.

304

– De toute façon, pas d'enterrement demain. Comme ça, Bonne-Maman n'aura rien d'autre à faire.

Kwan verse le thé dans la casserole du réchaud et la pose sur le feu.

– Bien entendu, je ne peux pas lui poser la question ce soir, dit-elle en chinois. Il fait déjà sombre et les fantômes lui font une peur affreuse, même si elle est devenue un fantôme elle-même.

Je regarde d'un air absent les flammes orange et bleu qui lèchent le flanc de la casserole.

Kwan tend les mains vers le réchaud.

– Une fois que les gens ont pris la mauvaise habitude de craindre les fantômes, il est difficile de les faire changer d'avis. Moi, j'ai de la chance, je n'en ai jamais eu peur. Quand je les vois, je les traite comme des amis.

À ce moment-là j'envisage une possibilité affreuse.

– Kwan, si tu voyais le fantôme de Simon, tu me le dirais ? Tu ne me laisserais pas croire que...

– Je ne le vois pas, m'assure-t-elle en me prenant le bras. Vraiment, c'est la vérité.

Je m'efforce de la croire, de croire qu'elle ne me mentirait pas, que Simon n'est pas mort. J'enfouis ma tête entre mes bras. Pour quelle conduite devons-nous opter ? Quel plan intelligent et efficace adopter pour le lendemain ? Et plus tard, vers midi, que faire si nous n'avons pas trouvé Simon ? Appeler la police ? Je me rappelle alors que nous n'avons ni téléphone ni voiture.

À la rigueur, peut-être pourrais-je faire de l'auto-stop jusqu'au consulat américain de Guilin, s'il y en a un. Et si j'allais à l'American Express ? S'ils ont une antenne locale, je leur mentirai, je leur dirai que j'ai la carte Platine et que j'ai droit à tout le tremblement : équipes de secours, rapatriement sanitaire par avion...

J'entends un grattement. Je lève la tête ; Kwan fait jouer le couteau suisse dans la serrure de son coffre.

– Que fais-tu ?

– J'ai perdu la clé.

Elle brandit son couteau, cherchant parmi les différents outils qu'il contient celui qui convient le mieux à la nature de la tâche. Le cure-dents en plastique lui paraît faire l'affaire.

– Il y a longtemps, j'ai mis un tas de choses là-dedans.

Elle glisse le cure-dents dans le trou de la serrure et me dit :

– Libby-Ah ! La lampe de poche dans le sac, attrape-la pour moi, d'accord ?

À l'aide de la lampe j'examine le coffre. Il est en bois rouge, les garnitures sont en cuivre oxydé, le couvercle est gravé. On y voit une espèce de forêt épaisse, un chasseur du genre bavarois portant un petit chevreuil sur les épaules et un chien qui sautille devant lui.

– Qu'y a-t-il à l'intérieur ?

Soudain, on entend un déclic et Kwan se redresse. Elle sourit, fait un geste et m'invite à regarder moi-même.

J'attrape l'une des garnitures de cuivre et soulève le couvercle. Des notes tintent. Surprise, je lâche le couvercle. Silence. Une boîte à musique. Kwan se moque de moi.

– Alors, qu'en penses-tu ? Il y a un fantôme là-dedans ?

Je soulève de nouveau le couvercle. Les accents d'une mélodie cristalline montent entre les parois de l'étroit tunnel – une marche militaire joyeuse. J'imagine les chevaux piaffant et les soldats en uniforme à brandebourgs. Je dirige le faisceau vers l'intérieur de la boîte. Dans un coin, sous une vitre, j'aperçois le mécanisme : un peigne de métal qui frotte contre un cylindre hérissé de pointes. Je dis à Kwan :

– Elle n'est pas chinoise...

– Pas chinoise. Allemande. Tu aimes cette mélodie ?

– Oui, c'est joli.

Voilà donc l'origine de son histoire de boîte à musique ! Je me sens soulagée de constater qu'il y a au moins un prétexte de départ à ses inventions. Je chantonne la mélodie. Kwan me demande :

– Tu connais cette chanson ?

Je secoue la tête.

– Je t'ai donné une boîte à musique. Pour ton mariage. Tu te souviens ?

Soudain, la musique s'interrompt. La mélodie semble encore suspendue en l'air pendant un instant, puis s'évanouit. On n'entend plus que l'affreux chuintement du réchaud. Je me rappelle la pluie, le froid, Simon affrontant je ne sais quels dangers. Kwan ouvre un panneau de bois à l'intérieur de la boîte. Elle y prend une clé, l'introduit dans une fente et remonte le mécanisme. La mélodie recommence. Je suis heureuse d'éprouver de nouveau ce soulagement artificiel. Je jette un coup d'œil à la partie de la boîte qu'elle vient de révéler. C'est un tiroir empli de babioles : des boutons, un ruban défraîchi, un flacon vide, des choses visiblement gardées avec amour puis oubliées, des objets cassés qu'on a laissés de côté trop longtemps.

Dès que la musique s'arrête, je la remonte à mon tour. Kwan examine un gant d'enfant dont les doigts sont définitivement réunis en une boule durcie. Elle le porte à ses narines, en hume l'odeur.

J'attrape un petit livre aux bords mités dont le titre est *Voyage en Inde, en Chine et au Japon,* par Bayard Taylor. Entre deux pages, je découvre un signet improvisé – le rabat déchiré d'une enveloppe – et, au hasard du texte, une phrase soulignée : « Leurs yeux de pêcheurs révèlent à quel point leur morale sent le péché. » Quelle bigote lisait cela ? J'examine le rabat de l'enveloppe et déchiffre une adresse pour le retour, Russell & Company, Acropolis Road, Route 2 Cold Spring, New York.

– Le coffre appartenait à quelqu'un qui s'appelait Russell ?

– Ah ! (Les yeux de Kwan s'agrandissent d'un coup.) Tu te souviens ? Russo !

– Non. (Je lui montre avec la lampe). Je lis simplement ici Russell et Compagnie.

Elle a l'air déçue.

– À cette époque, je ne savais pas l'anglais. Je ne l'ai pas lu.

– Alors, c'est un M. Russell qui possédait cet objet ?

– *Bu-bu.*

Elle saisit le rabat de l'enveloppe.

– Ah, Russell ! Je pensais que c'était Russo ou Russia. Le père travaillait pour une compagnie qui s'appelait Russell. Son nom était...

Elle me regarde droit dans les yeux.

– Bannière.

Je me mets à rire.

– Ah, d'accord ! Comme Mademoiselle Bannière. Bien sûr ! Son père était dans la marine marchande, quelque chose comme ça.

– Il transportait de l'opium.

– Ah oui, je me rappelle.

Le caractère étrange de tout cela me frappe. Nous n'en sommes plus à l'époque des histoires d'avant le coucher. Nous sommes en présence de la boîte à musique et des objets censés avoir appartenu à des fantômes. J'ai un peu de mal à parler.

– C'est la boîte à musique de Mademoiselle Bannière ?

Kwan hoche la tête.

– Son prénom – aïe, aïe ! –, il m'est sorti de la tête.

Elle plonge la main dans le tiroir aux babioles et en retire une petite boîte en métal.

– Tss... Comment ai-je pu oublier son prénom ?

De la boîte, elle sort une petite pierre noire. Je pense qu'il s'agit d'une pierre à encre, mais elle en casse un morceau pour l'ajouter au thé qui bout sur le réchaud.

– Qu'est-ce que c'est ?

– Des herbes.

Elle se remet à l'anglais.

– D'un arbre particulier. Seulement les jeunes feuilles, toutes collantes. Je le fais pour Mademoiselle. Bon à boire et bon à sentir. Elles font perdre la tête. On se sent en paix. Peut-être elles me rendent la mémoire.

– Elles viennent du buisson sacré ?

– Ah, tu te rappelles !

– Non. Je me souviens de l'histoire que tu m'as racontée.

Mes mains tremblent. J'ai une envie folle de fumer une cigarette. Qu'est-ce qui me prend ? Peut-être suis-je en train de devenir aussi folle que Kwan. Peut-être un hallucinogène coule-t-il dans l'eau de Changmian. Ou bien ai-je été piquée par un moustique chinois, un insecte qui rend fou. Peut-être Simon n'est-il même pas perdu à l'heure qu'il est. Peut-être ces objets posés sur mes genoux et qui ont appartenu à une femme inventée datant de mon enfance n'existent-ils pas.

L'odeur du thé monte à mes narines. Je passe la tasse sous mon nez. La vapeur m'humecte le visage, je ferme les yeux, inhalant simplement. L'effet est apaisant. Peut-être s'agit-il d'un rêve. Peut-être suis-je en train de dormir. Si c'est le cas, il me suffit d'un effort pour m'arracher au sommeil.

– Libby-Ah, regarde.

Kwan me tend un livre relié de façon artisanale. La couverture est en cuir de couleur sépia et le titre – *Nourriture spirituelle* – est marqué en lettres gothiques imprimées en relief. Il reste un peu d'or sur les lettres. J'entrouvre. Des miettes de papier s'échappent. Je constate, d'après l'envers de la couverture, que le sépia était à l'origine un rouge sombre qui me rappelle une bible de mon enfance où l'on voyait un Moïse à l'air farouche debout sur un rocher sous un ciel rouge. Il brisait les tables de la Loi devant une foule de païens enturbannés.

J'ouvre l'ouvrage. Sur une page de gauche un texte est tracé d'une main hésitante : « Dieu nous délivre de la Tentation du Mal. Si vous débordez de l'esprit de Dieu, votre vie ne saurait se remplir davantage. » Sur la page d'en face, je lis : « Le coin des Amen ». Dessous, dans une débauche de taches et de griffonnages, une liste bizarre est dressée : « Haricots rancis, radis pourris, feuilles d'opium, herbe à cochons, artémise, chou pourri, graines sèches, fruits fibreux, bambou dur, le tout servi froid ou dans un bouillon d'huile de castor. Dieu ait pitié de nous ! »

Les pages suivantes contiennent de semblables rapprochements : aux maximes chrétiennes relatives à la soif et au salut, à la faim et à la satiété sont opposées des listes de nourritures fort peu appréciées de l'auteur de ces lignes qui semble se libérer de sa rage par l'humour. Simon adorerait ça. Il pourrait s'en servir pour notre article.

– Écoute, dis-je à Kwan : côtelettes de chien, fricassée de passereaux, holothurie bouillie, vers et serpents. Voilà un menu de fête pour gens honorables. La prochaine fois j'essaierai d'être un peu moins honorable.

Je quitte le journal des yeux.

– Qu'est-ce que c'est, *holothurie* ?

– Nelly.

– Holothurie signifie Nelly ?

Elle se met à rire et me donne une tape sur la main.

– Non, non, non ! Mademoiselle Bannière, son prénom était Nelly. Mais je l'ai toujours appelée Mademoiselle Bannière. C'est pourquoi j'ai failli ne pas m'en souvenir. Quelle mémoire ! Nelly Bannière.

Elle rit toute seule. Je reprends le carnet. Mes oreilles bourdonnent.

– Quand as-tu connu Mademoiselle Bannière ?

Kwan secoue la tête.

– La date exacte... Il faut que je réfléchisse.

– *Yi ba liu si...*

Je me rappelle les mots chinois dont elle usait dans notre chambre autrefois : un huit six quatre.

– Oui, oui, tu as bonne mémoire. À la même époque le Roi Céleste a perdu la Grande Révolution Pacifique.

Le Roi Céleste. Oui, je me souviens. A-t-il réellement existé ? S'appelait-il comme ça ? J'aimerais connaître un peu mieux l'histoire de la Chine. Je caresse de ma paume la couverture douce du livre. Pourquoi ne fait-on plus de tels livres, avec une couverture rassurante, amicale ? Je tourne une autre page et je lis : « Manger l'extrémité des allumettes (très douloureux). Manger de la feuille d'or (compliqué). Avaler du chlorure de magnésium (blocage intestinal). Manger de l'opium (pas de douleur). Boire de l'eau non bouillie (ce que je préconise). Sur ce sujet du suicide, Mademoiselle Moo m'informe que parmi les adeptes du Taiping il est strictement interdit, à moins qu'on ne sacrifie sa vie à la cause de Dieu. »

Taiping. Tai : Grande ; *Ping* : Paix. Taiping : Grande Paix. Tout cela se passait en quelle année – voyons ? Quelque part au milieu du XIXᵉ siècle. Je me laisse prendre au jeu. Je tente de résister, sans succès. Autrefois, j'arrivais à garder un scepticisme suffisant pour servir d'antidote aux histoires de Kwan. Mais maintenant que j'ai sous les yeux cette encre sépia sur papier jaune, que je vois la serrure oxydée, le gant fossilisé, les lettres en relief sur la couverture, maintenant que j'entends cette musique démodée, je ne sais plus. J'examine la boîte pour y trouver une date, puis je me souviens d'avoir vu quelque chose dans le journal. Au verso de la page de garde est inscrit : « Éditions Giad Tidings, MDCCCLIX. » Zut, c'est du latin ! Je traduis en chiffres : 1859. Je regarde le livre de voyage signé Bayard Taylor : G.P. Putnam, 1855. Mais que prouvent ces dates ? Elles ne signifient pas nécessairement que Kwan a connu, pendant la Révolution de la Grande Paix, quelqu'un qui s'appelait Mademoiselle Bannière. Il s'agit d'une coïncidence – l'histoire, la boîte, les dates sur les livres.

Cependant, malgré ma logique sceptique, il me faut reconnaître que Kwan n'est pas menteuse de nature. Quoi qu'elle dise, elle y croit. Quand elle m'affirme ne pas avoir vu le fantôme de Simon et que, par conséquent, il n'est pas mort, je lui fais confiance. De toute façon, il le faut. Finalement, si je la crois pour cela, puis-je croire aussi qu'elle possède des yeux yin ? Qu'elle parle à Bonne-Maman après sa mort ? Qu'il existe, dans une grotte là-bas, un village datant de l'âge de pierre ? Que Mademoiselle, le Général Manteau, le Johnson sang-mêlé, ont réellement vécu ? Qu'elle a été Nunumu ? Alors, tout ce qu'elle m'a raconté pendant toutes ces années... il fallait bien qu'elle ait une raison de m'en parler.

La raison, je la connais. Je la connais depuis mon enfance. Il y a longtemps que je l'ai enterrée, un peu comme elle l'a fait avec sa boîte à musique. Par culpabilité, j'acceptais de l'écouter tout en me raccrochant à mon équilibre mental, à mon scepticisme. Chaque fois, je lui refusais ce qu'elle voulait. Elle me demandait : « Tu souviens, Libby-Ah ? » Et moi je hochais la tête et disais non, alors qu'elle espérait qu'un jour j'allais lui répondre : « Oui, bien sûr. Je me souviens très bien du temps où j'étais Mademoiselle Bannière. »

– Libby-Ah, à quoi penses-tu ?

Je ne sens plus mes lèvres.

– Oh, tu le sais bien : à Simon. Je n'arrête pas d'y penser, et plus le temps passe plus j'imagine le pire.

Elle se déplace ; nous voilà assises côte à côte. Elle masse mes doigts glacés, une chaleur nouvelle envahit mes veines.

– Tu veux que nous parlions ? De tout et de rien. D'accord ? D'un film ou d'un livre, ou même du temps qu'il fait. Non, non, pas du temps, tu te fais encore du souci. De la politique alors. Je te dis pour qui j'ai voté, tu me dis pour qui tu as voté, nous nous disputons et tu arrêtes de penser.

Je suis ébranlée. Je lui retourne un vague sourire.

– Ah ! D'accord. Nous ne parlons pas ensemble. Je parle toute seule. De quoi ? Ah ! je sais. De Mademoiselle Bannière et du jour où elle me donne la boîte à musique.

J'inspire un coup.

– D'accord. Vas-y.

Elle passe au chinois :

– Il faut que je te raconte l'histoire en mandarin. Comme ça, elle me revient mieux. Quand ces événements se sont produits, je ne connaissais pas un mot d'anglais. J'ignorais aussi le mandarin, d'ailleurs. Je ne pratiquais que le hakka et un peu de cantonais. Mais quand je parle le mandarin, j'ai l'impression de penser en Chinoise. Si tu ne comprends pas un mot ou l'autre, dis-le-moi, j'essaierai de te le traduire en anglais. Bon, par où je commence ?

» Ah ! Je t'ai déjà appris qui était Mademoiselle, et combien elle était différente des autres étrangers que j'avais rencontrés. Elle était capable d'ouvrir son esprit, de s'intéresser à des opinions différentes des siennes. Mais je crois que parfois elle avait du mal à s'y retrouver. Tu vois ce que je veux dire : un jour tu crois une chose et le lendemain tu es convaincue du contraire. D'abord tu te disputes avec les autres, ensuite avec toi-même. Ça ne t'arrive jamais, Libby-Ah ?

Elle s'arrête et cherche un début de réponse dans mon regard. Je hausse les épaules ; elle semble satisfaite.

– Peut-être le fait de nourrir trop d'opinions à la fois est-il une habitude américaine. Les Chinois, à mon avis, n'aiment pas multiplier les avis. Ici, quand nous sommes convaincus de quelque chose, c'est pour une période d'un à cinq siècles. Ça permet d'y voir clair. Je ne veux pas dire, bien sûr, que les Chinois ne changent pas d'avis s'ils ont une bonne raison de le faire. Mais ils n'en changent pas comme des girouettes simplement pour se rendre intéressants. En fait, il est possible qu'en ce moment les Chinois changent trop vite, justement. Ils vont où souffle le vent de l'argent ; c'est leur direction préférée.

Elle me pousse du coude.

– Tu ne trouves pas, Libby-Ah ? En Chine, désormais, les gens nourrissent plus d'idées capitalistes que de cochons. L'époque où le capitalisme était l'ennemi numéro un leur est sortie de la mémoire. Mémoire courte et gros profits.

Je réponds d'un petit rire poli.

– Remarque, les Américains aussi ont la mémoire courte. L'Histoire ne les intéresse pas, sauf quand ce sont des événements populaires. Mademoiselle Bannière, elle, possédait une mémoire exceptionnelle, c'est pourquoi elle avait appris si vite notre langue. Il lui suffisait d'entendre les choses une seule fois pour les savoir.

Toi, Libby-Ah, c'est un peu ton cas, non ? Sauf que tu as la mémoire des yeux. Comment appelle-t-on cette sorte de mémoire en anglais ? Libby-Ah, tu dors ? Tu as entendu ce que je te demande ?

– Mémoire visuelle.

Décidément, elle a décidé d'appuyer sur tous les boutons. Elle ne me laissera pas tranquille.

– Oui, mémoire visuelle. Mademoiselle n'avait pas d'appareil photo, mais elle avait une mémoire excellente. Elle se souvenait de ce que les gens disaient au mot près, comme un magnétophone. De temps en temps c'était une bonne chose, d'autres fois ça l'était moins. Elle était capable de se souvenir des propos tenus pendant un dîner et de faire observer aux gens qu'ils avaient dit le contraire de ce qu'ils avaient affirmé la semaine précédente. Elle se rappelait des événements qui l'ennuyaient : impossible de leur faire quitter son esprit. Elle se souvenait des prières formulées par les gens de son entourage et de ce qu'en échange ils avaient obtenu. Elle était particulièrement douée pour mémoriser des promesses. Si tu lui en faisais une, oh ! elle ne te lâchait pas. C'était sa spécialité. Mais il est vrai qu'elle n'oubliait pas non plus les siennes. Pour certaines personnes, il y a loin entre promettre et agir. Mais pas pour Mademoiselle Bannière. Elle était vraiment du genre à tenir des promesses éternelles, des promesses qui dépassaient le temps de sa propre vie. Comme le vœu qu'elle a formulé après m'avoir donné la boîte à musique. La mort s'approchait de nous et elle m'a dit... Libby-Ah, où vas-tu ?

– Je ne sais pas, j'ai besoin d'air.

Je marche vers le tunnel et essaie de repousser l'écho des dernières paroles de Kwan. Mes mains tremblent, mais pas de froid, je le sais. Je tremble à cause de la promesse dont elle me parle, celle dont elle m'a toujours parlé, et que je n'ai jamais voulu entendre parce qu'elle m'effrayait. Pourquoi éprouve-t-elle le besoin de l'évoquer maintenant ?

Aussitôt je pense : « De quoi ai-je peur ? De croire à cette histoire d'une promesse que j'aurais faite et que j'aurais tenue ? De croire que la vie n'est qu'un éternel recommencement, que nos espoirs ne meurent jamais, que nous pouvons toujours essayer de réussir où nous avons échoué ? Qu'y a-t-il là-dedans de si effrayant ? »

Je contemple la nuit étoilée. Plus de nuages. Je me rappelle une autre nuit, il y a longtemps. Simon et moi regardions les étoiles et j'ai murmuré quelque chose de stupide : que les étoiles n'avaient pas bougé depuis que les premiers amants sur la terre les avaient regardées. J'espérais que Simon allait m'aimer un jour plus que quiconque et plus que tout. Mais ça n'a duré qu'un moment, car mon espoir était trop grand, aussi vaste que le ciel, et il était trop facile pour moi de m'y noyer. Aujourd'hui, je contemple de nouveau le ciel. Simon observe le même en ce moment, ce ciel que nous avons toujours connu au fil de notre vie, que nous soyons ensemble ou non. C'est le même ciel que regarde Kwan, qu'ont scruté ses fantômes, que Mademoiselle Bannière a vu de son vivant. La seule différence c'est que, désormais, je ne l'imagine plus comme le cimetière de tous les espoirs ou un inquiétant nid d'obscurité. Non. Ce qu'il est me saute aux yeux : un lieu peuplé d'étoiles, de planètes, de lunes, pour la vie, pour l'éternité. Je pourrai toujours m'y référer, il me verra toujours. Tout est dans le même continuum : la lumière est dans l'obscurité, l'obscurité dans la lumière. Il ne promet rien que sa constance, son mystère, son inquiétante et miraculeuse énigme. Et si je parviens à me référer sans cesse au ciel, à garder présent à l'esprit l'étonnement que j'éprouve, il me servira de boussole. Je serais alors capable de trouver mon chemin dans le chaos du monde, quoi qu'il advienne. Et, si je nourris un espoir de toute mon âme, le ciel sera toujours là pour m'obliger à regarder plus haut.

– Libby-Ah, tu réfléchis encore trop. Tu veux que je continue à bavarder ?

– Non, je me demandais juste si...

– Si quoi ?

Lui tournant le dos, je continue à scruter l'immensité, d'étoile en étoile. Leur scintillement a traversé un million d'années-lumière avant de me parvenir. Ce que je vois en ce moment n'est qu'un lointain souvenir de ce qui fut. Pourtant cette vibration est la vie même.

– Dis-moi... toi et Mademoiselle Bannière, vous avez souvent regardé les étoiles ensemble ?

– Oh oui, très souvent.

Elle se lève et vient vers moi.

– À cette époque, nous n'avions pas de télévision, bien entendu, alors la nuit nous admirions les étoiles.

– Je veux dire, Mademoiselle Bannière et toi, avez-vous connu une nuit comme celle-ci, où vous aviez peur et où l'avenir était incertain ?

– Oui... c'est vrai. La mort la terrifiait. Et elle avait peur pour quelqu'un qu'elle avait perdu, un homme qu'elle aimait.

– Yiban ?

Kwan hoche la tête.

— Moi aussi j'avais peur.

Elle observe une pause avant de murmurer dans un souffle :

— S'il n'était pas avec nous, c'était à cause de moi.

— Que veux-tu dire ? Que s'est-il passé ?

— Il s'est passé que... Oh ! mais tu ne veux pas l'écouter.

— Pourquoi ? C'est triste ?

— Triste, oui. Et heureux. Tout dépend de ce que tu t'en souviens.

— Je veux me souvenir.

Les larmes montent aux yeux de Kwan.

— Oh, Libby-Ah, je savais qu'un jour tu te souviendrais de tout comme moi. J'ai toujours voulu te prouver que j'étais une amie loyale.

Elle se détourne, semble rassembler ses esprits, me serre la main et me sourit.

— D'accord, d'accord. Mais c'est un secret. Ne le répète à personne. Promis, Libby-Ah ? Oh oui, je me souviens ! Le ciel était sombre et protégeait notre retraite. Entre ces deux montagnes, une boule de feu orange qui devenait de plus en plus brillante...

Je l'écoute. Je n'ai plus peur de ses secrets. Elle m'a tendu la main, je la saisis librement. Nous partons pour le monde du Yin.

21

Quand le ciel s'enflamma

– Avant cet épisode, je me trouvais en compagnie de Yiban, dans les grottes. Dans celle qui recelait un lac lumineux et un village de pierre au bord de l'eau. C'est là, Libby-Ah, que j'ai commis une chose affreuse qui a eu de terribles conséquences. De mon dernier jour sur la terre j'ai fait un lit de mensonges.

» D'abord, j'ai trahi ma promesse à Mademoiselle Bannière. Je l'ai fait pour être gentille avec Yiban. Je lui ai révélé la vérité : « Mademoiselle faisait semblant quand elle s'est jetée au cou du Général. Elle voulait te protéger, que tu ailles te mettre en sécurité quelque part. Et tu vois, tu es ici. »

» Tu aurais vu son visage ! Le soulagement, la fureur, l'inquiétude... Comme si toutes les saisons se succédaient sur sa figure. Il s'est écrié : « Quel est l'intérêt de rester en vie si je ne l'ai pas avec moi ? Je vais tuer ce salaud de Général. » Il s'est brutalement dressé. Je lui ai demandé : « Mais où vas-tu ? – Je vais la chercher. Je la ramènerai ici. – Non, non, il ne faut pas ! »

» Et j'ai proféré mon premier mensonge de la journée : « Elle sait comment venir ici. Nous sommes montées bien souvent toutes les deux. »

» En fait, j'étais secrètement inquiète pour Mademoiselle Bannière, parce qu'elle ignorait comment nous rejoindre. Alors j'ai commis un deuxième mensonge. J'ai demandé à Yiban de m'excuser, prétendant que j'avais besoin de m'isoler, ce qui signifiait qu'il fallait un coin sombre pour faire pipi. J'ai pris la lanterne, parce que je savais que sans elle Yiban ne pourrait pas retrouver la sortie des grottes. Je me suis dépêchée de courir dans le dédale, avec l'idée de ramener Mademoiselle Bannière.

» En sortant, j'ai eu l'impression de renaître au monde. Il faisait jour mais le ciel était blanc, pas bleu ; autour du soleil on voyait un

315

halo de couleurs pâles. Le monde avait-il changé en si peu de temps ? Qu'allais-je trouver derrière ces montagnes ? La vie ou la mort ?

» En atteignant le défilé qui dominait Changmian, j'ai aperçu le village. Une foule s'entassait sur la place du marché. Tout avait l'air pareil. Et vivant ! Ils étaient tous vivants ! J'ai repris espoir au sujet de Mademoiselle Bannière. Je me suis mise à pleurer. En me hâtant sur le chemin qui descendait, j'ai croisé un homme qui poussait un buffle devant lui. Je lui ai raconté ce qui se passait. Je lui ai conseillé de prévenir sa famille et les autres : « Ôtez toute trace de la Bonne Nouvelle religieuse, de Jésus et de son culte. Parlez doucement, pour ne pas éveiller l'attention des soldats. Autrement ils nous repéreront immédiatement et le désastre aura lieu aujourd'hui, pas demain. »

» J'ai rencontré d'autres personnes et leur ai prodigué les mêmes conseils. J'ai frappé aux portes des maisons rondes où vivaient les Hakka à dix familles sous le même toit. J'ai visité rapidement tous les foyers, les uns après les autres. Ah ! Je me croyais rusée d'agir ainsi, de prévenir le village dans l'ordre et le calme. J'ai alors entendu un homme crier à son voisin : « Le moment est venu pour toi de mourir, ver de terre », et l'autre lui répondre : « Essaie de m'accuser ! Je dirai aux Mandchous que tu es l'un des frères du Roi Céleste. »

» Soudain, tout le monde entendit *ki-kak !,* un bruit semblable au craquement d'une branche sèche. Chacun se tut. On entendit un autre bruit, qui ressemblait à la rupture d'un tronc entier. Un homme s'est mis à hurler : « Des fusils ! Les soldats sont déjà là ! » Aussitôt les villageois sont sortis de leurs maisons et ont attrapé par la manche ceux qui couraient dans les rues. « Qui arrive ? » Comment, tous les Hakka sont menacés de mort ? – Oui, oui ! Allez réunir vos frères, il faut fuir ! »

» Les mauvaises nouvelles se transformèrent en cris, les cris en hurlements. Dominaient les appels des mères à la recherche de leurs enfants. Je demeurai au milieu de la rue. Les gens me heurtaient au passage. « Voilà ce j'ai fait ! À présent il suffirait d'une seule salve pour tuer tout le monde en même temps. » Les gens commençaient à gravir la montagne, se dispersant comme les étoiles dans le ciel.

» J'ai continué, me hâtant vers la Maison du Marchand Fantôme. Il y a eu un autre tir d'arme à feu. J'ai compris qu'il provenait de l'intérieur des murs. Quand je suis arrivée au portail qui menait à l'allée de derrière, il y a eu une autre détonation dont les échos se sont propagés à travers les allées. Je me suis glissée à l'intérieur

316

du jardin et suis demeurée immobile. Je soufflais, écoutais, écoutais mon souffle. J'ai fini par arriver à la cuisine et j'ai appuyé l'oreille contre la porte de la salle à manger. Pas un bruit. J'ai poussé la porte. J'ai couru vers la fenêtre qui donnait sur le jardin de devant. De là j'ai pu apercevoir les soldats près du portail. Ils dormaient. Quelle chance ! J'ai mieux regardé. L'un avait le bras tordu, l'autre était recroquevillé. Aïe ! Ils étaient morts ! Qui les avait tués ? Avaient-ils désobéi au Général ? S'était-il mis à tuer tout le monde ? Où était Mademoiselle Bannière ?

» Quand j'ai tourné vers le couloir pour aller à sa chambre, j'ai vu le corps d'un homme. Il était nu et avait la figure tournée contre le sol. Les mouches se disputaient sa cervelle fraîchement répandue. Aïe ! Qui était ce malheureux ? Le Docteur Trop Tard ? Le Pasteur Amen ? J'ai dépassé le corps avec précaution, comme pour ne pas le réveiller. Après quelques pas, j'ai remarqué les reliefs du morceau de viande du dîner de la veille. L'os était couvert de poils et de sang. Le Général avait dû faire cela. Qui avait-il tué encore ? Avant que j'aie pu me poser la question, j'ai entendu des cris provenant de la Maison de Dieu. La boîte à musique jouait, le Pasteur chantait. On se serait cru un septième jour identique aux autres, mais le chant du Pasteur tournait parfois aux sanglots et il poussait une plainte d'animal. Couvrant sa voix, j'entendais Mademoiselle Bannière – elle était toujours vivante ! – qui le réprimandait comme s'il était un garnement. Un instant plus tard elle s'est mise à crier : « Non, non, non, non ! » Une énorme détonation a interrompu ses cris. Je me suis précipitée dans la pièce. Ce que j'ai vu m'a figée comme une pierre. Mademoiselle, dans sa robe jaune, était recroquevillée près de l'autel. Les Adorateurs de Jésus, dans leur tenue noire et brillante des dimanches, étaient tous morts autour d'elle. Quatre insectes et un papillon le ventre en l'air. Incroyable ! Cela s'était produit si rapidement. Il me semblait entendre l'écho de leurs cris. J'ai écouté attentivement. Non, ce n'étaient pas des échos... « Mademoiselle Bannière ? » ai-je appelé. Elle a levé la tête. Ses cheveux étaient dénoués. Sa bouche n'était qu'un trou noir et silencieux. Son chemisier était couvert de sang. Aïe ! Peut-être était-elle vraiment morte. « Mademoiselle, êtes-vous un fantôme ? »

» Elle a poussé une plainte comme si elle en était un, mais elle a secoué la tête. Elle m'a tendu la main. « Aide-moi, Mademoiselle Moo. J'ai la jambe cassée. »

» En avançant vers l'autel, j'ai pensé que les autres étrangers allaient finir par se lever eux aussi. Mais ils restaient immobiles, se tenant la main, endormis pour toujours dans une mare de sang écarlate.

» Je me suis glissée près de Mademoiselle et lui ai murmuré, en jetant un coup d'œil alentour : « Où est le Général ? – Il est mort. – Mort ! Mais qui a tué... ? – Je ne pourrais pas supporter d'en parler pour l'instant. »

» Sa voix tremblait. Je me suis demandé si... Non. Il m'était impossible de l'imaginer en train de tuer. Elle m'a demandé, très inquiète : « Yiban ? Où est-il ? »

» Quand je lui ai expliqué qu'il était à l'abri dans une grotte, elle a eu l'air soulagée. Elle s'est mise à sangloter. Elle était incapable de s'arrêter. J'ai essayé de la consoler : « Vous allez le retrouver bientôt. La grotte n'est pas tellement loin d'ici. – Je ne pourrais même pas faire un pas. Ma jambe... » Elle a soulevé sa jupe. Sa jambe droite était tordue, un morceau d'os dépassait.

» C'est là que j'ai commis mon troisième mensonge : « Oh, ce n'est pas si vilain que ça ! Là où j'ai grandi, une personne affligée d'une jambe dans cet état était encore capable de gravir les montagnes. Pas de problème. Bien sûr, vous êtes une étrangère, vous êtes moins résistante. Mais, dès que je vous aurai fait un pansement serré avec une attelle, nous partirons d'ici. »

» Elle a souri. J'étais émue de constater que les amoureux sont prêts à croire tout ce qui leur laisse un peu d'espoir. « Attendez-moi ici », lui ai-je dit.

» J'ai couru à sa chambre, ai cherché dans les tiroirs contenant ses sous-vêtements. J'ai pris l'espèce de corsage dont elle se servait pour étrangler sa taille et augmenter sa poitrine. J'ai emporté également ses bas – ceux troués au talon. Je suis revenue vers elle et me suis servie de tout cela pour lui confectionner une attelle. Une fois l'opération terminée, je l'ai aidée à se relever et à boitiller jusqu'au banc derrière la maison. C'est alors seulement, quand nous nous sommes éloignées de ceux qui étaient encore vivants quelques minutes auparavant, qu'elle a consenti à me raconter comment et pourquoi ils avaient été tués.

» Elle a commencé son récit après la décapitation de Lao-Lu. Les Adorateurs de Jésus s'étaient mis à chanter en joignant les mains. Ils avaient entonné le chant de la boîte à musique, celui qui disait : *Quand la mort est au bout du chemin, c'est le Seigneur qui nous attend.* « Cessez de chanter ! » a ordonné le Général.

» Mademoiselle Souris – je t'ai dit combien elle était nerveuse – a crié au Général : « Je n'ai peur ni de toi ni de la mort. Je ne crains que Dieu. Parce que lorsque je mourrai j'irai droit au paradis comme ce pauvre homme que tu viens de tuer. Et toi, chien diabolique, tu iras griller en enfer ! » Parfaitement ! Peux-tu ima-

318

giner Mademoiselle Souris proférer des choses pareilles ? Si j'avais été là, j'aurais applaudi.

» Ces mots n'ont pas effrayé le Général. « Grillé ! s'est-il exclamé. Grillé ! Je vais vous montrer ce que le diable aime griller. » Il a appelé ses soldats et leur a ordonné : « Coupez la jambe de ce mort et faites-la rôtir ! » Les soldats ont éclaté de rire, croyant à une plaisanterie. Le Général a répété l'ordre en hurlant. Les soldats se sont penchés sur le cadavre pour opérer. Les étrangers se sont mis à crier et ont tenté de fuir. Comment auraient-ils supporté pareil spectacle ? Le Général a alors déclaré que, s'ils ne regardaient pas cette scène en riant, leurs mains droites seraient coupées et jetées au feu pareillement. Alors ils sont restés, et ils ont regardé. Ils riaient et vomissaient en même temps. Ils étaient tous terrorisés par le Général. Tous sauf Lao-Lu, puisqu'il était déjà mort. Et quand il a vu sa jambe griller... Combien un fantôme peut-il endurer avant d'être possédé du désir de revanche ?

» Le lendemain avant le lever du soleil, Mademoiselle Bannière a entendu un coup frappé à sa porte. Elle s'est levée, laissant le Général qui ronflait dans leur lit. Une fois dehors, elle a entendu une voix furieuse. Elle lui semblait familière et étrange en même temps. C'était un homme qui criait dans le rude langage des ouvriers de Canton : « Général traître, Général traître, lève-toi, sale chien paresseux ! Viens voir ! Le frère Jésus a frappé à la porte. Il est venu emporter ta carcasse en enfer ! » Qui cela pouvait-il être ? Certainement pas l'un des soldats. Mais qui d'autre pouvait bien parler comme un kuli mal dégrossi ? Le Général a tonné : « Maudit sois-tu ! Je te tuerai pour avoir troublé mon sommeil. » La voix chinoise lui a répondu : « Trop tard, salopard de chien ! Je suis déjà mort. »

» Le Général a sauté à bas de son lit et a attrapé son pistolet. Mais quand il a ouvert la porte il a éclaté de rire. Il n'a trouvé que le Pasteur Amen, le fou. Il poussait des jurons comme un kuli de la cinquième génération et portait l'os rongé du dîner de la veille sur son épaule. Mademoiselle Bannière a songé : « C'est curieux que le Pasteur soit désormais capable de parler si bien le chinois. » Elle l'a invité à s'en aller sur-le-champ. Le Général s'est retourné pour l'empêcher d'intervenir et le Pasteur lui a donné un coup sur le crâne avec l'os. Il l'a frappé encore et encore. Ses coups étaient si violents que l'un d'entre eux a atteint la jambe de Mademoiselle Bannière au passage. Finalement, le Pasteur a lâché l'os et a hurlé à l'adresse de son ennemi, mort depuis longtemps : « Je te botterai le cul avec la seule jambe qui me reste quand on se retrouvera dans l'autre monde ! »

» C'est ainsi que Mademoiselle en a conclu que le fantôme de Lao-Lu avait dû se glisser dans l'esprit dévasté du Pasteur. Elle avait sous les yeux un homme qui était à la fois vivant et mort. Le Pasteur Amen s'est emparé des pistolets du Général. Il a couru dans le jardin et a appelé les soldats de garde au portail. De là où elle se trouvait, Mademoiselle Bannière a entendu une explosion. Puis une autre. Le Pasteur s'est alors écrié, dans sa langue maternelle : « Mon Dieu ! Qu'ai-je fait ? » Car tout ce bruit semblait l'avoir tiré des brumes.

» Mademoiselle Bannière a ajouté que, lorsqu'elle a retrouvé le Pasteur par la suite, il avait la figure d'un mort-vivant. Avant de retourner à sa chambre, il s'est arrêté devant le cadavre du Général, puis devant Mademoiselle qui avait la jambe cassée et se protégeait comme s'il allait la frapper.

» Pendant des heures le Pasteur et les autres Adorateurs de Jésus ont discuté de ce qu'il fallait faire. Mademoiselle les a écoutés tenir des propos funestes. Si les Mandchous découvraient ce qu'avait fait le Pasteur, prétendait Mademoiselle Souris, lui et tous les autres seraient torturés. Qui d'entre eux aurait la force de ramasser les corps pour les enterrer ? Personne. Fallait-il fuir ? Où ? Ils ne connaissaient aucune cachette. Le Docteur Trop Tard a proposé qu'ils se tuent afin de mettre fin à leurs souffrances. Madame Amen s'y est opposée : « Ce serait un grand péché de nous ôter la vie nous-mêmes. Un péché aussi grave que si nous l'ôtions à autrui. – Je nous tuerai tous, a déclaré le Pasteur. L'enfer m'attend pour avoir tué ces trois-là, laissez-moi au moins vous apporter la paix. »

» Mademoiselle Bannière fut la seule à essayer de l'en dissuader. « Il y a toujours de l'espoir », a-t-elle dit, mais ils lui ont répondu que, désormais, toutes leurs espérances se trouvaient dans la tombe. Elle les a vus se recueillir dans la Maison de Dieu, manger le pain de la communion que Madame Amen leur avait fourni, boire de l'eau en guise de vin et avaler les pilules du Docteur Trop Tard pour oublier leurs douleurs.

» Ce qui est arrivé après, tu le sais déjà. Mademoiselle et moi n'avions pas la force d'enterrer les Adorateurs de Jésus. Pourtant, nous ne pouvions pas les laisser être dévorés par les mouches. Je suis allée au jardin et ai décroché de la corde à linge les vêtements blancs que j'avais lavés la veille. J'ai songé à toutes ces choses affreuses qui s'étaient produites en moins de temps qu'il n'en avait fallu à ma lessive pour sécher. J'ai enveloppé nos amis dans ces linceuls improvisés, tandis que Mademoiselle visitait leur chambre et essayait de réunir quelques souvenirs d'eux dans sa boîte à musique. Mais le Général avait déjà pillé leurs trésors, et elle n'a pu trouver que des babioles dérisoires. Pour le Docteur Trop Tard, une petite bouteille qui avait contenu ses pilules d'opium. Pour Mademoiselle Souris, un gant de peau qu'elle froissait toujours quand elle était inquiète. Pour Madame Amen, un livre de voyage. Pour Lao-Lu, la petite boîte en métal contenant des feuilles de l'arbuste sacré. Elle les a mis dans la boîte à musique avec son journal intime. Ensuite nous avons allumé le peu qui restait des bougies de l'autel, et j'ai tiré de ma poche la clé que m'avait donnée Mademoiselle la veille. J'ai remonté la boîte à musique, nous avons chanté le cantique, Mademoiselle a prononcé les paroles que les étrangers aimaient tant répéter.

» Quand ce fut fini, nous avons prié leur dieu. Cette fois, j'étais sincère. Je courbais la tête et fermais les yeux. J'ai prononcé à voix haute : « J'ai vécu avec eux pendant six ans. Ils étaient comme ma famille, bien que je ne les connaisse pas très bien. Mais je peux affirmer qu'ils étaient des alliés sincères pour votre fils comme pour nous. Accueillez-les dans votre maison. Et le Pasteur aussi. »

– Combien de temps nous restait-il avant l'arrivée des Mandchous ? Je l'ignorais, mais maintenant je peux te le dire : pas assez.

» Avant notre fuite, j'ai fabriqué un balluchon avec la jupe que portait Mademoiselle les jours de semaine. J'en ai enveloppé la boîte à musique et l'ai jeté sur mon épaule gauche. De la droite, je soutenais Mademoiselle Bannière. Nous voilà parties. Quand nous avons atteint la porte principale pour quitter la Maison du Marchand Fantôme, un souffle de vent nous a accueillies. Je me suis retournée. J'ai vu les vêtements des Adorateurs de Jésus qui se gonflaient comme s'ils revenaient à la vie. Les pages de piles de missels volaient. Certaines ont atterri sur la flamme des bougies. J'ai senti l'odeur si particulière du Marchand Fantôme, un mélange d'ail et d'épices, quelque chose de très fort ; on eût dit qu'un banquet de bienvenue mijotait sur le feu. Peut-être était-ce simplement une efflorescence de l'imagination née de la peur. Mais j'ai aperçu le Marchand dans son long vêtement qui tombait sur des souliers à talons épais. Il marchait, hochant la tête. Il était de retour dans sa maison marquée par le malheur.

» En sautillant, nous avons fini par gagner la montagne. De temps en temps, Mademoiselle Bannière trébuchait, se rattrapait sur sa jambe cassée et gémissait : « Laisse-moi ici, je n'en peux plus. – Ne soyez pas stupide. Yiban vous attend. Vous nous avez déjà mises en retard. » Ça suffisait à l'obliger à repartir.

» Du sommet du premier défilé, j'ai contemplé le village déserté par ses habitants. La moitié de la Maison du Marchand

Fantôme était la proie des flammes. Un grand nuage noir en sortait, comme s'il indiquait aux Mandchous le chemin pour arriver plus vite.

» En parvenant au deuxième défilé, nous avons entendu les explosions. Impossible de se réfugier ailleurs que dans cet endroit qui nous inspirait une terrible inquiétude. L'obscurité progressait, il n'y avait plus de vent, nos vêtements étaient imprégnés de sueur après tant d'efforts. Il nous restait à gravir la montagne. Un seul faux pas, et c'était la chute dans le ravin. « Venez, Mademoiselle. Nous y sommes presque. » Elle contemplait sa jambe qui avait pratiquement doublé de volume.

» J'ai eu une idée : « Attendez-moi ici, je vais aller dans la grotte où est resté Yiban. Tous les deux, nous pourrons vous porter. » Elle m'a pris les mains. Dans son regard, j'ai lu qu'elle avait peur de rester seule. « Prends la boîte à musique, m'a-t-elle demandé. Cache-la en lieu sûr. – Je reviens tout de suite. Vous me croyez, n'est-ce pas ? – Oui, oui, bien sûr. Simplement, si tu l'emportes maintenant, il y aura moins à porter plus tard. » J'ai pris la boîte qui contenait tous ses souvenirs et j'ai avancé vers les grottes.

» Chaque fois que j'en passais une, ou même une simple crevasse, j'entendais la voix de quelqu'un qui prévenait : « Occupé ! Pas de place ici ! » Voilà donc où tous les gens du village s'étaient réfugiés. Je suis montée, descendue, à la recherche de la grotte dont l'entrée était défendue par un rocher. Encore des détonations ! J'ai commencé à jurer comme Lao-Lu, regrettant tout le temps perdu. Finalement j'ai trouvé le rocher, l'ouverture, me suis glissée à l'intérieur. La lampe était encore là, ce qui était le signe que personne d'autre n'était venu et que Yiban n'avait pas quitté les lieux. J'ai posé la boîte à musique, j'ai allumé la lampe, j'ai progressé lentement à travers les méandres de la grotte, espérant de toute mon âme ne pas emprunter le mauvais chemin. J'ai alors aperçu la lumière du lac, comme une aurore sur un monde paisible. J'ai fait irruption sur les lieux en criant : « Yiban ! Yiban ! Je suis là ! Viens, dépêche-toi, il nous faut aider Mademoiselle Bannière ! Elle est dehors, en danger de mort mais vivante ! »

» Pas de réponse. J'ai appelé une nouvelle fois plus fort. J'ai fait le tour du lac. Des craintes me pinçaient le cœur par dizaines. Yiban avait-il essayé de partir et s'était-il perdu ? Était-il tombé dans le lac et s'était-il noyé ? J'ai cherché près du village de pierre. Qu'était-ce ? Un mur avait été démoli. Le long d'une corniche, un peu plus loin, des rochers avaient été empilés. Mes yeux ont remonté la paroi et j'ai vu qu'une personne pouvait, pas à pas, se hisser jusqu'à une ouverture dans la voûte. C'était par ce trou que nos espoirs s'étaient envolés avec Yiban.

» Quand je suis revenue, Mademoiselle me guettait. Elle a crié : « Yiban, es-tu là ? » Quand elle m'a vue revenir seule, elle a gémi : « Aïe, aïe ! Il a été tué ? » J'ai secoué la tête et lui ai raconté que j'avais trahi ma promesse. J'ai conclu d'une voix triste : « À présent, il est allé vous chercher, c'est ma faute. » Elle n'a pas dit ce à quoi je m'attendais : si Yiban était resté dans la grotte, nous y serions tous les trois sains et saufs. Non, elle s'est détournée, a boitillé jusqu'à l'autre côté du défilé, et elle l'a cherché du regard dans la nuit. Je suis restée derrière, le cœur brisé. Le ciel était de couleur orange. Le vent poussait une odeur de cendres. Nous pouvions apercevoir de petits points de lumière qui circulaient dans la vallée : les lanternes des soldats, dansant comme des lucioles. La mort approchait, nous le savions, l'attente était terrible. Mais Mademoiselle Bannière ne pleurait pas. Elle m'a demandé : « Mademoiselle Moo, où iras-tu désormais ? Dans quel paradis ? Le tien ou le mien ? »

» Curieuse question. Comme si nous pouvions décider. Les dieux ne choisissent-ils pas pour nous ? Mais ce n'était pas le moment de discutailler ; pas le dernier jour. Alors j'ai répondu simplement : « Là où Zeng et Lao-Lu sont allés, c'est là que j'irai aussi. – Alors ce sera ça ton paradis. »

» Nous sommes restées un moment silencieuses, puis elle m'a posé une autre question : « Là où tu vas, faut-il être chinoise ? M'accepteraient-ils, moi ? » Question encore plus curieuse que la précédente. « Je ne sais pas. Je n'ai jamais parlé à personne qui en était revenu. Mais je pense que si vous parlez chinois ça devrait suffire. Oui, j'en suis sûre. – Et Yiban, comme il est moitié-moitié, où ira-t-il ? Si nous choisissions l'autre solution... »

» Ah ! Je comprenais mieux ses questions. J'ai voulu la rassurer, alors j'ai commis mon dernier mensonge : « Venez, Mademoiselle, venez avec moi, Yiban m'a déjà prévenue que s'il mourait il vous retrouverait dans le monde du Yin. » Elle m'a crue, parce que j'étais son amie loyale. « Prends ma main, Mademoiselle Moo. Il ne faudra pas me lâcher avant que nous y soyons. »

» Nous avons attendu, toutes les deux, à la fois heureuses et tristes, mortes de peur, avant d'être mortes pour de bon.

22

Quand le jour et la nuit s'équilibrent

Kwan a fini de parler. Le scintillement des étoiles est légèrement voilé. Je suis là au bord du ravin, guettant le moindre mouvement dans les buissons.

– Tu te souviens de la manière dont nous sommes mortes ? demande Kwan derrière moi.

Je hoche la tête, mais je me rappelle soudain cette scène que j'avais toujours prise pour un rêve : des lances qui brillent dans la nuit sous les torches, le grain de la pierre devant moi. Une fois de plus, je vois cela, je le sens, cette horreur qui vous comprime la poitrine. J'entends les chevaux qui soufflent, leurs sabots piétinant impatiemment, tandis qu'on jette une corde rêche sur mes épaules. Elle me gratte le cou, j'ai du mal à respirer, ma carotide bat. Quelqu'un me tient la main – Kwan. Je suis surprise de voir qu'elle est plus jeune et porte un cache sur un œil. Je veux lui dire de ne pas m'abandonner, mais les mots s'arrêtent au fond de ma gorge et je file vers le ciel. Je sens un claquement et mes peurs terrestres tombent tandis que je m'élève. Plus de douleur ! Quel soulagement ! Et cependant je n'éprouve pas un soulagement complet, parce que Kwan est là, qui me tient fermement la main. Elle me la serre davantage et me dit :

– Tu te souviens, hein ?

– Je crois qu'on nous a pendues.

Mes lèvres sont ankylosées par le froid matinal.

Kwan fronce les sourcils.

– Pendues ? Hmm. Je ne pense pas. À cette époque, les soldats mandchous ne pendaient pas les gens. Trop compliqué et pas assez d'arbres.

Je suis curieusement très déçue de m'être trompée.

– Alors comment ?

324

Elle hausse les épaules.

– Je ne sais pas. C'est pourquoi je te pose la question.

– Quoi ! Toi, tu ne te rappelles pas comment nous sommes mortes ?

– Ça a été tellement rapide. Nous étions vivantes et la minute suivante nous ne l'étions plus. Le temps que je comprenne, j'étais déjà morte. J'ai connu la même chose à l'hôpital, avec les électrochocs. Je me réveillais, je me disais : « Hé ! Où suis-je ? » Peut-être que dans ma dernière vie c'est un éclair qui a mis fin à mes jours en un instant. Le Marchand Fantôme croyait qu'il était mort ainsi, paf, parti en un instant. De lui, il ne restait plus que deux pieds.

Je me mets à rire.

– Merde alors ! Je trouve incroyable que tu m'aies raconté toute cette histoire dans ses moindres détails sans en connaître la fin !

Kwan tressaille.

– La fin ? La mort n'est pas la fin. Elle veut dire que les histoires ne finissent pas... Hé, regarde, le soleil se lève presque.

Elle étire ses membres.

– Maintenant, partons trouver Simon. Apporte la lampe, et la couverture aussi.

Elle file droit devant, sûre de pouvoir revenir sur ses pas. Je sais où nous nous rendons : dans la grotte où Yiban devait rester et où j'espère que Simon s'est perdu.

Nous marchons sur la corniche à moitié effondrée, testant à chaque pas la fermeté du sol. Les joues me piquent un peu, la chaleur revient. Enfin, je vais voir cette fameuse grotte, lieu d'espoir et de malédiction à la fois. Qu'allons-nous trouver ? Simon grelottant mais vivant ? Ou Yiban figé pour toujours dans son attente de Mademoiselle Bannière ? Plongée dans mes réflexions, je pose le pied sur une pile de cailloux instables et tombe sur les fesses.

– Fais attention ! me crie Kwan.

– Pourquoi dit-on toujours de faire attention quand c'est trop tard ? dis-je en me relevant.

– Pas trop tard. La prochaine fois, peut-être que tu ne tombes pas. Allez, prends ma main.

– Ça va très bien.

Je fais jouer mes articulations et ajoute :

– Tu vois, rien de cassé.

Nous continuons notre progression, Kwan se retourne vers moi toutes les dix secondes. Bientôt, nous arrivons devant une grotte. Je jette un coup d'œil à l'intérieur, à la recherche des vestiges qui témoignent que quelqu'un a vécu là, que ce soit à la préhistoire ou plus récemment.

– Kwan, qu'est-il arrivé à Yiban et aux habitants de Changmian ?

– Je ne sais pas, j'étais déjà morte, me répond-elle en chinois. Je ne sais pas précisément. Tout ce que je sais, je l'ai appris par ouï-dire durant cette vie-ci, qui peut certifier que c'est vrai ? Les gens des villages voisins ont ajouté des exagérations de leur cru, et les rumeurs ont dévalé la montagne comme un ruisseau. À la fin, tout le monde racontait des histoires de fantômes, et c'est ainsi que la légende de la malédiction de Changmian s'est répandue.

– Et... quelle est l'histoire ?

– Ah ! Attends que je retrouve mon souffle.

Elle s'assied sur un rocher plat, haletante.

– L'histoire, la voici. Lorsque les soldats mandchous sont arrivés, ils ont entendu des pleurs provenant des grottes. Ils ont ordonné : « Sortez ! » Mais personne n'est sorti – mets-toi à leur place. Alors les soldats ont rassemblé des branches mortes et des buissons, ils les ont placés à l'entrée des grottes et y ont mis le feu. Quand les flammes se sont élevées, les voix dans les grottes ont poussé des hurlements. Soudain, les grottes ont exhalé un énorme vrombissement puis ont vomi un flot noir : des chauves-souris. Le ciel en était surchargé, le ravin avait l'air protégé par un parapluie d'obscurité. Elles ont attisé le feu du battement de leurs ailes, et toute la vallée s'est trouvée la proie des flammes. Le défilé, la corniche, tout était encerclé par le feu. Deux ou trois des soldats, ceux qui étaient à cheval, ont pu se tirer d'affaire, mais pas les autres. Une semaine plus tard, quand d'autres effectifs ont été envoyés à Changmian, ils n'ont trouvé personne, ni morts ni vivants. Le village était vide, tout comme la Maison du Marchand Fantôme. Il n'y avait pas un cadavre. Dans le ravin ils n'ont retrouvé que des cendres et les empilements de pierres de centaines de tombes.

Kwan se lève :

– Continuons !

Et elle y va. Je me précipite derrière elle.

– Les villageois sont tous morts ?

– Peut-être. Ou peut-être pas. Un mois plus tard, lorsqu'un voyageur venant de Jintian est passé à Changmian, il a trouvé un village très vivant, un jour de marché comme les autres. Les chiens étaient couchés dans le caniveau, les gens se disputaient, les gamins étaient ballottés sur le dos de leur mère, comme si la vie s'était écoulée normalement, un jour après l'autre. Le voyageur a demandé à l'un des anciens du village : « Que s'est-il passé quand les soldats sont arrivés à Changmian ? » Le vieux a froncé les sourcils. « Des soldats ? Quels soldats ? Je ne me souviens pas d'en avoir vu par ici. » Le voyageur a insisté : « Et cette maison, elle n'a pas brûlé ? Elle est toute noire. » Mais les villageois ont répondu : « Ah, ça ! Le Marchand Fantôme est revenu le mois dernier. Il a donné un banquet pour nous. L'un des poulets fantômes a quitté les braises pour aller mettre le feu au toit de chaume. » Le voyageur n'était pas plutôt rentré à Jintian que tout le long du chemin, du haut en bas des montagnes, la rumeur courait déjà que Changmian était un village de fantômes. Qu'y a-t-il ? Pourquoi ris-tu ?

— Je crois que Changmian est un village de raconteurs de bobards. Ils ont laissé croire qu'ils étaient un village de fantômes pour avoir la paix. C'est moins compliqué que de filer se réfugier dans les grottes lorsqu'il y a la guerre.

Kwan claque des mains :

— Bravo, bien vu ! Bonne-Maman m'a raconté qu'un étranger au village a demandé à un jeune homme de chez nous : « Toi, tu es un fantôme ? » Le jeune homme a réfléchi, puis il a tendu le doigt vers un champ caillouteux et lui a répondu : « Crois-tu qu'un fantôme aurait été capable de faire pousser une rizière aussi belle ? » L'étranger aurait dû comprendre que le jeune homme se fichait de lui. Un fantôme ne se vanterait pas pour quelques arpents de riz. Il mentirait et parlerait d'un verger couvert de pêches. Pas vrai ?

Elle attend visiblement que je sois sensible à sa logique. Je lui réponds, dans la meilleure tradition des menteurs de Changmian :

— Oui, tu as sans doute raison.

Elle continue :

— Après un moment, je pense que le village en a eu assez de ces histoires de fantômes. Personne ne voulait plus commercer avec Changmian. Personne ne voulait plus voir son fils ou sa fille épouser quelqu'un de Changmian. Alors, les habitants ont déclaré à tout le monde : « Non, nous ne sommes pas des fantômes. Mais il y a un ermite qui vit dans une grotte à deux vallées d'ici. C'est peut-être lui le fantôme, à moins qu'il ne soit immortel. Il a de longs cheveux, et une barbe très longue aussi. » Je ne l'ai jamais vu personnellement, mais il paraît qu'on l'aperçoit à l'aube et au crépuscule, quand le jour et la nuit s'équilibrent. Il marche parmi les tombes, à la recherche d'une femme morte, et, comme il ignore où est sa sépulture, il s'arrête devant chacune d'entre elles.

— Tu crois que les gens parlaient de... Yiban ?

Je retiens mon souffle, Kwan hoche la tête.

— Peut-être l'histoire a-t-elle commencé de son vivant, quand il cherchait Mademoiselle Bannière. Mais lorsque j'avais six ans

– peu après ma noyade –, je l'ai vu avec mes yeux yin, parmi les tombes. À ce moment-là, je peux te garantir que c'était un fantôme. J'étais dans ce ravin, je ramassais des branchages pour le feu. Pendant la demi-heure du crépuscule, j'ai entendu deux hommes se disputer. J'ai progressé parmi les tombes et les ai vus qui empilaient des pierres. « Nobles oncles, leur ai-je dit, histoire d'être polie, que faites-vous donc ? »

» L'un était chauve et de très mauvaise humeur. « Merde, m'a-t-il répondu. Sers-toi de tes yeux maintenant que tu en as deux ! Que faisons-nous, à ton avis ? » Celui aux longs cheveux était plus poli. « Regarde, petite fille, me dit-il en me montrant une pierre taillée comme une hache. Entre la vie et la mort, il existe un point d'équilibre presque impossible à trouver. C'est ce point que nous cherchons. » Il a placé la pierre en équilibre sur une autre, mais elles ont roulé toutes les deux et sont tombées sur le pied du chauve. « Bordel de merde ! a juré le chauve. Tu m'as pratiquement coupé la jambe. Prends ton temps. Le point d'équilibre ne se trouve pas au bout de tes doigts, idiot ! Utilise tout ton corps et ton esprit ! »

– C'était Lao-Lu ?

Elle sourit.

– Mort depuis cent ans et continuant de jurer ! J'ai découvert à cette occasion que Lao-Lu et Yiban étaient bloqués là, incapables d'aller dans l'autre monde parce qu'ils avaient trop de regrets futurs.

– Comment peut-on avoir des regrets futurs ? Ça n'a pas de sens !

– Non ? Tu penses : si je fais ça, il va se passer ça, alors je vais avoir telle réaction, donc je ne le fais pas. Tu es bloquée. Comme Lao-Lu. Il était navré d'avoir fait croire au Pasteur Amen qu'il avait tué le Général et les soldats. Pour s'infliger une leçon, il avait décidé de devenir la femme du Pasteur dans une vie ultérieure. Mais dès qu'il imaginait l'avenir – dès qu'il se voyait subir des *Amen* par-ci et des *Amen* par-là tous les dimanches – il se remettait à jurer. Comment pouvait-il devenir femme de pasteur avec un caractère pareil ? C'est pour ça qu'il est bloqué.

– Et Yiban ?

– Ses recherches étant restées vaines, il a pensé que Mademoiselle était morte. La tristesse l'a envahi. Il s'est demandé si elle n'était pas retournée dans les bras du Général. Sa tristesse a atteint son comble. À sa mort, il s'est envolé vers le ciel pour la retrouver, mais il ne l'a pas vue et s'est imaginé qu'elle était en enfer avec le Général.

– Il n'a pas pensé qu'elle était dans le monde du Yin ?

– Voilà ce qui arrive quand on est bloqué. Les idées souriantes entrent-elles dans ton esprit ? Mm, mm. Les mauvaises ? Elles y affluent.

– Alors il est encore bloqué ?

– Oh non, non, non, non, non ! Je lui ai tout dit à ton sujet.

– Que lui as-tu dit ?

– Où tu étais. Quand tu naîtrais. Et maintenant il t'attend de nouveau. Quelque part dans le coin.

– Simon ?

Kwan arbore un large sourire et fait un geste en direction d'un gros rocher. Derrière lui, à peine visible, il y a une faille.

– C'est la grotte au lac ?

– Elle-même.

Je passe la tête à l'intérieur et crie :

– Simon ! Simon ! Tu es là ? Tu vas bien ?

Kwan m'attrape par l'épaule et me tire doucement en arrière.

– Je vais aller le chercher. Où la lampe de poche ? dit-elle en anglais.

Je fouille dans le sac, la prends et l'allume.

– Merde alors, elle a dû rester allumer toute la nuit ! Les piles sont mortes.

– Montre.

Elle l'attrape et la lampe s'allume sur-le-champ.

– Tu vois ? Pas mortes. D'accord !

Elle se glisse dans la faille. Je la suis.

– Non, non, Libby-Ah ! Tu restes dehors.

– Pourquoi ?

– Au cas où...

– Où quoi ?

– Au cas où... Assez discuté !

Elle me serre les mains si fort qu'elle me fait mal.

– D'accord. Promis.

Elle sourit, mais aussitôt son visage se crispe, comme si elle avait de la peine. Des larmes coulent sur ses joues rondes.

– Kwan ? Qu'y a-t-il ?

Elle me serre de nouveau les mains et balbutie en anglais :

– Oh ? Libby-Ah ! Je suis tellement heureuse. Je répare mes torts envers toi. Maintenant tu connais mon secret, je suis en paix.

Elle m'entoure de ses bras. Je suis confuse. Les débordements affectifs de Kwan m'ont toujours mise mal à l'aise.

– Quels torts ? Allez, Kwan, tu ne me dois rien !

– Si, si, tu es mon amie loyale. (Elle renifle.) Pour moi, tu pars dans le monde du Yin parce que je te dis : « Sûr, sûr. Yiban te suit. »

Mais non, il va au ciel. Tu n'es pas là... Tu vois, à cause de moi, vous vous perdez. C'est pour ça que je suis si contente la première fois que je rencontre Simon. Je sais – ah ! enfin.

Je m'écarte d'elle. J'ai un bourdonnement dans la tête.

– Kwan, la nuit où tu as vu Simon pour la première fois, tu te rappelles avoir parlé à son amie Elza ?

Elle s'essuie les yeux de sa manche.

– Elza ?... Ah oui, oui ! Elsie, je me souviens. Gentille fille. Juive polonaise. Noyée après le déjeuner.

– Le fait qu'elle ait dit que Simon devait l'oublier, tu l'as inventé ? T'a-t-elle dit quelque chose d'autre ?

Kwan fronce les sourcils.

– L'oublier ? Elle dit ça ?

– Tu prétendais qu'elle le disait.

– Ah ! Je me souviens. Pas oublier. Pas cet oubli-là. Oublier sa faute. Que Simon lui pardonne. Elle l'oblige à se sentir coupable. Il pense qu'elle meurt à cause de lui. Elle dit non, sa faute à elle. Pas de problème. Il ne doit pas s'inquiéter.

– Mais elle ne lui a pas dit de l'attendre, qu'elle allait revenir ?

– Pourquoi le penses-tu ?

– Parce que je l'ai vue ! Je l'ai vue grâce à ces sens cachés dont tu m'as toujours rebattu les oreilles. Elle suppliait Simon de jeter les yeux sur elle pour comprendre sa douleur. J'ai vu...

– Tst ! Tst !

Kwan pose la main sur mon épaule et me dit :

– Libby-Ah, Libby-Ah ! Pas les sens cachés ! Tes propres doutes. Ton goût du tracas. Ça n'a pas de sens ! Tu as vu ton propre fantôme supplier Simon. Je t'en supplie, écoute-moi, regarde-moi, aime-moi. Elsie ne disait pas ça. Deux vies plus tôt, tu étais sa fille. Pourquoi te souhaiter une vie de souffrances ? Non ! Elle t'aidait !

J'écoute, abasourdie. Elza, ma mère ? Que ce soit la vérité ou non, je me sens soulagée, libérée, tandis que le poids de rancœur tombe de ma poitrine, emportant toutes les peurs et tous les doutes qui m'oppressaient.

– Pendant tout ce temps tu crois qu'elle te fait la guerre ? Mmmh, mm ! Tu te fais la guerre à toi-même. Simon le comprend.

Elle me dépose un baiser sur la joue.

– Je vais le chercher. Il te le dira lui-même.

Je la regarde se glisser dans la faille.

– Kwan ?

Elle se retourne.

– Oui ?

– Promets-moi que tu ne vas pas te perdre. Reviens.

– Oui, oui. Promis.

Elle se baisse pour pénétrer dans l'antichambre de la grotte.

– Ne t'inquiète pas.

Sa voix éveille de plus en plus d'échos.

– Je trouve Simon, je reviens tout de suite. Attends-nous.

Elle se perd dans les profondeurs.

Je ramène la couverture de survie sur mes épaules en m'asseyant. Je suis appuyée sur le gros rocher qui défend l'entrée. J'espère qu'il tient. Je regarde le ciel. Il est encore gris. Va-t-il pleuvoir de nouveau ? Il me suffit de songer un instant à cette éventualité ennuyeuse pour que le débat entre l'inquiétude et la raison reprenne. L'histoire de Kwan m'a-t-elle hypnotisée ? Suis-je aussi perdue dans les rêves qu'elle ? Comment ai-je pu laisser ma sœur pénétrer seule dans la grotte ? Je me relève et glisse la tête à l'intérieur :

– Kwan ! Reviens, Kwan !

Je m'enfonce à l'intérieur de la bouche noire.

– Kwan ! Kwan ! Bon Dieu, réponds-moi !

Je continue. Je me cogne la tête sur le plafond bas, peste et crie de nouveau. Quelques mètres plus loin, la lumière s'affaiblit ; au coude suivant, noir complet. Comme si une couverture épaisse m'était tombée sur les yeux. Je ne panique pas. J'ai l'habitude des chambres noires. Sauf qu'ici je n'ai aucune idée des limites de l'obscurité. Le noir est comme un aimant qui m'attire. J'essaie de reculer vers l'entrée mais suis déjà désorientée. Je ne sais plus où sont l'avant et l'arrière, le haut et le bas. J'appelle Kwan. Ma voix commence à devenir rauque, j'ai du mal à respirer. La grotte se serait-elle vidée de son oxygène ?

– Olivia ?

Je réponds oui à grand-peine.

– Ça va ?

– Simon ? C'est toi ? Oh, Dieu merci !

Je me mets à sangloter.

– Tu es vivant ?

– Sans ça, comment veux-tu que je te réponde.

Je ris et pleure en même temps.

– Oh, on ne sait jamais.

– Tends-moi la main.

Je tâtonne jusqu'à toucher sa chair, ses mains au contact familier. Il m'attire à lui et je m'accroche à son cou. Je me réfugie contre sa poitrine, lui caresse le dos pour m'assurer que je ne rêve pas.

– Mon Dieu, Simon, ce qui est arrivé hier ! C'était un coup de folie. Et après, quand j'ai vu que tu ne revenais pas... Kwan t'a raconté les moments que j'ai passés ?

– Non, je ne suis pas encore rentré à la maison.

Je tressaille.

– Mon Dieu !

– Qu'y a-t-il ?

– Où est Kwan ? Elle n'est pas derrière toi ?

– Je ne sais pas où elle est.

– Mais... elle est partie te chercher. Elle est entrée dans la grotte ! Je l'ai appelée ! Non, mon Dieu ! Ce n'est pas possible, elle m'a promis qu'elle n'allait pas se perdre... Elle m'a promis qu'elle allait revenir.

Pendant que je balbutie, Simon m'entraîne dehors. Nous débouchons à l'air libre. La lumière est si violente que je n'y vois plus rien. Je tâte les contours du visage de Simon, m'attendant à le retrouver sous les traits de Yiban quand j'aurai recouvré la vue et m'imaginant en robe jaune tachée de sang.

Quatrième partie

23

Les obsèques

Voilà deux mois que Kwan a disparu. Je ne dis pas morte, parce que je n'ose pas encore me figurer que c'est ce qui est arrivé.

Je suis assise dans ma cuisine. Je mange du chocolat et regarde les photos d'enfants disparus sur l'emballage du lait. « Récompense à qui fournira la moindre information », dit l'avis. Je sais désormais ce que ressentent les mères. Jusqu'à preuve du contraire, il vous faut continuer à croire que ceux que vous aimez sont quelque part. Que vous les reverrez une fois au moins avant le grand saut. Qu'ils ne peuvent pas vous avoir laissé dans ce monde-ci sans la promesse de vous attendre dans l'autre. J'ai besoin de croire qu'il n'est pas trop tard pour avouer à Kwan : « Je suis Mademoiselle Bannière, toi tu es Nunumu. Nous serons loyales l'une envers l'autre pour l'éternité. »

Il y a deux mois, la dernière fois que je l'ai vue, j'attendais Kwan près de la grotte, convaincue que si je croyais enfin son histoire elle reviendrait. Je me suis assise sur la boîte à musique, Simon à mon côté. Il essayait d'avoir l'air optimiste, mais il n'a fait aucune plaisanterie, et j'ai compris qu'il se faisait du souci. « Elle va réapparaître, tu vas voir. J'aurais pourtant aimé que cette épreuve te soit épargnée. D'abord moi, ensuite Kwan... »

En vérité, il n'avait jamais couru le moindre danger. Après notre dispute, il avait quitté le défilé et se dirigeait vers la maison de Bonne-Maman lorsqu'il avait rencontré le gardien de vaches qui nous avait traités de pauvres cons. Sauf que ce gardien était un étudiant de Boston nommé Andy, le neveu américain d'une femme qui habitait un village au pied de la montagne. Tous les deux s'étaient rendus chez la tante, où ils s'étaient saoulés à mort au *maotai*. Tout s'était donc passé parfaitement pour lui, reconnaissait-il avec embarras. Dans son sac à dos, il avait un bonnet de laine qu'il avait enfilé aussitôt après mon départ, puis il avait balancé des cailloux dans le ravin comme un forcené, jusqu'à se mettre en sueur.

– Tu t'es fait du souci pour rien, m'a-t-il dit, accablé.

Je lui ai répondu :

– Ça vaut mieux que de constater après coup que je me suis fait du souci pour quelque chose.

Je m'étais fait le raisonnement suivant : si j'étais contente de savoir que Simon n'avait jamais couru de véritable danger, la même chose finirait par se produire au sujet de Kwan. Je l'imaginais me disant : « Désolée, désolée, Libby-Ah. J'ai pris un mauvais chemin dans la grotte. Perdue. Toute la matinée pour retrouver la sortie. Tu t'es fait du souci pour rien. » Par la suite, j'ai révisé le scénario afin de tenir compte du temps qui filait. « Libby-Ah ! Où est ma tête ? Je vois le lac, je rêve. Impossible d'arrêter. Je pense. Une heure passe. Ah ! Dix heures passent ! »

Simon et moi sommes restés toute la nuit près de la grotte. Du Lili nous a apporté de quoi manger et des couvertures. Nous avons poussé le rocher qui défendait l'entrée et avons pénétré à l'intérieur. Nous nous sommes réfugiés dans cette niche obscure d'où j'ai contemplé la nuit piquée d'étoiles. J'ai pensé raconter à Simon l'histoire de Mademoiselle Bannière, de Nunumu et de Yiban. Mais j'ai eu peur. J'ai considéré toute cette histoire comme sacrée, comme une sorte de talisman qui ouvrait la porte du bonheur. Si Simon, ou quiconque, en galvaudait même une partie, cela changerait une pièce du puzzle de l'univers, une pièce essentielle dont j'avais besoin.

Le jour suivant, Du Lili et Andy ont organisé des recherches. Les vieux du village avaient trop peur d'entrer dans la grotte, mais les jeunes se sont mis de la partie. Ils ont apporté des lampes et des paquets de cordes. J'ai essayé de me remémorer l'orientation de la grotte du lac. Qu'avait dit Zeng ? Suivre l'eau, rester au niveau le plus bas, emprunter la voie étroite de préférence à l'autre... À moins que ce ne soit de préférence à la voie la plus profonde ? Je ne savais plus. Je n'ai pas eu à supplier Simon de ne pas y aller. Il est resté près de moi. Un homme s'est entouré la taille d'une corde avant de s'enfoncer dans la grotte. Dehors, un autre en tenait l'extrémité et ne la lâchait pas.

Le troisième jour, les secours avaient visité ainsi tout un dédale qui menait à des douzaines de grottes. Mais aucune trace de Kwan. Du Lili s'est rendue à Guilin pour aviser les autorités. Elle a également envoyé à George un télégramme dont j'avais pesé chaque terme. Dans l'après-midi, nous avons vu débarquer quatre camionnettes avec des soldats en uniforme vert et des officiels vêtus de sombre. Le jour suivant est apparue une voiture familière : celle de Rocky. Il était accompagné d'un homme âgé à la figure triste – le professeur Po, le paléontologue qui avait découvert l'homme dit de Pékin. Le professeur est entré dans le labyrinthe, la visite ayant été facilitée par la multiplication des guides, des cordes et des lampes. Quand il est ressorti, plusieurs heures après, il en a conclu que, plusieurs dynasties auparavant, les habitants de la région avaient creusé des dizaines de grottes mêlant les voies sans issue aux passages qui communiquaient entre eux. Selon lui, il était probable que les gens de Changmian aient inventé ce dédale mortel pour échapper aux Mongols et aux tribus guerrières : les poursuivants y pénétraient derrière eux, s'y perdaient et finissaient comme des rats pris au piège.

On a fait venir une équipe de géologues. Dans l'excitation de la découverte, Kwan a été oubliée. Les spécialistes ont retrouvé des jarres de grain, des gourdes. Ils ont dérangé les chauves-souris ; des milliers d'entre elles, effrayées, ont quitté leur gîte pour sortir sous le soleil aveuglant. Ils ont fait une découverte scientifique de première importance : des excréments humains datant de près de trois mille ans !

Le cinquième jour, George et Virgie sont arrivés de San Francisco. Ils avaient reçu mes télégrammes, dont la teneur était de plus en plus alarmante. George, confiant, pensait que Kwan n'était pas vraiment perdue – seule ma pratique limitée du mandarin était responsable du malentendu. Cependant, le soir venu, il faisait peine à voir. Il a ramassé un pull de Kwan et y a enfoui son visage, se souciant peu qu'on le voie pleurer.

Le septième jour, les équipes ont localisé le lac lumineux et son village de pierre. Mais pas Kwan. Le village était empli d'officiels, y compris une douzaine d'équipes scientifiques qui cherchaient à déterminer la cause de la luminescence de l'eau.

Chaque jour, durant cette semaine-là, j'ai fait un rapport précis à un bureaucrate différent. Quelle était la date de naissance de Kwan ? À quelle époque était-elle devenue une Chinoise émigrée ? Pourquoi était-elle revenue ? Était-elle malade ? Nous étions-nous battues toutes les deux ? Ah, avec votre mari ? Votre mari s'est-il disputé avec elle aussi ? Est-ce la raison pour laquelle elle est partie ? Avez-vous une photo ? Vous avez pris cette photo ? Avec quel genre d'appareil ? Vous êtes une photographe professionnelle ? Vraiment ? Combien gagne-t-on en faisant des photos comme ça ? Ah bon ? Tant que ça ? Pouvez-vous me prendre en photo ?

La nuit, Simon et moi dormions serrés l'un contre l'autre dans le lit conjugal. Nous avons fait l'amour, mais ce n'était pas du désir pur. C'était une manière d'espérer, de nous dire que, désormais, plus rien ne pourrait nous séparer. Les jours passaient, mais je ne perdais pas tout espoir. Je me battais même pour en nourrir de plus en plus. Je me suis rappelé les histoires qu'elle me racontait. Je me suis souvenue de cette époque où elle pansait mes blessures, où elle m'apprenait à faire de la bicyclette, où elle plaçait ses mains sur mon front fiévreux (j'avais six ans) en me murmurant. « Dors, Libby-Ah, dors », et je m'endormais.

Pendant ce temps-là, Changmian devenait un véritable cirque. Le type qui avait essayé de nous vendre, à Simon et à moi, des pièces soi-disant anciennes demandait dix yuans aux curieux qui voulaient pénétrer dans le premier défilé. Son frère en demandait vingt pour le deuxième. Nombre de touristes venaient voir le ravin, et les résidents de Changmian arrachaient des pierres aux empilements funéraires pour les vendre comme souvenirs. Les dirigeants du village et les officiels ont commencé à se battre sur la question de savoir qui possédait ces grottes et qui était en mesure d'exploiter leur contenu. Deux semaines étaient déjà passées. Simon et moi ne supportions plus ces histoires et avons finalement décidé de reprendre l'avion à la date prévue.

Avant notre départ, nous avons enterré Bonne-Maman. C'était un matin pluvieux. Onze personnes – dont deux requises pour la porter en terre – assistaient à l'enterrement. Quelques vieux, George, Virgie, Du Lili, Simon et moi. Je me suis demandé si Bonne-Maman en voulait à Kwan de lui avoir volé la vedette. Le cercueil a été chargé sur une charrette tirée par des mules. Du Lili a attaché le coq traditionnel au couvercle du cercueil. Quand nous sommes arrivés au petit pont qui enjambait le système d'irrigation, une équipe de télé nous bloquait le passage.

– Poussez votre cul ! a crié Du Lili. Vous ne voyez pas ! Nous sommes en plein enterrement !

L'équipe lui a déclaré qu'elle devait respecter le droit des autres citoyens à l'information sur la merveilleuse découverte des grottes de Changmian.

– Merveilleuse, mon cul ! Vous foutez tout en l'air dans ce village ! Allez, poussez-vous !

Une femme très classe qui portait des jeans flambant neufs a pris Du Lili à part. J'ai vu qu'elle lui offrait de l'argent, que Du Lili refusait d'un air furieux. Mon cœur a bondi d'admiration. L'autre a augmenté la somme ; Du Lili s'est mise à gémir en désignant alternativement l'équipe de télé et le cercueil. La liasse s'est encore épaissie. À ce moment-là, Du Lili a accepté. Elle a empoché les billets en disant : « Au moins, la morte pourra s'acheter une vie meilleure dans l'autre monde. » J'étais mécontente et Simon aussi. Nous avons fait un long détour et sommes passés par des petits chemins pour atteindre le cimetière municipal, étendu sur une pente orientée à l'est.

Une fois sur place, Du Lili s'est mise à pleurer en caressant la figure momifiée de Bonne-Maman. Le corps était incroyablement bien conservé : deux semaines s'étaient tout de même écoulées entre la mort et la cérémonie.

– Aïe, aïe, Li-Bin-bin, a gémi Du Lili, tu es trop jeune, j'aurais dû partir avant toi.

J'ai traduit à l'adresse de Simon. Il a jeté un œil sur elle et m'a demandé :

– Elle prétend être plus vieille que Bonne-Maman ?

– Je ne sais pas. Je ne veux plus rien savoir.

Tandis que les employés scellaient le cercueil, j'ai pensé que la réponse à mes questions se trouvait scellée du même coup : où se trouvait Kwan, quel était le vrai nom de mon père, est-ce que vraiment Kwan et une gamine appelée Petit Beignet s'étaient noyées ?

– Attendez ! a crié Du Lili aux employés. J'allais oublier...

Elle a sorti les billets de sa poche et les a fourrés dans la main raide de Bonne-Maman. J'ai pleuré, parce que mon estime lui est revenue. Du Lili a cherché autre chose dans la poche de sa veste : un œuf de canard en conserve. Elle l'a mis dans l'autre main de Bonne-Maman en murmurant : « Ton plat préféré, pour le cas où tu aurais faim en chemin. »

Des œufs de canard ! Soudain les mots de Kwan me sont revenus : « J'en ai fait tellement qu'il doit en rester. »

Je me suis tournée vers Simon.

– Il faut que je m'en aille un moment.

J'ai fait semblant d'avoir mal à l'estomac.

– Tu as besoin de moi ?

J'ai fait non de la tête, suis allée voir Du Lili au passage et lui ai dit : « Mal au ventre. » Elle m'a jeté un regard compréhensif.

Dès que j'ai été sûre que personne ne pouvait me voir, je me suis mise à courir. Je n'ai pas songé une minute à raisonner, je m'en suis remise entièrement à l'espoir qui m'habitait et m'emplissait de joie. Ce que je croyais devoir trouver, j'allais le trouver.

J'ai fait étape à la maison de Bonne-Maman pour prendre une bêche rouillée. Ensuite je me suis dépêchée d'aller vers la salle communale. Au portail, j'ai commencé à marcher plus doucement, guettant des indices familiers. Là ! Les briques au pied du mur, elles portaient des marques noires ! J'ai acquis la certitude qu'il s'agissait des vestiges de la maison brûlée du Marchand Fantôme. J'ai traversé le bâtiment en me félicitant que toutes les équipes soient agglutinées dans le ravin à la recherche d'excréments humains vieux de trois mille ans. Je n'ai vu ni jardin, ni allées, ni pavillon. Tout avait été nivelé, transformé en terrain de sport. Mais, comme je m'y attendais, les pierres du mur d'enceinte étaient elles aussi noircies et comme boursouflées. Je suis allée au coin nord-ouest de l'enceinte et ai réfléchi : dix jarres, dix pas. J'ai gratté avec ma bêche à l'endroit choisi, riant tout haut. Si quelqu'un m'avait surprise à ce moment-là, il m'aurait crue aussi folle que Kwan.

J'ai creusé à cinquante centimètres de profondeur sur un mètre cinquante – pratiquement de quoi enterrer quelqu'un. J'ai senti que ma bêche rencontrait quelque chose qui n'était ni de la terre ni de la pierre. Je suis tombée à genoux et me suis mise à creuser frénétiquement, à mains nues, dans la terre grasse et noire. Et, là, j'ai aperçu la terre cuite, ferme et douce comme la rondeur d'une épaule. Dans mon impatience, j'ai utilisé le manche de la bêche pour casser le pot. J'en ai tiré un œuf noirci, puis un autre et un autre encore. Je les ai pressés sur ma poitrine. Ils se sont effrités comme de la craie grise. Voilà à quoi se réduisait notre passé. Tant pis, c'était comme si je les avais dégustés avec délice.

24

Chants éternels

George et Virgie reviennent à peine de Changmian où ils ont passé leur lune de miel. Ils prétendent que je ne reconnaîtrais pas l'endroit, George m'a dit :

– Un piège à touristes ! Tout le village a fait fortune. On vend des animaux marins en plastique, des créatures des profondeurs phosphorescentes. C'est d'elles que venait la lumière du lac : des plantes et des poissons fossiles qui vivaient dans les eaux profondes. Mais c'est fini. Il n'y en a plus. Trop de gens qui jettent des pièces pour faire un vœu. Et ces pauvres créatures marines ? Empoisonnées. Elles remontent le ventre en l'air. Alors les autorités du village ont réagi. Tu sais comment ? En installant des projecteurs sous l'eau. Jaune et vert. Superbes. J'ai vu le résultat. Réussi.

Je crois que George et Virgie ont choisi Changmian pour s'excuser auprès de Kwan. Pour se marier avec Virgie, George a dû déclarer le décès de Kwan. Elle a légalement été déclarée morte. J'éprouve des sentiments mitigés à ce sujet. Je me dis que ce mariage a probablement été prévu de longue date par Kwan. Elle devait savoir qu'elle ne reviendrait pas. Jamais elle n'aurait consenti à ce que George continue son chemin sans une cuisinière à ses côtés. Je crois qu'elle aurait dit en riant : « Dommage ! Virgie, pas très bonne cuisinière ! »

Voilà presque deux ans que je réfléchis à Kwan, à son arrivée dans ma vie, à la façon dont elle l'a quittée. Je songe à ce qu'elle me racontait du destin qui guettait le moment opportun. Je me demande ce qu'elle entendait par là. Deux ans, c'est assez pour comparer ce qui s'est passé à ce qui aurait pu se passer. Désormais, je crois que la vérité ne réside pas dans la logique, mais plutôt dans nos espoirs, passés et futurs. L'espoir est une source de surprise. Il est capable de transcender toutes les déveines, de surmonter tous les obstacles, et de faire un pied de nez à toute rationalité fondée sur le scepticisme et l'analyse des faits.

Autrement, comment expliquer que j'ai une fille de quatorze mois ? J'ai été la première étonnée quand le médecin m'a annoncé que j'étais enceinte de trois mois. J'ai accouché neuf mois exactement après que Simon et moi avons fait l'amour dans le lit conjugal chez Bonne-Maman. Neuf mois après la disparition de Kwan. Je suis sûre qu'il s'est trouvé des gens pour penser que le père était un type de passage et que cette grossesse est arrivée par accident. Mais Simon et moi savons ce qu'il en est : ce bébé est à nous deux. Bien entendu, il y avait une explication logique. Nous sommes retournés chez le spécialiste pour des tests complémentaires. Devinez ce qu'il a découvert ? Que les premiers étaient faux. Le laboratoire aura probablement interverti deux dossiers, car normalement, a expliqué le médecin, la stérilité est irréversible. Simon n'était donc pas stérile. J'ai demandé au spécialiste :

– Pourquoi ça n'a jamais marché avant ?

– Vous étiez certainement trop impatiente. Regardez le nombre de femmes dont la première grossesse a lieu après une adoption.

Tout ce que je sais, c'est ce que me dit mon cœur. Et il me dit que j'ai reçu un cadeau de ma sœur Kwan. Une fillette avec de grosses joues et deux fossettes. Non, je ne l'ai appelée ni Kwan ni Nelly. Le sentimentalisme morbide n'est pas mon genre. Je l'ai nommée Samantha. De temps en temps, on l'appelle Sammy. Samantha Li. Nous avons fini par prendre toutes les deux le même nom de famille que Kwan. Pourquoi pas ? Un nom de famille sert avant tout à se sentir lié pour le futur par quelqu'un qui vient du passé.

Sammy m'appelle « maman ». Son jouet favori est « ba », la boîte à musique que Kwan m'avait offerte pour mon mariage. L'autre mot préféré de Sammy est « Da », Simon. Da pour Daddy. Il ne vit pas tout le temps avec nous, mais nous faisons des efforts : nous décidons ensemble de ce qui est important ou non, nous essayons de passer huit heures d'affilée sans nous disputer à propos de n'importe quoi. Il vient le vendredi, nous passons le week-end ensemble. Nous nous blottissons tous les quatre au lit, Simon, Sammy, Bubba et moi. Nous nous exerçons à la vie de famille avec bonheur. De temps à autre, il y a des tiraillements, mais nous avons moins de mal à les relativiser ; nous comprenons mieux que les chamailleries sont une cause de petitesse et qu'il faut s'en garder.

Je crois que Kwan a tenté de m'apprendre que le monde n'est pas un lieu à proprement parler, mais un chatoiement de l'âme. Et l'âme n'est rien d'autre que l'amour, sans limites, éternel, qui nous dispose à connaître la vérité. Autrefois, je pensais que l'amour vous tombait dessus comme une bénédiction, désormais je sais qu'il représente aussi un tas de soucis, de chagrins, d'espoirs. Croire aux fantômes revient à croire que l'amour ne périt jamais. Lorsque ceux que nous aimons meurent, ils ne disparaissent qu'à nos sens ordinaires. Le souvenir peut nous les rendre grâce aux cent sens cachés que nous possédons. J'entends encore Kwan me chuchoter : « C'est un secret. Ne le répète à personne. Promis, Libby-Ah ? »

J'entends le bébé qui m'appelle. Elle gazouille et tend la main vers la cheminée. J'ignore ce qu'elle me montre, mais elle insiste. « Qu'y a-t-il, Sammy ? Que vois-tu donc ? » Mon cœur s'agite. Peut-être est-ce Kwan.

« Ba », dit la petite. Elle tend une nouvelle fois la main. Je comprends qu'elle veut la boîte à musique sur la cheminée. Je remonte le mécanisme, prends la petite dans mes bras, et nous dansons ensemble, dans un mélange de chagrin et de bonheur.

TABLE

Achevé d'imprimer en octobre 1996
sur presse Cameron
dans les ateliers
*de **Bussière Camedan Imprimeries***
à Saint-Amand-Montrond (Cher)
pour le compte des éditions Robert Laffont
24, avenue Marceau, 75008 Paris

Nº d'édition : 37371. Nº d'impression : 2006-4/818.
Dépôt légal : Novembre 1996.
Imprimé en France

BIBLIOTHÈQUE DE BUCKINGHAM

1 045 977